KB022534

백성

백성

8

제2부 | 메아리가 묻혀오는 것

김동민 대하소설

문이당

차례

제2부 | 메아리가 묻혀오는 것

피의 패물

미인박명이라 했던가? 뜻하지 않게도 몹시 나쁜 일이 발생했다.

해랑 어머니 동실댁 건강에 이상이 생긴 것이다. 근동에서 최고 미인으로 알려진 그녀는 아주 건강한 편은 아니지만 걱정할 정도로 병약한 쪽도 아니었다.

유난히 길고 춥게만 느껴지던 그해 겨울이 썩 내키지 않는 걸음으로 끝자락으로 물러갈 무렵이었다. 마음이 풍선처럼 한껏 부풀어 오른 처자들은 대바구니 싸리바구니 옆에다 끼고 새들이 지저귀는 푸른 산으로 들로 나물을 캐러 갈 새봄이 오기를 손꼽아 기다리고 있었다.

그날, 며칠간 계속해서 몸이 좋지 못하다는 아내를 데리고 동네 한약방에 다녀온 해랑 아버지 강용삼은, 혼자 사랑방에 들이박혀 한방의가 했던 말을 떠올려가며 폭폭 한숨만 방구들이 내려 꺼져라 내쉬었다. 다시 바른 지 좀 된 문풍지도 파르르 떨고 있었다.

"와 독감을 그냥 방치해둔 기요, 으잉?"

진맥을 해보더니 대뜸 한다는 소리가 그랬다.

"예에?"

용삼은 눈을 크게 떴다. 그 놀라는 모습이 딸 옥진을 떠올리게 했다.

"그래, 시상에 키울 끼 없어갖고 뱅을 키웠소?"

그 고을 출신인지 지역 사투리가 심한 말씨였다.

"배, 뱅?"

그렇게 반문하는 용삼을 노려보는 것같이 하더니 한약방 쥔은 꼭 체머리 흔들듯이 머리를 흔들며 탄식했다.

"우짜노?"

"……."

그의 코가 병을 키운 것처럼 거기 쌓거나 걸어놓은 많은 약재 냄새를 조금도 맡을 수 없는 용삼이었다.

"이거를 우째야 되노?"

그러고 나서 내려진 무서운 선고.

"갤핵균(결핵균)이 패(폐)를 갉아묵고 있으이, 이거는 그냥 보통으로 심각한 뱅이 아인 기라."

용삼은 비명 내지르듯 했다.

"그, 그라모 내 지, 집사람이 패, 패뺑!"

"음."

한약방 쥔은 신음 비슷한 소리를 내며 잠자코 고개만 끄덕였다.

"아!"

하늘이 노래지는 용삼이었다. 폐병이라니?

"무, 무신 방도를!"

당장 멱살잡이라도 할 것처럼 하는 용삼에게 한약방 쥔이 말했다.

"우쨌든 하는 데꺼지는 해봐야제."

용삼은 당장 무릎을 꿇고 머리를 조아릴 사람같이 했다.

"지발 우리 내자內子를 살리주이소."

한약방 문전을 아이들이 노래를 불러대며 지나가고 있었다. 세상 근심 걱정과는 완전히 동떨어져 있는 평화롭고 한가로운 정경이었다.

'아아, 내하고 아내한테도 저런 시절이 있었건만.'

그 생각을 하니 용삼은 더 미쳐버릴 것만 같았다.

"아즉도 한참 젊은 사람이 저승사자가 데불로 올 때꺼정 두 손 딱 맺고 기다리고 있을 수만은 안 없것는가베?"

한약방 쥔은 몸에 밴 동작인 양 가는 붓으로 종이 위에 계속 무언가를 써 내려가며 처방을 얘기했다.

"우선에 몸 보하는 탕제를 지이서, 없는 원기부텀 돋군 담에……."

"……."

한약방 쥔은 하던 행동을 멈추고 용삼을 힐끗 보며 물었다.

"우째서 암 말이 없는 기요?"

입은 말할 것도 없고 온몸이 경직되는 용삼이었다.

"내가 방금 이약한 처방 몬 알아묵것소?"

용삼은 그만 할 말을 몽땅 잃어버렸다. 그러잖아도 없는 살림에 우선 당장 탕제를 지을 돈부터가 문제였다. 지금까지는 돈을 우습게 봐왔는데 하늘보다 더 높고 귀한 것이 돈, 돈일 줄이야. 용삼은 돈을 겨냥한 저주의 화살을 여식 옥진에게로 돌렸다.

'하나 있는 딸년이 에미 속을 그리 있는 대로 팍팍 썩힛는데, 속이 강철이라 캐도 오데 성해나것나.'

돌아누울 정도의 공간도 없는 비좁은 뇌옥에 감금된 것처럼 가슴이 너무 답답하여 손아귀로 움켜쥐고 마구 쥐어뜯고 싶었다.

'오데 패만 그러까이? 오장육부가 모돌띠리 썩어문드러져 있을 끼라. 날만 새모 보는 내가 그것도 모리고. 후우.'

용삼 머릿속에 별의별 방정맞고 불안한 그림들이 연방 겹쳐졌다. 지금도 그렇지만 처녀 시절에는 정말로 아름답던 아내였다. 마음씨 또한 그렇게 고울 수가 없었다. 그 양면을 모두 갖추기는 쉽지 않을 터였다. 행여 아내가 잘못되기라도 하면…….

용삼은 어느 날인가 아내에게 들려주었던, 아내가 눈물까지 지으며 그리 좋아했던, 저 먼 남쪽 섬의 민요를 아직도 바로 어젠 양 생생하게 기억했다.

"아, 그런 데가!"

조용하고 평화로운 산골 출신인 동실 댁은 바닷가 마을에 대한 막연한 동경 같은 것을 품고 있었다. 그리하여 갯내 물씬 풍기는 바다와 거기에 붙은 척박한 땅을 보듬고 억척같이 살아가는 어촌 아낙네들의 꿈과 애환을 담은 노래를 더없이 마음에 들어 했다.

"함 들어볼라요?"

남편 말에 동실 댁은 눈을 반짝였다.

"퍼뜩 해보시소."

"자, 그라모 시방부텀 시작하요."

노래 솜씨가 굉장히 뛰어난 용삼이 구성지게 한소리 할라치면, 동실 댁은 꿈 많은 소녀처럼 가슴에다 손을 얹고 그 노랫가락을 들으면서 때로는 두 눈 가득가득 눈물이 글썽거리기도 했다. 사람이 너무 착해빠진 것도 병이었다.

"우짜모!"

섬마을 부녀자들이 굴을 따면서 부르는 민요 중에서도, 동실 댁이 수백 번을 들어도 결코 싫증 나지 않을 노래가 저 '굴 까로 가세' 라는 노래였다. 거기에 이런 멋들어진 구절이 들어 있다.

물래야 댕기 꼬시랑머리가 커서 내 사랑 될 때까지

타박타박 타박머리가 커서 내 사랑 될 때까지

그런가 하면, 용삼은 그 민요 소리 말 가운데 나오는 '연두야 새섬'을 가슴팍에 심었다. 살아가다가 힘이 들거나 슬플 때면 꼭 그 섬을 떠올리곤 하였다. 그에게 그것은 바다의 산이 아니라 마음의 산이었다.

'연두야 새섬에 굴 까로 가세' 라고 하는 그 연두야 새섬은 그에게 있어 푸른 희망과 꿈의 섬이었다. 영원히 사라지거나 가라앉지 않을 불멸의 섬. 아무리 세찬 파도 더미가 가없이 밀려와도 끄떡없을 마음의 섬이었다.

그러나 지금은 그렇지 못했다. 연두야 새섬마저도 그에게는 아무런 힘도 위안도 될 수 없었다. 희망과 꿈은 물살에 휩쓸려 가버렸다.

옥이야 금이야 했던 무남독녀 옥진이 관기가 된 후로 동실 댁은 완전 다른 사람으로 바뀌었다. 용삼도 일할 의욕을 상실했다. 집안에서 웃음소리가 사라진 지 오래였다. 침묵이 부부를 옥죄었다. 언제나 거미줄 같은 침침한 그늘이 드리워져 있었다.

보는 이마다 입 다시지 않는 사람이 없었던 내 예쁜 딸 옥진이. 어느 고관대작 가문의 잘난 도령이 데리고 갈는지, 참으로 복도 많다고 부러움 절반 호기심 절반 숱한 입질에 오르던 내 여식. 그 선녀 같은 딸이 천한 기생이 되다니.

용삼과 동실 댁은 여전히 모르고 있다. '새끼 기생' 소리를 그렇게 싫어했던 옥진이 '기생 해랑'으로 된 연유를.

어쩌면 저 대사지에 고여 있는 그 핏빛 비밀은 영원히 밝혀지지 않을지도 모른다. 가해자들인 점박이 형제나 순결을 잃은 해랑이 입을 열 리가 없고, 비화 또한 죽어 무덤 속까지 가져갈 결심을 하고 있는 마당에 뉘 알겠는가? 그곳 못물은 소리 없이 출렁이고 연꽃은 조용히 흔들리고 있을 뿐이다.

그런 속에서 용삼과 동실 댁은 관기 신분인 딸에게 도움을 청할 형편이 못 됨을 너무나도 잘 알았다. 교방 기녀에게 무슨 힘이 있겠는가? 그야말로 두 손 맺고 고스란히 당할 수밖에 없는 황당한 처지였다. 이제 때늦은 후회지만, 딸은 그렇게 돼버렸다고 하더라도 부부가 살아갈 항산恒産에는 신경을 써야 마땅했다. 그들은 아직 너무나 젊었으며, 그들 앞에는 목숨을 연명해야 할 날들이 지천으로 널려 있었기에 더욱 그랬다.

그런데 부모 자식 사이에는 천륜이란 것이 있다고 했다. 다리 역할을 해준 사람은 친척 애심이었다. 동실댁 병이 예사로 깊지 않다는 이야기를 듣고 옥진에게 그 소식을 전하기 위해 애쓰던 애심은 어렵사리 옥진을 만날 수 있었다.

"울 어머이가 패빵에 걸릿다꼬예?"

해랑은 와르르 무너져 내리는 하늘을 보는 여자 같았다. 그녀는 알고 있었다. 당시 폐병이라면 죽음의 선고였다. 쏟아져 나오는 기침에는 대책이 없고, 시커먼 피를 동이째 왈칵왈칵 토하는 고통 끝에 마지막을 맞이하는 병이었다.

"옥진아, 우짜모 좋노, 우짜모 좋아?"

"……."

애심의 눈에는 눈물이 흘러넘치도록 고였지만 해랑 눈에서는 눈물 한 방울 흐르지 않았다. 망극한 슬픔은 눈물마저도 허락하지 않는 법일까?

'그동안 내가 부모님한테 너모 무심했던 탓인 기라.'

해랑은 스스로가 너무나 힘들다고 주위를 둘러보지 않았던 지난 시간들이 뒷걸음질 쳐서 자신을 밟아대는 듯했다. 하늘을 우러러 빌고 또 빌어도 하늘은 용서해주시지 않을 것이다.

'내가 그렇다는 핑개로 제대로 찾아뵙지도 안 하고 있었제.'

가슴을 찧고 싶었다. 생초목에 불붙는다더니, 졸지에 이런 일을 당하게 될 줄이야.

'올매나 이 몬난 딸자슥을 원망하싯것노.'

애심은 해랑의 어깨를 잡아 흔들며 어쩔 줄 몰라 했다. 지난날 대사지에서의 장면이 재현되고 있었다.

"아이고, 옥진아이. 니 어머이 살릴 방도가 없것나, 응? 흑흑."

애심이 눈물만 펑펑 내쏟아 놓고 돌아간 뒤, 해랑은 슬픔과 고통에 젖어 있을 틈도 없이 동실댁 병을 고칠 돈 걱정부터 앞섰다.

'이기 옥지이 본모습인 기라.'

자신이 이토록 무력한 여잔 줄 몰랐다. 돌아보니 돈도 권세도 명예도 그 밖의 어떤 것도 없었다. 빈껍데기로 살아왔다. 온 주변을 샅샅이 뒤져도 단돈 1전 하나 꿔줄 사람도 찾아보기 어려웠다. 폐병은 기름진 음식을 먹어야 하는 부자병이라고 들었다.

해랑이 혼자 바싹바싹 애를 태우고 있는 사이에도 시간은 무심하게, 아니 매몰차게 잘도 흘러갔다. 여전히 사람과 동물은 낮에는 움직이고 밤에는 잤다. 해는 뜰 시각에 뜨고, 달은 지는 시각에 졌다.

'내 몬났다. 에나 내 몬났다.'

누군가 내 한 몸을 사려는 이가 있으면 당장 달려가 그에게 팔고 싶었다. 도둑질도 좋고 강도질도 좋고 화냥질이라도 좋았다. 돈만 내 손에 쥘 수 있다면. 아아, 돈.

그런데 이건 또 무엇인가? 눈 위에 서리라는 옛말을 바로 현실로 나타내 보이려는 신의 잔인한 섭리인가? 탈진할 대로 탈진해져 있는 해랑의 귀에 또 한 번 청천벽력 같은 소리가 전해졌다.

불, 이번엔 불이었다.

성 밖 친정집이 원인을 알 수 없는 화재로 인해 흔적도 없이 사라져버렸다는 것이다. 부모는 죽음의 문턱에서 간신히 불길을 피해 빠져나왔지만 이미 몸도 마음도 시커멓게 재로 화해버린 상태였다.

병마와 화마, 그 두 불청객이 어깨를 나란히 하고서 해랑의 집안을 방문한 것이다. 이제 그야말로 서발 막대 거칠 것 없을 정도로 아무것도 없는 철저한 가난뱅이로 전락하고 말았다. 세우는 시간은 길어도 무너지는 순간은 금방이었다.

용삼과 동실 댁은 다급한 대로 애심의 집 방 한 칸을 얻어 거기에 등짝을 눕혔다. 환자 병구완은 고사하고 식음도 전폐했다. 가혹한 운명을 저주할 힘마저 없었다.

"오데 멀리 가실 필요 없이, 그냥 내 집이라 여기시고……."

"우리 저 양반 말씀대로 하시소."

호한과 윤 씨가 자기들 집에 와 있으라고 권해도 듣지 않았다. 평소에는 그렇게 가깝게 지내던 사이라도 막다른 곳까지 이르게 되면 역시 먼 친척이라 해도 그쪽을 찾게 되는 모양이었다.

그러한 어느 날, 비화는 상촌나루터를 찾아온 부모와 만나 이야기를 나누었다. 부모는 평상시 그들답지 않게 여간 서두르는 게 아니었다.

"비화 니 도움이 술찮이 필요할 거 겉다."

호한 말을 윤 씨가 이어받았다.

"아부지 말씀이 무신 뜻인고 알아듣것제?"

비화는 여전히 총명해 보이는 두 눈을 빛내며 말했다.

"압니더."

언제나처럼 북적대는 손님들이 내는 소리가 그곳 살림방 문턱을 곰실곰실 넘어오고 있었다. 주방 쪽에서는 콩나물국밥을 끓이는 냄새가 진동하는 가운데, 일하는 여자들이 손님들 방과 마당에 놓인 평상을 오가는 모습들이 활기 넘치는 정경을 이루었다.

“옥지이하고 니하고는 피만 안 섞잇다 뿐이지 친자매 겉은 사이 아이가.”

“예, 맞아예.”

굳이 호한과 윤 씨의 타이름이 아니더라도 비화는 벌써부터 작정하고 있던 터였다. 아니, 사실 부모보다 더 마음을 쓰고 있었다.

“그란데 쪼매 문제가 있는 기라.”

비화가 알았다고 고개를 끄덕이는데 호한이 밤빛처럼 어두운 얼굴로 말했다.

“용삼이 그 사람, 심한 말로 채맨 하나 빼모 시체 아인가베.”

“예.”

“그 부인도 가리방상하다.”

“예.”

그것은 해랑을 보더라도 대번에 알 수 있었다. 속된 말로 ‘꼴값한다’고 해랑은 얼굴값을 톡톡히 했다. 그 집안 식구들은 어지간해서는 타인의 도움을 받으려 들지 않을 것이다. 체면이 밥 먹여주는 사람들이었다.

“가차운 우리 집에 와 있으라꼬 그리 권해도 끝끼지 안 듣고 멀리 있는 친척 집으로 갔다. 애심인가 하는 사람의…….”

남강 쪽에서 무엇에 쫓기는 듯한 물새 울음소리가 들려왔다. 그 소리에 잠깐 귀를 기울이고 있던 호한도 비화 생각과 같은 소리를 했다.

“곧 죽어 넘어지도 넘 도움은 사양할 끼 뻔하다.”

북쪽 바람벽 뒤편에서 고양이 소리가 났다. 아마 밤골집에서 자식처럼 키우고 있는 ‘나비’일 것이다. 후손에 대한 미련이나 애착은 밤골 댁보다도 돌재가 훨씬 강하다고 들었다.

“채맨에 손상이 간다 싶으모, 우선에 급한께 받고 내중에 도로 돌리주모 될 낀데. 아, 내 겉으모 그리한다 고마."

그러면서 호한이 혀를 찼고, 윤 씨도 무척 근심어린 빛이었다.

"우짭니꺼? 부부 중에 한 사람이라도 안 그라모 괘안을 낀데, 당신 하신 말씀맹캐 동실 댁도 그런 점에서는 누한테 안 집니더. 왕비 공주만치 자존심 강한 여자지예."

윤 씨 머릿속에 언젠가 석류나무 아래서 석류가 떨어지는 광경을 지켜보고 있던 동실 댁이 하던 말이 되살아났다.

'석류는 떨어져도, 안 떨어지는 유자를 부러버하지 않는다데예.'

사람은 누구나 제 잘난 맛에 산다고 하고, 그게 나쁜 것만은 아니었다. 그렇지만 온 고을이 알아주는 미인으로 충분히 그럴 수 있다손 치더라도, 윤 씨가 받아들이기에 동실 댁은 그 정도가 너무 지나쳤다. 그리고 그것은 행운이 아니라 불운을 가져다줄 뿐이었다.

"그래갖고 또 머라쿠는가 하모 말입니더."

윤 씨가 그런저런 이야기를 호한에게 들려주는 소리를 옆에서 잠자코 듣고 있던 비화가 입을 열었다.

"지가 옥지이를 함 만내보것십니더."

호한이 손바닥으로 무릎을 탁 쳤다.

"그기 좋을 거 겉거마. 마츰맞은 생각을 해냈다."

이제 됐다는 듯 이런 말도 했다.

"옥지이가 딴 사람은 몰라도, 비화 니 말이모 모도 들을 끼다."

그러자 윤 씨가 조심스럽게 말했다.

"그래도 옥지이 기분 안 상하거로 자알 해라. 잘될라꼬 핸 일이 도로 불상사를 갖고 올 수도 있제."

비화가 대답할 틈도 없이 호한이 다시 말했다.

"시간 없다."

예전의 그 기개를 되찾은 모습이었다.

"시방 당장 만내 봐라. 우리는 가볼 낀께."

그 말이 떨어지기 무섭게 호한이 자리에서 몸을 일으켰고 윤 씨 또한 서둘러 함께 일어섰다.

"나오지 마라."

멀리까지 배웅하려는 비화를 부모는 극구 말렸다. 네가 지금 그럴 시간이 없으니 어서 옥진이나 만나 보라는 것이다.

나비란 놈이 저도 전송하려는 것처럼 가게 문간 밖에까지 따라 나와서는 호한과 윤 씨 등 뒤에 대고 계속 소리를 내었다.

'야옹, 야옹.'

비화는 그 길로 집을 나섰다. 서편 하늘가에 때아닌 무지개가 서 있었다. 언제 보아도 그것은 색동저고리를 연상시켰다. 하지만 그것을 보는 비화 마음이 어쩐지 좋지 못했다.

'서팬에 무지개가 서모, 개울 너머 소 매지 마라 캤는데…….'

그 정도로 비가 많이 온다는 말이었다. 그렇지만 지금 당장 봐서는 전혀 비가 내릴 것 같지 않게 맑은 하늘이었다.

'시방 집에 있을랑가?'

이윽고 비화가 곧장 찾아간 사람은 관아 말단 행정 실무에 종사하고 있는 이속吏屬의 부인이었다. 그녀는 나루터집 단골이었다.

"관기 해랑을 만낼 수 있거로 손 좀 써주이소."

"해랑예?"

그 이름을 마음에 새기듯 하는 부인이었다.

"예, 해랑."

"잘 될랑가 모리것지만 그리해보지예."

그 부인은 비록 낮은 자리에 있는 서리胥吏 아내였지만 퍽 교양이 있고 이해심도 넓어 보였다.

"일단 돌아가서 기다리보이소."

부인은 비화가 관기를 만나려고 하는 연유에 대해 알려고도 하지 않았다.

"내가 금방 연락드릴 낀께네예."

비화는 그 부인의 속 깊음에 감복했다.

"꼭 부탁합니더. 꼭 부탁합니더."

부인은 고개를 숙여 보이는 비화를 향해 같이 고개를 수그렸다.

"알것십니더. 자꾸 글 쿠시모 도로 지가 뵐 낯이 없지예."

그 부인에게서 곧 전갈이 왔다.

"오늘 저녁 교방 근처 작은 요릿집에 자리를 마련해놨십니더. 기녀 해랑이 그리로 나올 깁니더."

"고맙십니더. 고맙십니더."

비화는 우선 급한 대로 모을 수 있는 돈은 모조리 모았다. 우정 댁과 원아도 수중에 있는 대로 몽땅 털어주었다. 얼이도 어떻게 들었는지 코 묻은 제 용돈을 주려고 하여 간신히 막았다.

"이눔아! 석새에서 한 새 빠진 소리 할 끼가?"

실없는 소리 한다며 아들을 나무라는 우정 댁 얼굴은 그러나 대견스러워하는 빛으로 가득 차 있었다.

"그래도 선 떡 부스러기보담은 한거석 더 낫지예."

원아는 단합이 되지 않는 무리보다는 그래도 서로 의意가 맞는 우리들이 몇 배 낫다고 했다.

"얼이는 석새에서 한 새 더 보태서 넉샙니더, 넉새예."

그러면서 비화도 같은 뿌듯함을 맛보았다.

'인자 된 기라.'

비화 마음이 오랜만에 풍선같이 가벼웠다. 무엇보다 옥진을 만나고 또 도움까지 줄 수 있다는 사실이 차분한 비화를 들뜨게 했다. 왠지는 모르게 자꾸만 멀어지려는 옥진을 이번 기회에 예전처럼 돌아오게 하리라 단단히 마음먹었다.

"댕기오것심니더, 이모님들예."

무장한 병사처럼 떠나려 하는 비화더러 우정 댁과 원아가 경쟁하듯 말했다.

"시방꺼정 쌓잇던 회포도 모도 풀고 오라이."

"안부도 좀 전해주고."

비화는 약속 시간보다 훨씬 앞서 요릿집을 찾아가 조용한 방에 앉아 옥진이 오기를 기다렸다. 만감이 엇갈리는 순간이었다.

'마이 아쉽다 아이가. 이리 나쁜 일 땜이 아이고 좋은 일로 서로 만내모 상구 더 좋것지만도 우짜것노.'

그러나 반드시 좋은 일이 되도록 만들리라 다짐도 해보았다. 전화위복이라는 말도 있지 않으냐?

옥진, 아니 해랑은 정확한 시각에 맞춰 왔다. 그런데 손에는 무슨 보퉁이 하나가 들려 있었다. 얼핏 봐도 굉장히 화려하고 귀한 그 보자기 속에 든 것이 무엇인지 비화는 좀 궁금했지만, 그보다도 우선 이번 집안 불상사에 대해 위로하는 게 먼저 할 도리였다.

"집이 타삐서 올매나 놀랬노? 아, 그보담도 어머이가 마이 안 좋으시담서?"

한데, 해랑이 대뜸 한다는 소리가 이랬다.

"그거 확인해볼라꼬 낼로 보자쿤 기가, 언가야."

"옥진아."

비화는 그만 말문이 막혔다. 머릿속이 텅텅 비는 듯했다. 그런 와중에 처음부터 일이 순조롭지 못할 것 같은 불길한 예감이 덤벼들었다. 어머니 윤 씨가 곧잘 하던 소리가 들렸다.

'설 때 궂긴 아이가 날 때도 궂긴다쿠디이.'

해랑은 비화가 도시 정신을 차리지 못할 정도로 마구 독촉부터 해댔다. 빚쟁이도 그런 빚쟁이는 보기 힘들었다.

"용건이 머신고 얼릉 말해라."

"……."

그곳 요릿집 방이 팽그르르 도는 듯했다.

"내가 쪼매 바뿌다."

해랑의 얼굴은 가면을 둘러쓴 것처럼 표정이 없었다. 그래서 상대방이 느끼게 되는 기분은 무어라 표현할 수 없을 정도였다.

"저……."

비화는 어지러운 마음을 가까스로 다스리며 품에서 자주색 돈주머니를 꺼내 해랑 앞에 놓았다. 그러고는 어머니 윤 씨가 한 말을 떠올리며 조심스럽게 권했다.

"이거 갖고 가서 써라."

그러자 해랑은 제법 부피가 있어 보이는 돈주머니를 잠시 물끄러미 내려다보더니만 심드렁하니 물었다.

"이기 머신데?"

뻔히 알고서도 물었다는 투였다.

"돈인가베?"

비화가 조심한다고 입을 열지 않자 이런 소리도 했다.

"와? 돈이 무서버서 말 몬 하것는가베?"

어느 방에선가 손님들 웃음소리가 들렸다. 남자들 웃음소리 속에 여자 웃음소리도 섞여 있었다.

"급한 데 먼첨 쓰라."

비화는 복받치는 울음을 가까스로 견뎌내며 말했다.

"내가 더 밴통(변통)해볼 낀께네."

바로 그 순간이었다. 진심어린 비화 말을 마지막까지 듣지도 않고 해랑이 단칼로 내리치듯 내뱉었다. 선불 맞은 노루 같았다.

"필요 없다!"

그 고함소리에 귀를 기울기라도 하는지 그때까지 다른 방에서 들리던 웃음소리가 딱 멎었다. 그러자 이상하리만치 큰 공허가 전해졌다.

"옥진아."

비화가 자기 본명을 부르자 해랑은 그게 더 싫다는 듯 목소리를 높였다.

"내 말 몬 들은 기가?"

잠시 멈췄던 웃음소리가 좀 더 크게 들려오고 있었다.

"필요 없다 안 쿠더나."

"흑."

비화는 기어이 눈물을 보였다. 그렇지만 해랑은 더할 나위 없이 여유로워 보이는 미소를 지었다. 비화에게는 너무나 생소한 웃음이었다.

"……."

비화는 멀건이를 방불케 하는 얼굴로 해랑의 붉은 입술만 멀거니 바라보았다. 그 입술이 일그러지듯 열렸다.

"언가 니가 걱정 안 해도 된다 아이가."

얼른 이해가 닿질 않는 비화였다.

"내한테 돈 쌔뼀다. 천지삐까리다."

갑자기 해랑 음성은 정다웠던 옛날 그 시절로 돌아갔다. 그녀는 다시없이 친근해진 목소리로 사근사근하게 굴었다.

"언가야, 고맙다. 눈물이 다 나거로."

비화는 해랑에게 듣는 고맙다는 그 소리 또한 익숙지 못했다.

"고, 고맙기는?"

"콧물도 날라쿠네? 이 큰 은혜를 우찌 다 갚것노?"

그 '은혜'라는 말을 발음할 때 지역 말씨가 아니라 한양 말씨가 또렷했다. 한양에서 오는 고위직들과 자기가 동급으로 논다는 것을 그런 식으로 나타내 보이고자 한 걸까? 그러고 나서 해랑은 코를 훌쩍였다. 비화는 콧등이 시큰해졌다.

"아, 아이다."

"우리 식구를 이리 깊이 생각해주다이."

해랑의 혼잣말에 비화는 목이 잠겼다.

"아이라 캐도?"

손을 뻗어 해랑을 안을 것처럼 했다.

"니하고 내 사이에……."

해랑이 또 비화 말을 탁 끊었다.

"그란데 안 있나."

그러면서 해랑은 비화가 내민 돈주머니를 거칠게 한쪽으로 확 밀쳐버리고는, 자기 바로 옆에 놓아둔 보퉁이를 끌어당기더니 빠른 동작으로 풀기 시작했다. 입으로는 그렇게 다정다감할 수 없는 목소리로 말했다.

"언가야, 쪼꼼만 있어 봐라이."

영문을 모르는 비화는 한층 넋을 놓고 해랑의 손놀림만 바라보았다. 가늘고 긴 손가락은 푸른 실핏줄이 고스란히 내비쳤다. 백옥같이 곱고 새하얀 손은 비화 자신처럼 험한 일로 고생한 흔적이 없어 그 와중에도 마음이 좋았다.

'내 보기 쪼매 부끄러븐께네 무담시 저리싸도, 지 속멤은 안 그럴 끼

거마는. 하모, 하모. 그랄 리가 없제.'

비화는 콩깍지 속의 콩처럼 의좋게 지내던 옛날을 떠올렸다.

'옥지이가 원래 그런 아 아이가.'

그런데 이윽고 보자기가 풀리고 그 속에 든 물건이 모습을 드러내는 순간, 비화 두 눈은 있는 대로 커져 버렸다. 하지만 그것도 잠시였다. 이내 하늘 끝이나 땅 끝에서 나는 듯한 소리가 있었다.

"언가 니 보다시피 패물이다."

비화는 직접 눈으로 보고 귀로 들으면서도 물었다.

"머라꼬?"

"한분 볼래?"

그러면서 해랑은 그것들을 아무렇게나 방바닥 위에 와르르 쏟아 놓았다. 마치 아무짝에도 쓸모없는 물건을 함부로 다루듯 했다.

"아, 이, 이거는!"

비화는 아직까지 그렇게 비싸고 많은 패물은 본 적이 없었다. 세상에 그런 종류의 패물이 있었다는 것도 알지 못했다.

한참 동안 입을 다물지 못하고 있는 비화를 아주 느긋한 자세로 바라보고 있는 해랑 입귀가 묘하게 말려 올라가 있다. 그러더니 해랑은 천천히, 그러나 다시없이 자랑스럽게 말했다.

"우뗗노, 언가야. 이 정도모 울 어머이 패빵에 쓸 약도 실컷 사고, 또오 머꼬, 불타삐린 우리 집도 도로 지을 수 있것제?"

"옥진아, 이 많은 패물을 우, 우찌?"

비화가 더듬더듬 묻자 해랑은 별안간 미친 여자처럼 깔깔거렸다. 그 웃음소리는 천장이며 사방 벽, 방문에 부딪히며 제멋대로 굴러다녔다. 한참을 그러고는 어느 순간 딱 멈춘 눈동자로 해랑이 말했다.

"언가 니는 그 소문도 몬 들었나?"

"무, 무신 소문?"

비화는 사리분별이 힘들었다. 하나를 들으면 열이 아니라 백, 천을 알던 그 영특하던 비화는 사라지고 바보 멍청이 비화만 거기 있었다.

"아즉도 몬 들었는가베?"

해랑은 몹시 뽐내는 모습을 지어 보였다.

"우리 고을 목사가 이 해랑이를 죽고 몬 살만치 사랑하고 있다쿠는 거. 개도 알고 소도 아는 그 사실을 언가가 모리고 있었다이."

"진아……."

심하게 목을 졸린 상태에서 나오는 신음 같은 소리가 비화 입에서 흘러나왔다.

"무신 소린고 알것제?"

단도직입적으로 얘기했다.

"하 목사가 내한테 선물한 기다, 그 말 아이가."

해랑 눈빛이 이글거렸다. 눈동자 속에서 불꽃이 활활 타오르고 있었다.

"아, 아모리 그, 그래도?"

비화가 계속 더듬거리자 해랑은 약간 성가셔하는 얼굴이었다.

"와?"

"이, 이거는 안 있나."

"몬 믿것나?"

"내, 내 말은 말이다."

"내 말? 누 말?"

"니, 니!"

"아, 니 말? 그라모 이 해랑이 말?"

"드, 들어봐라."

하지만 해랑은 상대 말은 아예 무시했다.

"하기사! 하 목사맹캐 여자한테 홰카닥 미치삔 인간 아이모 그라지는 몬하제. 그런 기 내한테는 이런 복을 주지만도."

비화가 울부짖는 소리로 물었다.

"증말 하 목사가 그랜 기가?"

"하모."

해랑은 어디 흠잡을 데 한 곳 없는 얼굴을 씰룩거렸다.

"섣달그믐날 개밥 퍼주듯기, 내한테 이것저것 푹푹 마구 준다 아이가."

비화는 천장과 방바닥이 자리바꿈을 하는 아찔함을 느꼈다. 지난날 언젠가 둘이서 동리 노처녀가 개한테 하는 짓을 보았던 일을 그 자리에서 들먹이고 있었다.

이상하게 혼사가 어그러지는 처녀였다. 생긴 것도 그런대로 괜찮았고, 심성도 별로 흠잡을 데가 없다고 알려져 있었다. 그런데도 대체 어쩐 셈인지 도무지 신랑감이 나서지를 않았다. 사람들은 그런 처녀를 놓고 소리 죽여 이렇게 속닥거리곤 했다.

"설 쉰 무시(무)를 누가 가지갈라 쿠겄노?"

그날, 한 해가 다 가고 있는 섣달 그믐날이었다. 아직도 한참 어린 비화와 옥진은 그 집 나지막한 담장 너머로 그 노처녀가 하는 행동을 굉장히 놀란 눈으로 지켜보고 있었다. 아무리 화가 났기로서니 개에게 아까운 밥을 그렇게 많이 줄 수는 없었다.

"언가야, 개 밥그럭 좀 봐라."

"저기 개 밥그럭 맞나?"

"맞기는 맞는데 철철 넘친다 아이가."

"에나 그렇네?"

"땅바닥꺼지 밥이다, 밥."

"저 밥 걸베이들한테 주모 참 좋을 낀데 아깝다."

두 사람은 처녀와 개를 훔쳐보면서 작은 소리로 말을 주고받았는데 그게 끝이 아니었다. 한층 경악할 광경은 바로 그다음에 벌어졌다.

"오, 옥진아!"

"어, 언가야!"

그들 입에서 거의 동시에 서로를 부르는 소리가 단말마처럼 터져 나왔다. 세상에, 사람이 한순간에 저렇게 바뀔 수가?

'깽, 깨~앵. 깽, 깨~앵.'

나 죽겠다 하고 튀어나오는 개의 비명소리였다.

그들은 넋을 잃고 그 장면을 지켜보았다. 그러다가 조금 전까지 그렇게 밥을 많이 준 개 옆구리를 홀연 다른 사람이 된 것처럼, 걷어차고 있는 노처녀가 무서워서 너무너무 무서워, 황급히 그 자리를 피해 달아나던 그런 기억이 있다.

그때다. 해랑이 얼음장을 깨문 듯 싸늘하게 내뱉는 소리가 비화 귀에 들렸다.

"언가야, 그 돈주머이 도로 집어넣어라 고마."

객실을 갖추고 요리를 파는 집답게 온갖 음식 냄새가 진동하고 있었지만, 해랑의 몸에서 풍기는 화장품 냄새에 밀리는 성싶었다.

"와 싫나? 그라모 내가 집어넣어 주까?"

"……."

그러나 비화는 돈주머니를 들어 품에 넣을 생각은 하지 않고 여전히 멍한 얼굴로 앉아 있을 뿐이었다. 허깨비 같았다.

그 모습을 이번에는 아무 말 없이 한동안 물끄러미 바라보고 있던 해랑이, 거의 무표정한 얼굴로 보자기를 다시 대충대충 싸기 시작하며 마지막 결별하는 사람에게 묻듯 했다.

"인자 내한테 더 할 이약 없제?"

"진아야."

비화 눈에는 이야기가 없는 게 아니라 해랑이 없었다.

"내는 이거 팔로 가볼란다."

해랑은 어느새 다 싼 보퉁이를 들고 자리에서 일어서 있었다. 비화가 어떻게 손을 써볼 여유도 없이 잽싼 동작이었다.

"언가 니 배 고푸모 안 있나, 혼자 머 좀 시키서 묵고 가라."

그러고는 보퉁이를 들지 않은 나머지 손을 방문에 갖다 댄 채 말했다.

"그라고 마즈막으로 내가 한 소리만 더 하고 갈라쿤다."

"……."

"이거는 갱고(경고)라꼬 생각해도 좋고, 충고라꼬 생각해도 좋다. 다린 거라꼬 생각해도 괘안코. 엿장수 멤대론 기라."

"……."

"섣달에 들온 머슴이 주인 마누래 속곳 걱정한다 쿠더마는……."

상대방을 한껏 업신여기는 눈초리로 내려다보았다.

"내 보기에는 언가 니가 똑 그렇거마."

"……."

"언가야, 우리 언가."

차라리 '언가'라는 말이나 하지 말지.

"그라고 보이, 언가 니 여유가 있는가 보네? 살 만한 거 겉다, 그런 이약인 기라."

한쪽은 입을 봉해 놓고 한쪽에서만 일방적으로 해대는 소리만 끊임없이 요릿집 방을 왕왕 울렸다.

"념 일에 지나치거로 걱정을 다해쌌고. 그리키나 할 일이 없으모, 논에 가서 두 팔 쫙 벌리고 서서 허새비 짓이나 하모 되제, 머 땜새?"

마침내 해랑은 방문을 '쾅' 소리 나게 닫고 나가버렸다. 그것은 '영원한 결별'을 알리는 신호와도 같았다.

"으흐흐."

급기야 비화는 오열을 터뜨리기 시작했다. 옥진을 위해서 그렇게 정성스레 모은 돈이 든 자주색 주머니 위로 눈물이 폭우처럼 쏟아졌다. 개울 너머 소를 매지 못할 정도로 많이 내리는 빗발을 방불케 했다.

그로부터 얼마 후였다.

아직도 나이 몇 살 되지 않은 관기 해랑이, 순전히 혼자만의 힘으로 불타버린 자기 집을 새로 짓기 시작하고 폐병에 좋다는 약은 모조리 구해서 어머니 병구완을 한다는 풍문이, 그곳 남방 고을을 말 그대로 벌집 쑤시듯 해놓았다.

– 아, 텍도 없다 고마. 헛소문일 끼다. 함 생각을 해봐라. 관기 따위가 무신 돈이 짜다라 있어갖고 그랄 끼고?

– 허어, 사람이 넘들한테 속고만 살았나? 시방 당장 새로 집 짓는 데 가보고 그런 소리 씨부러라 캐도? 한양 안 가본 사람이 가본 사람 이긴다더이, 그 말이 이해되네?

– 맞거마는. 고집 세고 말귀 몬 알아묵기는, 설삶은 말 대가리가 따로 없다 아인가베.

– 머, 머라? 마, 말 대가리? 요 개 대가리, 소 대가리가야?

– 안 틀리는갑더라. 온 고을 한의들이 그 관기 어머이 뱅 곤칠라꼬 총동원했다 안 쿠나.

– 하! 돈이 좋기는 좋은갑다, 그자?

– 그라모 돈이 안 좋은 줄 알았디가.

경악한 사람들 가운데서 빼버릴 수 없는 게 당연히 교방 관기들이었다. 서로의 밑구멍을 명경 알 들여다보듯 빤히 알고 있는 처지들인지라 더욱 현실이 믿기지 않을 것이다.

하지만 누구도 선뜻 묻지는 못했다. 아무리 서로가 상처를 보듬어주면서 사는 한 가족 같은 사이라고 할지라도. 맞았다. 그건 자존심이 걸려 있는 문제였다. 개인 신상에 관한…….

남자. 그렇다. 뒤에는 분명히 남자가 숨어 있다. 해랑이 물 쓰듯이 펑펑 써대는 돈은 그 비밀의 남자로부터 나왔을 것이다. 그렇지만 어떻게 그런 거금을. 그는 왕인가?

그러나 해랑 몰래 기녀들이 주고받는 이야기는 갈수록 의문만 보태어 갈 뿐이었다. 영영 풀 수 없는 수수께끼인 셈이었다.

"에나 해랑이한테 그런 사내가 있는 기까?"

"안 믿긴다, 아모리 우리 모리거로 사귔다 캐도."

"하모, 하모. 해랑이가 뒤로 호박씨 까는 엉큼한 기집도 아이고 말이다."

"그라모 대체 오데서 돈이 나서?"

"그거는 돈한테 물어봐야제."

저마다 한마디씩 해대는 그 속에서 내내 침묵을 지키는 사람은 효원이었다. 그리고 얽힐 대로 얽힌 효원 머릿속은 복잡하다 못 해 터질 듯했다.

처음에는 당장 돌려주거나 내다 버리라고 길길이 야단 난리를 쳐대던 해랑이, 그 패물을 다시 가져오라고 할 때만 해도 긴가민가했었다. 하지만 워낙 상황이 상황인지라 해랑은 패물을 팔아 돈을 마련할 수밖에 없었을 것이란 판단이 섰다.

'대체 우떤 남자꼬?'

효원 역시 다른 관기들과 마찬가지로 가장 궁금한 게 그것이었다.

'넘들은 기경도 몬 할 그 귀한 패물을 그리키나 한거석 준 거 본께네, 에나 해랑 언니를 사랑하는 사람인갑다.'

궁금증은 여름날 하늘가로 번지는 뭉게구름처럼 피어올랐다.

'그란데 해랑 언니는 와 한 분도 그 사람 말을 입에 안 올릿으까?'

그녀 같으면 입이 간지러워서라도 가만히 있지를 못했을 텐데.

'성균관 개구리라 캤나 머라 캤노. 그리 자나 깨나 글 하나만 읽는 선비까?'

그런 쪽은 아닐 성싶었다.

'그보담도 말 달리고 활 쏘는 한량이 더 맞을 거 겉다.'

그런 오만 가지 상상 뒤끝이면 효원은 또다시 기습과도 같이 와락 다가오는 얼이 얼굴을 지우기 위해 한참이나 애를 써야 했다.

아아, 너무 보고 싶은 얼이 도령. 저 촉석문 앞 사주 관상쟁이 노인이 예언한 천 씨 성을 가진 남자. 그가 진정 이 효원이 머리 얹어주실 임일까?

'부끄러버라. 넘들은 남자 여자 만내갖고 잘도 사랑을 나눈다 쿠더마는. 관기인 내가 이리 생각한다쿠는 거를 넘들은 이해도 몬 할 기다.'

그나저나 효원이 되짚어 봐도 해랑 일에는 결코, 범상치 않은 뭔가가 분명히 감춰져 있었다. 도대체 그 돈 많은 남자가 누굴까 하는 의문에서, 이제는 해랑 언니와 그 남자 사이에 얽혀 있을 비밀에 더 관심이 쏠리기 시작했다. 하긴 지금 그녀는 그런 것에 한창 빠질 나이이긴 했다. 남들은 그 도가 지나치다고 할지 모르지만.

'그렇다꼬 묻지도 몬하것고.'

효원이 입을 달싹할 수 없게 만드는 건 해랑의 얼음장 같은 태도였다. 요즈음 들어 그녀 얼굴은 차갑다 못해 근엄하기까지 하여 지존인 나라님이라도 감히 말을 걸어볼 수 없을 정도였다. 그뿐만 아니라 해랑은 아예 사람 그림자조차 멀리하려고 했다.

'청승맞거로 외로버 비이네. 에나 더 몬 보것다.'

날이 갈수록 효원 눈에 비친 해랑 모습이 그러했다. 언젠가 본, 성곽 보수공사 현장에 나뒹굴던 돌들이 떠오르면서 이런 느낌마저 들었다.

'똑 성을 다 쌓고 남은 돌 겉다 아이가.'

심지어 꿈에도 돌이 보였는데, 현실에서보다 더욱 기가 찰 노릇은, 해랑뿐만 아니라 효원 자신의 머리도 돌이 돼 있었다는 사실이었다.

'돌로 치모 돌로 치고, 떡으로 치모 떡으로 친다쿠는 말도 있지만도…….'

어쨌든 그런 와중에 해랑의 친정집은 다시 지어지고 동실댁 병도 많이 나아졌다는 소문이 들려오기 시작했다.

"기적 아인가베, 기적."

어떤 사람들은 그 일을 두고 기적이라고 불렀다. 일컫자면, 병인년에 형장의 이슬로 사라진 천주학쟁이 전창무와 무두묘 이야기를 다시 하면서, 그가 혈화血花를 무릅쓰고 받들어 모시던 그 하느님이 보우保佑하사 일어난 사건이라는 거였다.

또 어떤 사람들은 말하기를, 관기 해랑은 그 뛰어나게 아름다운 용모로 미루어 볼 때 본래 천상의 선녀였을 것이고, 그렇게 본다면 그 모든 것은 옥황상제께서 주관하신 게 틀림없다고 했다.

그런 세상 분위기 가운데 비화는 큰 충격 속에서도 다행이라고 가슴을 쓸어내렸다. 비록 그날 옥진에게서 받은 상처가 아물지는 않았지만, 어쩌면 영원토록 치유할 수 없을지도 모른다. 그래도 옥진의 집안이 잘 돼가고 있다는 사실에 마음이 좋았다. 잿더미로 화한 집터에 훌륭한 저택이 들어서니 바로 이웃에 사는 우리도 좋다고 호한과 윤 씨도 말했다.

'하기사 사람이 지 누울 자리 보고 발 뻗친다 안 쿠더나.'

새삼 세월의 흐름을 실감했다.

'옥지이 지도 인자 나이가 그만치 들었은께, 아모것도 안 보고 일부텀 벌리 놓기는 안 할 끼라.'

눈 먹던 토끼 얼음 먹던 토끼가 다 각각이듯, 비화 자신과 옥진은 지금까지 서로 겪어온 환경이 다르니만큼 그 생각도 다르고 행동도 다르고 능력도 다를 것이다. 강은 강으로 존재하고, 산은 산으로 존재하듯이.

하지만 그런저런 판단에도 불구하고 비화 또한 여간 궁금한 게 아니었다. 도대체 옥진이 어떻게 하여 그 많은 패물들을 손에 넣을 수 있었을까? 옥진이 얘기로는 하판도 목사가 줬다고 했지만, 비화가 전해 듣기로는 하 목사는 욕심이 목구멍까지 꽉꽉 들어차 있는 탐관오리로서, 그렇게 귀한 패물을 기녀에게 줄 위인이 아니었다. 그러니 궁금증만 더해갈 따름이었다.

'내가 웬간한 일은 요리조리 헤아리보모 대충은 짚어내는데 이거는 에나 알 수 없는 일인 기라.'

그 생각에 깊이 빠져 주방에서 음식을 만들다가 깡그리 태워버리기도 하고, 손님들 보는 앞에서 국을 엎지르기도 했다. 내가 이러다가는 큰일 나지 싶었다. 그렇지만 솟구치는 상념들을 막을 길이 없었다.

'누가 그것을 옥지이한테 줬다 말고?'

화공이 인물화 그리듯 옥진이 옆자리에 미지의 그 인물을 나란히 세워보았다.

'옥지이하고는 진짜 가차운 사람일 기거마.'

드디어 결론을 내렸다.

'남자것제.'

그러자 나중에는 안달이 날 지경이었다.

'옥지이하고 그리 깊이 사귀는 그 남자는 오데 사는 누꼬? 옥지이를 그리 사랑하는 그 남자는…….'

그게 현실이 될지는 모르겠지만, 언젠가 만나게 되는 날이 오면 정말 감사하다는 인사를 해야겠다. 우리 옥진이와 평생 행복하게 잘 살라고 진정으로 축복해주기로 꼭꼭 마음먹었다.

약수터에서

비화를 비롯한 온 고을 사람들이 너나없이 제 일처럼 궁금해하는 그 비밀의 인물 당사자인 억호는 그야말로 아무 일도 손에 잡히지 않았다.

'인자 다린 거는 내한테 아모 으미가 없기 됐다.'

하루 종일 사랑방에 들이박혀 꼼짝도 하지 않고 열병 앓듯 온갖 상념에 시달렸다. 집안 종들은 까닭을 모르면서도 혹시 자기들에게 불똥이 튈까 봐 일절 그곳으로의 발길을 끊었다.

'드디어 내가 준 패물을 옥지이가 받아들잇다.'

그는 흡사 실성한 사람처럼 혼자 묻고 혼자 답했다.

'그기 무신 정그것노? 아, 무신 정그는 무신 정그? 이 억호한테 멤의 문을 열었다, 바로 그거제.'

스스로 증거를 찾고는, 꼭 바보천치처럼 입을 헤벌린 채 꿈속을 헤매었다. 때로는 벌떡 일어나 제 딴에 심각한 표정을 짓고서 방안을 서성거리기도 하고, 때로는 방바닥에 벌렁 드러누워 천장을 올려다보면서 히죽 웃기도 했다.

'옥지이 성질에 그런 뜻이 없었다모, 절대로 패물에 손을 안 댔을 끼

다.'

그것은 지리산 중도 아니라고 부인할 수 없을 것이다. 더욱이 그 패물을 판 돈으로 그녀 어머니 동실댁 폐병까지 낫게 되었다니, 지금 옥진이 마음은 어떻든 억호 자신을 향하고 있을 것이 아니겠는가 말이다.

'흐, 내 몬 산다.'

옥진이 나를 생각하고 있을 거라는 상상만으로도 억호는 심장이 터져날 것 같았다. 특히 아무도 모르게 심복 양득을 시켜 효원을 통해 옥진에게 패물을 건넨 이후에, 공교롭게도 동실 댁이 폐병이라는 무서운 병마에 시달리고 집에 불까지 났다는 그 사실부터 억호 마음에는 여간 예사로 받아들여지지 않았다.

'요기에는 머신가 있는 기라.'

억지춘향이 따로 없었다.

'옥지이하고 억호하고는 보통 인연이 아이라쿠는 거.'

억호가 그렇게 무지갯빛 환상에 젖어 있을 때 분녀가 사랑채를 찾았다. 그러자 공기가 확 바뀌는 느낌이었다.

'에핀네가 요게는 머 주우무울 끼 있다꼬 쫑쫑거리고 왔노? 똑 달구새끼매이로.'

지금 머리에 그리고 있는 옥진의 자태와 너무나 대조되는 아내를 보는 순간, 억호는 괜히 부아부터 치밀었다. 재떨이에 걸쳐 놓은 담뱃대를 집어 들어 아내 머리통을 내리쳐버리고 싶은 심정이었다.

"여보옹."

게다가 코맹맹이 소리로 한다는 말도 어쩌면 그렇게 멋대가리 없는지.

"똑 허리 몬 쓰는 사람맹커로 혼자 방구들 지고 누우갖고 머하는 기요? 여자도 그렇지만도 남자가 허리가 부실하모……."

억호는 눈을 부릅뜬 채 억지로 화를 삭였다.

"음."

동업은 걸리고 재업은 보듬고 있었다. 아이를 둘이나 데리고 나타난 아내가 억호 눈에는 폭삭 늙은 여자로 비쳤다.

"와 요새는 도통 아아들 보로도 안 오요?"

"……."

"우리 아아들이 날마당 올매나 달라지는지 모릴 끼거마는."

지나치게 안방 출입이 뜸해진 남편을 향해 분녀는 아이들을 핑곗거리로 내세웠다. 그녀는 야속하기도 하고 답답하기도 했다. 같은 집 안에 있어도 사랑채와 안채는 천 리나 떨어진 곳에 있는 듯했다.

'사람이 달라지야 할 끼 따로 있제.'

설단을 임신시킨 후로 억호는 정말 약속처럼 마음을 똑바로 잡았는지 이제는 어떤 염문도 들려오지 않았다. 그렇다면 정실正室을 자주 찾아야 마땅하지만, 그것도 아니었다. 벌써 사내구실을 접을 나이도 아니었다.

"요새 들어갖고는 점포에도 잘 안 나가시는 거 겉던데예?"

수석 산지로 유명한 남한강 어딘가에서 건져 올렸다는 쌍봉 모양의 오석烏石이, 나무를 깎아 만든 좌대에 올라앉아 그들 부부를 물끄러미 바라보고 있었다. 억호 얼굴에 나 있는 점보다 검고 윤기가 도는 그 돌을 구입한 금액을 알면 분녀는 기겁을 하고 말 것이다.

"남자가 너모 쏘댕기는 거도 문제지만도, 그렇다꼬 여자들매이로 집구석에만 앉아 있는 거도 쫌 그렇다 아이요."

저늠의 방정맞은 까마구를? 그때 사랑채 지붕 위에서 들려오는 까마귀 울음소리를 듣고 억호는 속으로 욕을 퍼부었다.

"해나 내가 모리는 무신 고민꺼리라도 있는 기라요?"

분녀가 외씨 같은 눈으로 억호 안색을 힐끔힐끔 살피며 계속 무어라 말을 붙여도, 억호는 듣지 못한 사람처럼 가타부타 대꾸가 없었다.

"아부지."

어린 동업도 자신을 대하는 아버지 태도가 예전 같지 않은 줄 아는지 서먹서먹한 기색이었다. 나이가 무색할 만큼 분위기를 잘 읽고 사람 눈치를 잘 보는 아이였다. 그런 동업을 보고서도 마찬가지였다.

'업둥이 아이가. 내 피는 하나도 안 섞인 넘이다 고마.'

억호 뇌리에 떠오르는 생각은 기껏 그 정도였다.

'옥지이가 낼로 생각하고 안 있는가베, 낼로.'

사람이 마음으로야 무슨 생각을 못 할까. 그래도 갈수록 정도가 지나쳤다.

'운제쯤이나 옥지이가 내 아를 놓을 수 있을랑고.'

분녀를 봐도 얼굴이나 몸매는 전혀 눈에 들어오지 않고 온몸에 주렁주렁 매달고 있는 장신구만 보였다. 그 장신구마저 옥진에게 준 패물처럼 비쳤다. 그러자 아내가 옥진으로 보여 하마터면 '옥진이' 하고 부르며 덥석 껴안을 뻔했다.

"우리 재업이 좀 보이소. 커갈수록 똑 당신 아입니꺼?"

분녀 입에서는 그런 소리까지 나왔다. 남편의 사랑을 받은 종년 설단에 대한 질투심이라든지, 제멋대로 바람을 피운 남편을 겨냥한 분노 따윈 벗어 던진 지 이미 오래였다. 이제 분녀 소원은 오직 하나, 남편이 더 이상 외도를 하지 않고 두 아들이 아무 탈 없이 잘 자라주는 것이었다.

"동업아, 너거 아부지가 버부리 구신한테 팍 씌인 모냥이다."

도무지 입을 열려고 하지 않는 억호에게서 답답함을 느낀 분녀는, 그저 동업에게 말하고 재업에게 말했다.

"재업아, 너거 아부지가 지리산에서 도 닦는 산신령이 돼가는갑다."

그래도 묵묵부답이었다.

'하이고, 내사 미치고 팔딱 뛰것다.'

사람들이 재수 없다고 하는 까마귀 울음소리조차 반가운 이즈음이었다. 그런데 조금 전까지 들리던 그 소리가 뚝 끊어진 걸로 보아 아마 다른 곳으로 훌쩍 날아가 버린 모양이었다.

'집이 적적해서 몬 살것다. 절간도 이런 절간은 없을 끼다.'

분녀로선 알 턱이 없었다. 남편이 지금까지와는 비교가 아니게 한 여인에게 철저히 미쳐 있다는 사실을. 그녀도 귀가 달려 있는지라 해랑이라는 관기 하나가 세상이 발칵 뒤집힐 정도의 일을 일으키고 있다는 소문은 어떻게 들었지만, 남편이 그 사건과 직접 연관된 장본인이란 사실은 꿈에라도 상상할 수 없었다.

배봉가에 비가 내리면 나루터집에도 덩달아 비가 내리고, 나루터집에 바람이 불면 배봉가에도 어김없이 바람이 부는 게, 하늘의 섭리이고 세상의 이치였다.

그 무렵 비화와 재영 또한 준서 때문에 감당키 힘든 걱정과 고통에 싸였다. 답답한 송사訟事도 그렇게 답답할 수는 없었다.

"이 일을 우짭니꺼?"

"허, 그런께 말요."

평상시 약골로 병치레가 잦은 준서가 또 이번에는 사타구니 사이에 습진이 생긴 것이다. 물집과 고름 탓에 아이가 여간 가려워하는 게 아니었다. 차라리 어른이 아픈 게 백 번 낫다는 것을 실감케 했다.

그토록 고통스러워하고 있는데 마침 죽산리 출신인 나루터집 주방 아주머니가 알려주었다. 너무나 담배 골초인 남편에게 '담배는 용골대로 피우네' 라고 바가지를 긁다가 노상 눈 밑에 시퍼런 멍을 달고 사는 여자였다.

"우리 고향에 가모 치라골 약수터라꼬 있는데예, 문디이뱅도 싹 다

낫을 만치 약효가 대단타 안 캅니꺼. 당장 거 한분 가보이소."

"오데예에?"

비화와 재영은 심 봉사처럼 금방 귀가 번쩍 뜨였다. 닭이 천이면 봉이 한 마리 있다더니, 주방 아주머니들 가운데 그 비방秘方을 알고 있는 이가 있을 줄이야.

"치라골 약수터라꼬 했어예?"

"그 무서븐 문디이뱅도 낫을 정도라모 대단한 곳 겉심니더."

한쪽 눈만 쌍꺼풀인 죽산리 아주머니는 주인 부부를 번갈아 바라보았다.

"한분 속는다 셈 치고예."

그러다가 금방 고개를 흔들었다.

"아입니더. 절대로 속는 거는 아일 깁니더."

비화와 재영은 그날로 바로 준서를 데리고 죽산리로 향했다. 하나밖에 없는 자식이 그 모양이니, 실로 담뱃대로 가슴을 콱콱 찌르고 솜뭉치로 가슴을 탕탕 쳐도 시원찮을 부모 마음이었다.

"치라골 약수터, 치라골 약수터……."

그렇게 외면서 가는 길은 다리가 아픈 줄도 숨이 찬 줄도 몰랐다. 등에 준서를 업었음에도 비화는 몸에 바람을 일으키며 바람처럼 내달렸다. 남강에 사는 날렵한 물총새를 떠올리는 재영 눈에 비화가 날개 달린 사람 같았다. 모성의 힘이었다.

"퍼뜩 가이시더."

"아, 알것소."

남자인 재영이 도리어 뒤에 따라가면서 계속해서 헐떡거렸다. 간혹 길바닥에 박혀 있는 뾰족한 돌부리를 걷어차는 바람에 비틀거리기도 했다. 그가 혼례 치른 직후에 허나연과 애정 도피 행각을 벌이던 시기의 그 불안정하고 쫓기는 모습을 다시 보이는 것 같았다. 하지만 이런 말은 잊지 않았다.

"잘몬해서 엎어지모, 아도 다치고 어른도 다치요."

때로는 운이 좋아 같은 방향으로 가는 우마차를 만나 잠시 얻어 타고 가기도 했다. 또 때로는 보부상들이나 농사꾼들과 동행하기도 했다. 멀미하는 준서 때문에 못 했지만, 가마를 대절貸切할 걸 하는 후회도 되었다. 어떤 농가에 들어가 하룻밤 묵기도 했다.

"가마이 있거라, 그 내(川)가 무신 내더라?"

"기억 잘 함 해주이소."

"허, 인자 생각났소!"

"아, 다행입니더"

"그 내 이름이……."

"죽산천예?"

그렇게 가다가 중도에 들어보니 그 치라골 약수터는 죽산천이 뿌리를 뻗어 내리고 있는 골짝에 있다고 했다. 다시 산을 넘고 또 고개를 넘고 들판을 가로질러 한참 가다가, 논에서 일하고 있는 농부를 발견하고 재영이 숨찬 목소리로 물었다.

"말씀 쪼매 여쭈시더."

"물어보소."

논두렁을 따라 바람이 불어왔다.

"치라골이 요 오데 있다꼬 들었는데 오뎁니꺼?"

"치라골?"

농부의 그 소리는 얼핏 맹꽁이 소리를 닮았다. 개구리와 맹꽁이가 많을 것 같은 논이었다.

"예, 그렇심니더."

그러자 숯검정을 바른 듯 새카만 얼굴에 눈빛이 선량한 농부가 손등으로 허리를 서너 차례 두드리고 나서 되물었다.

"누 피부뱅 걸릿는가베?"

비화가 등에 업힌 준서를 농부 쪽으로 이래 내보이며 말했다.

"우리 아들한테 습진이 나서예."

"습진이?"

물기가 진득하게 남아 있는 논바닥이 습진처럼 느껴졌다. 농부는 매부리코를 버릇인 양 씰룩거리고 나서 말했다.

"그렇다모 바로 찾아왔거마는."

비화와 재영의 낯빛이 환해졌다.

"아, 예."

머리카락이 크게 헝클어져 막 쑤셔 비빈 것 같은 농부는, 자기를 만난 건 큰 행운이라며 친절하게 대해주었다.

"거 치라골 약수터 한 조롱박이모, 니 운제 아팠더나? 그리할 정도로 금세 낫을 낀께네."

드디어 그들은 그 농부가 소상히 일러준 대로 치라골 산골짝으로 들어섰다. 그곳은 당장 피부에 와 닿는 공기부터 다른 것 같았다.

"어? 저거는 달맞이꽃 아이요?"

"아, 그렇네예!"

재영이 손가락으로 가리키는 산길 양쪽에는 어른 키를 넘는 달맞이꽃 줄기가 참 많이도 빗살처럼 빽빽이 늘어서 있었다.

"저 꽃도 따갈라쿠는 사람이 술찮이 될 낀데."

"달맞이 지름도 사람 몸에 좋다 글 쿠더마예."

"그런 지름도 얻고 약수도 얻고……."

"그 농부 말마따나 '약藥골'이라 불러도 손색이 없을 거 겉네예."

그때 비화 코끝에 스치는 냄새가 예사롭지 않았다. 그것은 사향 냄새가 분명했다.

"본디 치라골은 칡이 상구 많다꼬 해서 그런 이름이 붙이지기 된 기라예."

죽산리 아주머니 말이 떠올랐다.

'산약초하고 칡은 사향노루가 좋아한다 안 쿠나. 그러이 요게 골짜기에 사향노루가 마이 살고 있을 수도 안 있나.'

우리 준서에게 좋다면 귀하다는 사향노루도 구해봐야겠다고 마음먹었다.

"여보, 함 보소."

잠시 후 재영이 나무숲 우거진 주변을 둘러보며 또 한 번 무척 신기한 듯 말했다.

"골은 벨로 안 깊은 거 겉은데, 계곡물은 차암 한거석 넘치요."

비화도 기대에 찬 상기한 얼굴이었다.

"약수가 안 끊어지고 계속해서 솟구친께 안 그랄까예."

부부는 가쁜 숨도 조금 고를 겸 잠시 멈춰 서서 계곡물을 내려다보았다. 약수터는 계곡 오른쪽과 왼쪽 두 곳에 있었다.

"두 개가 금실 좋은 부부맹캐 따악 마조 보고 있다 아입니꺼."

"저 오른짝 약수터 물이 암물이고, 윈짝 약수터 물이 수물인갑소."

계곡을 가로질러 날아가는 잿빛 새는 아마도 산비둘기가 아닐까 싶었다. 그 풍광은 한 폭의 산수화를 떠올리게 했다.

"약수가 암물하고 수물로 구분되는 기 상구 색다리다 아입니꺼. 똑겉은 물을 놓고 말입니더."

비화의 말에 재영도 동감을 표했다.

"그래서 좋은갑소."

그 주변 일대는 오래된 소나무 숲이 울창하여 솔향이 코를 찔렀다. 중간에 키 큰 편백나무도 자라고 있었다. 그런 수목들로 인해 거기 공기는 한층 좋은 성싶었다.

"가보이시더."

"그랍시다."

이번에도 비화가 앞장서고 재영이 뒤따랐다.

'여보.'

등에 업힌 아이를 연신 추슬러가며 급히 걸음을 옮기는 아내 뒷모습을 보는 재영 심정이 더할 나위 없이 복잡하고 야릇하고 죄스러웠다.

'내가 죄가 많소.'

언제부터 우리 부부가 덩갈나무 회초리 나고 바늘 간 데 실 따라가듯, 이렇게 둘이 꼭 붙어 다니기 시작했던가 싶으니 감회가 새로웠다. 혼자서 사방팔방 헤매던 날들이 미처 아물지 않은 생채기처럼 마음 깊이 남아 있는 그였다. 되돌아볼수록 광기와 회한으로 얼룩진 세월이었다.

"저짝부텀 가보이시더."

"그라까요."

우선 수물이 나온다고 하는 왼쪽 계곡으로 갔다. 거기 약수터는 그들보다도 먼저 온 사람들로 무척이나 붐볐다. 이런 산골 골짜기에 인파가 흘러넘친다는 것이 실제 눈으로 보면서도 믿어지지 않았다. 그러고 보니 이 세상에는 피부병 걸린 사람이 참 많구나 싶었다.

"이래갖고 운제 우리 준서한테 물 한 모곰 멕일 수 있을랑가 모리것소. 쪼꼼이라도 더 퍼뜩 안 아푸거로 해줘야 할 낀데."

바위틈에서 감질나게 졸졸 나오는 수물을 조롱박으로 겨우 조금 받아 마셔야 하는 것을 보고 재영이 안달 나 했다.

"펑펑 쏟아져 나오모 약수가 아이지예."

사람이 제가 감당할 수 없을 만큼 많은 돈을 가지면 그건 이미 돈이 아니지 않을까 그런 생각도 드는 비화였다.

"그거는 맞소."

재영이 머쓱한 표정을 지었다. 저 양반은 언제쯤 넉살이 좀 생기려나 바라는 마음이다가 비화는 지금의 남편이 더 좋다고 보았다.

"설마 우리 차례가 안 오까이예."

자기 순서가 오기를 기다리며 길게 줄지어 서 있는 사람 행렬을 바라보면서 비화가 다시 말했다.

"기다리보이시더."

재영이 집 나가고 독수공방을 한 비화는 기다리는 일에는 이력이 났다. 비화 귀에 앞에 선 사람들이 주고받는 이야기가 들렸다.

"운젠가 내가 여 왔을 때, 뜨물겉이 허연 물이 나오는 기라예."

치마를 추스르며 아낙이 하는 말을 듣고, 한눈에 봐도 퍽 약골인 젊은이가 말했다.

"아, 만병통치약으로 통한다쿠는 그 물예?"

코털이 삐어져 나온 중년의 남자가 일깨워주었다.

"하모요. 그기 진짜 약수 아인가베."

장사꾼처럼 보이는 작은 체구의 남자가 말했다.

"거는 참말로 운도 좋소. 할배 뫼를 잘 썼나."

육순 가까이 된 여인네가 혼잣말처럼 이랬다.

"내가 듣기로, 그런 물은 일 년에 딱 한 분밖에 안 나온다 쿠던데."

그 여인네보다 나이 좀 더 먹어 보이는 영감도 한마디 했다.

"내도 들었소. 나오는 시기도 안 정해져 있다 쿠더마."

"하여튼 약물꾼도 많거마는."

자신도 그 부류에 속하면서 흡사 남의 말 하듯이 하는 사람도 많았다.

"이라다가 약물 중독자도 생기모 우짜노?"

그때 대화를 듣고 있던 짓궂은 사내 하나가 끼어들었다. 세상에 키 크고 싱겁지 않은 이 없다더니, 보통 사람들보다 머리통 하나는 높은 사내였는데, 지금 주위에 여자들이 있든 없든 아랑곳하지 않고 나오는 대로 내뱉었다.

"아요, 내 이약 함 들어보소. 허연 뜨물 겉은 물이 우떻게 그리키 자조 나오것소? 여자한테서 나오는 젖도 아이고. 히힛."

장신의 사내는 그렇게 말해 놓고 노골적으로 비화를 빤히 내려다보았다. 탕아蕩兒 같은 그의 눈빛이 너무 엉큼해 보였다. 일순, 재영의 안색이 싹 바뀌었다.

'아!'

비화는 어떤 위기감을 느꼈다. 남편이 당장 사내 멱살을 휘어잡거나 뺨이라도 후려칠 것 같아서였다. 그런 와중에 비화는 새삼 깨달았다.

'내도 그렇지만도 저이도 상구 배뀐 기라.'

아까 그는 넉살이 없다고 생각했지만, 그렇다고 모든 게 불변한 것은 아니었다. 오히려 재영은 준서가 태어난 후로 사람이 정말 많이 달라졌다. 우리 보금자리를 지켜야 한다는 동물적인 본능이 그를 사내답게 이끄는 것 같았다. 누구든지 내 아내를 농락하면 더 이상 두고 보지 않겠다는 결연한 빛이 엿보였다.

비화는 모르지 않았다. 남편의 그런 커다란 변화 이면에는 소궁복을 살해한 살인마 민치목의 그림자가 도사리고 있다는 것이다. 상촌나루터 후미진 강가에서 당했던 그 일을 어찌 잊겠는가? 그리고 아직도 완전히 끝나지 않은 위험 요소들…….

그러나 비화도 알지 못하는 게 있었으니 남편과 허나연 사이에 태어난 동업이라는 존재였다. 재영은 그 창망한 가운데 첫아들을 억호와 분녀에게 업둥이로 줘버린 이후로 둘째 아들 준서만은 굳게 지키리라 다짐했다. 그게 변화의 시초였다. 그 두 아들로 인해 앞으로 또다시 무엇이 어떻게 달라질지는 하늘밖에 모를 것이다.

'아모 일도 없어야 할 낀데.'

비화가 남편과 사내 사이에 무슨 불상사가 벌어질까 조마조마해하고 있는 사이에 드디어 그들 차례가 되었다. 다행히 그 장신의 사내는 여자에게 집적거리는 면은 있어도 괜히 남과 시비 붙는 일은 많지 않은 것 같았다. 하긴 지금 거기 와 있는 사람들의 최대 관심은 약수였다.

비화는 호리병박으로 만들어진 바가지를 바위 틈새에 받쳤다. 수물은 감질날 정도로 양이 많지 않았다. 한참 만에 겨우 한 조롱박을 받았다.

"준서야이, 쌔이 마시라."

"이거 묵고 나모, 니 뱅은 금세 낫는다."

비화와 재영은 준서를 들여다보며 그 수물을 먹였다. 준서는 다른 음식물처럼 붉은 꽃순 같은 혀로 쏙쏙 내밀어버리지 않고 그런대로 잘 마셨다.

"어이구, 우리 준서 에나 착하다."

대견스러워하기는 부부가 마찬가지였다.

"어른 겉거마는, 어른 겉애."

비화가 준서에게 정성스레 수물을 먹인 다음 돌아서면서 보니, 물이 나오는 커다란 바위 위쪽에 세워진 비석이 눈에 띄었다.

'우찌 이런 데 저런 기 있제?'

약수터에 선 비석이 생경함을 넘어 신기했다.

비화 눈이 반짝 빛났다. 글이다. 한문이 쓰여 있다. 그 당시 대부분 여자처럼 글방을 못 다닌 비화는 아버지 호한에게 배운 우리글은 알지만, 한자는 몰랐다.

"아, 저거."

그때 재영이 눈치채고 얼른 들려주었다.

"예전에 이 고을 목민관이 세운 비석인데……."

그러고 나서 고개를 들고 한문을 자세히 바라보았다.

"에, 가마이 있거라, 함 보자."

비화는 한층 호기심이 일었다. 준서 피부병을 낫게 해줄 것이라고 믿는 약수터에 있는 것이기에 더 그랬다.

재영이 곧 그 글을 풀이해주기 시작했다. 그 모습이 비화 눈에는 얼이를 가르치는 서당 훈장 권학처럼 비쳤다.

"이 물로 한 분 목욕하고 이 물을 한 분 마시모 백 가지 뱅이 모도 낫는다, 그런 뜻이거마는."

"아, 그래예?"

비화는 남편 앞에서 부끄러운 중에도 의지할 곳이 있다는 생각에 가슴이 뿌듯했다. 비록 지금은 잠시 아내가 하는 장사 일을 옆에서 도와주고 있는 처지지만, 남편은 언젠가는 사내대장부다운 큰일을 하게 될 것이라고 기대해보았다. 아니, 꼭 그렇게 되도록 내가 적극 애를 쓸 것이라고 다짐도 했다.

'덤불이 커야 토째비가 난다 안 캤나.'

아버지 호한의 말이 떠올랐다.

'역시 사람 사는 집안은 남자가 든든해야 잘되는 거 아이것나.'

비화는 깊은 심호흡을 했다. 짙은 솔향기가 몸 안 가득 스며드는 느낌이었다. 우리 준서 피부병도 곧 낫겠구나 하는 반가운 예감이 들었다.

'그렇다모 요분에는…….'

비화는 눈을 들어 계곡 건너편을 바라보았다. 암물이 있는 곳이다. 수물을 먹였으니 다음에는 저쪽으로 가서 암물로 준서 몸을 씻겨야 했다.

'삐, 삐~이.'

갈색과 노란색 털이 섞인 작은 산새 한 마리가 그쪽으로 날아가면서 그런 소리를 내었다. 마치, 어서 내 뒤를 따라오라는 것처럼 들렸다.

'그란데 우리 준서 밑으로는 우째서 애기가 안 들어서는 기까? 머 땜새 그라까?'

하늘에 자그마한 파문을 일으키듯 하며 날갯짓을 하는 그 새의 뒤를 눈으로 쫓던 비화는 문득 그런 의문에 사로잡혔다. 해독解讀하기 어려운 그곳 비석 한문만큼이나 난해하게 다가오는 문제였다.

'해나 준서 하나밖에?'

밑도 끝도 없이 그런 방정맞은 생각이 덤벼들었다. 비화는 정체를 알 수 없는 불안감과 초조감에 온몸을 떨었다. 근동에서 사내 몇을 너끈히 당해낼 여장부로 알려졌지만, 그 순간만은 가냘픈 암사슴처럼 약해빠진 듯했다.

사람은 적어도 아들이 셋은 되어야 한다고 언제나 입버릇처럼 되뇌는 부모였다. 하지만 준서 아래로는 아들은 고사하고 딸도 하나 더 낳지 못하고 있다.

'우리 준서가 몸도 약한데…….'

비화는 자꾸만 나약해지려는 마음을 다잡기 위해서 무진 애썼다. 준서를 튼실하게 키워내야 한다. 이 아이에게 무슨 일이 생기면 어떻게 살아갈까?

"여보, 인자 암물 나오는 약수터로 갑시다."

재영이 재촉하는 소리가 비화 귀에 아스라이 들렸다. 그 작은 산새는 혼자 가버렸는지 이미 시야에서 사라진 후였다. 하지만 이 세상 어딘가에 반드시 있을 것이다. 천주학을 믿는 전창무와 우 씨 부인이 말했다. 일단 한번 태어난 생명은 죽어 지상에서 떠나더라도 그 영혼은 영원히 불멸하여 저 넓은 우주 어느 곳에서 머물게 되는 것이라고 했다.

"그라이시더. 우리 준서 피부병을 칼끗이 씻어내삐야지예."

비화는 간절한 소원을 담아 말했다.

"금방 낫을 꺼 겉어예."

재영도 표정이 한결 밝아졌다.

"당신도 그렇소? 내도 그렇다 아이요."

그러고 나서 두 사람 입에서 흡사 선약이라도 있은 듯 동시에 같은 소리가 나왔다.

"우리 준서!"

그러나 그 순간까지는 비화도 재영도 까마득히 알지 못했다.

암물이 나오는 약수터는 수물이 나는 약수터보다 훨씬 더 시끄럽고 번잡스러웠다. 그렇지만 다행히 바위 틈서리에서 조금씩 흘러나오는 수물과는 다르게 암물은 우선 그 양이 많아 보였다.

비화와 재영이 서둘러 암물 약수터 쪽에 갔을 때, 그곳에는 사람들이 암물로 몸을 씻는다고 야단들이었다. 바가지로 물을 퍼서 몸에 끼얹으며 헤헤대기도 하고 기성을 내지르는 이도 있었다. 어떻게 보면 그런 부류 사람들은 피부병이 있어서가 아니라 거기 약수터 소문을 듣고 놀기 삼아 와서 장난질을 쳐대고 있는 게 아닌가 싶었다.

"여보."

"허, 이거 참."

비화와 재영은 약간 난감해져서 한동안 우두커니 서 있기만 했다. 어른들이 들끓는 그 속에 어린 준서를 데리고 들어가 몸을 씻길 엄두가 나지 않았다. 잘못하다간 사람들 틈바구니에서 다칠 위험도 컸다.

'까악, 까악.'

몸집이 커다란 까마귀 여러 마리가 큰 소리로 울어대며 사람들 머리

위를 선회하고 있었다. 어느 순간 갑자기 하강하여 사람들을 공격하지 않을까 싶을 정도로 신경이 쓰이는 검은 무리였다.

'누고?'

그런데 비화의 시선을 잡아끄는 기분 나쁜 장면이 지상에도 또 있었다. 새들보다도 훨씬 더 유쾌하지 못했다.

'눈데 저라고 있노?'

그곳의 골짝이 비좁을 정도로 수십 명의 사람이 몸을 씻고 있는 무리 한가운데 서서 유독 눈에 띄게 함부로 설쳐대는 일행들이 있었다.

'셋인 거 겉은데.'

여자 둘과 사내 하나였다. 그들이 유난히 시선을 잡아끈 데는 사내의 산 같은 덩치도 한몫했다. 이쪽에 등을 보인 채 정신없이 발에 암물을 끼얹고 있는 사내 행동이 너무도 거칠어서 그랬을까? 다른 이들은 그들 가까이 가지 못하고 이만큼쯤 거리를 두고 있기도 했다.

'저런 짓꺼정?'

참으로 꼴불견이었다. 거구의 사내는 때때로 바가지에 담긴 물을 제 발에 들이붓지 않고 두 여자를 향해 확 끼얹기도 하는 것이다. 다른 사람들과 나눠 써야 할 물을 그렇게 막 허비해버리는 거였다.

'여자라쿠는 사람들도 가리방상하다.'

사내가 그렇게 하면 당연히 말려야 할 여자들 또한 무엇이 그리도 재미있고 좋은지 온 골짝이 떠나가게 깔깔거리는 것이었다. 참으로 막가는 인간 종내기들이 아닐 수 없었다.

그런데 얼마나 지났을까? 남편이 너무 조용하다 싶어 무심코 재영을 돌아보던 비화는 그만 어리둥절해지고 말았다.

'저이가…….'

재영은 약수터 물귀신이라도 본 사람처럼 얼이 빠져 멀거니 한 곳만 바라보고 있었다. 퍼뜩 봐도 큰 충격에 빠졌거나 아니면 뭔지 모를 비밀에 싸인 모습이었다. 그런 남편을 본 기억은 거의 없었다.

비화는 신적神的인 누군가가 시키기라도 한 것처럼 매우 이상한 기분에 휩싸였다. 대체 남편은 무엇을 보고 있기에 저럴까?

그때 재영은 세상에는 오로지 그 자신과 그가 지금 보고 있는 대상, 그 둘밖에 없는 것처럼 비쳤다. 심지어 극단적으로 말하면 자기 아내와 아들까지도 안중에 두고 있지 않은 사람인 듯했다. 그러니 자식의 피부병을 낫게 하기 위한 일에만 정신을 쏟을 아버지 같지 않았다.

그런 상태로 재영을 관찰하던 비화는 잠시 후 알아냈다. 지금 남편 눈길이 어느 곳을 향하고 있는가를. 믿든 믿지 않든 그것은 확실했다.

남편은 그 덩치 큰 사내의 일행 중 하나인 젊은 여자 쪽을 뚫어지게 응시하고 있었다. 한눈에도 몸매가 버들가지같이 하늘하늘하고 얼굴도 제법 곱상하게 생긴 젊은 여자였다.

'저 여자가 누기에?'

비화 시선도 남편처럼 그 여자에게로 깊이 쏠렸다. 그런데 바로 그와 동시에 덩치 큰 사내가 이쪽으로 몸을 돌렸다. 그리고 다음 순간이었다.

"아."

비화는 그 자리에서 그대로 혼절할 뻔했다. 그 엄청난 상황 속에서도 지금 내 품에 안고 있는 준서를 놓쳐서는 안 된다는 자각이 없었다면 그대로 맨바닥에 철버덕 주저앉고 말았을 것이다.

그것은 그야말로 '돌림병에 까마귀 울음'이었다. 다시없을 불길한 징조에 비화는 심장이 그대로 내려앉고 머리털이 모조리 빠져나가는 느낌이었다.

'이, 이런 일이?'

사내는 민치목이었다. 게다가 재영이 보고 있지 않은 또 다른 여자,

그녀는 배봉의 처 운산녀가 아닌가? 그런데 남편 눈길을 한 몸에 받고 있는 젊은 여자는 비화가 모르는 얼굴이다.

비화는 반사적으로 황급히 고개를 돌렸다. 한창 정신 빼놓고 물장난에 몰입하는 치목과 운산녀 그리고 미지의 여인은 오직 자기들 행위에만 빠져, 비화네 가족뿐만 아니라 다른 사람들도 눈에 들어오지 않는 모양이었다.

치목은 오래전부터 무좀 때문에 고생해왔다. 양쪽 발가락 사이며 발바닥에 물집이 생겨 터지기 일쑤였고, 살갗이 갈라져 여간 고통스러운 게 아니었다. 그런 까닭에 그는 계속해서 제 발에다 암물을 끼얹어댔던 것이다. 그렇지만 저런 인간의 몸까지 치유해주는 약수는 아닐 거라고 뿌득뿌득 우기고 싶은 비화의 심정이었다.

얼른 고개를 모로 돌려 치목과 운산녀 눈을 피한 비화 마음에 강하게 와닿은 것은, 그때 남편이 넋을 빼고서 바라보고 있는 예의 그 젊은 여인이었다. 도대체 저 여자가 누구기에 저러고 있는가.

그런데 세상사 모든 게 그 수순이 미리부터 정해져 있어 인간 의지와는 상관없이 굴러가는 게 틀림없었다. 아니, 보다도 그건 지극히 상식적이고 당연한 일이었다. 비화가 그들을 발견했는데 그들이라고 어찌 비화를 알아보지 말란 법이 있겠는가? 제아무리 비화가 고개를 한껏 돌려 그들 눈을 피한다고 했지만 사실 그것은 거의 불가능에 가까운 것이었다.

"저, 저거 비화 아이가?"

"허~억. 비, 비화 맞소!"

치목과 운산녀 입에서 한꺼번에 터져 나온 소리였다. 그러자 그 소리를 들은 재영도 그때까지 바라보고 있던 여인에게서 그들에게 눈길을 옮겼다. 모든 건 그야말로 한순간에 이뤄졌다. 바로 눈앞에서 번개가 번쩍하는 것 같았다.

"나연이 색시, 보소. 저기 색시하고 살던 남자가 있소."

"……."

그때 그 기분을 비화는 세상 무슨 말로 나타낼 수 있었을까? 설령 암물 약수터와 수물 약수터가 눈앞에서 갑자기 자리바꿈을 한다고 해도 그렇게 엄청난 충격까지는 받지 않았을 것이다.

그렇다면? 아 아! 그러니까 지금 앞에 있는 저 젊은 여자가 내 남편과 애정 도피 행각을 벌였던 여자?

치목 말에 이어 운산녀 목소리가 흘러나왔다.

"그 곁에 애기 안고 서 있는 저 여자가 비화라쿠는 여자 아인가베? 색시 남자하고 혼래 치르고 같이 살고 있는 여자."

"……."

허나연의 낯빛 또한, 지금 하늘에 떠 있는 낮달보다도 더 창백하게 변했다. 물론 그녀는 비화를 알고 있었다. 그들 아이 준서를 유괴하기 위해 호시탐탐 기회를 노리며 나루터집 부근을 서성거리고 있었을 당시도 여러 차례 비화와 맞닥뜨렸다. 그럴 때는 자신도 모르게 얼른 몸을 비켜 피했다. 물론 비화는 전혀 그녀를 알아보지 못했지만. 하지만 이제 비화도 나연의 얼굴을 알아버렸다.

재영이 너무나 황당해하는 모습도 차마 두 눈 뜨고 못 볼 판이었다. 우선 비화에게 나연의 존재를 내보였다는 그 사실부터가 그로서는 엄청난 충격일 수밖에 없었다. 그냥 단순히 창피하다든지 죄스럽다든지 하는 것보다 몇 배 더 그를 견디지 못하게 하는 어떤 감정의 올가미에 씌어 재영은 도무지 어쩔 줄 몰라 했다.

그런데 그 갑작스러운 사태에 어느 정도 익숙하게 되자, 치목과 운산녀는 참으로 신나는 구경거리 하나 생겼다는 표정들로 바뀌었다. 무엇보다 비화와 재영이 몹시 경악하고 당혹스러워하는 모습이 그렇게도 재미있고 통쾌해 미치겠다는 기색을 숨김없이 드러내기 시작했다.

"아재! 비화 저 얼골 좀 보소. 시방 비화 멤이 우떨는고 상상만 해도 내사 좋아갖고 몬 살것소. 호호호."

"누가 아이라쿠요? 혼래 치르고 올매 안 돼갖고 지 서방하고 눈이 맞아 달아나삔 여자를 보는 그 심정이 우떻것소? 킬킬킬."

치목과 운산녀 웃음소리는 하늘 높이 치솟았다가 아래로 떨어져 내리는 것 같았다.

"남자 멤도 참말로 우습도 안 할 끼라요. 지 아내 앞에서, 지하고 같이 도망댕깃던 여자하고 셋이서 한꺼분에 떡 마조쳤으이."

"그런께네 사람이 죄 짓고는 몬 산다꼬 안 하디요."

"하모요, 무신 일이 있어도 죄를 지으모 안 되제."

비화는 골짜기 공기 속의 상긋한 기운은 깡그리 사라지고 속을 메슥거리게 하는 피 냄새가 진동하는 것을 느꼈다.

"운젠가는 다 이리 되는 거를 갖고……."

"오늘 우리가 요 안 왔으모 우짤 뻔했소?"

천하에 만무방이 따로 없었다. 자기들 하수인으로 부려먹던 허나연까지 싸잡아 할 소리 안 할 소리 다 내뱉는 위인들이었다.

어쨌거나 운산녀와 치목은 의도적으로 사람들 앞에서 모욕과 창피를 주려는 게 확실해 보였다. 더욱이 그날 상촌나루터 강가에서 치목에게 당할 뻔했던 일을 떠올리면 지금 비화는 눈에 보이는 게 없을 만도 했다. 그렇지만 비화는 그따위 감정을 품을 만한 마음의 여유조차도 없었다.

그때 비화의 관심은 오로지 하나뿐이었다. 남편과 애정 도피 행각을 벌였던 저 여자가 왜? 어떻게 하여 운산녀, 치목과 함께 있나는 그 의문뿐이었다. 그것은 신의 머리로도 그 연결고리를 찾아내기가 불가능할 성싶었다.

아, 도대체 나연이란 저 여자는 운산녀, 치목과 어떤 관계가 있는가?

비화는 하늘과 땅이 딱 들러붙는 듯한 그 충격적인 와중에도 어렴풋이 깨달았다. 남편과 불륜 관계를 맺은 저 여자가 예상했던 것보다는 발칙한 여자가 아니라는 사실이었다. 그저 사랑에만 눈이 멀어 제 죽을 줄 모르고 불 속으로 날아드는 불나비와 유사한 여자로 여겨졌다.

볼수록 눈을 끌어당길 만한 뛰어난 용모이기는 했다. 옥진보다는 한참 못해도 무척 매혹적이었다. 남편 재영이 아니더라도 세상 사내들은 그녀가 먼저 손을 내밀면 쉽사리 벗어날 수 있을 것 같지 않았다. 그러면 치목과도? 그것은 아닌 듯했다. 둘은 나이 차이도 있지만, 무엇보다 운산녀도 함께 있는 것이다.

비화는 그 갑작스럽고 황당한 순간에도 남편 얼굴을 억지로 외면했다. 내 지아비가 안절부절못하는 애처롭고 한심한 꼴을 두 눈에 담고 싶지 않았다. 그렇지만 비화가 설혹 밝고 영리한 눈으로 재영 얼굴을 똑바로 보았더라도 그 복잡한 빛을 전부 읽어내지는 못했을 것이다.

'아, 이랄 수가?'

그랬다. 재영은 이미 전모를 깨닫고 있었다. 아들 준서를 유괴해 가다가 가게 문간에서 밤골 댁에게 들켜 실패한 그 여자가 바로 허나연이라는 것이다. 무슨 일로 얽혀서인지는 모르겠지만 그녀가 운산녀와 치목의 하수인 노릇까지 하고 있다. 이제 혼자가 아니라 세상이 알아주는 두 독종 남녀의 그늘에 들어간 나연은 한층 위험한 존재가 돼버린 것이다. 그러니 누구도 나연을 섣불리 대하지 못할 것은 자명한 일이었다.

'그 사건들.'

재영 머릿속은 과거의 일들로 팽이나 굴렁쇠처럼 빠르게 돌아갔다. 소공복을 살해하고 아내 비화마저 넘보려고 했던 치목. 얼이를 죽이려 한 치목의 아들 맹쭐. 아내에게 엄청난 반감과 원한을 품고 있다는 운산녀.

'나연이 조년이 그리키나 몬된 년인 줄 몰랐다.'

내가 여자를 몰라도 그렇게 몰랐나 싶었다. 주먹으로 가슴을 쮷고 머리를 기둥에 부딪쳐 가루로 만들어버리고 싶다는 끔찍한 생각도 했다.

'아모리 그래도 그렇제, 시상에, 운산녀하고 치목이 사주를 받고 우리 준서꺼정 유괴할라 캤다이.'

재영은 더더욱 비화를 제대로 바라볼 수 없었다. 천하 제일가는 만무방일지라도 얼굴을 들지는 못할 것이다.

'시방은 잘 모리고 있지만도 운젠가는 아내가 이런 사실을 모돌띠리 알거로 될 낀데, 그때 가갖고 에나 낼로 우찌 보꼬?'

그 생각 끝을 물고 눈앞의 현실로 돌아온 재영은 홀연 엄청난 두려움에 사로잡히고 말았다. 산적 두목 같은 치목과 암팡진 여우같은 운산녀를 도저히 대적할 수 없을 것 같은 무력감과 공포심이 동시에 우 밀려들었다. 더군다나 치목에게는 전에 한 번 당해봐서 더 잘 알았다. 적어도 재영이 지금까지 세상에서 부닥쳤던 사내 가운데 최고 강자는 단연 치목이었다.

'또 그때 겉은 일이 벌어지모 큰일인 기라.'

재영은 갈수록 극도의 초조감과 불안감에 부대꼈다. 비록 주변에 사람들이 모여 있다고는 하지만 치목은 당장 우리 가족을 해치려고 덤벼들지 모른다. 그는 충분히 그러고도 남을 자였다. 아내가 했던 말을 되살려보면 운산녀도 보통이 아닐 게다. 아까 처음부터 인식하고 있듯이 나연도 더 이상 이쪽 편이 아니다.

재영의 그 위기의식은 어긋나지 않았다. 급기야 재영이 더한층 오금이 저릴 위험한 사태가 벌어지기 시작했다. 마침내 치목이 화가 치민 불곰처럼 그 엄청난 거구를 보기만 해도 치가 떨릴 정도로 흔들면서 재영 앞으로 다가서더니 무섭게 시비를 걸어온 것이다.

"이것 봐, 비화 신랑!"

목청이 암물 약수터를 쩌렁쩌렁 울렸다. 특히 '비화'라는 말에 강세를 주는 그자의 의도는 충분히 짚을 만했다.

"단 한줌도 몬 될 고 쪼꼬만 체구 갖고, 그래도 사내라꼬 바람을 피우고 댕겨?"

큰 목소리도 그렇지만 그 말의 내용 또한 재영에게는 치명적이었다. 골짜기를 타고 내리는 바람마저 숨을 죽이는 분위기였다.

"와 아까부텀 암 말도 몬 하고 있는 기고?"

치목 눈은 비화는 보지 않고 시종 재영에게만 꽂혀 있었다. 재영은 온몸을 칼이나 창으로 찔리는 듯한 전율을 느꼈다.

"옛날에 사귀던 여자 만난께, 그 머라쿠노, 고마 만감이 엇갈리는가베?"

"……."

재영의 머릿속은 하얗게 바래버리는 것 같았다. 재영을 향한 치목의 비아냥거림은 갈수록 그 도가 심해졌다.

"아이모, 마누래 보기 쪼매 그래서? 킥킥."

그러자 재영은 자신도 모르게 비칠비칠 뒤로 물러서고 말았다. 그런 나약해 빠진 모습이 대단히 재미있고 가소롭다는 얼굴로 치목은 고양이가 쥐 놀리듯 했다. 이윽고 그는 도전장을 내던졌다.

"내하고 한 분 더 붙어볼 멤은 없는 기가?"

흰 구름을 머리 위에 두고 있는 산등성이를 훨훨 날고 있는 것은 매가 틀림없었다. 놈의 사냥감은 다른 새인지 사람인지 누구도 모를 테지만. 치목은 큰 두 손으로 재영을 겨냥해 맹수가 발톱으로 할퀴듯이 했다.

"뎀벼!"

"헉!"

재영 입에서 금방 숨넘어가는 듯한 소리가 나왔다. 상대방이 잔뜩 겁을 집어먹고 있다는 사실을 안 치목은 잔인한 웃음을 뿌리며 계속 빈정거렸다.

"흐흐. 가마이 있으모 사내대장부가 아이제."

그래도 재영은 아무런 대응도 하지 못한 채 신음소리만 냈다.

"으."

그때였다. 재영과 치목 사이에 번개같이 날쌔게 끼어드는 사람이 있었다. 누구도 제지하지 못할 정도로 빠른 그 동작에는 매마저 놀랄 것이다.

"그기 소원이모 오데 내하고 함 해보자!"

어느 틈엔가 준서를 등에 업고 포대기 끈까지 단단히 졸라맨 게 완전히 한판 붙어볼 채비를 마친 비화였다. 그녀는 치목이 무어라 할 여유도 주지 않았다.

"내가 소원 들어줄 낀께네!"

그렇게 철저한 임전 태세를 모두 갖춘 비화는, 치목 바로 코앞에 제 얼굴을 바싹 들이밀고 성난 황소처럼 금방이라도 들이박을 기세였다.

"그 소원 들어준다 캐도?"

"어? 어?"

그것은 전혀 예상치 못했던 일이었다. 실로 어이없고 놀랍기도 한 치목은 엉겁결에 뒤로 몇 발짝 물러섰다. 조금 전 재영이 해 보였던 것과 똑같은 모습이었다.

"옴마야!"

"저, 저?"

비화 기세가 하도 등등한 때문에 운산녀나 나연은 하나같이 찬 얼음물을 흠뻑 둘러쓴 것처럼 질린 얼굴들이 되었다. 흰 구름도 놀라서 달아난 듯 아까보다도 더 먼 하늘가에 아슬아슬하게 걸려 있었다.

"와들 이리쌌소, 와들?"

"고만들 두소. 볼썽사납거로."

"약수터 지키는 산신령님이 노하시모, 이 물이 아모 효험도 없을지도 안 모리요?"

"그거 책임질라요, 으잉?"

"같은 남자나 같은 여자끼리라모 또 몰라도……."

암물에 몸을 씻으러 온 사람들이 저마다 한마디씩 해가면서 한꺼번에 우르르 달려들어 비화와 치목을 뜯어말렸다. 더 이상 싸움은 지속될 수 없었다.

은은한 솔향기가, 어쩌면 사향 내음이 온 골짝을 뒤덮었다.

백마는 적벽을 거슬러 날아오르고

꼽추 달보 영감의 큰아들 원채가 얼이를 데리고 백마산성으로 간 것은, 서당 훈장 권학이 한양에 볼일이 생겨 며칠 다니러 간 때였다.

"우리 스승님이 와 저라시노?"

"해나 뭔 나쁜 일이 생기신 거는 아이것제?"

학동들로서는 그 까닭을 알 길이 없었지만 근자에 와서 권학은 대단히 바쁘고 또 무언지 생각이 많아 보였다. 심지어 간혹 그답지 않게 허둥거리는 모습을 할 때도 있었다. 아무래도 좋은 쪽은 아니었다.

'아, 떨린다 아이가.'

얼이는 평소 말로만 듣고 있던 민족의 영산靈山 지리산으로 통하는 길목의 땅을 밟을 때부터 가슴이 벅찼다. 어쩐지 지리산은 떠올릴 때부터 얼이 마음을 사로잡는 묘한 기운이 느껴졌다. 여러 도道에 걸쳐 있다는 그 산맥의 웅대함도 사람을 그렇게 이끄는 데 한몫을 할 것이다.

"예? 아, 예!"

단지 그뿐만이 아니었다. 옛날이야기 속에 등장하는 거인처럼 몸집이 아주 커다란 미국 군인들을 상대로 싸우다가 그만 생포되어 힘든 포로 생활을 하다가 돌아온 원채가 들려주는 이야기도 하나같이 얼이 귀를 솔깃하게 만들었다.

"우짜모!"

그건 비단 얼이만 그런 것이 아니고 얼이 같은 사내아이들에게는 정말 두 번 다시 듣지 못할 남자들만의 특이한 경험담이 아닐 수 없었다. 무용담도 그런 무용담은 흔하지 않을 것이다.

"얼이 총각은 운젠가는 반다시 아부지 웬수를 갚아야 할 몸인께 하는 소린데……."

원채는 무슨 말을 꺼낼 때마다 꼭 그런 토부터 달고 나왔다. 얼이는 아직은 들으면 쑥스러울 수 있는 '총각'이란 그 소리가 싫지 않았다. 그것은 '처녀'라는 말도 동시에 떠올리게 하는 것이었고, 더 나아가 이제 얼이 자신도 처녀를 만나도 될 수 있다는 그런 허가증 같은 느낌을 받았다고나 할까? 그리고 무엇보다 원채는 진짜 사내다워서 좋았다. 갈수록 남자는 남자답지 못하고 여자는 여자답지 못한 세상이라고, 그의 어머니 우정 댁이 한탄하는 소리도 들은 얼이였다.

'스승님 말씀이, 산이 깊어야 범이 나고, 산이 높아야 골이 깊으니라, 그리하시더이, 원채 아자씨가 딱 그런 산 겉은 사람인 기라.'

예전에 역驛이 있었다는 어떤 마을을 지나면서 원채의 얼굴은 붉어지고 목소리도 한층 드높아졌다. 그런 원채가 얼이 눈에는 스스로의 격한 감정을 억누르기 위해 부단히 애를 쓰는 사람으로 비쳤다.

"내는 곽재우 장군을 존갱 안 하나."

그런 말을 하는 그의 눈길이 끝 간 곳을 모르게 깊었다. 그만큼 깊은 비밀을 안고 있는 사람 같기도 했다.

"아, 곽재우예?"

얼이도 그 장군을 모르지 않았다.

원채가 말했다.

"미군 눔들하고 싸울 때 겁이 나모, 임진년 당시에 곽재우 장군이 왜눔들 물리쳤던 일을 떠올림서 용기를 얻었제."

그러고 나서 원채는 또 덧붙이기를 잊지 않았다.

"얼이 총각도 내중에 싸울 때 무서버모 내매이로 해봐라꼬. 그라모 신기하거로 하나도 안 무서블 끼거마는."

자연적으로 자랐을 길가 소나무들이 그들을 내려다보고 있었다. 솔잎은 듬성듬성 나 있는 편이지만 이리저리 뻗어 나간 가지들이 멋진 수형樹形을 이루고 있는 나무들이었다. 유독 그런 나무들이 참 많이도 뿌리를 내리고 있는 황톳길 위에는 새카만 개미들이 햇빛을 받아 반짝이며 무엇인가를 부지런히 물어 나르고 있기도 했다.

"예, 아자씨. 꼬옥 그리하것십니더."

얼이 자신도 앞으로 세상 살아가면서, 어머니 우정 댁이 나루터집 식구들을 두고 늘 하는 이야기처럼, '새끼에 맨 돌' 같이 원채 그와는 함께 움직이고 싶다는 마음도 일었다. 아버지 천필구를 빼닮아 그런지 얼이는 옹졸한 사람은 딱 질색이었다.

그러고 보니, 얼이는 비록 아버지는 계시지 않지만, 그의 주변의 많은 이들, 특히 남자 어른들에게서 정을 듬뿍 받으며 살고 있는 것이다. 게다가 이제는 원채까지 그렇게 해주려고 한다. 원채는 얼이를 처음 보는 순간부터 남다른 관심과 애정을 내비쳤던 것이다.

어쨌든 그동안 또래들과는 달리 아주 부쩍 자란 얼이는, 이제 조금만 더하면 거의 엇비슷해질 키의 원채와 나란히 걸었다. 보통 남자들보다 머리통 하나는 더 높은 장신의 아버지 천필구의 판박이로 변해가는 얼이였다.

"지는예, 안 있십니꺼."

얼이는 어쩐지 원채에게는 한없이 솔직해지고 싶은 심정이었다. 그에게는 사람을 그렇게 하도록 만드는 묘한 힘이 있는 것 같기도 했다.

"이약을 해봐라꼬."

원채가 행군하는 군인처럼 허리와 고개를 빳빳이 세운 채 저 앞을 보고 걸으면서 말했다. 그런데 그의 귀에 이어지는 얼이 이야기가 범상치 않았다.

"그날 성문 밖에서 허개이 칼에 목이 달아나던 울 아부지를 떠올리모, 이 시상에 무서블 끼 한 개도 없십니더."

"……."

예사롭지 않은 얼이 말을 듣고도 원채는 말없이 발을 떼놓기만 했다. 그래서인지 인적이 드문 주위가 너무나 조용해지는 느낌을 주고 있었다.

"울 어머이가 지한테 안 있십니꺼, 울 아부지 목이 잘리는 거를 잘 지키봐라 쿤 이유를 인자는 쪼꼼은 알 것도 겉십니더."

목이 콱 멘 듯한 얼이였다. 원채는 어깨와 얼굴을 약간 숙여 제 짚신 끝에 눈을 둔 채 입을 열었다.

"얼이 총각 어머님이 에나 대단하신 분 아인가베."

그들이 걸어가고 있는 길가 숲속에서 무슨 소리가 났다. 멧돼지나 살쾡이 같은 산짐승이 아닐까 싶었다. 그렇지만 설혹 산적들이 나타난다고 해도 겁이 나지 않을 얼이였다.

"아자씨도 그리 생각하시지예?"

얼이 머릿속에 애꿎은 꽃이나 짐승 모가지를 손에 걸리는 대로 마구 비틀어대던 제 모습이 크게 자리 잡았다. 지금 와서 아무리 돌이켜 봐도 그땐 왜 그런 짓을 저질렀는지 도무지 알 수가 없었다.

'사람들 말마따나 아부지 원혼이 내 몸 안에 들와 있는 기까?'

앞쪽에서 불어오던 바람이 이제 뒤에서 불고 있었다. 마치 좀 더 수월하게 가라고 등을 밀어주고 있는 것 같았다.

"실은예, 안 있심니꺼."

한참 후에 얼이는 고백하듯 말했다.

"에릴 적에는 하나도 이해가 안 됐지만예."

"시방은 이해가……."

원채는 그랬을 뿐 또 별다른 대꾸가 없었다. 그 대신 가만히 깊은 한숨만 '후' 내뿜었다. 아직도 세상을 많이 살아보지 못한 얼이는 원채의 그런 반응 뒤에 감춰진 속내를 알아낼 재간이 없었다. 그의 아버지 꼽추 영감처럼 사려 깊은 사람이었다.

'달보 영감님을 보고 싶거마.'

두 사람 걸음은 기운차고 빨랐다. 길 바른편으로 깎아지른 듯한 절벽이 우뚝 솟고 왼쪽에 시퍼런 강물이 흘러가는 지점에 이르렀다. 그 정도로 높은 절벽과 깊은 물은 아니지만, 얼이는 남강가에서도 그와 비슷한 풍경을 보면서 살아왔다.

"저 절벽 좀 봐라꼬."

어느 순간부터일까, 갑자기 원채 말이 절벽처럼 가팔라지기 시작하였다.

"예, 아자씨."

얼이 응대도 덩달아 같은 음색을 띠었다. 원채가 추억 서린 목소리로 말했다.

"예전에 울 아부지하고 여 왔을 때 들은 이약이 떠오리거마는."

얼이 가슴이 예리한 칼로 긋는 듯 저릿해졌다.

'아부지……'

얼이가 세상에서 가장 부러워하는 사람이 있었다. 바로 부모가 죽지 않고 다 살아 있는 사람이었다. 그런 면에서 원채 아저씨가 부러웠다. 스승님 말씀으로는, 공자도 어릴 적에 부모를 여의었다.

그때, 참으로 신기하게도 원채 입에서 얼이가 방금 막 생각해낸 그 공자의 나라 이야기가 나왔다.

"시방 우리가 보고 있는 저 절벽 안 있는가베, 중국에 있는 적벽하고 가리방상해서 중국 지명을 그대로 따갖고 적벽이라 부린다 쿠더마."

"아, 적벽예."

얼이 가슴이 여름날 들판에서 높이 뛰어오르는 여치같이 풀쩍 뛰기 시작했다. 중국 하면, 얼이 눈앞에는 언제나 가없이 펼쳐진 광야가 나타나 보였다. 그것도 푸른 초원이 아니라 노란 흙먼지가 폴폴 이는 황야였다.

가도 가도 무한한 길. 영원히 끝나지 않을 것만 같은 공간.

권학은 항상 말했다. 사내로 태어났으면 모름지기 저 중국의 광막한 땅덩어리를 말 타고 바람처럼 질주해야 한다. 그래야만 이른바 호연지기를 기를 수 있다. 우리 조선같이 비좁아 터진 곳에서만 살다 보면 사람이 자칫 형편없는 졸장부가 될 수도 있으니, 웅대한 꿈과 이상을 가질 수 있는 대국으로 눈을 돌려야 한다고 말했다. 저 섬나라 일본에도 가볼 필요가 있다. 대륙뿐만 아니라 해양도 알기 위해서라고 했다.

'역시 우리 스승님 말씀은 운제 오데서 들어도 에나 좋다 아이가.'

아직은 세상 돌아가는 물정에 한참 어두운 얼이 판단에도 그랬다. 같은 살과 피를 나눈 한 민족이면서도 관군과 농민군으로 갈라서서 서로서로 죽이는 나라. 가난하고 힘없는 양민의 재산을 약탈하고 괴롭히는 탐관오리들이 긴 담뱃대를 툭툭 털면서 '에헴'하고 큰기침하는 나라.

돌재와 판석 아저씨들이 밤골집 골방에서 조심스럽게 주고받는 말에 의하면, 다시 한번 온 세상이 발칵 뒤집힐 엄청난 농민항쟁이 조만간 일어나게 될 것이다. 어머니 우정 댁은 오로지 그날만을 위해 살아가는 것 같아 보였다.

'시상 사람들은 어머이를 쪼꼼도 이해 몬 할 끼다. 도로 미칫다 쿠것제. 하지만도 혼자가 되신 어머이를 시방꺼정 지탱해준 기 농민군 아이었것나.'

밤골댁 아주머니와 돌재 아저씨가 어머니 우정 댁을 두고 서로 한참이나 주고받던 대화가 떠올랐다.

"얼이 어머이가 진짜 여장분 기라요, 여장부."

"하모, 맞소. 세 살 묵은 아아들도 지 손엣것 안 내놓을라쿠는 시상인데, 그리키나 에렵거로 번 돈을 농민군 활동비로 쓰라꼬 줄라쿠는 거 보모 말이오."

얼이는 새삼스러운 눈빛으로 원채를 바라보았다. 달보 영감 핏줄답게 의협심이 누구보다 강한 그는, 장차 얼이 자신이 농민군이 되어 활약을 펼칠 수 있는 대망과 능력을 주기 위해 나타난 사람 같았다. 앞으로 그의 도움이 많이 필요하리라 여겼다.

그는 또 조선 전통무예인 '택견'의 고수라고 했다. 하지만 그는 조금도 그런 티를 내지 않았다. 얼이는 그 택견에 관해 이야기해 달라고 여러 번이나 졸라댄 끝에야 가까스로 이런 소리 정도를 얻어들을 수 있었다.

"택견은 고요한 가운데 움직임이 있고, 움직임 가운데 고요함이 있는 기술이라 할 수 있제. 그것은 삼각 보법으로 굼실굼실하는 균형이 깨진 듯한 세 박자의 품밟기, 다섯 가지 손놀림으로 이뤄진 활갯짓, 그라고 공격의 모체라 쿨 수 있는 발기술인 발질, 그런 것으로 구성돼 있거마는."

얼이는 마음속으로 꼭꼭 암기해두었다. 품밟기, 활갯짓, 발질.

그 뒤로도 얼이는 시간만 나면 그에게 택견을 가르쳐 달라고 떼를 썼다. 우선 택견의 가장 기본이 되는 '절'과 '품'에 대해 배울 수 있었다. 하지만 그것만 가지고는 성에 차지 않는 얼이였다. 언젠가는 그처럼 택견 고수의 반열에 오를 것이다.

"저 북쪽을 좀 봐라꼬."

이런저런 회상을 하며 얼마나 더 걸었을까? 문득 원채가 그답지 않게 흔들리는 목소리로 물었다.

"산등성마루가 에나 희한하거로 생긴 산이 비이제?"

얼이는 고개를 길게 빼고 물었다.

"오데예?"

"저어기……."

"아, 있네예."

원채가 손가락으로 가리키는 곳을 바라보니 과연 그곳에는 참 기묘하게 생긴 산이 앞을 가로막고 있다. 원채는 이번에도 사뭇 떨리는 목소리로 말을 이었다.

"저 산이 바로 백마산인 기라."

"백마산, 백마산."

그 말을 되뇌던 얼이는 서당에서 배운 한자 실력을 동원하여 물었다.

"백마산이라모 흰말산, 그런 뜻 아입니꺼?"

원채가 대견하다는 듯 아주 강인해 보이는 고개를 끄덕이며 대답했다.

"하모, 맞제, 흰말산."

그러다 별안간 이런 말을 했다.

"우리 얼이 총각은 앞으로 농민군 대장이 될 거 겉거마는."

"예?"

놀라는 눈빛을 해 보이는 얼이더러 원채가 눅눅한 목소리로 다시 말했다.

"지난날 농민군을 이끌던 유춘계 그 어른맹캐 말이제."

"지가 말입니꺼."

얼이 가슴팍이 찡했다. 비화 누이의 친척 된다는 유춘계. 그가 직접 우리글로 지은 언가 〈이 걸이 저 걸이 갓 걸이〉 노래는 지금도 사람들 사이에 널리 불리고 있다. 또한, 앞으로도 계속 일어날 농민군 노래로 살아남을 것이다.

"지는예, 아자씨."

그런 생각에 잠기던 얼이는 자기 결심을 있는 그대로 털어놓았다.

"대장이 안 돼도 괘안심니더."

"머?"

의아한 표정을 짓는 원채였다.

"쫄뱅도 좋심니더."

졸병도 좋다는 그 말에 원채는 뭔가 느껴지는 게 있는 모양이었다.

"그런 멤이모……."

얼이는 제 이마에 강하게 와 닿는 원채의 눈길을 모른 척했다.

"그냥 농민군 맨 꼬랑지에 서갖고 안 있심니꺼, 죽창하고 농기구 들고 싸우는 것만 해도 만족합니더."

"허허, 그런가?"

늙은이 같은 웃음소리를 내는 원채는 얼이가 더 마음에 든다는 표정이었다. 그러는 원채는 아버지 달보 영감을 많이 닮았다.

하늘은 높고 강은 깊어 보였다. 얼이 마음 또한 그처럼 높고 깊어지는 것 같았다.

"하기사 진정한 군인은 대장보담도 젤 쫄뱅이 아일까 싶거마는, 내는."

원채 그 말에 얼이가 큰소리로 복창하듯 했다.

"옛, 쫄뱅!"

원채 웃음소리가 호탕했다.

"하하하."

강을 거슬러 온 바람이 상쾌했다. 그들은 붉은빛을 띤 절벽 밑의 길에 잠깐 멈춰 서서 강물 소리에 귀를 기울였다. 강은 살아 있는 하나의 거대한 생명체였다.

"이 고장 출신 사람이 하나 있었제."

원채가 목이 잠긴 소리로 얘기했다.

"내가 미군하고 싸울 적에 함께 싸왔던 전우였는데, 사람이 증말 우직하고 용기도 대단했다 아인가베?"

그의 음성이 갑자기 달라진 이유가 곧 밝혀졌다.

"그는 최고로 치열했던 마즈막 전투에서 장렬하거로 전사하고 말았다."

"……."

얼이는 가슴이 막혀 듣기만 했다.

"그는 시간만 났다쿠모, 장마당 자기 고향 자랑을 하더마."

"예에."

얼이가 할 수 있는 소리는 그것뿐이었다.

"전쟁이 끝나모 꼭 내를 자기 고향에 데꼬 가기로 약속꺼정 했었지."

"예에."

원채 목소리가 깊은 상처를 입은 새 울음소리처럼 들렸다.

"곧 혼래 치를 이쁜 여동상도 만내보거로 해준다 캤고……."

평상시의 그답지 않게 말끝을 제대로 잇지 못했다.

"그뿐만이 아인 기라."

"……."

"전쟁이 끝나모 또……."

얼이 입에서도 그 소리가 흘러나왔다. 전쟁이 끝나면…….

'아, 효원.'

뒤이어 얼이 머릿속에 효원 모습이 자리 잡았다. 정말 미치도록 보고 싶다. 그 아름다운 자태와 고운 미소. 가만히 바라보고 있노라면 온몸이 송두리째 빨려들 것만 같은 커다란 눈동자. 그리도 해맑고 순진한 그녀는 왜 관기가 되어야 했을까?

'휘~잉.'

강바람이 불어왔다. 자연이 내는 휘파람 소리 같았다. 얼이는 나이와 걸맞잖게 자꾸 물안개같이 피어오르는 상념을 억지로 누르며 물었다.

"그라모 원채 아자씨가 요꺼지 오신 거는 그 전우 땜입니꺼?"

원채는 천천히 고개를 끄덕였다.

"잘 봤거마는."

그는 누군가를 찾는 사람처럼 주위를 둘러보았다.

"그 전우는 여 없지만도, 내 혼자서라도 꼭 오고 싶었던 기라."

"예, 이해가 될 거 겉심니더."

얼이 뇌리에 이번에는 한 번도 본 적이 없는 그 전우라는 사람 모습이 그려졌다. 모르긴 해도 원채 아저씨 비슷하게 생겼을 성싶었다. 하지만 전사자라니.

"괴롭기는 하지만도……."

꼽추 영감 목소리와 많이 닮은 목소리가 철썩이는 강물 소리에 섞여 들려왔다.

"마츰 얼이 총각하고 함께 오거로 돼서, 그래도 내 멤이 쪼매 괘안타."

얼이는 그만 울음이 터지려 했다.

"아자씨."

원채 음성에 다시 힘이 들어갔다.

“하지만도 내가 얼이 총각을 보고 여게 같이 오자 칸 거는, 그 전우에 대한 그리움도 그리움이지만, 얼이 총각한테 꼭 저 백마산성을 비이주고 싶어선 기라. 얼이 총각이 농민군이 됐을 적에…….”

거기서 그의 말은 또 끊어졌다.

“지가 농민군이…….”

역시 말끝을 맺지 못하는 얼이 귀에 백마들이 바람을 가르며 질주하는 소리가 들리는 듯싶었다. 백마산 저쪽에서 흰말들이 뽀얀 흙먼지를 일으키며 달려오는 모습도 보이는 것 같았다.

얼이는 절로 기운이 치솟고 피가 끓어오르는 느낌이었다. 원채 아저씨는 자신에게 이런 힘과 기상을 길러주기 위해 그곳까지 걸음 했다는 자각이 다시 일었다.

“그 전우가 또 핸 소리가 있거마.”

원채가 죽은 전우에게서 들었다는 이야기는 끝이 없어 보였다. 그는 강렬한 미련을 떨쳐버리지 못하는 사람처럼 아련한 눈빛으로 주변을 휘둘러보며 말을 이어갔다.

“가마이 있거라. 그 전우가 노상 이약한 데가 요 일대 겉은데?”

“요 일대예.”

얼이는 괜히 긴장했다. 잠시 후 원채 입에서 감개무량한 소리가 터져 나왔다.

“맞다, 여 겉다, 바로 여!”

얼이가 상촌나루터 강가에서 늘 들어오던 것과 유사한 물새 소리가 났다. 어쩌면 똑같은 물새인지도 모르겠다.

“이 일대의 깊고 좁은 골짝은, 저 삼국시대부텀 치열한 격전지였다 쿠데.”

이제 원채는 비록 군복을 벗고 민간인 신분으로 돌아왔지만, 아직도 군인다운 기질과 말투는 그대로 간직하고 있었다.

"그라모 신라하고 백제 겉은 나라도, 바로 여서 싸왔다 말입니꺼?"

얼이 목소리가 거기 강 언저리에 자라는 물풀처럼 사뭇 흔들려 나왔다. 백제, 신라, 고구려, 그런 나라는 그 이름만 들어도 왠지 모르게 가슴이 벅차오르는 것이었다.

"와? 안 믿기는가베?"

원채가 묻는 말에 얼이는 솔직하게 대답했다.

"예."

잠시 얼이 얼굴을 응시하던 원채는 그 심정 이해가 된다는 빛이었다.

"하기사 그럴 끼라."

"우짜모!"

얼이는 까마득하게만 느껴지는 삼국시대가 그 길고도 오랜 시간을 훌쩍 건너뛰어 바로 눈앞에 펼쳐지는 기분이었다. 원채는 물론이고 얼이 자신도 당시 사람같이 생각되었다. 하지만 이곳에서 전쟁이 벌어졌다는 게 싫었다.

'우떤 시대든 간에, 사람이 사는 곳에는 쌈이 일어날 수밖에 없는 긴갑다. 전쟁을 막을 수 있는 사람이 에나 영웅이 아일까? 하지만도 그거는 불가능할 끼다.'

얼이는 거기 협곡 어디에선가 이마에 흰 수건 질끈 동여매고 죽창을 든 농민군이 되어, 아버지 천필구를 붙잡아간 관군들을 쳐부수고 있는 자신의 모습이 보이는 것 같았다.

얼이가 있다. 농민군 얼이다. 언가를 부르고 있다. '이 걸이 저 걸이 갓 걸이 진주 망건 또 망건…….'

그러자 허공에서 아버지 목소리가 들려왔다.

– 얼이야, 얼이야이.

그 환청을 뚫고 원채 음성이 얼이 귀를 흔들었다.

"시방부텀 내가 하는 이약은, 얼이 총각이 난주 농민군으로 활동할 적에 도움이 될 끼라. 그라이 잘 들었으모 하네."

"예, 아자씨. 증말 고맙심니더."

얼이 눈에 원채가 거대한 절벽 같아 보였다. 사람이 남달리 크나큰 체험을 겪으면 나이나 신분과는 상관없이 위대한 모습을 띠게 되는 걸까? 그는 상촌나루터에서 나룻배 젓는 꼽추 영감의 아들이라기보다도 비화 누이 아버지 김호한같이 늠름한 장군을 닮아 있었다.

"아까 이약한 임진년의 백마산성은, 참말로 엄청난 전투 핸장이었제."

얼이는 무엇이 뇌수를 찌르듯 아찔한 기분으로 또 되뇌었다.

"전투 핸장."

일이 생긴 그 자리, 사물이 현존한 곳, 현장. 그 말에는 이상하게 사람 마음을 크게 휘어잡는 기묘하고 야릇한 힘이 들어 있다. 더욱이 생사가 갈리는 전투의 현장.

얼이 가슴팍이 그때 마침 수면 위로 솟구치는 은빛의 큰 물고기처럼 벅차올랐다. 아마도 은어란 놈이 아닐까 여겨졌다. 알에서 깬 지 얼마 안 되는 어린 물고기일 때는 바다에서 지내고, 자라면 강의 급류에서 산다는 은어.

"왜적은 북진하기 위해 반다시 백마산성을 함락시키야 할 필요가 있었는 기라."

원채 심정도 얼이와 마찬가지인 듯했다.

"그만치 우리한테도 중요한 곳이었다쿠는 소리것네예."

"하모, 그렇제."

어느새 얼이 두 주먹은 불끈 쥐어져 있었다. 꽃대나 짐승 모가지를 비틀어대던 그 어린 손이 이제는 큰 칼과 긴 창을 들어도 될 정도로 커졌다. 의병장 곽재우 장군은 의병들과 더불어 백마산성에 단단히 진을 쳤다고 한다.

얼이는 유춘계를 또다시 떠올렸다. 아버지 천필구가 그를 하늘과도 같이 믿고서, 원아 이모의 연인 한화주 등과 더불어 그의 명령을 좇아 눈부신 대활약을 했다는 이야기를, 어머니 우정 댁은 귀에 쾅쾅 못이 박히도록 들려주곤 했다. 원아 이모가 사랑한 한화주라는 농민군도 참으로 훌륭하고 멋진 사람이었다는 말도 늘 빠뜨리지 않았다.

그런데 정작 원아 이모는 단 한 번도 자기 연인에 대해 말한 적이 없었다. 언제부터인가 사람들 기억 너머로 점차 희미해져 가고 있는 저 무명탑에 얽혀 있는 그 아픈 전설처럼, 송원아와 한화주의 슬픈 사랑 이야기는 영원히 세상에 알려지지 않을지도 몰랐다.

그에 비하면 원채 입을 통해 듣는 백마산성 이야기는 세월이 흐르면 흐를수록 한층 많은 사람들 입에 오르내릴 것 같았다.

"왜적은 우쨌든지 백마산성을 무너뜨릴라꼬, 엄청시리 많은 뱅사들을 몰고 와서 뺑 포위했디라."

"우짭니꺼?"

얼이 입에서는 자신도 모르게 두렵고 놀라는 소리가 튀어나왔다. 그러나 원채는 기백이 넘쳐 보였다.

"하지만도 저리키나 높고, 또 세 군데가 깎아지른 바구배랑인 백마산성은……."

그는 바위벼랑같이 탄탄한 가슴팍을 쑥 내밀었다.

"말 그대로 천혜의 요새인지라 함락시킬 수가 없었는 기라."

"예에."

"대단 안 한가베?"

"후우."

그런 이야기를 귀담아듣고 있자니, 지난날 농민군이 목牧의 성을 점령했다는 사실이 더욱 경이롭게만 여겨졌다. 정규군도 아닌 초군들이 어떻게 관군을 물리칠 수 있었을까? 또다시 아버지가 정녕 자랑스럽고 존경스러웠다. 얼이는 마음속으로 크게 불러보았다.

'아부지이, 아부지이…….'

나도 꼭 범 새끼가 되리라. 비열하고 구차스러운 삶보다는 아버지같이 장엄하고 위대한 최후를 맞으리라. 우리 농민군 역사에 영원토록 지워지지 않을 흔적을 남기리라. 커다란 족적을 말이다.

하지만 바로 그 찰나, 얼이 뇌리에 또다시 반작용처럼 그려지는 한 여자가 있었다. 관기 효원. 자신이 세상에 태어나서 처음으로 마음에 품고 있는 여인이었다.

비화 누이와 친자매처럼 지낸다는 옥진, 아니 지금은 해랑이다. 그 해랑이란 기녀도 대단한 미인이지만 얼이 눈에는 효원이 더 예뻤다.

'그런 일이 한 분 더 생깃으모 원이 없것다.'

언젠가 상촌나루터 흰 바위에 둘이 나란히 올라앉아 가슴 졸여가며 얘기를 나누던 애틋한 그 순간이 어제인 양 느껴졌다. 그날 이후 거기 흰 바위도 이전의 흰 바위가 아니었다. 아니, 모든 게 다 그랬다.

'효원이도 그런 기분이모 참 좋을 낀데.'

그런데 얼이는 아직도 너무나 궁금한 것이 하나 있었다. 그날 자신과 효원이 함께 있는 광경을 보고 해랑이란 그 기녀는 왜 그리도 놀라고 복잡한 표정을 지었던가. 더욱 알 수 없는 건 효원에게 빨리 가자며 그렇게 매몰차게 굴던 행동이었다. 그건 아무리 머리를 굴려도 풀 수 없는 수수께끼였다.

'와 그랬으꼬?'

그 여자가 나에게 무슨 씻지 못할 원한이나 반감을 품을 턱이 없는데도 왜 무엇 때문에 그토록 쌀쌀맞게 대했을까? 다른 것을 다 떠나 비화 누이 얼굴을 봐서라도 이 얼이에게 그렇게 대할 수는 없는데…….

거기까지 곰곰 되새겨보던 얼이는 홀연 가슴 한복판에 커다란 구멍이 뻥 뚫리면서 그 속으로 찬바람이 쏴아 밀려드는 느낌이었다.

"시방 내 이약 듣고 있는 기가?"

원채 목소리에 얼이는 소스라치게 놀라고 말았다. 원채가 영문을 잘 모르겠다는 듯 이쪽 얼굴을 빤히 들여다보고 있었다.

"예? 예. 드, 듣고 있심니더."

"알겄네."

얼이는 효원 생각에 깊이 빠지는 바람에 미처 듣지 못한 원채 이야기에 대한 궁금증이나 아쉬움보다도 부끄러움이 앞섰다.

'내가 이래갖고 머하겄노.'

장차 농민군이 되어 비명에 간 아버지 원수도 갚고, 나아가 아버지가 생전에 못다 이룬 농민 세상을 이루려고 하는 자기가, 여자 하나 때문에 마음을 똑바로 잡지 못하고 마냥 이렇게 흔들리고 있다니.

"그래 왜적은 작전을 그리 바꿔갖고……."

원채 그 말에 얼이는 부지불식간에 묻고 말았다.

"우찌 바꿨는데예?"

"얼이 총각."

원채는 걱정과 의아스러움이 뒤엉킨 눈빛을 풀지 못했다. 당황한 얼이는 얼른 다시 입을 열었다.

"아, 아입니더."

"……."

"그, 그래서예?"

원채가 저만큼 땅바닥에 나뒹굴고 있는 돌멩이처럼 딱딱하게 굳은 얼굴로 물었다.

"무신 고민꺼리 있는 것가?"

얼이는 큰일 날 소리를 한다는 듯 손을 내저었다.

"아, 아인데예."

그러나 원채는 여전히 미덥지 않아 하는 표정이었다.

"그라모 와 님 말도 몬 알아듣고……."

기습처럼 불쑥 물었다.

"해나 여자 생긴 거 아이가?"

"……."

너무나 정곡을 찔러오는 바람에 얼이는 퍼뜩 입을 열지 못한 채 낯부터 붉혔다. 심장 뛰는 소리가 그에게 들릴 것 같았다.

"음."

원채 안색이 달라졌다.

"내 짐작이 맞는갑다. 우떤 여자고?"

원채는 호기심보다는 우려하는 빛이 더 많이 서린 얼굴이었다.

"궁금타."

"여, 여자는예?"

얼이는 고개며 두 손이며 가릴 것 없이 한꺼번에 내저으며 강경하게 부인했다. 효원의 신분을 생각하면 그럴 수밖에 없었다.

"아입니더, 아이라예!"

얼이는 강에 산이 비치는지, 산에 강이 비치는지 모를 정도였다.

"여자 없십니더!"

잠시 침묵에 잠기던 원채는 겨울 강가에 부는 황량한 바람처럼 쓸쓸

한 웃음을 지으면서 말했다.

"강한 부정은 긍정이라 캤제."

원채는 하늘가에서 강물처럼 흘러가는 구름을 올려다보았다. 얼이는 더없이 궁색한 변명이라는 것을 익히 알면서도 그대로 나갔다.

"그, 그기 아입니더."

"시방 저게 비이는 물새들도 혼자만은 아이지 않나."

원채는 한숨을 길게 내쉬었다.

"우짠지 내 멤이 안 좋거마는."

가슴이 철렁 무너져 내려앉는 소리도 했다.

"똑 누가 알모 큰일 날 여자 안 겉나."

"아."

얼이는 그만 두 눈에 눈물이 핑 돌았다. 세상이 온통 뿌연 기운으로 젖어 보였다.

기녀와의 사랑. 그래, 어쩌면 그것은 불가능한 사랑, 누구에게서도 축복받지 못할 사랑일지도 모른다. 그렇지만 포기할 수 없는 사랑이다.

"얼이 총각, 시방 우는 기제? 내 말 모도 맞제? 넘들한테는 말 몬 할 사람이랑 사귀고 있는 기제?"

원채 물음에 얼이는 정신이 없다기보다 한층 더 슬펐다.

"흑."

원채는 망연자실한 낯빛이 되었다.

"우짜다가 그런 일이?"

"흐."

원채는 얼이가 막연히 두려워하고 있던 불안감에 확실한 불길을 붙여 주고 있었다. 효원과의 사랑은 결코 이뤄질 수 없다는 것을.

"답하기가 좀 그라모 안 해도 되거마는."

그러면서 서운하다거나 싫다거나 하는 기색은 조금도 없는 원채였다. 강 속보다 깊은 심지를 가진 사람이었다.

"사람은 누라도 넘들이 모리는 비밀 한 가지씩은 안고 살아간다 아인가베."

"……."

얼이는 높은 벼랑에서 강으로 아스라이 추락하고 있는 자신의 모습을 보았다.

"내한테도 그런 기 있거마는. 우리 부모님도 모리는 비밀."

"아자씨."

강물이 큰소리를 내지르며 가슴 복판으로 한꺼번에 밀려드는 것 같았다. 원채는 눈물이 번질거리는 얼이 얼굴을 외면했다.

"아, 말 안 해도 괘안타 안 쿠던가베?"

"지는, 지는예."

얼이는 원채에게 효원을 향한 자신의 감정을 고백하고 싶었다. 그리고 그에게서 무슨 방법이든 얻어낼 수 있기를 바랐다. 하다 못 해 위로의 말 한마디라도 들으면 마음이 한결 나아질 것 같았다.

그러나 그것은 단지 희망 사항일 뿐이었다. 누구에게도 지금 자신의 심경을 내비칠 수 없었다. 섣부른 언동을 하다간 효원에게도 큰 불행을 주게 될 것이다. 스스로 효원과의 사랑이 열매 맺을 길을 찾아야 한다. 현실이 그 꽃을 피우기에는 아무리 어렵더라도 방법을 찾아야 했다.

그리고 무엇보다도 그전에 반드시 해야만 할 일이 있다. 꼭 농민군이 되어 비명에 간 아버지를 비롯한 농민군들이 한을 풀 수 있도록 원수를 갚는 것이다. 그러기 위해 이 멀리까지 원채를 따라와 열심히 이야기를 듣고 있다.

"우리 인자 이런 이약은 고만하자꼬."

"예."

"아까 전에 오데꺼정 이약했더라?"

얼이 속내를 읽어낸 원채는 얼이 여자 문제는 깨끗하게 접고 다시 백마산성 전투 이야기로 돌아갔는데, 멍하니 듣고 있던 얼이는 긴장감에 그만 온몸이 오그라드는 기분이었다. 간악한 왜적은 일단 공격을 전부 멈추고 백마산성 안에 있는 조선 의병들이 스스로 무너지기를 기다리기로 작전을 바꿨다는 것이다.

'울 아부지도 나라의 그런 작전에 휘말리서 돌아가싯다꼬 들었제.'

얼이는 불안했다. 못 견디게 초조해졌다. 몸도 마음도 송두리째 흔들거렸다. 지난날 우리 농민군이 어떻게 해서 무너졌다고 하던가? 성을 점령하고도 왜 승자의 자리를 내주었다던가?

그건 다른 사유에서가 아니었다. 무작정 농민군을 해산시켰던 게 결국 패배를 초래하고 말았다고 들었다. 물론 당시 초군은 정규군도 아니고 대부분이 식솔을 먹여 살려야 할 가장의 신분이었기에, 오랫동안 전투에 가담할 처지나 형편이 아니었던지라 일단 각자의 집으로 돌려보낼 수밖에 없었다고 했다.

'아모리 사정이 그랬다 쿠더라도 안 그렇나.'

그랬다. 얼이가 판단해도 그것은 너무나도 어리석고 무책임한 처사였다. 나라에서는 바로 그런 약점을 그냥 놓쳤을 리가 없을 것이다. 농민군을 이끌던 유춘계로서는 불가항력이었다는 것을, 돌재와 판석, 또술, 태용 아저씨들 대화를 통해 알았다.

"해필 그해는 가뭄이 너모너모 심했다."

마음의 균열을 느끼고 있던 얼이는 혀라도 찰 것같이 했다.

"날씨가 그랬어예?"

그 생각만 해도 목이 타는지 원채는 혀로 입술을 축인 후 말을 이어갔다.

“삼 년 가뭄에는 살아도 석 달 장마에는 몬 산다쿠는 말이 있지만도, 진짜 가뭄이 심해 봐라꼬.”

산속에서 호랑이와 마주쳐도 몸을 사리지 않을 것 같은 그가 두려운 눈빛으로 천천히 하늘을 올려다보았다.

“그기 올매나 무서븐 하늘의 재앙인고 알 낀께.”

원채 목소리는 물속에 잠긴 바위처럼 착 가라앉아 있었다. 그래서 차라리 감정의 기복이 없는 것으로 들릴 지경이었다.

“물이 상구 부족한 조선군은 스스로 항복할 수밖에 없는 행핀에 이르렀제.”

“물이 없으모 아모것도 몬 살지예.”

“교활한 왜눔들은 그거를 알았던 기라.”

원채는 울분과 가소로움이 섞인 목소리였다.

“아, 우짭니꺼?”

얼이 입안 또한 물이 부족하여 빨갛게 타들어 가는 논밭처럼 바싹바싹 말라 들었다. 그 자신이 농민군이 되었을 때 그런 위험한 지경에 처하지 말란 법도 없었다. 그러면 결국 백기를 들어야 할 것이다.

“우떻는가?”

“예?”

원채는 손가락으로 자기 머리를 가리켰다.

“자네도 퍼뜩 무신 대책이 안 떠오리제?”

“예, 그렇심니더.”

그런데 실로 경이로운 일이 아닐 수 없었다. 원채 입에서는 대한 가뭄에 쏴아 쏟아지는 단비와도 같은 소리가 나왔다.

“곽재우 장군의 구신 겉은 기지와 능력이 바로 여서 나타났제.”

그는 곽재우 장군의 참모라도 된 듯했다. 얼이는 시대를 뛰어넘는 기분이었다.

"왜눔들 속셈을 모돌띠리 알아챈 장군은 놀라운 작전을 세운 기라."

얼이도 덩달아 흥분한 목소리가 되었다.

"아, 그래서예?"

원채는 구름장이 걷히는 하늘처럼 안색이 밝아졌다.

"하모, 존갱시럽제?"

얼이는 거기 벼랑의 높이를 눈으로 가늠해보며 말했다.

"역시나 그분은 다리네예."

두 사람 얼굴에 다 같이 감격의 기운이 일렁거렸다.

"이름값을 하기 된 기라. 성웅……."

거기서 원채는 눈을 빛내며 물었다. 매우 어려운 질문이었다.

"얼이 총각 겉으모 우떤 작전을 세웠것노?"

얼이 손이 그만 뒤통수로 갔다. 햇살은 무척이나 투명했다. 백마산 쪽에서 불어오는 바람이 붉은 절벽에 부딪혀 강 위로 흩어지는 게 고스란히 보이는 듯했다.

"장군은 우선 말 수십 마리를 왜눔들이 볼 수 있는 곳에 매거로 했는 기라."

원채의 그 말에 얼이는 고개를 갸웃하며 반문했다.

"말 수십 마리를예?"

원채 입에서는 갈수록 알 수 없는 이야기가 나왔다.

"그라고는 말 잔등에 쌀을 들이붓거로 했제."

얼이가 또 참지 못하고 물었다.

"와예? 와 그랬는데예?"

원채가 되물었다.

"멀리 있는 왜눔들 눈깔에는 그기 우찌 비잇것노?"

"우찌 비잇으까예?"

얼이는 상상이 잘 되지 않았다. 그 답이 나왔다.

"물을 들이붓는 거매이로 비인 기라."

얼이는 손바닥으로 제 이마를 탁 소리 나게 쳤다.

"아하, 인자사 그 이유를 알것십니더. 그렁께네 왜눔들은 성 안에 물이 한거석 있는 줄로 알았것네예?"

원채 음성이 대지 위에 세차게 내리는 소나기처럼 힘이 있고 굵었다. 미군과 싸울 때도 그런 목소리로 함성을 지르며 돌진했을 것이다.

"하모, 바로 그건 기라, 그거!"

얼이 뇌리에 '소나기 삼 형제' 라는 말이 떠올랐다. 소나기는 반드시 세 줄기로 쏟아졌다. 그처럼 곽재우 장군과 원채 아저씨 그리고 얼이 자신이 삼 형제가 되는 기분이었다.

'철썩, 처얼썩.'

문득, 강물 소리가 더 커진 것 같았다. 강도 얼이 자신처럼 감탄하고 있는가 보았다. 하긴 세상 모든 것에는 생명이 있다고, 그래서 귀하지 않은 존재가 없다고, 비어사 주지 진무 스님이 말씀하셨다.

얼이 눈앞에 상촌나루터의 밤이 나타나 보였다. 어둠이 거대한 멍석처럼 깔려오기 시작하면 강이 서서히 온몸을 일으키는 소리가 들려왔다. 밤중에 보는 수초의 일렁거림은 어찌하여 그다지도 신비스러울 만치 일사불란하게 비치고, 그 시각 물새 울음소리는 왜 또 그렇게 서글프면서도 무섭게 느껴지는 것일까?

효원과 나란히 앉아 있던 그 흰 바위 발치를 캄캄한 강물은 잠시도 쉴 틈 없이 핥아대고 있을 거라는 상상을 했다.

"마츰내 왜눔들은 작전 실패라 생각하고 물러간 기라."

원채 입가에 얼핏 미소가 번졌다. 청동빛의 안색이 홍조로 바뀌었다.

"궁금한 기 있심니더."

얼이 목청도 가늘지 않았다. 원채가 웃음기를 거둬들였다.

"머꼬?"

얼이는 믿기 어렵다는 기색을 지었다.

"그랄라모 안 있어예, 쌀이 한거석 있어야 할 낀데예, 그런 난리통에 성 안에 쌀이 그리키나 짜다라 있었으까예?"

그곳 적벽이 바위가 아니라 엄청난 분량의 붉은 쌀로 쌓아 놓은 것 같았다.

"아, 내도 맨 첨 그 이약 듣고는 자네매이로 그런 의문이 안 들었던 거는 아이제."

그러고 나서 원채는 무엇을 바닥에 들이붓는 동작을 취하며 당시 정황을 좀 더 상세히 들려주었다.

"밑에다가 멍석을 깔아놓고는, 부었던 쌀을 도로 담아서 다시 부었던 기라."

얼이가 백마산까지 가 닿을 만큼 큰소리로 환호성을 질렀다.

"와아, 그런 수가 있었네예!"

헤아려볼수록 귀신도 기절할 만큼 참으로 기발한 작전이 아닐 수 없었다.

"시상에 죽으라쿠는 벱은 안 없나."

원채는 미군의 포로가 되었던 일을 상기하는 듯했다. 얼이는 또래들에 비해 갑절은 돼 보일 정도로 큰 주먹을 불끈 쥐었다.

"지도 난주 써묵을 낍니더."

흰빛 물새와 잿빛 물새가 서로 앞서거니 뒤서거니 하면서 점차 넓어지는 하류 쪽으로 날아가고 있었다.

"그때 당시 말들은, 등더리에 쌀을 그리 마이 들이붓는 바람에 흰말이 됐다데."

원채 말에 얼이는 고개를 크게 끄덕였다.

"아, 그래갖고 저 산 이름이 백마산이 됐는갑네예."

얼이의 그 말은 백마산에 부딪쳤다가 다시 이쪽으로 돌아오는 것 같았다.

"여게는 한참 있었은께……."

원채가 손가락으로 한 곳을 가리켰다.

"우리 저 백사장 쪽으로 함 가보까?"

얼이는 얼른 눈을 들어 그곳을 바라보았다. 햇볕을 받아서 은빛으로 반짝거리는 깨끗한 모래사장이 드넓게 펼쳐져 있다.

"저게 저 백사장 본께네, 천주학 하던 전창무 그분이 남강 백사장에서 허개이 칼에 목 베이던 일이 기억나거마는."

원채 목소리가 물기 젖은 조선종이처럼 아래로 축 처져 내릴 듯했다. 얼이 가슴도 덩달아 젖고 있는 기분이었다.

"목 없는 무덤을 맹글어줬다 쿠데."

저 무두묘 이야기였다. 동서고금을 통틀어 결코 흔하지 않을 것이다.

"예, 지도 들었십니더."

얼이는 자신도 모르게 손이 목으로 갔다. 원채가 허탈하고 침통한 표정으로 말했다.

"내가 전쟁터에서 아군과 적군의 시신을 적잖게 봤지만도……."

얼이는 부르르 몸을 떨었다. 성문 밖 공터에서 망나니 칼을 맞고 뎅겅 잘려 굴러 내리던 아버지 목이 다시금 되살아난 것이다. 어쩌면 내 목도 그렇게 날아가고 말 것이란 예감 끝에 얼이는 다시 떠올렸다.

효원의 꽃다운 자태를. 새같이 낭랑한 음성을. 그러나 그녀는 목 없는 얼이 자신의 시신을 꼭 끌어안은 채 통곡하고 있다. 통나무처럼 돼버린 그의 주검이다.

그의 혼은 백마가 되어 적벽을 거슬러 청천으로 날아오르고…….

사랑의 조건

유서 깊은 그 고을 길목인 무성한 새벼리 숲에서 빛깔 고운 산비둘기 한 쌍이 푸드덕 날아오른다. 무섭도록 한적한 대낮이다.

임배봉 등속의 악덕 졸부들과 야합하여 검은돈 긁어모으기에 혈안이 되어 있는 하판도 목사인지라, 이즈음 교방 관기들은 다소 한가로운 나날들을 보내고 있다. 삼삼오오 모여 앉아 소위 '말하는 꽃'들만의 꽃밭을 일구면, 저 처량한 달빛과 같은 시름과 탄식은 어느새 저만큼 멀어져 가 있곤 했다.

그러한 가운데 이날도 다른 기녀들 모르도록 교방 밖으로 살짝 빠져나온 해랑은, 혼자서 벌써 몇 번째 헛걸음을 친 그곳으로 왔다.

'오늘은 볼 수 있으까?'

지난번 거기 왔을 때 보았던 그 멧새일까? 포르르 날고 있는 저 연둣빛 작은 새는 일찍 떨어져 날리는 잎사귀를 떠올리게 했다.

'여게 아이모 내가 그를 오데 가서 만내것노.'

해랑은 그날 억호와 마주쳤던 지점이라고 짐작되는 곳으로 연이어 눈길을 보내면서 그쪽을 향해 걸어갔다. 하지만 귀에는 아무리 틀어막아도 들리는 소리가 있다.

– 옥진아이, 니 미칫다!

비화 특유의 쟁쟁한 목소리는 햇살에도 부딪히고 바람결에도 부딪히고 멧새에도 부딪히고 바윗덩이며 나뭇잎에도 부딪힌다. 그러다가 어느 한순간 세상은 온통 그 소리로만 꽉 차 버린다.

'아.'

해랑은 끝내 큰 나무둥치에 여린 등짝을 기댔다가 이내 그대로 맥없이 미끄러지고 만다. 그러면 땅바닥에 거칠게 불거져 나와 있는 나무뿌리에 그대로 털썩 주저앉기에 십상이다. 평소 같으면 치마에 감싸인 엉덩이에 적잖은 충격이 전해질 테지만 지금은 아무러한 감각도 없다. 흡사 꽃잎을 갖다 붙인 것처럼 붉고 촉촉한 입술 사이로 그저 이런 소리만 끝없이 흘러나왔다.

"그래, 언가야. 내 미칫다. 미칫다."

저주와 공포의 대사지 못가에서 겪었던 그때보다도 몇 곱절이나 더 강렬한 통증이 그녀 전신을 친친 휘감았다. 이렇게 고통스러울 수가? 이런 생지옥이?

'도로 확 미치삐리모 좋것다. 내가 미칫다쿠는 사실도 모릴 만치 완전히 미치삐리모 올매나 좋을꼬.'

문득, 나무숲이 소리 내어 웃는 성싶다. 멧새 울음소리도 멧새 웃음소리로 바뀐다. 해랑도 여귀女鬼처럼 입언저리를 비틀어가며 웃는다.

그래, 비웃어라. 너희 나무들, 새들, 모두 입이 비뚤어지도록 크게 비웃어라. 너희의 그 비웃음으로 내 온몸에 덕지덕지 붙어 있는 아픔을 씻어낼 수 있다면. 아니다. 그것으로 더욱 내 온몸 구석구석에 꽂을 고통과 번민의 바늘로 삼으리라.

그렇다. 이 철저한 외로움, 이 끔찍한 천형天刑. 넓은 세상에서 오직

나 혼자라는 이 지독한 갈증. 독이 든 물이라도 지금은 벌컥벌컥 달게 들이켜고 싶다. 그 독한 기운이 목에서부터 시작하여 전신으로 서서히 퍼져나가면서 불러올 죽음의 고통을 즐기리라. 마지막 순간의 영원한 희열로 자맥질하리라.

'비화 언가야.'

해랑은 아무 곳에나 대고 마음으로 불렀다. 그러고는 물었다.

'니라모 우짜것노?'

대답이 없었다. 이번에는 묻지 않고 곱씹었다.

'언가 니맹커로 서방님 돌아오고 아들 키우고 돈 마이 벌어 땅 착착 모아감시로 살아가모, 이 옥지이 심정 모릴 끼다. 알아 달라꼬 매달리고 싶은 멤도 없다.'

반발하듯 말했다.

'내는 저승사자라도 그 손을 덜렁 잡고 시푸다, 언가야.'

새소리가 멎었다. 바람도 불지 않는다. 시간은 흐르고 있는 걸까? 공간은 존재하고 있는 걸까? 아무것도 없다. 사랑도 미움도 원한도 눈물마저도. 비어사 주지 진무 스님 말처럼 오직 공空일 뿐이다.

그런데 얼마나 그런 상태로 있었을까? 해랑은 언젠가 천주학 하던 이들에게서 들었던 저 '태초의 말씀'과도 같이 들려오는 어떤 소리를 들었다.

분명하다. 환청은 아니다. 그리고 그것은 진짜 그녀 이름이었다. 교방의 기명妓名이 아니었다.

"옥진이……."

해랑은 천천히 고개를 들었다. 꿈을 꾸듯. 꿈속의 행동처럼. 그러고는 이번에야말로 진짜 환각에 빠져들었다. 대사지 그리고 억호.

억호는 영락없는 꿈속의 모습이다. 아니다. 억호가 꿈을 꾸고 있는 것 같다. 해랑은 지금 자신이 억호 꿈에 나타나 있는 거라고 생각한다. 억호의 꿈. 이것은 꿈이라고 맹신한다. 꿈이다, 꿈, 꿈, 꿈…….

억호는 더 이상 말이 없었다. 오직 옥진을 한 번 불렀던 게 전부였다. 더 입을 열면 그 애틋하고도 반가운 꿈이 그만 깨고 말 것만 같아 숨을 죽이는 듯했다. 저러다 석상이 돼버리지는 않을까?

해랑은 보았다. 억호 오른쪽 눈 아래 박힌 검고 큰 점이 얼굴에서 빠져나와 허공을 빙글빙글 돌면서 시간을 거꾸로 되감고 있다.

시간은 아주 정확하게 옥진이 점박이 형제에게 당하기 바로 앞에서 멎었다. 옥진이 모든 걸 상실하기 직전의 바로 그 시각이다.

그랬다. 옥진은 아직 단 한 번도 남의 몸이 스며들지 않은 순백의 깨끗한 처녀림으로 숨 쉬고 있었다. 그때 그곳 새벼리 숲이야말로 곧 원시림이었다. 태고부터 벌목이 없었던 천연대로의 삼림.

이윽고 그 숲을 가식 없는, 순수한 인간의 소리가 흔들었다.

“여 오모 똑 만낼 거 겉은 예감이 들더이.”

그것은 억호 입을 통해 나온 해랑 자신의 마음이었다. 거기 오면 억호를 다시 만날 것 같았다.

“곁에 좀 앉아도 되것소?”

굵직한 사내 목소리. 저것은 홍 목사 음성인가, 정 목사 음성인가?

‘아, 내가!’

해랑은 경악했다. 비명을 내지르며 곧바로 죽어갈 사람처럼. 아니, 이미 비명조차도 낼 수 없을 정도에까지 다다랐다.

마치 사람 눈에는 보이지 않는 어떤 손에 의해 조종되듯 끄덕거려지고 있는 그녀의 가늘고 긴 목.

억호는 해랑 옆 흙바닥에 털썩 주저앉았다. 값비싼 옷이 나무뿌리에 찍혀 찢어지든 흙이 묻어 더럽혀지든, 그런 건 전혀 아무런 상관도 없는 것으로 보였다.

억호는 해랑과 나란히 앉을 때부터 숨이 가빠오는 듯했다. 도대체 그 순간을 무슨 말로 표현하고 무슨 행위로 나타낼지 모르는 바보천치가 돼버린 사람 같았다.

한편 해랑은 예상했던 것보다 자신이 담담하다는 사실에 더없이 놀랐다. 그 탓에 더한층 경악을 금치 못했다. 내가 어찌 멀쩡한 정신으로도 이럴 수가 있는 걸까? 아니, 나의 본정신은 빠져나가고 다른 정신 하나가 내 몸 안에 들어와 있는 것이라면. 그렇다. 다른 정신, 바로 그것이다.

마침내 해랑은 그를 만나면 꼭 해주어야겠다고 수백 번도 더 넘게 마음속 저 깊이 혼자 다졌던 말을 꺼냈다. 이것은 다른 정신이 말하고 있는 것이라고, 아니 진짜 내 정신이 말하고 있는 것이라고, 그렇게 뒤죽박죽인 채였다.

"그 패물…… 증말 고마웠어예. 덕분에……."

그러자 억호는 절대로 들어서는 안 될 말을 듣는 사람같이 펄쩍 뛰는 시늉을 했다.

"아, 아이요. 사실이요."

"……."

해랑의 침묵에 억호는 더욱 말을 더듬거렸다.

"그, 그거는 아, 아모것도 아, 아이요."

해랑 입가에 조용한 미소가 피어났다. 잔잔한 호숫가에서 고요히 흔들리는 수선화 같은 느낌을 주었다. 절간 마당 가장자리에 피어나서 법당 안으로부터 흘러나오는 독경소리를 들으며 보일락 말락 떨리는 엷은 보랏빛 수국을 떠올리게 했다. 어떻게 그럴 수 있었을까.

"그냥 하는 소리가 아이라예."

해랑은 고집스럽게 말을 이었다.

"그 패물이 아이었으모……."

해랑 말끝을 억호가 잘랐다.

"인자 패물 이약은 고만하소."

그런 후에 억호는 참으로 기나긴 세월 동안 가슴팍에 꼭꼭 묻어두고 있었던 말인 듯, 한 가닥 한 가닥 풀어나가기 시작했다.

"우리 몬된 행재들이 옥지이한테 했던 천벌 받을 짓을 생각하모, 에나 그런 패물 따위는 아모것도 아이요."

"……."

"그때 그 철없던 시절에 우리 행재가 저지른 그 용서 몬 받을 죄악 땜에, 시방꺼정 내가 올매나 후회하고 심들어함서 살아왔는고, 옥지이는 모릴 끼요."

새가 나무숲 속으로 날아들고 있는 걸까, 나무숲이 새 속으로 날아들고 있는 걸까?

"저 대사지 연못은 내한테는 불지옥의 못이오."

"……."

"내는 대사지 근방을 지내갈 때모, 고개를 돌리서 안 보고 지내가요."

해랑이 고개를 흔들었다.

"인자는 그랄 필요 없어예. 다 운맹이거니 받아들이고 살기로 했어예."

"흑."

억호가 울먹였다.

"볼 낯이 없소. 용서꺼지는 바래지 않것소."

바람에 불려온 듯한 구름 조각이 거기 새벼리 숲 위 푸른 하늘에 하얀 연鳶처럼 걸려 있었다.

"내가 무신 염치로 그라것소."

까치가 또 우네? 억호 저 사람 못 보고 혼자 있다 돌아가는 그런 날에는 까마귀가 울었다.

그녀는 별안간 새처럼 지저귀고 싶다는 충동에 빠졌다. 입을 열면 누가 이빨을 빼버리고 혀를 잘라버리겠다고 위협해도 그만둘 수 없다는 생각을 했다.

“그 패물 판 돈 갖고, 울 어머이 패뺑도 곤치고, 불타삔 집도 새로 짓고, 울 아부진 삶의 으욕을 도로 찾았어예.”

억호는 한층 물기 밴 목소리가 되었다.

“고, 고맙소, 그 패물을 받아줘서.”

고운 해랑 얼굴에 오동나무 잎사귀가 떨어지면서 지우는 듯한 그늘이 아주 잠깐 스쳤다가 사라졌다.

“고맙다꼬 인사할 사람은, 인사할 사람은…….”

처음에는 하나이던 조각구름이 이제 두 개가 돼 있었다.

“그짝이 아이고 이짝이지예.”

해랑의 그 말이 막 끝났을 때였다. 무수한 빛이 엇갈리는 얼굴을 하고 있던 억호가 홀연 엉뚱한 소리를 꺼냈다.

“하 목사가 시방도 옥진을 괴롭히는가 모리것소.”

그 순간, 해랑 머릿속에 눈물을 글썽이며 방을 나가던 억호 모습이 되살아났다. 목이 부러진 해바라기처럼 고개를 푹 숙이고 있었다.

그러자 웬일인지 해랑 자신의 두 눈에서도 왈칵 눈물이 솟구쳤다. 억호를 만나면 하늘 두 쪽이 나도 절대 눈물을 보이지 않기로 그토록 다짐했는데도 그랬다.

한데 그 순간이다, 해랑의 눈물을 본 억호 얼굴이 갑자기 싹 변했다. 돌변한 것은 얼굴만이 아니었다. 행동도 전혀 다른 사람처럼 바뀌었다. 저 대사지의 돌출이었다. 그날로 시간과 공간은 뒷걸음질 치기 시작했다.

"옥진!"

그렇게 부르면서 억호는 해랑을 향해 몸을 휙 돌렸다. 해랑은 전신에서 기운이 쫙 빠져나갔다. 도망은커녕 비명조차 지를 수 없었다. 상대가 무슨 짓을 해와도 꼼짝없이 당할 수밖에 없는 상황이었다.

그러나 그게 전부였다. 억호는 더는 아무런 짓도 하지 않았다. 그저 세상에서 가장 귀한 것인 양, 해랑 몸을 껴안은 채 꼼짝달싹도 하지 않았다. 그것은 어린아이가 자신이 제일 아끼는 물건을 남이 빼앗아갈까 봐 안간힘을 다해 지키려는 동작과 다름없었다.

문득, 해랑은 낯이 간지러웠다. 대체 무슨? 물안개가 다가오는가? 보슬비가 내리는가? 새순이 스치는가? 그게 아니었다. 뺨 위로 흘러내리는 눈물방울. 두 눈에서는 퍼내도 퍼내어도 마르지 않는 샘물처럼 눈물이 나왔다. 몸속에 있는 눈물이란 눈물은 모조리 말려버리고 두 번 다시는 눈물을 흘리지 않으려는 것처럼.

그때 억호가 말했다.

"이 눈물은 대사지 물이다. 대사지 물이 옥지이 몸에 들가 있다가 인자사 모도 쏟아져 나오는 기라. 대사지 물이다, 이 눈물은."

억호 그 말은 해랑에게 결코 거역할 수 없는 주문과도 같았다. 끝도 없이 눈물이 흘러나오는 해랑은 억호의, 아니 눈물의 포로가 되었다.

그런데 시간이 지날수록 해랑은 참으로 이상하고 야릇한 감정에 사로잡히기 시작했다. 자신이 흘린 눈물에 깊이 빠져 허우적거리는 듯한. 정말 억호 말처럼 이 눈물은 대사지 물일까, 대사지 물.

그러자 묘한 가역반응이 일었다. 해랑은 금방이라도 대사지 못물에 빠져 죽어버릴 것만 같은 지독한 두려움과 위기감에 젖었다. 그것은 실로 기이한 현상이 아닐 수 없었다. 독물을 마셔서라도 죽고 싶었던 그녀

였다

'이리 죽으모 안 된다. 지푸라기라도 잡아야 하는 기라.'

해랑은 정말 지푸라기를 잡으려는 사람처럼 허공을 향해 두 손을 내밀었다. 그러고는 잡았다. 지푸라기보다도 훨씬 더 튼튼하고 단단한 것을. 그래 기를 쓰고 그것을 붙들고 늘어졌다. 대사지에 빠지지 않기 위하여 온 힘을 다해 그 물체에 매달렸다.

억호가 가쁜 숨을 토했다. 해랑이 붙잡은 것은 억호 몸이었다. 하지만 해랑은 그게 억호 몸뚱이라는 생각은 조금도 하지 못했다. 오직 자신을 대사지 물에 빠지지 않도록 지탱해주는 물체라고만 믿었다. 생명의 줄이라고 보았다. 그녀가 이 세상에서 잡을 수 있는 단 하나의 끈이었다.

그렇지만 억호는 달랐다. 마음속에 티끌만치 남아 있던 윤리도덕이 달아났다. 아무 생각도 할 수 없었다. 억호는 착각했다. 크나큰 착각이었다. 옥진은 그 패물을 받고 마음의 문을 열고 나에게 그녀의 모든 것을 맡기려 한다고.

지금 그곳은 새벼리가 아니고 대사지였다. 못물이 미친 듯 마구 출렁거렸다. 연꽃이 제멋대로 흔들렸다. 대사교 흙이 속절없이 무너졌다.

바야흐로 대사지 전설이, 아니 악몽이 재현되고 있다. 이번은 비화가 모르는 비밀이 될 것이다. 만호도 등장하지 않는다. 오로지 해랑과 억호, 두 사람만의 역사가 숨 쉰다.

그 전설은, 악몽은, 역사는, 전설로만 악몽으로만 역사로만 그치지는 않을 것이다. 그것은 온 세상이 너무나도 놀라 눈을 크게 뜰 엄청난 대사건의 시작에 지나지 않으리라.

그새 구름은 더 새끼를 치고 또 쳐서 하늘을 가득 덮었으며 푸른빛은 어디에서도 찾아볼 수 없었다.

그로부터 며칠이 지났다.

"해랑 언니가 쪼매 이상 안 해예?"

효원이 한결에게 물었다. 그러자 한결이 두 눈을 크게 치뜨고 효원을 바라보며 반문했다.

"해랑이가 이상해?"

"예."

잠시 사이를 두었다가 확인했다.

"우찌 이상한데?"

"그기 안 있어예."

효원은 한결이 앞에 놓고서 얼굴을 이리저리 비춰보고 있는 거울 속을 들여다보며 말을 이어갔다.

"거울에는 사람 얼골이 반대로 안 비이예?"

"니 시방 무신 이약하고 있는 기고?"

한결이 어리둥절한 표정을 지어도 효원은 제 할 소리만 했다.

"그거매이로 해랑 언니 얼골이 영 달라진 거 겉애서예."

거울 속에서 한결이 고개를 갸우뚱했다.

"그으래? 내는 몬 느낏는데."

효원이 자못 걱정스러운 얼굴로 물었다.

"해나 해랑 언니한테 우떤 안 좋은 일이 있는 기 아일까예?"

"안 좋은 일이라 캤나."

생각에 잠기는 한결 얼굴에도 검은 구름장이 끼었다.

"우리들 중에 효원이 니가 해랑이를 젤 잘 안께, 니 눈에 그리 비이모 무신 일이 있기는 있을 기다. 우짜것노?"

효원이 참새같이 작은 몸을 떨었다.

"요새는 하 목사가 해랑 언니를 전에맹캐 그리키나 막 괴롭히쌌는 거도 아인데, 각중애 언니가 저리한께 더 불안해예."

한결이 아끼는 거울의 유리가 '쨍' 하고 금이 갈 것처럼 느껴지는 효원이었다.

"와 함 물어보지 그라나?"

한결의 주문에 효원이 화가 치미는 목소리로 툭 내뱉었다.

"물어봤지예."

한결은 거기 밖에서 몰래 엿듣고 있는 누가 있기라도 하듯이 방문 쪽을 조심스럽게 바라보고 나서 말했다.

"물어봤는데?"

효원은 실의와 원망이 섞인 투로 말했다.

"성만 크기 내예, 성만."

한결은 멍한 낯빛을 했다.

"성만? 화만 내더라 그 말가?"

효원은 체념하듯 했다.

"하모예."

한결이 습관처럼 다시 시선을 주었던 거울에서 눈을 돌렸다.

"에나 와 그라제?"

효원은 어깨를 움츠렸다.

"하도 무서버서 인자 더 물어도 몬 보것어예."

한결 얼굴이 좀 더 딱딱해졌다. 퍽 심각한 어조로 말했다.

"니 말마따나 안 좋은 일이 생깃는갑다."

애가 타는 모습을 보였다.

"우짜노?"

효원은 쇠잔한 노파처럼 한숨을 내쉬었다.

"그런께 말이라예."

잠시 침묵이 흐른 후 한결이 다시 말했다.

"우쨌든 니가 살살 함 알아봐라."

효원의 눈에 거울 면이 똑바른 것 같지가 않았다. 앉아 있는 방바닥도 기울어져 있는 듯 현기증마저 일었다. 한결은 회유를 넘어 강요하는 목소리였다.

"니 말고 알 사람이 없다."

"알아는 보것지만도 자신이 없어예."

효원은 울상을 짓는 거울 속 제 얼굴이 보기 싫어 거울을 깨뜨려버리고 싶었다. 그러면 거울 속의 세상이 사라져버리듯 거울 바깥의 세상도 없어지지 않을까. 그녀는 거울의 유리 파편에 찔린 사람처럼 상을 크게 찡그렸다.

"해랑 언니가 너모너모 배꿔뻿어예."

한결은 방문 밖으로 고개를 돌리며 물었다.

"그거는 그렇고, 해랑이 시방 오데 있노?"

"오데 있기는예?"

반원형의 창가에 어른거리는 나무그림자조차 수상쩍어 보이는 분위기였다.

"모리나?"

"교방 마당에 서갖고 비봉산 쪽만 올리다 보고 있것지예."

효원은 앙증맞은 손으로 방바닥을 문질렀다.

"딱 듣기 싫거로, 땅이 꺼지라 한숨만 폭폭 내쉼서 말이지예."

한결이 열어 놓았던 거울 뚜껑을 닫고 자리에서 몸을 일으켰다. 옥색 치맛자락 서걱거리는 소리가 유난히 크게 났다.

"내가 해랑이 함 만내갖고 물어봐야것다."

그러더니 효원에게 도움을 요청하듯 했다.

"같이 안 가 볼래?"

"지는……."

"같이 가 보자."

"알것어예."

두 사람은 방을 나왔다. 모두 다리가 휘청거려 보였다.

"저어게 있네예."

효원이 손가락으로 한 곳을 가리켰다. 한결은 중요한 결전을 앞둔 병사처럼 숨을 깊이 몰아쉬고 나서 말했다.

"가까이 가 보자."

"예."

해랑은 조금 전에 효원이 말한 것처럼 마당가 큰 오동나무 그늘에 혼자 서서 비봉산 쪽을 올려다보고 있었다. 잎사귀를 이리저리 흔들어대며 지나가는 바람이 내는 소리가 어쩐지 거문고 타는 소리같이 들렸다.

해랑은 두 사람이 다가가도 알아차리지 못했다. 효원이 난감한 표정을 짓고 있는 가운데 한결이 서너 차례나 불러서야 이쪽으로 고개를 돌렸다.

"얼골이 상구 상한 거 겉네? 해나 오데 아푸나?"

한결이 걱정스럽게 물었지만 해랑은 대답은커녕 성가시고 귀찮다는 듯 인상부터 찌푸렸다. 그러자 폭삭 늙어빠진 할망구 같았다.

"니 부모가 물리주신 이쁜 얼골, 그리 찡그리모 벌 받는다 고마."

교방 담장 위에 비둘기 두 마리가 살짝 날아와 앉았다. 그야말로 비둘기 빛이었다. 잠시도 쉴 새 없이 땅바닥을 쪼아대는 다른 비둘기들과는 달리 그놈들은 정물처럼 움직임이 없었다.

"그 얼골 땜새 열 받는 여자들이 니 주변에 올매나 쌔삣는고 아나?"

한결이 무슨 소릴 해도 해랑은 무어라고 대꾸할 생각이 전혀 없어 보였다. 한결은 해랑 몰래 효원에게 한쪽 눈을 찡긋하며 탈기하는 빛을 지우지 못했다.

'아!'

바로 그 순간, 효원 뇌리에 신의 계시처럼 퍼뜩 떠오르는 게 있었다.

패물. 누군가가 해랑에게 보냈던 패물이었다.

효원 자신이야말로 그 비밀의 패물에 관해 알고 있는 유일한 사람이었다. 하나뿐인 목격자. 그래서 아주 중요하면서도 어쩌면 위험할 수도 있는 것이다.

아직 나이가 얼마 되지도 않은 해랑이 한갓 관기 신분으로, 부자병이라는 어머니 폐병을 고치고, 화재가 나서 없어진 집을 다시 짓고, 아버지가 새로운 사업을 시작할 돈을 마련한 기적 같은 일에 대해 온 고을 사람들 억측이 분분한 가운데, 그 돈의 출처를 아는 사람은 효원 그녀뿐이었다.

'해나 패물을 보내준 그 남자하고 몰래 만내고 있는 거는 아이까? 다린 사람들은 아모도 모리거로 말이제.'

불현듯 효원 머리를 때리고 스쳐가는 여자의 섬세한 직감이었다.

'교방 언니들 하는 말이, 여자고 남자고 간에 정분을 나눌 사람이 생기모 얼골부텀 달라진다 안 쿠더나.'

그런 생각 끝에 유심히 살펴본 해랑 얼굴은 완전히 다른 여자 얼굴이었다. 언제나 촉촉하게 젖어 있던 붉은 입술이 시들시들한 이파리 같았다. 아름답던 두 눈도 십 리나 푹 들어간 게 해골을 방불케 했다.

'하모, 맞다.'

효원은 속으로 무릎을 쳤다.

'그 남자를 만내고 있는 기라.'

역시 동물은 본연의 속성을 어찌할 수가 없는 법일까? 담장에서 땅으로 내려와 앉은 그 비둘기 한 쌍은 방정맞을 만큼 요리조리 돌아다니면서 부리로 맨바닥 흙을 쪼아대기 바빴다.

'내 보기에는 주우무울 끼 한 개도 안 비이는데.'

일부러 시선을 다른 곳으로 두고 싶어 그랬지만, 게걸스러워 보이는 비둘기들을 더 지켜보고 싶은 마음이 없었다. 그나마 해랑보다는 한결이 낫겠다 싶어 효원은 한결을 향해 고개를 돌렸다.

'후우. 이거도 아이네.'

한결은 너무나 답답한 나머지 곧 미칠 사람처럼 보였고, 그에 따라 효원 자신의 가슴도 엄청난 바윗덩이에 깔린 듯 숨이 가빴다. 하지만 효원은 한결에게 저 패물 이야기를 할 수는 없었다. 그리고 해랑을 지켜볼수록 그 추측이 맞을 것 같다는 느낌이 들었다.

'그라모 잘된 일일 수도 있는데 와?'

그런데 스스로 돌아봐도 이상한 노릇이었다. 왠지 해랑 언니와 그 정체불명의 남자와의 사랑이 비극적일 것 같다는 불길한 예감이 그녀를 대책 없이 흔들리게 했다. 그만큼 해랑 언니 안색이 어둡고 복잡해 보이는 탓이라고 돌려버리려고 해도, 그 막연한 느낌은 악귀와도 같이 효원을 괴롭히려 들었다. 대체 이것이 무엇을 암시함인가?

문득, 복병처럼 나타나 보이는 얼굴이 있었다. 얼이였다.

해랑 못지않게 사람이 변한 게 억호였다.

그 역시 출타는 고사하고 한 발짝도 방 밖으로 나오지 않고 겨울잠 자는 동물같이 사랑채에서만 칩거했다. 집안에서 부리는 남녀 하인들에게 은근히 위세를 과시하기 위한 헛기침 소리가 끊어진 지도 오래였다. 그의 거처는 사람이 아무도 없는 폐가처럼 을씨년스럽기까지 했다.

분녀가 못 살 형국이었다. 그녀가 어린 동업과 재업을 모두 데리고 와서 무슨 짓 무슨 소리를 해도, 억호는 벽면을 향해 바위처럼 돌아누운 채 고개조차 돌리지 않았다. 때로는 베개마저 저만큼 밀쳐버리고 그냥 맨머리를 방바닥에 갖다 붙인 모습이기도 했다.

"어이구, 내 팔자야."

그런 억호와 가장 가까운 누군가의 신세타령이 뒤따르는 건 당연지사였다.

"시상에 요런 팔자도 있는 기가?"

팔자를 헤아리다 보니 거기에 덧붙여 나오는 말이 기가 찼다.

"구자, 십자, 십일자, ……."

남편과 해랑과의 일을 까마득히 모르고 있는 분녀는 주먹으로 푸둥푸둥 살찐 제 가슴을 땅땅 치며 답답함을 이기지 못했다. 흡사 묻지 못해 죽은 귀신이 들러붙은 듯 억호더러 묻고 또 물었다.

"해나 몬씰 뱅에 걸린 거는 아이요, 동업이 아부지?"

"……."

"내가 잘몬핸 기 있으모 모돌띠리 탁 털어놓고 말을 해보소, 재업이 아부지요!"

그러나 분녀와는 정반대로 억호는 시종일관 묵묵부답이었다. 신문에 응하게 되면 불리하다고 판단한 피의자같이 철저한 묵비권 행사로 나왔다. 어떻게 보면 너무나 많은 말을 하다가 죽은 귀신이 씐 형상이었다.

'아아, 아아아.'

지금 그의 눈에 보이고 그의 귀에 들리는 건 오직 옥진 모습과 옥진 목소리였다. 그것은 상사병을 넘어 차라리 죽음에 가까운 침묵의 병이었다.

"그눔이 시방 머를 우짜고 있다꼬?"

급기야 임배봉이 자식을 찾았다. 그는 바람이 씽 일어날 정도로 억호의 사랑방 문턱을 넘어서기 무섭게 버럭 화부터 냈다.

"니 인자 우리 동업직물하고는 베름빡 쌓고 살기로 작정한 것가?"

이마에 물수건을 얹었다가 자꾸 흘러내리는 통에 아예 매어 놓은 억호가 마지못해 부스스 일어나 앉았다. 여러 날이나 씻지 않은 탓에 그의 몸에서는 역한 냄새가 풍겼다. 그런데 배봉이 한다는 말이 또 몰인정하기 그지없었다.

"니 마빡에 붙은 고 수건 고마 쌔이 몬 떼 내것나? 에나 그 꼬라지 눈꼴이 쉬서 더 몬 보것다!"

아파 누운 사람이 이마에 감고 있는 수건을 놓고 저 시비라니? 억호는 그러잖아도 개개 초점 풀린 눈이 한층 흐릿해졌다.

"대체 이, 이기 무신 일고?"

배봉은 식음을 전폐하다시피 하는 아들의 복장을 터지게 하려고 단단히 작심한 사람 같았다.

"아파 죽을뱅에 걸린 거도 아일 낀데."

마치 아파 죽을병에 걸리기를 소원하는 사람처럼 하더니 언성을 높였다.

"귓구녕이 썩어빠짓나? 애비 말귀도 몬 알아묵것는가베?"

"아부지?"

억호 말꼬리가 불량하게 추켜세워졌다.

"아부지고 저부지고!"

입에서 침까지 튀겨가며 그렇게 소리치는 배봉의 둥글넓적한 낯짝이 불을 가득 담아 놓은 듯했다. 그러고는 원수에게 무슨 저주 퍼붓듯 쏘아댔다.

"임술년 농민군 눔들 말이다!"

그러잖아도 기력이 쇠할 대로 쇠해져서 눈앞에 헛거미가 잡히는 억호는 한층 더 어안이 벙벙했다. 난데없이 농민군은 왜?

“허어, 이 빙신도 열두 벌도 더 빙신 쌔끼야!”

정말 부모라는 사람이 해도 너무하는 것 아니야? 내가 병신 새끼면, 너는 병신 아비냐? 그런 반발심에 젖는 억호에게 이번에는 한술 더 떴다.

“도로 나가서 뒤지삐지 와 그라고 있노?”

벌레 씹은 상판이었다.

“벌거지 끓는다.”

배봉은 앓아누웠다가 가까스로 일어난 억호를 바깥으로 끌어낼 기세였다. 갈수록 분을 참지 못해 씩씩거리며 소리쳤다.

“시방 니 해갖고 있는 그 모냥이, 똑 그 농민군 눔들 꼬라지하고 그대로 빼 박았다 이건 기라!”

“아!”

억호는 그제야 떠올렸다. 저 임술년에 봉기한 농민군들이 하나같이 검게 탄 이마에 흰 수건을 질끈 동여매고 다녔다. 억호는 이마에 맨 수건을 풀어야 할까, 그대로 두어야 할까 잠시 망설였다.

“고만 놔 도삐라.”

참으로 몰아대도 정신없이 몰아댄다. 외양간이나 마구간에 소나 말을 몰아넣어도 그렇게 무작하게 하지는 않을 것이다.

“하매 생각 다해뻿는데 인자사 풀어봤자 아모 효과 없다.”

자식은 부모가 잘 안다더니 옳은 이야기였다. 어쨌거나 그러고 나서 배봉은 처음에 했던 그 소리를 다시 끄집어내기 시작했다.

“동업직물에 발목때기 딱 끊는다쿠는 그 소리는, 인자 이 애비하고도 돌아서것다, 그런 이약 아이가?”

자기 말이 끝나기 무섭게 또 말했다.

"아이기는 머시 아이라? 기제."

억호는 솔직히 앉아 있기도 힘든 판에 간신히 입을 열었다.

"저, 절대 그런 거는 아입니더, 아부지."

배봉의 눈꼬리가 휘익 돌아갔다. 흰자위가 험했다. 눈에서 차지하고 있는 비중이 여느 사람들보다 곱절은 되는 그의 흰자위였다.

"그라모 와 이라는데?"

그곳 사랑채 서까래가 들썩거릴 지경이었다. 자식이 감히 부모와 맞먹으려 한다고 늘 배봉이 불만을 품을 정도로 억호의 사랑채는 배봉의 사랑채 못지않은 규모였다.

"와? 와? 와?"

"……."

억호는 얼이 빠진 모습으로 한참이나 가만히 있다가 말했다.

"이상하거로 시상 만사 모도 싫어지네예."

억호는 사실 그대로를 말했다. 뭐라 지어낼 기력도 없었다. 하지만 배봉 입장에서는 하도 기가 차서 뒤로 벌렁 나자빠질 소리가 아닐 수 없었다.

"머시?"

배봉은 미간을 있는 대로 좁혔다.

"그거는 또 무신 이바구고?"

억호는 잘 드는 칼로 무엇을 탁탁 자르듯 얘기했다.

"고마, 살기, 싫다, 이겁니더."

"살다 본께, 새 확 뒤집어 날아가는 소리 다 들어본다."

배봉은 자식이 삶에 대한 의욕을 잃어버린 데 대한 우려나 걱정보다도 분노가 더 앞서는 모양이었다.

"배때지 불러터진 소리나 하고 처자빠졌다."

심지어 억호가 깔고 누웠던 이부자리에 침이라도 뱉을 태세였다.

"쪼끔 묵고살 만 한께 베라벨 공상이 다 생긴다, 그기제?"

"이기 공상이라꼬예?"

새만 뒤집어 날아가는 게 아니라 말도 뒤집었다.

"공상 아이모 상공이가?"

배봉은 더 이상 상대하기 싫다는 기색이었다.

"됐다 고마. 알것다. 니 멤 싹 다 알았은께, 인자 내 다시 여 안 온다. 머 싸놓고 빌어도 안 올 끼다."

배알이 뒤틀리는지 부모 자식 간에 의절義絶할 사람같이 했다.

"안 오모 될 꺼 아이가, 안 오모?"

억호는 무슨 말을 어떻게 해야 할지 도시 모르겠는 얼굴이었다.

"안 오시는 기 문제가 아입니더."

그때 방문 밖에 인기척이 나는가 싶더니 뜻밖에 만호가 곧장 방으로 들어왔다.

"아부지가 새이한테 와 계신다쿠는 소리 듣고 바로 왔심니더. 점포일 땜에 상구 바뿌실 낀데예."

만호는 몸져누운 형에게 병문안하기에 앞서 아버지 비위 맞추는 말부터 한껏 주워섬겼다. 그다운 처세였다.

'내 저, 저눔을!'

억호는 만호의 뺨이라도 후려치고 싶었다. 인정머리라고는 파리 뭐만큼도 없는 놈. 저런 게 형제라고. 차라리 없는 게 백번 낫다.

그런데 잔뜩 찌푸려졌던 배봉 낯은 인두로 다린 듯 확 펴졌다. 목소리도 억호에게 했던 것과는 완전히 딴판이었다.

"만호 니 마츰 잘 왔다."

말은 만호에게 하면서도 눈은 억호를 보았다.

"안 그래도 내가 닐로 함 만내볼라 캤디라."

꼭 퉁퉁 부은 사람같이 살이 잔뜩 올라 있는 만호 얼굴에 어떤 기대감을 담은 빛이 얼핏 엿보였다. 듣는 사람 몸에 두드러기가 날 만큼 간드러진 목소리로 물었다.

"무신 일인데예, 아부지?"

그러자 배봉 입에서는 대단히 새롭고 중요한 이야기가 나왔다.

"사업 확장 건件 땜에."

"……."

형제 눈빛이 허공에서 마주쳤다. 그 방에 있는 물건들이 일시에 녹아내릴 정도로 강한 빛이었다. 배봉은 억호에게서 만호에게로 고개를 돌렸다.

"하 목사가 다리를 놔준다 캤다."

"우와아!"

만호가 두 팔을 치켜들고 만세 부르는 동작을 하며 확인했다.

"우리 사업을 확장하는 일에, 하 목사가 다리를 놔준다꼬예?"

배봉은 좋다는 기색을 감추고 그 대신 자못 심각한 표정을 지어 보였다.

"머보담도 시방 부산에 와 있는 일본 사람들하고, 머꼬, 거래, 거래부텀 틔우는 기 상구 급한 기라."

"이, 일본 사람들하고예?"

만호가 놀라 외쳤고, 억호도 흩어졌던 눈의 초점이 조금은 바로 잡히는 듯했다.

"하모, 그렇제."

배봉은 하소연할 데가 생겼다는 듯 말을 쏟아냈다.

"그란데 이러키 중요한 요때에 니 새이라쿠는 기 저따우로 하고 있으이, 우째 내 복장이 안 터지것노?"

앉은 자리에서 펄쩍 뛸 사람처럼 했다.

"사람 미치고 폴짝 뛰것다."

그러자 만호는 그곳에 억호가 있든 없든 서슴없이 입을 열었다.

"오데 억호 새이만 아부지 자슥입니꺼?"

"……."

배봉도 충격을 받았는지 얼른 입을 열지 못했다. 그러고는 한술 더 뜨는 만호였다.

"큰아들이 안 되모, 작은아들인 지라도 나서야지예."

"음."

배봉은 무엇을 궁리하는 빛이었다.

"마, 만호야!"

억호가 분노에 흔들리는 목소리로 쏘아붙였다.

"니 시방 그기 말이라꼬 하고 있는 기가, 으잉?"

하지만 만호는 그 말은 들은 척도 하지 않고 시종 배봉에게만 말했다.

"아부지하고 우리가 탁 깨놓고 한분 생각을 해보이시더."

사랑채 넓은 마당가에 자라는 정원수에서 참새 소리가 요란했다.

"아부지가 우찌 이뤄논 우리 동업직물입니꺼?"

만호는 생각할수록 안타깝고 부아가 치민다는 얼굴이었다.

"안 그래예?"

잠자코 듣고 있던 배봉은 드디어 지극히 중요한 결정을 내린 사람처럼 나왔다.

"그 이약 들은께 쪼매 살맛나거마는."

유언이라도 남기는 품새였다.

"억호 몸이 저런께네 앞으로는 만호 니가 우리 집안 장남 노릇해라."

그 말을 하고 억호를 한번 노려본 후에 배봉은 매몰차게 자리를 박차고 일어섰다. 그러고는 만호를 보고 말했다.

"우리 점포에 가서 이약하자."

몹시 못마땅하고 정이 들지 않는다는 눈초리로 그 안을 둘러보았다.

"여서 이리하고 있을 틈새 없다."

억호가 입을 열기도 전에 만호가 선수를 쳤다.

"예, 아부지."

"가자."

배봉과 만호는 즉각 방에서 나가버렸다. 둘 다 환자에게는 몸조리 잘하라는 일언반구도 없었다. 혼자 남은 억호는 베개에 이마를 처박고 오열을 터뜨렸다.

"으흐흐."

용마루에선가 까마귀 울음소리가 났다.

금도끼 은도끼

"마님, 마님."

"……."

한 쪽은 닳도록 부르고, 나머지 쪽은 답이 없다.

"우리 마님 그 귀하신 혼자 몸 갖고 두 분 되련님을 한꺼분에 돌보실라쿤께네 에나 고생 말도 몬 하시것지예?"

"……."

말을 못 하는 건지, 안 하는 건지 알 수가 없다.

"그래서 지가 저 먼젓분부텀 말씀 안 드리던가예."

"으."

급기야 흘러나오는, 분을 이기지 못하는 소리였다.

"인자 큰되련님은 저만치 크싯은께, 이 언네한테 맽기시라꼬예."

날이 갈수록 애먼 어린 자식들에게 공연히 화를 내곤 하는 분녀를 자꾸 들쑤셔대는 언네였다.

"더 생각하실 필요도 없심니더. 그리하시이소, 예?"

하지만 분녀는 무어라 말하지 않고 열불 받은 얼굴로 끙끙 앓는 소리만 냈다.

"이런 말씀 올리기 쪼매 머하지만, 우리 마님을 위해서 해야것심니더."

억호가 한밤중에 아무도 모르게 집을 빠져나갔다가 새벽이슬 밟으면서 돌아온다는 사실을 알려준 사람도 언네였다.

"해나 서방님한테 몽유뱅이 있는 거는 아이지예?"

그렇게 몽유병 운운하며 제멋대로 주둥아릴 놀렸다가 하마터면 분녀에게 맞아 죽을 뻔했지만 언네는 자신 있었다. 이제 분녀는 그녀를 함부로 대하지 못하리란 것이다.

"마님이 진즉 쇤네가 고하는 대로 하싯으모 이 정도꺼지는 안 됐지예."

그렇게 하지 못한 그 이유가 너무나 안타깝고 아쉽다는 표정이었다.

"우리 마님께서 이리 착해빠지기만 안 하시도 말입니더."

심지어 혀까지 끌끌 차는 언네였다. 그러자 한참 만에 분녀는 말보다도 한숨이 더 많이 섞인 목소리로 이렇게 물었다.

"후, 아랫것들 해쌌는 이약 들어본께, 우리 동업이가, 후, 예전에 설단이 따르던 거보담도, 후, 요새는, 언네 니를 더 따른담서?"

언네는 황감한 말씀 다 한다는 듯, 자기 나름대로는 손질을 한다고 했지만 그다지 단정하지 못한 머리를 있는 대로 조아렸다.

"하이고, 지가 동업 되련님을 뫼시는 기지예. 우찌 되련님이 지매이로 천해빠진 년을 따르신다꼬 하시예?"

너무 무섭고 두렵다는 목소리로 말했다.

"이년, 마린하늘에 탁 내리치는 배락 맞고 죽을 그런 말씀 더 하지 마시소."

"요런 소리 조런 소리 오데서 주우들어갖고는."

그런 말을 입속으로 중얼거리던 분녀가 힘없어 보이는 중에도 피식 웃었다. 그런 다음 칭찬을 하는 건지 꾸짖는 건지 모를 애매모호한 소리를 했다.

"니년이 나깨나 묵어간께 주디이가 지름에 닦은 거매이로 번지르한 비단장사가 다 됐거마는."

언네는 짐짓 뾰로통한 얼굴을 만들어 보였다.

"마님은 우째서 쇤네 진심을 그리 몰라주십니꺼?"

"진심?"

"시상에서 그보담 더 고귀한 거는 없다꼬 봅니더."

"고귀?"

잠시 말이 없던 분녀가 말했다.

"진심 너모 좋아해쌌지 마라."

"예?"

눈을 크게 뜨는 언네더러 분녀는 잔뜩 경계하는 어조로 말했다.

"그 뒤에 함정 있다."

언네는 구덩이에 빠질세라 무척 조심하는 사람처럼 했다.

"함정이 뒤에……."

분녀는 손끝에 잡히는 것은 모조리 던지고 싶어 하는 버릇이 생긴 모양이었다.

"그거는 개한테나 던지줄 그런 긴 기라."

신혼 초에 억호가 그녀더러, 나는 진심으로 당신을 사랑하느니 어쩌느니 저쩌느니 하던 것을 꼬집는 분녀였다.

"이년, 마님께서 끝꺼지 지 진심을 몰라주시모, 남강 백사장에 쎗바닥을 콱 처박고 죽고 싶십니더."

그러면서 허연 태가 낀 혀를 내밀어 보이는 언네였다.

"시끄럽다! 고 쎗바닥 퍼뜩 몬 집어넣것나?"

그러나 분녀 호통에도 언네는 뱀 인간처럼 혓바닥을 날름거려가면서 능수버들이나 엿가락같이 말이 늘어졌다. 단순히 나이 들어가는 증거라고만 치부하기에는 너무나 심할 정도였다.

"옛날이약에 나오는 그 멉니꺼, 아, 토까이맹커로, 이녀 속을 확 꺼내 비이드릴 수 있으모 참말로 좋것십니더."

"니년이 인자는 상전을 갖고 놀라쿠네?"

"마님이 노리갭니꺼."

"머?"

한창때는 예뻐서 양반이 귀엽게 데리고 놀 노리개 첩으로도 부족함이 없던 언네다. 분녀는 그 기억이 나자 언네가 좀 안됐다는 기분에 다소 풀린 목소리가 되었다.

"우리 언네야이, 실컷 갖고 놀다가 지 자리만 도로 갖다 놔라."

그러고는 지금까지는 서론이고 이제부터는 본론을 꺼낼 차례라는 투로 말했다.

"그보담도 양득이 그눔 꼬시는 일은 우찌 돼가노?"

"그, 그기예."

그러자 그때까지 입에 기름칠을 한 것 같던 언네가, 고장이 나서 제대로 돌아가지 않는 뻑뻑한 기계처럼 더듬거렸다.

"그기고 저기고!"

다그치는 분녀 목소리가 적잖게 앙칼졌다. 언네가 느끼기에, 엉겅퀴 가시가 꽂혀 있는 듯했다.

"내가 운제부텀 말하데?"

언네가 대답이 없자 분녀는 씩씩거렸다.

"우째서 아즉도 깜깜무소식이고, 으잉?"

언네 안색이 산그늘 지듯 어두워졌다. 목소리 또한 밝지 못했다.

"양득이 그놈, 증말 사내새끼가 맞기는 맞는 거 겉심니더."

분녀가 멀뚱한 얼굴을 했다. 그러자 한참 지능이 낮은 여자 같아 보였다.

"그라모 양득이가 사내새끼가 아이고 기집새끼가?"

"억호 서방님을 위하는 충심이 철석겉다 아입니꺼."

"그 정도가?"

분녀는 애가 타는 얼굴을 했다. 언네가 잠시 마음을 가다듬는 눈치더니 느긋하게 입을 열었다.

"하지만도 쪼꼼만 더 기다리시소."

"쪼꼼만, 쪼꼼만 해쌌다가 고마 눈깔 빠지것다."

"금방이모 됩니더."

언네는 도끼를 들고 그 방에 있는 갖가지 비싼 가구며 장식품들을 깡그리 때려 부수고 싶다는 충동을 가까스로 억눌렀다.

"이 언네 도치에 지가 안 넘어가고는 몬 배기지예."

분녀가 음성을 잔뜩 바닥에 깔았다.

"양득이는 우리 아아들 아바이가 밤마당 오데로 그리 쏘댕기는고 알기는 알것제?"

"하모예, 마님."

언네는 다시 자신 있게 대답했다.

"우떤 일이든지 간에 서방님은 양득이를 믿고 싹 다 맽기시거든예."

"그렇다쿠모 기다리봐야제."

분녀가 억호 행적을 밝혀내기 위해 양득을 지목한 것은 참 현명한 처사였다.

"서방님이 양득이 믿듯기 마님은 우짜든지 언네만 믿으시이소."

언네는 제가 늘 입에 올리는 '천한 종년' 주제에, 어디서 주워들었는지 제법 기존의 문자를 활용하기까지 한다.

"지가 발떵(발등) 찍거로 맹그는 도치는 아일 낍니더."

근동 최고가는 대갓집 마님이라고 왕비처럼 떠받들어지는 분녀가 그 순간에는 되레 상것같이 군다.

"요새는 썩은 도치에라도 발떵 콱 찍히서 뒤지삐고 싶다 고마!"

그러자 언네는 조금만 더 참고 기다리면 반드시 좋은 일이 있을 거라고 했다.

"썩은 도치가 머라예?"

그러면서 또 전설 같은 이야기로 끌어갔다.

"쇤네가 우리 마님께 금도치 은도치 다 장만해갖고 드릴라캅니더"

억지로 화를 삭이는 분녀 입에서 신음소리가 났다.

"음."

언네는 평상시 안면이 있는 고을 중앙통 귀금속상에서 일하는 아이를 통해, 양득이 보통 사람들은 상상조차도 하지 못할 엄청난 패물을 모으러 다녔다는 사실을 용케 알아낸 후, 분녀에게 시시콜콜 일러바쳐 왔었다.

"고 인간 겉잖은 인간이, 와 그리 각중애 패물이 짜다라 필요했으까?"

분녀 의문에, 언네는 불에 기름을 들이부었다.

"아, 서방님한테예?"

분녀는 무당이 푸닥거리하듯 했다.

"서방 아이모? 동방?"

언네는 사방팔방 쏘다녀 모르는 게 없는 사람처럼 행세했다.

"마님은 그거를 모리시것십니꺼?"

"모린다, 와? 우짤래?"

"천한 종년이 감히 귀하신 마님을 우짜기는예?"

분녀는 세상 사람들에게 마구 시비를 걸려는 여자 같았다. 언네가 이해 못 할 바는 아니었다. 아니, 분녀가 그러도록 불쏘시개를 제공한 사람이 언네였다. 여자는 남자보다 같은 여자를 속이기가 어렵다고 하지만 예외도 있었다.

"모린께 이런 소리 하제, 암시롱 이런 소리 하끼가?"

분녀 말에 언네는 호시탐탐 노리던 끝에 드디어 행하는 기습처럼 큰 소리로 말했다.

"여자지예, 여자!"

한순간 공기가 딱 멈추는 분위기였다.

"머라? 여, 여자?"

분녀는 바로 눈앞에서 남자가 여자로 변하는 것을 보는 사람 같았다. 언네는 이제 살살 부채질을 시작했다.

"하이고! 우리 마님. 우리 마님께서 에나 에나 얼라매이로 이러키 순진하실 줄 이년 예전에는 와 몰랐을까예."

기가 차서 말도 나오지 않는다는 모양새였다.

"시상에, 말도 안 돼예."

분녀는 또 신음소리를 내었다. 앉은뱅이 용쓴다는 소리는 바로 지금 같은 분녀를 두고 생긴 말인 성싶었다.

"지가 생각해볼 적에 근본 원인은 빤하다 아입니꺼."

제법 그럴싸한 추정까지 붙이는 언네의 부추김은 그 끝이 어디까지 이어질지 알 수 없었다.

"마님이 이라신께 서방님이 멤놓고 그런 짓을 하시지예."

"짓!"

분녀는 눈에 쌍심지를 켰다. 그 불기운이 확 뻗쳐 나와 온 방을 달구었고 언네 몸이 뜨거워질 판국이었다.

"내 이 웬수 겉은, 아이제, 겉은이 아이고 웬수 인간을 우째삐꼬오!"

분녀의 마지막 말은 수탉이 내지르는 소리를 많이 닮았다.

"아이지예, 마님."

언네의 연기는 가히 환상적이라고 할만했다. 그녀는 자기도 너무너무 억울하고 분하다는 듯 함부로 씨근거렸다.

"그냥 우째뻘 정도 갖고는 모지라지예."

운산녀가 칼로 훼손했다는 그 부위를 가리듯이, 시나브로 잔주름이 가기 시작하는 손으로 제 치맛자락을 다독거리며 말했다.

"우리 마님 겉으신 분이 또 오데 있다꼬?"

악다문 분녀 입에서 '뿌드득' 이빨 갈리는 소리가 크게 났다. 언네가 얼핏 느끼기에, 아무래도 이빨 서너 개는 족히 절단이 났지 싶었다.

"흐, 그리 몇 년을 같이 살아도 우쨌노."

둘이 살을 비비고 뼈를 부딪치며 살아온 지난 세월이 너무나도 바보스러워 피를 토하고 죽을 정도로 억울하다는 빛이었다.

"내한테는 싸구려 구리 귀고리 하나도 선물 안 하는 인간이 고 인간이제."

"차, 참으시소! 참는 사람이 이, 이기는 깁니더."

분녀가 당장이라도 억호에게 달려가려는 것을 언네는 가까스로 막았다. 아니었다. 그렇게 제지하는 흉내만 냈을 뿐이다.

"놔라, 놔!"

"마님?"

"이거 몬 놓것나, 응?"

분녀 또한 마찬가지였다. 입으로만 그렇게 나불거렸을 뿐이지 실제로 가라면 결코 가지 못할 것이다. 그녀를 기다리는 것은 남편의 우악스럽고 무지한 폭력이라는 사실을 모르지 않았다.
"생각을 함 해보시이소."
여하튼 언네는 안간힘을 다하는 모습을 보였다.
"마님, 이럴 때일수록 침착하시야 됩니더."
"치, 침착?"
분녀는 발악을 했다.
"안 된다! 몬 한다! 머 말라비틀어진 기 침착이고?"
갈수록 분녀가 보고 들은 것 없는 종년 같고, 언네가 못 배운 아랫것들을 훈계하는 상전 같았다.
"까딱 잘몬하모 또 그눔의 칠거지악인가 머신가 하는, 거지발싸개 겉은 온갖 소리 다해감서, 여자들을 도로 몰아붙이는 기 남정네들 해쌌는 짓 아입니꺼?"
"내 언네 니가 아이라모……."
그러면서 슬그머니 꼬리를 내리는 분녀더러 언네가 하는 말이 참으로 눈물겨웠다.
"쇤네도 마님이 아이고 다린 사람 겉으모 천금 아이라 만금을 준다캐도 이리 안 합니더. 마님도 그거 아시지예?"
분녀는 빠져라 고개를 끄덕였다.
"안다, 알아. 내가 와 그거를 모릴 끼고?"
분녀 눈에 상전을 위해 그렇게 충성을 바치는 종은 일찍이 없었다. 읍내에서 좀 떨어진 어느 시골 마을에 주인을 위해 죽은 충복을 기리는 비석이 세워져 있다는 이야기를 들은 적이 있는 분녀였다.
"모리시도 괘안십니더."
그렇게 말하는 언네는 정말이지 제 간이라도 빼줄 것처럼 굴었다.
"쇤네는 우짜든지 지가 뫼시는 웃전들이 잘되시는 거만 바랠 뿐입니더."

그러나 새삼스럽게 들먹일 필요도 없이 그것은 억호나 분녀를 위해서가 아니었다. 일이 커지면 결국 자신의 입에서 새 나온 말이란 게 밝혀질 것이고, 그렇게 되면 억호의 그 모질고 독한 성질에 목이 열 개라도 모자랄 판이었다. 그 패물 사건은 언제 터질지 모를 아슬아슬한 뇌관을 안고 있는 것이다.

어쨌거나 그 사건을 계기로 분녀는 양득이 남편의 비밀 열쇠를 갖고 있다는 확신이 섰고, 좋으나 싫으나 그래도 일을 맡길 수밖에 없는 언네에게 모든 지시를 내렸던 것이다.

"마님, 아까 지가 말씀 올릿던 대로 하시이소. 그래야만 만사 마님 뜻대로 될 수가 있십니더."

언네가 쐐기를 박았다.

"알것다."

그때쯤 분녀는 거의 자포자기 상태였다.

"시방 이 시간 이후로는, 동업이는 니가 잘 맡아서 돌봐라."

드디어 그런 허락이 떨어졌다.

"예, 예, 마님."

언네 그 소리는 마치 신바람이 나서 휘휘 불어대는 휘파람 소리처럼 들렸다.

"맹색 서방이라쿠는 인간이 지 혼자서 미치갖고 저런 식으로 해쌌는데, 암만 내가 여자라 캐도 자슥 새끼들 키울 멤이 생기것나."

분녀 입장에서 보면 그 말은 구구절절 옳았다. 그리고 이런 소리를 하는 걸 보면, 분녀는 그래도 한 가닥 양심은 남아 있는 여자였다.

"재업이 저거는 아즉꺼지 상구 에리갖고, 아모리 꼬라지도 보기 싫지만도 넘이 돌봐라꼬 몬 넘기것다."

언네 또한 가슴 밑바닥을 적시는 무엇인가가 있었다.

"예, 마님 그 심정, 알고도 남음이 있심니더."

"언네 니라도 내 곁에 있어서 그래도 내가 산다."

분녀 말에 언네는 손사래를 쳤다.

"아, 아입니더! 지 겉은 기 우리 마님께 무신 심이 된다꼬예?"

"만약시 니가 없었다모 에나 내는 시방 여게 없다."

그러다가 급기야 분녀 입에서 이런 소리까지 나왔다.

"쪼꼼만 더 커모, 재업이도 언네 니가 맡아라."

"쇤네만 믿으시소, 마님."

"인자 내가 니 말고는 또 눌로 믿것노? 후우."

"하이고, 마님!"

언네는 마침내 그렇게 오랫동안 벼르고 벼려왔던 기회가 왔다는 생각에 분녀 몰래 입귀가 늑대처럼 찢어졌다. 그 찢긴 입을 통해 침이 새 나왔다. 오늘 아침밥을 먹는 도중에 또 이빨 하나가 저절로 빠져나간 언네였다.

'참말로 콩가리 집구석이다. 연놈들이 부부 아이라 쿨까 싶어서 똑겉이 자알 놀고 자빠졌다. 그 놀음 언제꺼지 가는고 함 지키볼 끼다.'

언네는 마음속으로 억호와 분녀를 싸잡아 실컷 조롱하고 고소해했다. 그녀 눈으로 지켜보기에는 억호보다 분녀가 더 정신이 십리는 나갔다. 하긴 제 남편이 바람을 피운다는 사실을 안 아내보다 더 방방 뛰며 미치는 여자도 세상에는 없을 것이다.

'저리 살라모 도로 내 겉은 종년이 더 낫것다.'

그날부터 분녀는 집안 살림이고 뭐고 다 팽개쳐두고는, 오직 남편 꼬리 잡는다고 잠시도 집에 붙어 있지 못했다. 발바닥에 불이 날 정도로 이곳저곳 쫓아다녔다.

"양득이 그눔 믿고 있다가는 도치 자리 썩것다."

신선놀음에 도낏자루 썩는다는 소리는 들었어도, 제 서방 바람 잡는다고 설치는데 도낏자루 썩는다는 이야기는 여태껏 들어보지 못한 언네였다. 어쨌든 간에 분녀는 양쪽 소매 동동 걷어붙이고 치맛자락 확 휘어잡고 나섰다.

"언네 니는 동업이나 돌봐라."

두 눈에 시퍼런 도끼날을 세웠다.

"내가 직접 나서야것다."

언네는 이참에 좀 더 확실하게 분녀 신임을 받아둘 요량으로 아직은 시키지도 않은 일까지 입에 올렸다.

"예, 마님. 재업 되련님도 이 시간부텀 지가 보살피드리것십니더."

그러자 공격할 대상을 찾지 못하고 있던 분녀는 애먼 언네에게 열불을 터뜨렸다.

"모돌띠리 필요 없다 고마!"

언네는 짐짓 기겁을 해 보였다.

"예에?"

분녀는 세상 저주라는 저주는 모두 입에 올렸다.

"고 엠뱅헐 인간 고대로 빼다 박은 재업이 그눔은, 콱 뒤지든 꼬꾸라지든 그냥 놔 나삐라 안 쿠나!"

결국 그 꼴이었다. 마지막 양심마저도 말라버렸다.

"예에, 마아니임. 자알 알것십니더어."

언네 말꼬리가 한정 없이 길어졌다. 그만큼 여유가 생겨 아주 느긋해졌다는 증거가 아니고 뭣이겠는가? 악녀가 내지르는 것 같은 소리가 언네 귀를 때렸다.

"동업이 저눔의 새끼도 애통 터지거로 잘해줄 필요 한 개도 없다 고

마. 내가 오데 증신 나간 년가? 신갱 써쌌거로."

고분고분 말 잘 듣는 착한 양이 따로 없었다.

"예, 머시든지 시키만 주시이소."

아무튼, 모든 것은 언네가 의도하는 그대로 착착 진행되고 있었다. 말 잘하면 비지 사러 왔다가 두부 사 간다더니, 이만하면 내 주둥이도 아직 꽤 쓸 만하구나, 자찬했다. 나아가 다른 것은 가진 게 없고 유일한 내 것인 이 몸과 마음 전체를 더 잘 활용해야지 다짐했다.

잡히지 않는 꼬리

"예에?"

"흠."

"이, 일본 은행이 부, 부산에 지점을 매, 맨들었다꼬예?"

배봉은 막 목을 넘어가던 술을 상 위에 내쏟고 말았다.

"에잉! 임자하고 같이 술 못 먹겠소."

말 한 마리 다 먹고 냄새난다는 격이었다.

"이거 더러워서, 내 원 참."

하판도 목사는 즉시 자리를 박차고 일어서버릴 사람처럼 했다. 그렇지만 그건 그가 배봉 자신과 친근하다는 걸 드러내고자 하는 과장된 몸짓이라는 것을 배봉은 익히 알고 있다. 그는 속으로 흡족한 미소를 지었다.

'약발 한분 에나 잘 받는다 아이가. 흐흐.'

조금 전에 배봉은 하 목사 입이 찢어질 정도의 큰 돈다발을 은근슬쩍 그가 앉은 방석 밑에다 밀어 넣어 주었다. 그리하여 그 대가로 하 목사는 저 일본 제일은행의 부산 지점 설치에 관한 정보를 흘려주었던 것이다.

"앞으로 임자 가랑이 조심해야 되겠소. 발목도 삐끗 나가지 않도록 신경 써가면서 말이오."

이제부터 더욱 바쁘겠다면서 격려의 표시로 등짝이라도 '툭툭' 두들겨 줄 것같이 하는 하 목사였다.

"지금까지도 그래왔지만 더 잘해보시오."

배봉은 가슴이 막혀 듣고만 있었다.

"사람에게 늘 기회가 오는 건 아니지 않소. 바람이 불어야 배가 가지, 그 말이 아무렇게나 생겨난 것도 아닐 테고."

배봉이 상 위에 뱉어 놓은 술이 완전히 마르려면 한참을 더 기다려야 할 것이었다. 아니, 그 술판이 모두 끝난 후에도 없어지지 않고 그대로 남아 냄새를 풍길 것이다.

"그렇지 않소이까, 임 사장?"

"예, 예, 맞사옵니더."

일본 은행의 부산 지점 설치. 그것은 참으로 놀라운 일이 아닐 수 없었다. 일본이 조선에 발을 내디디는, 그것도 돈과 가장 관계 깊은 기관이 가지를 뻗친다는, 그런 면에서 조명해볼 때 여간 신경 쓰일 노릇이 아닐 수 없었다. 하지만 그 두 사람은 지극히 이기적이고도 불미스러운 목적에서 접근해가고 있는 것이다.

"헌데 말이오."

"예, 목사 영감."

"한 가지 좀 염려스러운 것은……."

하 목사가 말끝을 흐리자 좀 더 느긋하게 기다리지 못한 배봉은, 본데가 없어 버릇없는 상놈 근성이 그대로 드러났다.

"예에? 그기 무신 말씀이시옵니꺼? 염려시럽다니요."

그런데 하 목사는 병을 주는 건지 약을 주는 건지 모르겠다.

"일본 사람들과 만나 사업을 하려면 일본말도 알아야 할 터인데, 솔직히 털어놓아 지금 임자 나이도 나인지라 하는 소리 아니겠소."

"아, 일본말도 알아야 한다꼬예?"

배봉은 당장 기가 팍 죽어버렸다. 일자무식꾼인 그로선 가장 싫고 아픈 약점이었다. 하 목사에게 그런 눈치 보이지 않으려고 끙끙거렸지만, 이마에 솟아나는 땀방울은 어쩔 수 없었다.

'인자 천하의 임배봉이도 늙었는갑다. 시도 때도 없이 거씬하모 연방 땀이 나쌌는 거 본께.'

잔뜩 주눅이 든 배봉에게 필요 이상의 큰 동작으로 잔을 권하며 하 목사가 말했다.

"내 괜히 한번 해본 소리요. 하하."

"나리."

그래도 배봉이 몹시 딱딱해진 안색을 풀지 못하자, 손에 든 잔을 상위에 '탁' 소리 나게 내려놓으며 하 목사가 대뜸 물었다.

"임배봉이 누구요?"

배봉은 그만 어리둥절해지고 말았다.

"예? 소, 소인이 누구라니예?"

하 목사는 살찐 손등을 비스듬히 세워 멋도 없어 보이는 턱수염을 문질렀다.

"천하가 알아주는 동업직물 경영자 아니오. 그러하니……."

잠시 말을 끊었다가 방정맞은 역할을 하는 광대처럼 눈알을 한번 핑그르르 돌렸다.

"그렇게 벌레 씹은 얼굴 하지 마시구려. 허어, 어서 그잔 비우고 내게 한 잔 주시오."

하 목사가 독촉했다. 하지만 배봉은 자기 앞에 놓인 술잔을 멍하니 내려다보기만 했다. 그것을 본 하 목사 목소리가 깎아지른 절벽처럼 가

파르게 높아졌다.

"이 술이 어디 보통 술인 줄 아시오?"

배봉은 속이 뜨끔했다.

"예?"

"잘 모르시는 모양인데, 그렇다면 아셔야지."

사람을 잔뜩 얕잡아 보는 소리를 서슴없이 하고 나서 하 목사는 대단히 큰 선심 쓰듯이 말했다.

"이 술이 말이오, 상감 수라상에나 오를 귀한 술이란 말이오."

"헉!"

이쯤에서 배봉은 감지덕지하는 모습을 지어야 했다. 그렇게 하지 않을 경우 치러야 할 대가가 너무나 큼을, 배봉은 목사 같은 고위직들과 나눈 숱한 경험을 통해 터득한 바가 있는 것이다.

"사, 상감 수라상……."

배봉이 너무 황감하여 제대로 말을 잇지 못하는 시늉을 하자, 하 목사는 이번에는 손바닥으로 주걱턱을 쓰다듬으면서 말했다.

"내 자화자찬하자는 건 아니고 임자니까 각별히 이런 술을 내오지, 다른 사람 같으면 어림 반 푼어치도 없소."

"백골난망!"

배봉은 급하게 잔을 비웠다. 아닌 게 아니라, 코끝과 입안을 적시는 향기가 여느 술과는 비교가 안 된다. 얼핏 독한 성분인 것 같으면서도 되레 머릿속이 헹궈내는 듯 맑아지는 느낌을 주었다.

"카! 증말 쥑이주옵니더."

감탄해 마지않는 배봉을 흘낏 바라보던 하 목사는 고개를 절레절레 흔들었다.

"아아, 그래도 임자가 죽으면 안 되지."

젓가락으로 안주 하나를 집어 냉큼 입에 넣고 다람쥐나 토끼처럼 오물오물했다.

"그렇지 않소이까?"

배봉은 그 의미도 모르면서 무조건 말했다.

"와 안 그렇것사옵니꺼."

그런 배봉 귀에 들려오는 말이 참으로 달콤했다.

"앞으로 나하고 함께 해야 할 일이 태산 같은 사람이……."

배봉은 끝까지 듣지도 않았다.

"어이쿠! 백골난망이옵니더."

"허허, 허허허."

한껏 넉넉한 웃음소리를 자아내는 하 목사였다. 그에 견줘볼 때 배봉은 심히 옹색하고도 치졸하기 그지없는 웃음이었다.

"헤, 헤헤."

생긴 것은 투박스럽고 큰 질항아리 같은데, 그 하는 짓은 아주 조그만 종지 같은 배봉이었다.

"음."

하 목사는 꽃무늬가 화려하고 커다란 방석 밑에 깔린 돈다발을 슬쩍 손바닥으로 눌러보곤 하는 품이 어느 정도 액수인지 가늠해보는 눈치였다. 그러다간 더할 수 없이 흡족한 미소를 흘리며 입을 열었다.

"내 한 가지 더 알려줄 게 있소이다."

"예에?"

배봉이 과장되게 놀라는 표정을 짓자 하 목사는 점잖게 기침을 했다.

"흠."

배봉이 상 위에 뱉어 놓은 술의 물기는 그새 꽤 잦아져 있었다.

"한 가지 더……."

배봉은 얼른 자세를 고쳐 앉았다. 그런데 하 목사 입에서 실로 상상도 하지 못할 말이 나올 줄이야.

"그게 언제가 될지는 모르겠지만, 우리 고을에도 일본 사람이 들어와 살게 될 것이오. 이건 확실한 정보통에 의한 것이오."

"예? 이, 일본 사람이 우, 우리 고을에도 마, 말씀이옵니꺼?"

배봉은 신음과 함께 그 큰 덩치를 덜덜 떨어대기까지 했다. 그가 몸에 걸치고 있는 최상급 비단옷과는 너무나 어울리지 않아 보였다.

하 목사가 무슨 정보라도 줄라치면 필요 이상으로 과장된 동작을 표하곤 했지만, 지금은 본심에서 우러나온 것이었다. 가짜 언동을 할 만한 여유마저 없었다.

"그, 그기 사, 사실……."

그러다가 배봉은 하 목사의 인상이 험해지는 것을 보고 얼른 입을 다물며 속으로 빈정거렸다.

'성 안 낼 일도 성을 내는 저거는 무신 특권이고?'

그것은 당연한 반응이었다. 배봉 아닌 다른 누구라도 이런 말을 들으면 경악하지 않을 수 없을 것이다. 제아무리 요즘 세상은 어제 다르고 오늘 다를 만큼 급박하게 돌아간다지만 말이다.

백 번을 생각해봐도 그게 가당키나 한 소린지. 저 멀리 바다 건너 섬나라 일본 사람이 이 고을에 들어와 조선 사람과 함께 살게 될 날이 올 것이라니.

아직도 도무지 믿을 수 없다는 듯 미련한 돼지처럼 눈알만 굴리며 앉아 있는 배봉에게 하 목사가 이번에는 재미있다는 표정을 지었다.

"임자는 일본 사람 본 적 있소?"

"아, 아이옵니더."

배봉은 천부당만부당하다며 솥뚜껑 같은 두 손을 휘휘 내저었다. 그러고는 주눅 든 목소리로 말했다.

"지겉이 천한 눔이 우찌 일본 사람을……."

그런데 그 말이 채 떨어지기도 전이었다.

"뭐요?"

배봉은 또 가슴이 뜨끔해 가만히 있었다.

"그게 무슨 소리요?"

하 목사 안색이 돌변하더니 힐난조로 물었다.

"천한 사람은 일본 사람을 만날 수 없다, 그 말이오?"

"그, 그건……."

배봉은 칼날 끝에 대인 것처럼 간담이 서늘해졌다. 요 방정맞은 놈의 주둥이가 또 실수했다. 맷돌로 싹 갈아버릴까, 인두로 확 지져버릴까 보다.

"그까짓 왜놈들이 뭐가 그렇게 대단해서……."

하 목사는 천장에 머리가 닿을 만큼 고개를 빳빳이 치켜들었다.

"고귀한 사람들만 만날 수 있다는 거요?"

하 목사는 여간 자존심이 상하지 않는다는 상판을 지었다. 어쩌면 은근히 나라를 위하는 척하는 과장된 행위인지도 모르겠다. 그럴 것이다. 최고 애국자인 체하는.

'배봉아이, 니 알것제? 잘 봤제?'

배봉은 자신을 훈계했다. 저런 것 또한 배워야 할 것 중의 하나다.

"지 말씀은 그런 뜻이 아이옵니더."

어쨌든 배봉은 속내는 최대한 덮어두고 자신이 했던 말을 부인하기 위해 안간힘을 써야 했다.

"옛날부텀 왜눔들은 가차이 할 족속이 아이다, 그런 으미에서 드린 말씀이옵니더."

상 위에 가득 차려진 음식물이 풍기는 냄새가 어쩐지 좀 상해 있는 것처럼 느껴지는 배봉이었다.

"임 사장은 왜 그렇게 옛날을 좋아하시오?"

하 목사는 약간 토라진 목소리로 말했다.

"됐소이다!"

"예?"

"됐다니까?"

배봉은 입을 굳게 다물었다. 그의 눈에 비치는 하 목사는, 깎아지른 겨울 바위산 꼭대기에 앉아 번뜩이는 눈빛으로 아래를 내려다보면서 무언가를 잔뜩 노리고 있는 독수리를 방불케 할 만큼 무섭고 위험해 보였다.

"임자, 내 말 잘 들으시오."

하 목사는 상체를 뒤로 젖히며 말했다. 배봉은 설혹 죽으라는 명이라도 받겠다는 태도였다.

"하맹(하명)만 하시이소."

배봉의 말끝을 하 목사의 헛기침이 삼켜버렸다.

"흐음."

소름 끼치는 맹금의 소리 같은 하 목사 음성에 자못 위엄이 실리기 시작했다.

"임자가 장차 저들과 어깨를 나란히 하고 사업을 하려면 우선 뱃심부터 길러야 할 거요."

"……."

대체 뭘 어떻게 장단을 맞춰야 할지 도시 모르겠다. 배봉이 가만히 있자 이번에는 자기 말에 즉각 호응하지 않는 게 기분 나쁜 모양이었다.

"뱃심, 뱃심 모르오?"

하 목사는 바로 눈앞에 일본인이 있는 것처럼 매섭게 노려보면서 다소 다혈질적인 투로 말을 이어갔다.

"까짓 섬나라 오랑캐 놈들은 말이오."

배봉은 서둘러 그 말을 받았다.

"오랑캐 눔들예."

하 목사는 상 밑을 들여다보는 사람처럼 고개를 깊이 숙였다가 다시 들었다.

"콱 눈 아래로 얕잡아보면서 교류해야 된다, 그 말이외다."

배봉은 계속 복창했다.

"콱 눈 아래로예."

하 목사는 동에 서에 출몰하는 홍길동같이 굴었다.

"자, 술."

"자, 술. 아, 아니 술예."

술잔이 쨍 맞부딪쳤다. 그 소리의 여운이 취흥을 한껏 돋울 만했다.

"자고로 술이란 것은 백락지장이라 했거늘."

"백락, 백락예."

상감 수라상에나 오를 법한 향기로운 술이 쉴 새 없이 오갔다.

"커~억, 술맛 한번 좋다."

"커, 아, 아니 조, 좋고예."

술기운이 거나해질수록 최고급 안주에는 젓가락질 한 번 하지 않는다. 하 목사가 그렇게 하니 배봉 또한 따라 할 수밖에 없다.

세상에 돈과 술로 맺어진 사이만큼 확실하고 질긴 관계가 있으면 좀 나와 보라고 해. 배봉이 신봉하는 인생철학이었다.

사랑? 정? 신의? 웃기는 소리하고 자빠졌네. 시궁창에나 던져 넣어라.

"부어라!"

하 목사가 앞소리를 매겼다.

"마시라!"

배봉은 후렴을 쳤다. 그리고 방이 좁아라고 크게 터져 나오는 웃음소리들.

"으하하핫!"

"우헤헤헤!"

그로부터 얼마나 지났을까? 문득 방문 밖에서 낭랑한 음성이 들려왔다. 마치 다른 세계 사람이 내는 소리 같았다.

"목사 영감, 해랑이옵니더."

그러자 하 목사는 고위직에 앉아 있는 자들이 흔히 특허처럼 짓는 특유의 매섭던 상판대기에 거짓말같이 인자한 미소를 띠며 밖을 향해 말했다.

"어, 해랑이 왔는고?"

"……."

"잠시만 기다리거라, 잠시만."

말을 마치기 바쁘게 그는 방석 밑에 깔고 앉았던 돈다발을 얼른 꺼냈다. 그러더니 곧장 일어나서 허겁지겁 그것을 병풍 뒤에 감추었다.

'헤.'

배봉의 입에 조롱의 웃음기가 물렸다. 하 목사 그 행동이 배봉 눈에 그렇게 추해 보일 수가 없었다. 양반이나 상놈이나 돈 앞에서는 다 똑같구나 싶었다. 특히 앉은 채로 올려다본 그의 펑퍼짐한 엉덩이는 힘없는 백성들을 깔아뭉개기에 더없이 좋아 보였다.

'내가 하 목사보담도 돈이 더 쌔뺏제.'

배봉은 자신이 목사보다도 힘센 자가 된 기분이 들었다. 돈이 임금보다도 큰소리칠 날이 반드시 오게 될 것이다. 아니다. 이미 왔다.

"됐다. 이제 들어오너라. 흐음."

하 목사는 의젓한 모습으로 자리에 앉았다. 방금까지의 추레하던 모습은 한순간에 물에 씻은 듯이 사라지고, 점잖게 수염을 쓰다듬는 그에게서는 누구도 감히 범접할 수 없는 위엄이 전해졌다. 인간의 변신이란 게 얼마나 예측 불가능하고 가증스러운 것인지를 배봉은 뼈저리게 실감했다.

"해랑이, 해랑이, 우리 해랑이. 얼마나 더 예뻐졌는지 어디 좀 보자, 어디."

사람 모습보다도 꽃다운 향기가 먼저 방 안으로 들어왔다. 이제는 배봉을 보고서도 별로 개의치 않는 것 같은 해랑이었다. 적어도 표정만으로 판단해서는 그랬다.

"더 예뻐졌어."

그 순간에 배봉 눈에 비친 하 목사는 일곱 살배기 아이와 진배없었다. 나라의 녹을 먹는 목민관이 우리를 잘살게 해주기 위해 오늘도 나랏일에만 전념하고 있을 거라 믿고 있을 백성들이 저런 행태를 본다면. 배봉 귀에 또다시 들렸다. '이 걸이 저 걸이 갓 걸이.'

"내일 보면 더 예쁠 테지. 모레 보면 더 그렇고."

해랑이 여전히 말이 없자 하 목사는 약간 머쓱한 표정을 지었다. 배봉이 해랑을 슬쩍 훔쳐보니 많이 핼쑥해져 있었다. 워낙 본판이 고운지라 누구든지 하 목사처럼 느낄 테지만 배봉이 지난번에 봤을 때보다는 못한 게 사실이었다.

"영감, 술 한잔 올리것사옵니더."

언제나처럼 하 목사 옆자리에 다소곳이 가 앉은 해랑은, 관례인 양 배꽃같이 희고 고운 손으로 주전자부터 집어 들었다.

"그래, 그래. 어서 따라, 따라."

손등으로 입이며 턱에 묻은 술 방울을 닦아내는 등 점잔을 빼가며 잔을 비운 하 목사가, 문득 흥미로운 놀이라도 고안해낸 듯 말했다.

"어디 우리 해랑이 뱃심은 얼마나 되는지 알아볼거나."

그는 배봉 쪽을 보며 의미 있는 웃음을 짓고 나서 해랑에게 말했다.

"내 말 잘 듣거라."

"예."

해랑은 듣는 시늉을 했지만 배봉이 지켜보기에도 건성으로 비쳤다. 하 목사는 잠깐 뜸을 들인 후에 잘 알아듣도록 천천히 일러주었다.

"본관이 이번에 들으니, 우리 고을에 말이지, 일본 사람들이 들어와서 살게 될지도 모른다는구나."

그러고 나서 강조하듯 한 번 더 말했다.

"일본 사람들이 말이니라."

그러고는 입을 다물었는데 낯빛이 야릇했다. 하 목사 못지않게 배봉도 큰 호기심이 발동했다. 해랑이 어떻게 얼마나 놀란 반응을 나타낼지 퍽 궁금했다.

'하 목사가 쪼매, 아니 마이 심한 거 아이가.'

그렇게 은근히 겁 아닌 겁이 나기도 했다.

'고마 기절해뻴랑가 모리것다.'

그런데 결과는 너무나도 싱거웠다. 맥이 풀린다고나 할까? 해랑은 그 소리를 듣지 못한 것처럼 아무런 반응이 없었다. 그저 잠자코 주전자 손잡이에 손을 가져갔을 뿐이다.

"으하하핫!"

하 목사가 미친 듯 호탕한 웃음을 터뜨렸다.

"과연! 과연! 해랑은 명기名妓로다!"

그 고을에 있던 기생들에 관해 잘 알고 있다는 것을 과시하려는지 이런 말도 했다.

"논개가 울고 갈 것이야."

해랑이 가만히 눈을 들어 하 목사를 보며 입을 열었다. 그 방에 들어온 후로 가장 길게 하는 말이었다.

"방금 그 말씀 듣고 이몸이 생각해낸 사람이 바로 논개이옵니더."

얼굴은 약간 상했지만 낭랑한 음성은 그대로였다.

"그으래?"

"예."

하 목사가 고개를 갸우뚱했다.

"그게 무슨 소린고?"

한데, 해랑 입에서 나오는 말이었다.

"우리 고을에 왜눔들이 들오모, 지도 논개매이로 으암 바구에 빠뜨리서 쥑일 끼다, 그런 갤심을 한 것이옵니더."

"뭐라? 무슨 결심? 의암에서 어쩐다고?"

하 목사는 술상 너머로 배봉을 건너다보면서 적잖게 으스스하다는 표정을 지었다. 흡사 '암행어사 출두요!' 하는 소리라도 들은 탐관오리 같았다.

'왜눔들을 쥑이것다.'

배봉 가슴도 서늘해지고 말았다. 아직도 나이 얼마 안 되는 미천한 관기 입에서 저런 말이 나오다니. 세상이 변한 건가, 임배봉이가 세상을 못 따라가는 건가.

'아이그!'

배봉은 해랑이 그곳에 들어오기 전에 자신이 하 목사에게 해 보였던 언동이 떠올라 낯이 벌에 쏘인 듯 화끈거렸다.

'떨어지모 해나 죽으까 싶어갖고 장 비화 고년하고 그림자매이로 둘

이 딱 붙어서 댕기더이, 인자 조것도 비화 고년을 닮아가나?'

그 순간처럼 여자들이 두렵게 느껴진 건 처음이었다. 여자? 그냥 이 임배봉이가 마음먹은 대로 쥐락펴락, 바로 내 이 손아귀에 있소이다, 하고 여겨온 것이 엄청난 오인이었던 게 아닐까 반신반의하기 시작했다.

'두 년이 심을 합치모, 중국 대국도 팔아묵것다야.'

그런데 천하의 임배봉이가 고작 섬나라 오랑캐 놈들 이야기 하나 듣고 그렇게 못난 모습을 보였다니.

'내가 여태꺼정 치매 두린 기집들을 상구 우습기 보고 살아왔는데 인자 보이 그런 거도 아인갑다.'

해랑의 옥빛 치마가 눈부신 듯 제대로 바라보지도 못했다. 그때 잠시 무엇인가를 골똘히 궁리하는 빛으로 입을 꾹 다물고 있던 하 목사가 주전자를 들면서 해랑에게 말했다.

"내 술 한잔 받아라."

"예, 영감."

해랑이 공경을 다해 잔을 받을 자세를 취했다. 그러자 하 목사가 해 보이는 그 행태라니? 그는 되레 해랑보다 더 정중함이 담겨 있는 말씨였다.

"내 마음 같아서는 두 손으로 공손히 술을 올리고 싶다만……."

해랑이 펄쩍 뛰는 흉내를 냈다.

"나리! 무신 그런 말씀을 하시옵니꺼?"

그녀는 교방에 소속된 관기로 지내는 동안 꽤 닳아먹은 면모를 엿보였다. 어쩌면 배봉 앞이기에 더 그러는 건지도 몰랐다.

"이 미천한 년, 몸 둘 곳을 모리것사옵니더."

입으로는 그러면서도 해랑은 하 목사가 따라준 술을 단숨에 비우고는 다시 그에게 잔을 내밀었다. 예전에 배봉이 어쩌다 동리에서 가끔씩 보곤 하던 그 여리디 여린 새싹 같은 모습은 온데간데없고, 고혹적인 아름다움을 간직한 기녀 티가 완연해 보였다. 그뿐만 아니라 술에도 통달한 것 같았다.

"술맛이 보통이 아이옵니더, 목사 영감."

"지금 술맛이 문제가 아니야."

하 목사가 아편을 맞은 사람처럼 몽롱한 눈빛으로 혼잣말로 중얼거렸다.

"차라리 해랑이 네가 비단 사업을 하면 더 크게 성공할 터인데……."

한데 그 말이 다 끝나기도 전이었다.

"하모 하제, 몬 할 끼 오데 있것사옵니꺼?"

총알같이 바로 튀어나오는 그런 말을 하는 해랑 눈에 얼핏 들어온 배봉 낯바대기가 팍 찌그러진 송판이었다. 그는 하 목사 앞인지라 감히 무어라 입을 열지는 못해도 속으로는 부글부글 끓어오르는 모양새였다.

'하 목사가 사람 갖고 노는 데는 이골이 안 났나.'

해랑은 배봉의 잔이 빈 것을 보고 스스로 술을 따라주면서, 술상을 걷어차 버리고 싶은 강렬한 충동을 가까스로 억눌렀다.

'내도 우짤 수 없이 이리 배뀌가는 기까?'

술보다도 몇 배 더 독한 무엇에 취해버리는 느낌이었다. 그녀가 알고 있는 주변의 모든 사람들이 떠올랐다.

'내도 인간이지만도, 에나 인간이라쿠는 기 몬 믿을 동물인갑다.'

그렇게 세월이 많이 흘러간 것인가? 아니, 단지 세월 하나만의 탓일까? 모르겠다. 비화가 같은 한 하늘 아래 머리 두고 살지 못할 정도로 철천지원수처럼 여기는 배봉이 나쁘게만 보이지 않는 것이다. 그렇다면 그가 좋게 보인다는 말인가?

'내가 이상해져도 에나 이상해졌다.'

정신분열증이라도 일으키려는 것일까. 별안간 방이 빙글빙글 돌아가면서 병풍이 그녀의 몸을 겨냥해 덮쳐오는 것 같았다.

'옥지이, 해랑이, 니가 누고?'

옥진이 해랑에게, 해랑이 옥진에게, 끝없이 묻고 있다.

'누고? 누고?'

그랬다. 어느 틈엔가 배봉은 이제 더 이상 비화의 원수가 아니라 억호 아버지로서 그녀 앞에 앉아 있는 것이다.

하 목사와의 술자리를 파하고 나온 배봉은 혼자서 상촌나루터로 향했다.

언제나 그 술자리 뒤끝은 희망적이면서도 어쩐지 씁쓸하기도 했다. 이중적인 시간 속에서 자기 생각과 상관없는 인간이 되어 온갖 비위를 맞춰가며 긴장한 탓인지 맥이 있는 대로 탁 풀렸다.

'내도 인자는 진짜로 다 됐는갑다.'

귓가를 스치는 바람도 공허하게만 느껴지고, 한 발짝 한 발짝 내딛는 발걸음이 정처 없는 나그네보다도 서글프기만 했다.

'술을 그러키 퍼 마시도 멤이 이리 썽그리한(썰렁한) 거 본께네.'

배봉은 혹시라도 남들이 자기를 알아볼까 봐 양쪽 어깻죽지 사이에 고개를 깊이 파묻고 주위를 두리번거리며 걸어갔다. 하 목사를 만난 후에는 언제나 후유증처럼 그렇게 자신이 초라하고 왜소하게 느껴지는 것은 어쩔 수 없는 노릇이었다. 하지만 무엇으로 핑계 삼으랴. 그 모든 것은 자신이 자초해서 하는 짓인 것이다.

'헛술 뭇다.'

자조하고 후회했다.

'헛돈 썼다.'

하 목사가 거인이라면 그는 난쟁이였다. 이제는 서로 무척이나 돈독한 관계로까지 발전했다. 적어도 그 고을에서만은 무소불위의 힘을 발휘하는 그의 세도에 기대어, 나도 큰소리 뻥뻥 치면서 살아갈 수 있겠거니 하고 무척 뿌듯해하면서도, 여간 뒷맛이 개운치 않은 것이다.

'다리도 우째서 이리 후들거리쌌노? 최고 술이고 최고 안주고 그리 처멕이 놨더이.'

상촌나루터가 가까워질수록 그의 정신은 한층 산란하기만 했다. 방망이 수백 대가 머릿속에서 동시에 두드려대는 것 같았다.

'요눔의 다리! 선학산 공동묘지에 가갖고 바까와삐까?'

비화가 터 잡고 있는 곳이란 선입견 때문만은 아니었다. 운산녀 탓이 더 컸다.

'고 몬된 년이 내 모리거로 목돈 싸악 빼돌리갖고, 요기 오데선가 무신 비밀 사업을 한다쿠는 정보는 하매 입수했는데, 대체 고 꼬랑지를 잡을 수 있어야제. 하기사 백야시 꼬래이가 오데 그리 쉽기 잽히것나마는.'

사람 옆구리를 적실 듯이 끼고 흘러가는 남강을 바라보았다.

'지년이 저 강물 속에다가 사업소를 채리논 것도 아일 낀데. 아, 저게다가 채리는 놨는데 고마 물에 휩쓸리서 흘리가삐릿는가?'

원체 답답하다 보니 별별 생각이 다 솟구쳤다.

'돈 마이 주고 용하다쿠는 무당 데꼬 와서 용왕 멕이기라도 하모 그 장소를 알아낼 수가 있을랑가?'

운산녀와 민치목이 하동 포구 팔십 리 섬진강 물길을 통해 지리산에서 벌목한 나무를 수송하여 상촌나루터에서 팔아넘기는 목재상을 시작한 게 어느새 여러 해가 지나갔다. 하지만 운산녀는 자금만 대며 술래잡기 놀이같이 뒷전에 꼭꼭 숨어 있고 치목이 사람을 부려가며 하는 사업이었기에, 좀처럼 그 꼬리가 드러나지 않을 수밖에 없었다. 어쩌면 길어도 잡히지 않는 꼬리가 세상에는 있는지도 모른다. 없는 것 빼고는 다 있는 게 바로 세상이니까.

'그거는 마 그렇고, 요 나루터가 에나 아아들 장난이 아이거마는.'

새삼 다시 보게 되는 상촌나루터였다.

'내가 듣기로, 하로에도 수천 맹이 오간다쿠디이, 저게 막 지내댕기는 사람들하고 옮기쌌는 물건들 좀 봐라.'

그는 읍내 장에 처음 구경 나온 촌사람 모양으로 이리저리 둘러보았다.

'없는 사람이 안 없고, 없는 물건이 안 없나.'

곧 해가 꼴깍 넘어갈 시각인데도 인파는 금방 줄어들 것 같지 않았다. 그래도 얼마 안 있으면 이곳도 밤에게 점령당할 것이라는 증거로 나룻배들이 하나둘씩 나루턱에 정박을 시작하고 있다. 그 배들도 뱃사공들 못지않게 힘들고 지쳐 보였다. 강물도 피곤한지 가다 말다 하는 것 같다.

"어?"

그런데 바로 다음 순간이다. 무심코 나루턱에 눈을 박고 있던 배봉은 흠칫 놀라며 급히 몸을 돌려세웠다.

'꼽추 뱃사공 그눔 아이가!'

언젠가 비화가 운영하는 나루터집 문전에서 저놈에게 호되게 당했던 수모가 아주 또렷이 되살아났다. 나중에 집안 아랫것들 우 몰고 와서 복수하자던 점박이 자식들 말도 덩달아 기억났다. 그동안 사업이 너무 바빠 깜빡 잊고 지냈다. 얻는 게 있으면 잃는 것도 있는 법이라지만, 나는 하나도 잃고 싶지 않고 모두 얻고만 싶었다.

'그란데 또 누제?'

꼽추 달보 영감은 혼자가 아니었다. 어떤 노파와 함께였다. 배봉은 언청이 할멈을 알지 못했다. 두 늙은이는 배봉을 알아보지 못하고 그대로 곁을 지나쳐 갔다. 배봉이 방향을 가늠해보니 나루터집 쪽이다.

'비화 고년 가게에 콩나물국밥 처묵으로 가는 모냥이제? 방구석에 가마이 처박히 있다가 탕수국이나 안 마시고.'

홀연 술기운이 되살아나는가 싶더니 속이 울컥거리면서 금방 토할 것 같았다. 몸 전체가 불덩이처럼 뜨거워져서 당장 남강에 풍덩 뛰어들고 싶었다. 그러면 심장마비를 일으켜서 세상 끝, 할 것이다.

'저늠의 꼽추 영감태이 에나 기갈도 쎄더마는.'

꼽추 영감을 집어삼킬 듯이 째려보았다. 저놈 힘은 등짝에 솟아 있는 혹 안에 들어 있는 게 아닌가 싶었다.

'강에서 살아서 그런지 똑 물구신 안 겉더나. 내 운젠가는 니눔 고 혹을 싹 뽑아뺄 끼다.'

그는 점점 멀어져 가는 꼽추 영감의 혹에 대고 속으로 그렇게 쏘아댔다. 그의 마음속에는 또 다른 새로운 혹 하나가 생겨나고 있었다.

드러나는 발톱

지난번 분녀를 꼬드긴 날 이후로 언네는 동업과 단둘이 있을 시간을 무한정 얻었다.

드디어 동업 목숨은 언네 손아귀에 달렸다고 해도 헛말이 아니었다. 실제로 언네는 동업을 끌고 가서 뒤뜰 우물에 처넣어버릴까 하는 생각도 여러 차례 했지만, 마음을 고쳐먹었다.

'아이다. 그 정도로는 안 된다. 내 이 가슴팍에 맺힌 한을 모도 풀라모, 그거 갖고는 텍도 없는 기라.'

세상 사람들 쑥덕거림에 따르면 생식기도 없는 년이, 눈깔만 붙어 있는 고 조그만 것의 목숨 하나로 어찌 만족할 것인가. 그것은 장사로 치자면 너무 밑지는 경우인 것이다.

'요 집구석 족속들은 모돌띠리 심통을 천천히 끊어놔야 하는 기다.'

가장 참담한 죽음을 맞는 사람들과도 연관을 지었다.

'아팬재이나 패뺑환자맹캐 빼빼 말라 죽거로 맨들어야제.'

상상이 날개를 다니 꿈같은 환상의 세계를 훨훨 날아다녔다. 현실의 것들이 오히려 거짓 같고 자신이 그리는 것들이 모두 참인 것 같았다.

'배봉이 고노무 인간이 내 치맛자락 끄트머리 붙들고 늘어짐서로 지발 살리 달라꼬, 살리만 달라꼬 싹싹 빌 날이 올 끼라.'

그러나 절대로 살려둘 순 없었다. 죽일 것이다. 그것도 그냥 보통으로 곱게 죽여서는 안 된다. 내 등 뒤에서 들리는 세상 그 소문대로 한다.

'고 임가 집구석 사내들이라모 배봉이, 점벡이 자슥들은 말할 거 없고, 동업이하고 재업이 고것들꺼정 불구자로 맹글어삐야 직성이 안 풀리것나. 진짜 웬수를 갚는다 쿠모 씨를 말리는 그 정도는 되야제.'

그렇지만 그보다도 먼저 할 일이 있었다. 우선 쉽고 간단한 것부터 시작하여 점차 어렵고 복잡한 것으로 나가야 할 것이다. 물론 그만큼 시간이 오래 걸릴 것이다.

언네는 지금 집 안에 아무도 없다는 사실을 한 번 더 철저히 확인한 연후에 동업과 나란히 대청마루 끝에 걸터앉았다. 으리으리한 대저택인지라 대궐이나 고관대작의 처소에 앉아 있는 느낌이 들 정도였다.

언네는 바로 옆에 있는 동업을 힐끔 돌아보았다. 근동 최고 갑부 장손답게 동업은 제법 의젓한 모습이었다. 하지만 산전수전 다 겪은 언네 눈에는 아직도 젖비린내 폴폴 풍기는 애송이에 지나지 않았다.

"되련님!"

"와?"

"한 가지 물어볼 끼 있는데예."

언네는 천천히, 아주 천천히 칼을 빼들었다.

"물어봐?"

새파란 하늘 높은 데서 빙빙 날고 있는 솔개를 쳐다보고 있던 동업은, 여자애같이 생긴 얼굴을 언네 쪽으로 돌렸다.

"머 말고?"

그렇게 되묻는 동업의 말투 속에는 분명히 배봉이나 점박이 형제의 어투가 다분히 섞여 있었다. 언네는 마음의 칼을 좀 더 날카롭게 벼리기 시작했다.

"그대로 가마이 함 계시보이소."

그렇게 말한 다음 한참이나 동업 얼굴을 요모조모 뜯어보는 시늉을 했다.

"에나 이상한 일도 다 있어서예."

으스스 할 정도로 목소리를 착 내리깔았다.

"와?"

"……."

"내 얼골에 이상한 기 있는 기가?"

언네는 상전 집 아들이 계속 묻는데도 감히 얼른 고하지 않고 노려보기만 했다.

"아, 와 그리 보노?"

동업은 쏘는 듯 강렬한 언네 눈빛에 그만 질린 표정이 되었다. 언네는 보다 겁을 먹일 요량으로 한층 집어삼킬 것 같은 눈을 했다.

"되련님 얼골이 안 있어예?"

동업 얼굴에 제 얼굴을 바싹 들이대었다.

"보모 볼수록 알 수 없다 아입니꺼."

그러자 역시 언네가 노린 그대로 동업은 너무나 오싹한 느낌이 드는지 목소리마저 크게 떨렸다.

"자꾸 그런 소리 해쌌지 마."

대청에서 일어나 마당으로 도망이라도 칠 것처럼 하면서 말했다.

"무, 무섭다 아이가."

언네는 그 소리가 나올 줄 알고 있었다는 빛이었다.

"히히히. 무섭기는예?"

영락없는 마귀 할망구 같은 요상한 웃음소리를 내었다. 그 바람에 더욱 무섬증을 느낀 동업은 몹시 흔들리는 목소리로 말했다.

"그라고 낼로 그, 그리 보지 마."

말만으로는 모자랐는지 두 손까지 내저었다.

"니 눈 겁난다, 겁난다."

하지만 언네는 뽑아든 칼에 한층 살기의 빛을 실었다.

"쇤네도 무섭심니더."

"……."

게다가 더더욱 엉뚱스럽고 섬뜩한 소리도 나왔다.

"되련님 얼골이 너모 겁나예."

사람은 남들에게 자신이 무섭게 느껴진다면 그것은 더 못 견딜 일이다.

"내, 내 얼골이?"

언네는 점점 공포에 휩싸여가는 동업 몰래 입가에 웃음을 빼물었다.

"예, 시방 되련님 얼골은……."

동업은 더 이상 듣지 못했다.

"또 어, 얼골!"

언네는 고양이가 발톱으로 공격하듯 손톱을 곤두세워 동업 얼굴을 콱 할퀼 것같이 했다.

"흐흐, 흐흐흐."

"고, 고마!"

"되련님 얼골……."

"그, 그런 말 하지 마라 캐도?"

동업은 나무란다기보다 거의 사정조로 나왔다.

"또 와 그리 웃노?"

하지만 언네는 노란 기운이 담긴 두 눈까지 딱 부릅떴다.

"히히, 히히히."

동업의 얼굴은 새파랗게 질렸다. 언네는 웃음소리를 바꾸었다.

"키키, 키키키."

"그라지 마! 그라지 마!"

드디어 동업은 여자아이같이 작고 부드러운 두 손으로 허둥지둥 자기 얼굴을 가리고 말았다. 귀신이나 호랑이 이야기가 나오면 얼른 손을 들어 제 낯을 숨겨버리는 아이들 속성이 대부분 그렇듯이. 어쨌든 그런 다음 동업은 하얀 손가락 사이로 언네를 훔쳐보듯 내다보며 물었다.

"내, 내 얼골 오데가 무, 무서븐데?"

그러나 언네는 대답은 하지 않고 정말 무서워 견딜 수 없다는 표정으로 턱을 덜덜 떨어 보였다. 동업은 까마득한 벼랑 끝에 선 아이처럼 어쩔 줄을 몰라 했다.

"퍼뜩 마, 말해봐."

일순, 언네는 그야말로 미친 여자같이 깔깔거리기 시작했다. 열두 번도 넘게 변신을 부리는 백여우처럼 이번에는 또 다른 웃음이었다.

"호호호! 오호호호!"

"머, 머하노?"

그 웃음소리에 동업은 심장이 얼어붙는 기색이었다. 아무도 없는 적요한 큰 집 안, 그 속에서 함부로 울려 퍼지는 여자의 광기 어린 웃음에는 누구든지 섬뜩한 느낌을 받지 않을 수 없을 것이다. 뿐만이 아니었다.

"히히히히. 키키키키. 낄낄낄낄."

언네는 일부러 한층 눈을 매섭게 치뜨고 온갖 이상야릇한 웃음소리들을 번갈아 가며 내었다. 두 팔과 다리는 미친년같이 제멋대로 흔들어댔다.

"그, 그, 그라지 마라, 아, 안 쿠더나."

급기야 동업이 울음을 터뜨렸다.

"으~앙!"

그에 맞추어 언네 웃음은 계속되었다.

"호호호. 갸갸갸."

숨이 막힐 것처럼 고요한 대낮, 그토록 겁먹은 어린아이 울음소리 끝을 붙들고 늘어지는 저주의 여자 웃음소리는, 넓은 정원의 빽빽한 나무들을 뒤흔들고 높은 담장을 넘어 한길까지 열병처럼 퍼져 나갔다. 세상은 온통 자지러지는 울음소리와 기괴한 웃음소리로 가득 차 버리는 듯했다.

"으앙."

"호흐."

검은 솔개 그림자가 마루 끝에 앉은 동업 몸을 덮었다. 동업은 그물에 든 한 마리 작은 물고기나 덫에 걸린 노루 새끼 같았다. 속절없이 당할 수밖에 없는 나약하고 가여운 생명이 거기 있었다.

얼마나 시간이 지났을까? 이윽고 언네가 웃음을 멈췄다. 동업도 울음을 그쳤다. 그러자 온 세상이 거짓말같이 조용해지는 듯했다.

'저 눈깔 좀 보래?'

언네 속에서 저절로 나오는 말이었다. 눈물에 말끔히 씻긴 동업의 까만 눈망울이 슬플 만큼 곱고 해맑아 보였다. 문득 언네 가슴 한복판이 찡했다. 하지만 언네는 머리를 세게 흔들었다.

'괭이가 쥐 생각해주는 꼴 아인가베? 아즉 에린 기 쪼매 안됐지만도 니 타고난 팔자가 그렇다모 우짜겄노.'

동업의 친부모에 생각이 미쳤다. 그건 위험천만한 성질의 것이면서도 더할 수 없이 감미롭기도 한 이중적인 신의 주사위였다.

'니 진짜 부모가 눈고는 모리것지만도, 그리 기집애맹커로 이쁘거로 놔놓고 우째서 내삐릿으꼬? 그랄라모 도로 놓지나 말지.'

언네는 그때 막 하늘가로 피어오르는 구름장처럼 자꾸 일어나는 잡념을 떨치며 또 물었다. 이번에는 매우 애잔하게 들리는 목소리였다.

"되련님은 눌로 닮았다꼬 생각합니꺼?"

동업은 멍청한 얼굴을 했다. 본래 멍청해서가 아니라 똑똑하기 때문에 더욱 그럴 것이다. 언네는 그 심정 십분 이해가 된다는 듯 짐짓 아주 부드러운 목소리로 물었다.

"무신 뜻인고 얼릉 몬 알아듣것지예?"

동업이 간신히 답했다.

"하모."

언네는 한참 가만히 있다가 또 갑자기 불쑥 말했다.

"하이고, 이거를 우짜꼬?"

"……."

"동네 사람들아, 우짜모 좋노?"

당장이라도 엄청난 사고가 벌어질 것처럼 굴던 언네는, 세상에서 최고로 자상한 할머니가 귀여운 손자에게 하는 것처럼 했다.

"그런께 되련님 생각에는 말이지예."

동업은 비로소 생각을 할 수 있는 아이로 보였다.

"내, 내 생각?"

솔개 그림자는 걷히고 없었다. 소리개도 오래면 꿩을 잡는다 했거늘, 소리개 까치집 뺏듯 했다.

"하모예. 되련님이 아부지하고 어머이하고 두 분 가온데서 누하고 더 닮은 거 겉은가 그 소립니더."

"아, 누 닮았는가?"

동업은 비로소 언네 말뜻을 알아듣고는 고개를 끄덕였다. 그렇지만 그는 이내 한층 바보 같은 표정을 짓고 있었다. 앞에서도 그랬지만 동업이 바보가 아니기에 그럴 것이다. 만약 진짜 바보라면 그런 빛을 보일 리가 없었다.

자기 얼굴이 부모 중에 누구 얼굴과 더 닮았는지 헤아려본다는 그 일 자체부터가 어린 나이로서는 무리일 수도 있었다. 더욱이 동업처럼 부모를 전혀 닮지 않은 상황에서 그것은 너무나도 풀기 힘든 문제가 아닐 수 없었다. 동업은 계속 혼자서 중얼거렸다.

"내가 눌로, 눌로?"

그러나 인정사정없는 다그침이 또다시 아이 머리 위에 떨어졌다.

"아, 그거도 모리것어예?"

종년이 태장 맞아 뒈질 소리를 했다.

"되련님 바보 얼간이요?"

"내 바보 얼간이 아이다. 아이다……."

동업은 가냘픈 어깨를 들썩거려가며 또 울먹울먹했다. 그것을 본 언네가 야릇한 웃음을 씩 흘리고는 스스로 그 답을 해 보였다.

"아모하고도 안 닮았다 아입니꺼."

그 말을 들은 동업은 무작정 고개부터 끄덕끄덕했다. 그것은 닮지 않았다는 사실을 알고 있다는 것보다도 안도감에서 저절로 나오는 행동이었다.

"쇤네 말이 딱 맞지예?"

언네는 말고삐 죄듯 바싹 조여들어 갔다. 어느 쪽이 더 질긴지 내기를 하면 고래 심줄이 먼저 끊어질 여자였다.

"아부지하고도 안 닮고. 어머이하고도 안 닮고."

언네 목소리는 높은 담장에 막혀 밖으로 빠져나가지 못하고 끊임없이 넓은 집 안에서만 맴을 돌고 있었다.

"맞지예?"

"……."

이번에는 동업이 얼른 고개를 끄덕이지 않았다. 가만히 짚어보는 눈치 같기도 하고, 뭔가 다른 생각을 하는 것 같기도 했다.

'헤, 아즉 눈깔만 붙은 기 겉잖다.'

언네는 오늘은 이쯤에서 멈추기로 했다. 동업이 지금 그 자리에서 곧바로 대답하지는 않았지만 앞으로 곰곰이 되새겨볼 것이다. 그런 후 동업은 스스로 깨닫게 될 것이다. 그 자신은 부모 누구와도 닮지 않았다는 사실을. 그리고 나이가 더 들어갈수록 이상하다는 마음이 불어나고, 끝내 강한 의문과 함께 갈등과 고뇌에 시달리게 되면서, 부모에 대한 애정마저도 식어가게 되리라.

그러자 이 정도에서 일단 그만두기로 작정했던 언네 마음에 또다시 가증스러운 악마의 숨결이 스며들었다. 언네는 두 번째 칼집에서 칼을 뽑아 동업을 겨누었다.

"그란데 안 있어예."

동업이 흠칫, 했다.

"재업이 되련님 말입니더."

"재업이?"

뜬금없이 동생 이름이 나오자 동업은 언네를 빤히 바라보았다. 언네는 무슨 대단한 것을 알려주는 것같이 했다.

"재업이 되련님은 아부지하고 빼 박았다 아입니꺼."

"아부지하고……."

문득 동업 얼굴이 심각해졌다. 어린 나이에 어울리지 않게 복잡한 빛마저 감돌았다. 잠시 동생 얼굴을 떠올려보는 눈치였다. 그러더니 고개까지 끄덕이며 언네가 방금 한 말을 복창하듯 했다.

"그런 거 겉네. 내 동상 재업이는 아부지하고 빼 박았네."

정원수들이 어쩐지 무심한 키다리 어른처럼 비쳤다. 이상하게 새가 날아들지 않았다.

"그렇지예? 맞지예?"

언네 눈앞에 설단 모습이 어른거렸다. 꺽돌도 보였다. 언네 콧잔등이 시큰거렸다.

'종놈 종년 신세 에나 더럽다. 시궁창보담도 더 더럽다.'

그 생각 끝을 물고 주인집에 대한 반감과 분노가 더욱 불같이 살아나고, 상전 자식인 동업을 겨냥한 증오심이 걷잡을 수 없이 일어났다. 그것들에 부대끼면서 살아온 날들이 너무나 원통 절통하고 서러웠다.

'내사 이대로는 몬 산다.'

언네는 이제까지와는 비교가 아니게 더 사나운 눈으로 동업을 노려보기 시작했다. 집 안 공기 속에 큰 위험이 묻어나는 것 같았다.

'눈깔만 달리 있는 조거를 우째삐까?'

가느다란 손모가지를 확 낚아채어 복날 개울가로 개 끌고 가듯이 질질 끌고 가서, 뒤뜰 깊고 컴컴한 우물 밑바닥에 그대로 거꾸로 콱 처넣어버리고 싶었다. 어린 새끼든 뭐든 간에 배봉이 집구석 식솔이 아닌가 말이다. 더욱이 돈방석에 올라앉아 떵떵거리면서 살아가는 임가네 장손으로 호의호식하는 놈이다. 저런 새끼는 요절을 내야 한다.

그런데 기묘한 상황이 연출되었다. 동업을 매섭게 째려보던 언네는 얼굴에 서린 살의를 풀고 입언저리에 야릇한 웃음을 띠었다. 그러고는 그럴 수 없이 은근한 목소리로 동업을 불렀다.

"되련님예."

"와?"

동업은 또 긴장된 모습을 보였다. 그러다간 미처 성숙하지 못하고 말라비틀어져 나무에서 땅으로 떨어져 버리는 병든 어린 열매 같은 아이가 되지 않을까 우려될 지경이었다. 아무리 포원이 크다고 할지라도 언네는 지나치게 잔인했다. 그녀도 사람인 이상 그럴 수는 없었다. 둘러치고 메치고 했다.

"쇤네는 작은 되련님보담도 큰 되련님을 상구 더 좋아한다쿠는 거 아시지예?"

언네는 늙은 주모처럼 볼썽사나운 눈웃음까지 쳤다. 그러자 동업은 지금까지 했던 어떤 대꾸보다도 가장 자신 있게 대답했다.

"하모, 안다. 그라고……."

언네는 종년 주제에 감히 상전 말을 가로막기까지 했다.

"아시모 됐고예."

언네는 사람은커녕 강아지 그림자도 얼씬거리지 않는 중문 쪽을 자세히 살핀 후에 한껏 목소리를 낮추었다.

"이거는 되련님만 알고 계시이소."

정원수들이 일제히 대청마루로 고개를 기울였다.

"그라고 지가 이런 이약을 했다쿠는 거 절대 입 밖에 내모 안 됩니더. 큰일 납니더. 잘 알것지예?"

"……."

때로는 거친 고함보다도 지금처럼 낮고, 사근사근하게 걸어오는 소리가 듣는 사람을 한층 두렵고 꼼짝 못 하게 만들어버리기도 한다. 동업은 마법에 걸린 아이같이 몇 번이고 고개를 끄덕거렸다.

"서방님하고 마님은 안 있어예."

언네가 말하고 동업이 따라 했다.

"아부지하고 어머이."

언네는 흡사 처음 말을 배우는 아이 모양으로 하는 동업을 한참이나 바라보기도 했다. 그리고 나중에는 알려주는 게 아니라 숫제 강압적인 주입식이다.

"동업 되련님을 벨로 안 좋아하시고예, 재업 되련님을 더 좋아하신다 쿠는 거 아즉 모리고 계시지예?"

"머?"

동업은 꼭두각시 인형처럼 끄덕이던 고갯짓을 딱 멈췄다. 그러고는 심한 투정 부리듯 큰소리를 질렀다.

"아이다, 아이다!"

아이 입에서 어찌 그렇게 엄청난 고함이 터져 나올 수 있었을까? 그곳 집채의 낙수 고랑 안쪽으로 돌려가며 놓은 댓돌이 흔들리는 듯했다.

"우리 어머이하고 아부지는……."

동업은 제풀에 숨이 가빠오는지 말을 멈추었다가 대답했다.

"내가 장남이라꼬 낼로 더 좋아하신다 캤다."

그것도 모르면서 무슨 소리를 하느냐는 질책에 가까웠다.

"머라꼬예?"

언네 눈에 대장장이가 무쇠를 불려 만든 시우쇠를 두드릴 때 튀어 오르는 것 같은 시퍼런 불꽃이 일었다.

'요 한줌도 안 되는 기야?'

하지만 언네는 억지로 마음을 추슬렀다.

"와 재업 되련님을 더 좋아하시는고 모리것어예?"

동업은 거의 필사적으로 부인했다.

"아, 아이라 캐도?"

언네가 입속으로 빈정거렸다.

"아이기는 왜놈 머가 아이라?"

그새 넓은 대청마루를 비추는 햇살은 처음과는 달리 저만큼쯤 자리를 바꿔서 앉아 있었다. 시간이 꽤 흘렀다는 증거였다. 도대체 이런 순간에 어른이란 작자들이 다 어디서 무엇을 하다가 돌아오는 줄 알면 솟을대문도 들어오지 말라고 막아버릴 것이다.

"쪼꼼 전에 지가 말 안 하던가예."

기억을 상기시키려는 언네 말에 동업은 아무 말도 듣지 않은 것처럼 했다.

"무신 말?"

정원 잔디밭 중앙을 떡하니 차지하고 있는 운치 넘치는 노송의 청청한 잎사귀들이 그날따라 위험하기 그지없는 날카로운 바늘처럼 비쳤다.

"재업 되련님은 서방님을 빼다 박았다꼬예. 되련님도 한분 잘 생각해 보이소."

언네 뇌리에 지워버린 제 새끼들이 되살아났다. 만약 그중 하나라도 세상에 태어날 수 있었다면 누구를 닮았을까. 배봉? 이 언네?

"되련님 겉으모 있다 아입니꺼."

바람이 불어나고 있는 걸까, 정원수 그림자들이 조금 더 크게 일렁이기 시작하고 있었다. 그것은 얼핏 검은 귀신들의 춤사위를 연상시켰다.

"자기를 마이 닮은 자슥이 더 좋것어예, 하나도 안 닮은 자슥이 더 좋것어예?"

하늘에 떠 있는 두 개의 구름장도 서로 닮은 것 같기도 하고 닮지 않은 것 같기도 했다.

"누가 더 좋것어예?"

흡사 마작麻雀을 즐기려는 모습의 언네였다.

"그, 그거는……."

동업은 어디론가 달아나고 싶은 빛이다. 언네는 여기서 단단한 못을 박아야겠다고 작정했다. 동업 가슴에서 영원히 빼낼 수 없는 크고도 녹슨 대못을.

"이런 소리꺼지는 안 할라캤는데 합니더."

언네는 스스로도 긴장되는지 마른침을 꿀꺽 삼켰다.

"그리그리 씹어묵거로 이약해도 되련님이 쉰네 이약을 하도 안 믿으신께 할 수 없이 해야것네예."

언네는 잠시 숨을 고를 양으로 해를 올려다보았다. 그러다가 너무도 눈이 부시는 바람에 고개를 돌렸다. 하지만 한동안 눈앞이 캄캄하여 그냥 가만히 있어야 했다. 그 어두운 기운 속에 시뻘건 혓바닥이나 불덩이 같은 게 이글거렸다.

"지가 우연찮거로 여러 차례나 안 엿들었십니꺼."

언네는 바로 옆에 앉아 있는 동업의 몸조차 제대로 보이지 않을 정도로 두 눈이 침침한 가운데 계속 입을 열었다.

"서방님하고 마님이 주고받는 소리를예."

조금씩 다시 밝아오는 언네의 시야 속에서 동업의 입이 열리면서 묻고 있었다.

"머라쿠던데?"

바로 그때 높은 담장 위에 날아와 앉는 온몸이 얼룩덜룩한 새는 인가에서 흔히 볼 수 있는 새가 아니었다. 아마도 깊은 산중에 사는 그런 종류의 새가 아닐까 싶었다. 물론 그렇게까지 먼 곳에서 온 것은 아니겠지만 지리산에 서식하고 있는 새일 수도 있었다.

"잘 들어보이소."

이제 동업 모습이 똑똑히 보이는 언네였다.

"두 분 다, 내는 재업이가 더 좋다, 그리하시데예."

"그, 그리!"

동업은 금방 울상부터 지었다.

"그람서 머라캤는지 압니꺼?"

언네는 그 자리에서 막 떠오르는 생각도 마치 그전에 들은 것처럼 지어 말했다.

"우리 동업직물 이름도 재업직물로 바꾸모 우떨꼬 그리하시데예."

나뭇가지를 흔드는 바람의 손이 갈수록 거세지고 있었다. 집 안이 저 정도이니 바깥은 광풍이라도 불어 대고 있을지 모른다. 하늘에 걸린 해를 봐서는 그럴 수가 없을 것 같다.

"그래도 쉰네 이약 몬 믿것어예?"

"아~앙!"

동업은 끝내 또다시 울음보를 터뜨렸다. 언네는 그 울음을 통해 제 웃음을 보았다. 배봉의 총애를 받았다는 죄로 무작정 운산녀 앞에 끌려가 여자로서 차마 겪지 못할 온갖 수모와 고통을 당해야 했던 지난날들이 그녀 가슴팍에 화인火印처럼 찍히고 있었다.

'으, 내 요, 요것들을!'

차라리 아직도 괴담같이 나도는 이야기처럼 자기 신체 부위를 칼로 훼손해버렸으면 더 나았을 것이다. 어디 네년은…… 몸을 두고 오만 가지 소리 해가며 치욕과 모멸감을 주던 운산녀. 언제 너와 내가…… 하는 듯 매정하게 싹 돌아서던 배봉.

'내 앞에 팍 엎어놓고 칼로 푸욱 찔러서 피가 안 나올 때꺼정 지키볼끼다.'

그래, 동업 눈물은 곧 배봉과 운산녀 눈물이다. 언네는 재업이 조것도 사람 말귀를 어느 정도 알아들을 만큼 조금만 더 자라면 지금 동업한테 한 것처럼 하리라 다짐했다. 그런 상상만으로도 몸이 공중으로 붕 떠오르는 것 같았다.

그러나 그것도 잠시, 어미 잘못 만나 세상 빛을 보기도 전에 억울하게 죽어가야만 했던 뱃속 아이들이 또 생각났다. 그 가련한 생명체들이 내지르는 비명이 귀를 왕왕 울리는 듯했다. 그 환청에서 빠져나올 수 없는 한, 깊디깊은 포원이 진 여자의 가공할 행위는 지속될 것이다.

괴괴한 집 안에 쏟아져 내리는 햇볕은 드세지는 바람으로 크게 일렁이는 것 같으면서도 너무나 짱짱하고 투명하기만 했다.

언네의 한과 설움이 하늘 밑구멍을 찔러서일까?

그녀가 원하는 바는 너무나도 빨리 다가오고 있었다. 행랑채 지붕을 한껏 움츠리게 만드는 솟을대문 앞에서였다.

이날은 악이 치밀 대로 치밀어 오른 분녀가 끝내 재업마저도 언네 수중에 맡긴 채 집을 나갔다. 분녀는 억호 꼬리를 쫓아가다가 무슨 냄새라도 맡았는지 갈수록 독이 차올랐다. 비록 분녀를 먼저 꼬드기고 부추긴 언네지만 날이 갈수록 상황이 더욱 아슬아슬해지는 바람에 그녀 가슴이 조마조마할 판국이었다.

"자아, 우리 잘나고 복도 많은 되련님들."

언네는 두 아이를 우리 속으로 짐승 몰아넣듯 다루었다.

"요서 노입시더."

언네는 겨우 발을 자박자박 떼놓기 시작하는 재업을 동업 앞쪽에 내려놓고는 다른 곳을 보는 척 딴청을 부리고 있었다. 이제부터 세상에서 최고로 재미있는 마당극이 쫙 펼쳐질 것이다. 언네 자신은 신나는 구경꾼이 되어 뒷짐 지고 보기만 하면 된다.

언네가 예상했던 그대로였다. 동업이 언네 눈치를 슬슬 살피는가 싶더니만 어느 한순간 갑자기 재업 팔을 콱 꼬집었다. 아이 동작이라고는 도저히 믿기지 않을 만큼 매우 잽싸 보였다. 동업에게 저런 면이 있었나

하고 여겨질 사태가 이어지기 시작했다.

"으앙!"

재업이 자지러지듯 울음을 터뜨렸다. 그것은 지난번에 동업이 언네 앞에서 터뜨리던 것과 똑같은 울음이었다. 씨도 다르고 배도 같지 않은 두 아이가 어쨌든 한 형제라고 저런가 싶을 정도였다.

"어이쿠, 깜짝이야! 간 다 널찌것다."

언네는 일부러 무척 놀란 시늉을 하며 동업을 나무라는 척했다.

"되련님! 동상한테 그리하모 안 되지예."

다 보고 있었다는 투로 다그쳤다.

"와 동상 팔을 꼬집어예, 예에?"

그러자 동업은 자기 행위를 그만 들켜서 놀라거나 머쓱해하기는 고사하고 욕설과 함께 씩씩거렸다.

"씨~이."

곱상한 외모와는 다르게 모질고 독한 구석이 있는 아이였다. 인간은 태어날 적부터 이미 두 개의 얼굴을 가졌는지도 모른다.

바로 그때다. 참 공교롭게도 막 담장 모퉁이를 돌아오고 있는 사람은 억호였다. 언네는 내심 크게 놀랐다. 사랑채에 있는 줄로만 알았던 억호였다. 요새 들어서서 늘 그렇지만 언제 또 바람같이 연기처럼 집 밖으로 빠져나갔을까?

그런데 언네가 더욱 가슴을 쓸어내린 건 온 동네가 떠나갈 것 같은 억호의 이런 무서운 호통 때문이었다.

"동업이 네 이누움! 니가 머 우쨌다꼬? 동상 팔을 꼬집었다꼬? 허어, 시상에 이런 망할 쌔끼가 오데 있노?"

언네가 방금 한 소리를 그만 모두 들은 모양이었다. 언네는 가슴이 마구 떨렸지만 다른 한편으로는 어찌 이렇게 일이 잘 풀릴 수 있나 싶었다. 하도 기쁜 나머지 만세라도 부르고 싶은 심정이었다. 그런 가운데 억호의 호된 꾸짖음은 솟을대문을 덜컹거리게 할 만큼 대단했다.

"요 대매로 때리쥑일 눔이야?"

그러잖아도 평소 재업을 더 마음에 두고 있는 억호였다. 동업은 업둥이고 재업은 자기 핏줄이다. 그것은 언젠가 분녀가 억호에게 말한 바도 있다.

그러나 언네도 억호가 그 정도로까지 심하게 나올 줄은 몰랐다. 억호는 솥뚜껑같이 큰 손으로 동업 뺨을 사정없이 후려친 것이다.

"억!"

동업의 조그만 입에서 짧은 외마디가 튀어나왔다. 그는 소리 내어 울지도 못했다. 금방 그대로 숨이 넘어갈 아이 같아 보였다. 태어나서 그렇게 호되게 얻어맞은 적은 없었을 것이다. 아니, 매라고는 단 한 번도 경험해보지 못한 아이였다.

"아이고, 서, 서방님!"

언네는 쇠토막처럼 단단한 억호 팔을 붙들고 늘어지면서 사정사정 울부짖는 흉내를 냈다. 어쨌거나 이럴 때 연극을 잘해야 한다. 기회는 늘 오는 것이 아니다.

"서방님! 와 이라십니꺼?"

보호해주기 위해 동업 앞을 막아설 것같이 했다.

"되, 되련님을 이라시모 안 됩니더!"

"머? 머가 안 돼?"

억호는 언네에게도 주먹을 날릴 태세를 취했다.

"요 방정맞은 년이 오데로 나서노?"

"지, 지발예, 서방님."

언네가 애원하자 억호 입에서는 욕지거리가 터져 나왔다.

“니기미! 썩 저리로 몬 비키겄나?”

하지만 억호가 그럴수록 언네는 한층 간곡한 목소리로 나왔다.

“하, 한 분만 요, 용서…….”

어디서 누구를 만나고 오는지 언네로서는 알 길이 없지만, 지금 억호는 신경이 날카로울 대로 날카로워져 있는 것만은 확실했다. 그 험악한 기세에 눌려 솟을대문도 돌아서는 것 같았다.

“내 새끼 내가 우찌하는데, 종년이 뭔 주디이 놀리는 기고?”

담장 위로 날아와 앉으려던 까치 한 쌍이 놀라 허공으로 몸을 솟구쳤다.

“쫘악 찢어뻴라!”

그러면서 별로 깨끗해 보이지도 않는 못생긴 제 손가락을 언네 입안으로 집어넣으려는 듯해 보이는 억호였다.

‘흥!’

언네는 그 와중에도 내심 실소를 금치 못했다. 망진산 아래 섭천 쇠가 배꼽을 쥐고 웃을 소리였다.

‘내 새끼라꼬? 내 새끼?’

당장 입 밖으로 소리 내어 말해주고 싶었다.

‘흐응! 웃기지 마라꼬. 진짜 지 새끼 겉으모 이리 안 한다. 몬 하제. 고슴도치도 지 새끼는 머 우짠다 안 쿠더나?’

아마 멀리까지는 날아가 버리지 않은 모양인지 까치 모습은 보이지 않는데 소리는 들려오고 있었다. 새들도 술래잡기 놀이를 하는 것인가? 하긴 인생살이 그 자체가 영원한 술래가 되어 이리저리 찾아 헤매는 게 아닐까? 짧은 순간에 언네 머릿속으로 불쑥 떠오른 생각이었다.

‘동업이는 니 친자슥 아이라쿠는 거 내는 안다.’

세상에 없지 아니한 것 중의 하나가 바로 비밀이라고 하지 않던가.

언젠가는 온 세상이 속속들이 알게 될 일이다. 아무리 쉬쉬해봤댔자 그건 결국 손바닥으로 하늘을 가리는 짓일 뿐이다.

'이노무 새끼야! 재업이사 니 새끼 맞제. 종년 설단이가 낳다 캐도, 니가 벌로 몬된 짓을 해갖고 생긴 새낀께.'

언네는 계속 속으로 필살기처럼 말을 날렸다.

'동업이가 재업이를 꼬집을 때, 내가 무신 생각했는고 아나?'

언네는 억호 얼굴에 나 있는 크고 검은 점을 꼬집는 심정으로 내뱉었다.

'너거들 꼬집는다꼬 봤다.'

독기 묻은 화살을 수도 없이 쏘았다.

'앞으로 너거들이 키운 고 자슥새끼들이 너거들 살만 꼬집을 줄 아는가베? 니들 심장을, 멤을 팍팍 꼬집을 끼라.'

그 괴담처럼 실제로 도려내진 것같이 허전하게만 느껴지는 아랫도리를 의식하면서 독기를 품었다.

'그래갖고 너거들 모돌띠리 고통을 몬 이기서 고마 미치삘 날이 반다시 올 끼다. 그리 미치서 온 동네방네 돌아댕기다가 굶어 쓰러져서 동태매이로 얼어갖고 뒤질 끼다.'

언네가 마음속으로 그런 악담과 저주를 퍼붓고 있는 사이에도, 억호 주먹은 잠시도 쉬지 않고 동업 뺨에 작열하고 있었다. 바로 눈앞에서 지켜보고 있으면서도 참으로 믿을 수 없는 현장이었다. 이빨이 전부 나가고 입속 가득 붉은 피가 고여 있을지도 모른다. 방금 말처럼 아이를 때려죽일 심산이 아니고서야.

'인간이 아인 줄은 하매 알았지만서도, 에나 이거는 아이다. 이거는 아인 기라. 올매나 아푸것노?'

옆에서 그 장면을 지켜보고 있는 언네가 아파 죽을 지경이었다. 하늘이 내려다보고 있는 훤한 대낮에 어떻게 저런 짓을? 인간백정도 저럴 순 없을 것이다.

'동업이가 죽어삐야 저 짓을 멈출란갑다. 으, 몸써리야.'

하지만 아무도 알지 못했다. 이제 막 억호가 돌아온 그 담 모퉁이에 몸을 감추고 이쪽을 훔쳐보면서, 그야말로 엄청난 충격과 괴로움을 못 이겨 어쩔 줄 몰라 하는 남자가 있었다.

재영이었다. 인근에 볼일이 있어서 왔다가 아들이 보고 싶어 혹시라도 먼발치서나마 얼굴이나 한번 볼 수 있을까 하고 그곳까지 온 재영이었다. 그렇지만 그가 목격한 것은 억호에게 사정없이 얻어맞고 있는 아들이었다.

'아아아.'

급기야 재영은 더 참고 보지 못하고 돌아서서 무작정 달렸다. 아들의 비명소리를 듣지 않기 위해서. 그 비명에 제 숨이 끊어지는 것을 막기 위해서…….

그러나 그 소리는 끝없이 그의 등짝에 시퍼런 비수처럼 와 꽂혔다. 수없이 많은 비수를 등에 꽂고 그는 세상 끝까지 내닫고 있었다.

바람으로도 나를 건드리지 마라

상촌나루터는 남강 최고의 나루터답게 나날이 번창해갔다.

비화의 나루터집과 밤골 댁의 밤골집도 큰 불길일 듯이 대 성업을 이루었다. 이웃에 살고 있어도 며칠 동안 얼굴을 보지 못할 때도 많았다.

그러던 어느 날 아침나절이었다. 예전에 비하면 얼굴이 몰라볼 정도로 하얘진 밤골 댁이 몹시 흥분한 표정으로 나루터집에 나타났다. 그러고는 주방에 있던 비화를 방으로 끌고 가다시피 해서는 다짜고짜 한다는 소리가 참으로 놀라웠다.

"내 기억해냈다 고마!"

비화는 어리둥절한 얼굴로 물었다.

"자세히 말씀해보이소, 아주머이. 머를예?"

그러자 밤골 댁은 눈앞에 보이기만 하면 짐승 잡듯이 당장 때려잡을 것 같은 기세로 소리쳤다.

"고, 고년 안 있나!"

비화는 귀가 먹먹해졌다.

"아주머이?"

밤골 댁은 주먹으로 방바닥을 내리칠 것처럼 했다.

"고년 얼굴이 인자사 떠오린다 아이가!"

비화는 눈을 크게 떴다.

"고년이라이, 누 말입니꺼?"

밤골 댁은 손바닥으로 들썩거리는 가슴을 누르면서 저주 퍼붓듯 했다.

"주, 준서를 유괴할라캤던 고, 고년 말이제."

"예에?"

어지간한 일에는 잘 놀라지 않는 비화지만 그때 그 순간만은 달랐다. 천금과도 같은 내 자식을 유괴하려 한 그 여자 얼굴을 기억해냈다는 것이다.

"그기 증말입니꺼?"

살아가면서 아주 특별한 경우를 빼고는 같은 소리를 두 번 이상 입에 올리는 법이 없는 비화가 또다시 물었다.

"아주머이, 그기 진짜라예?"

둘 다 몸이 파들파들 떨리고 있었다. 그 서슬에 방바닥이 널판처럼 덜컹거리고 문풍지도 파르르 경련을 일으키고 있는 듯했다.

"하모, 증말이제. 진짜제."

밤골 댁도 반복되는 말로 확인해주었다. 그 말이 미처 끝나기도 전에 비화 입에서 숨 가쁜 물음이 나왔다.

"우, 우떤 여, 여잡니꺼?"

방 안의 공기도 그 흐름을 그치고 귀를 곤두세우는 것 같았다.

"그란데 말이제, 그기 안 있나."

밤골 댁은 얼른 대답은 해주지 않고 벌름거리는 가슴에 가져갔던 손을 들어 자기 머리통을 세게 쥐어박기까지 했다. 그러면서 하는 소리가 예사롭지 않았다.

"내가 고년을 몇 차래나 봤던 긴데, 시상에, 그거도 기억 몬 했다 아이가."

"아, 몇 차래나예?"

비화의 놀란 반문에 밤골 댁은 자신을 심하게 꾸짖듯 했다.

"빙신이 따로 없다 아이가, 빙신이."

비화는 이럴 때일수록 침착하지 않으면 안 된다고 생각했다. 그런 한편으로는 달라붙듯 캐물었다.

"그라모 그날 말고 그전에도 그 여자를 보싯다, 그 말씀이라예?"

밤골 댁은 시비라도 거는 사람처럼 큰 가슴을 쑥 내밀었다.

"하모, 봤제."

비화는 픽 쓰러질 만큼 심한 아찔함에 사로잡혔다.

"오, 오데서예?"

한데, 답변이 기가 찼다.

"여 나루터집 근방을 뺑뺑 돌고 있었는 기라."

비화는 또 어쩔 수 없이 소스라쳤다.

"예에?"

밤골 댁은 또 자기 머리를 때렸다.

"그때는 그냥 벌로 봤던 긴데, 방금 전에 팍 안 떠오리것나."

비화는 고개를 끄덕였다.

"하기사 오래전부텀 기회를 노릿것지예."

누군가를 뚫어지게 응시하는 강렬한 눈빛이 매서웠다.

"아주머이뿐만 아이고 지도 마조친 적이 안 있었것십니꺼."

밤골 댁은 자책감에서 조금이라도 벗어나려는 눈치였다.

"하모, 그랬것제?"

비화가 밤골 댁에게 좀 더 다가앉으며 재촉했다.

"우찌 생긴 여잔고 퍼뜩 말씀해보이소."

그러자 밤골 댁은 너무너무 어처구니없다는 표정부터 지었다. 아무래도 믿어지지 않는다는 기색을 떨치지 못했다.

"그기 말이다."

"예."

"생긴 꼬라지는 미끈하거로 생기갖고……."

비화도 약간 의외라는 생각이 들었다.

"독종매이로 안 생깃고예?"

"독종?"

"예."

"독종하고는 하늘 땅 차이다."

"그라모예?"

밤골 댁은 세상이 잘못돼도 한참 잘못됐다는 투였다.

"하모, 맷돌에 싹싹 갈아 마시고 싶은 고런 년이지만도, 솔직히 쌤통날 만치 이쁘거로 생깃더마는."

비화 눈앞에 해랑이 잠깐 나타났다가 사라졌다.

"그렇던가예……."

비화가 말끝을 흐리는데 밤골댁 입에서는 억울함과 질투심이 뒤섞인 소리가 줄기차게 흘러나왔다.

"젊은 기집이 그냥 얼골만 이쁜 기 아이고 몸매도, 거 머라쿠노, 물찬 제비매이로 쏙 잘 빠짓다 아인가베."

그러면서 밤골 댁은 매운탕 냄새 밴 손가락을 붓처럼 놀려서 그 여자 몸매까지 그려 보였다.

"그래예?"

비화는 밤골댁 동작을 가만히 지켜보면서 좀처럼 이해가 되지 않는다는 목소리로 말했다.

"그런 여자가 와 넘 아를?"

"내도 모리제."

그러고 나서 밤골 댁이 이내 하는 소리가 이랬다.

"우짜모 아를 몬 놓는 년일란지도."

"아, 예에."

비화는 그럴 수도 있겠다 싶었다.

"그기 아이모 안 있나."

밤골 댁은 자기 추측을 덧붙였다.

"시가 식구들 등쌀을 몬 이기갖고, 넘의 아라도 데꼬 가서 키울라 캤는지도 잘 모리것고……."

"아일 깁니더."

비화가 밤골댁 말을 잘랐다. 그러고는 단정적 어조로 얘기했다.

"그 여자는 하수인下手人이 틀림없어예."

그러자 밤골 댁은 들어서는 안 될 소리를 들은 사람같이 금방 안색이 파래졌다.

"하, 하수인?"

음성도 마구 떨렸다. 하수인이란 말은 어감 자체부터가 어쩐지 오싹하고 기분이 나빴다. 그것은 비화도 같은 심정인 듯 자못 긴장된 표정이 되었다.

"그 여자를 졸개로 부리는 누가 꼭 있을 기라예."

"그 여자를 졸개로 부리는 누."

비화 말을 되뇌던 밤골 댁이 급히 물었다.

"준서 옴마는 오데 짚이는 데라도 있는 것가?"

"지 짐작이 안 틀릴 깁니더."

비화는 이번에도 퍽 단호한 목소리였다. 밤골 댁은 한층 더 무서운지 속눈썹 그려진 눈을 휘둥그레 치떴다.

"눈데?"

"……."

"누고, 그 인간이?"

밤골 댁은 누군지 알기만 하면 곧바로 달려가서 어떻게 해버릴 여자 같았다. 비화는 안타깝다는 듯 한숨을 내쉬었다.

"아즉 물정이 없어예. 심정은 가는데 말입니더."

물증도 없이 심증만 가지고 나섰다가는 도리어 큰 낭패를 당할 수도 있다는 것을 안다. 그게 세상의 함정이다.

"심정이 가는 고, 고 인간이 누고 말이다!"

밤골 댁이 흥분해서 고함쳤다. 비화 음성은 오히려 낮아졌다.

"그보담도, 아주머이."

밤골 댁은 얼른 답을 해주지 않는 비화가 좀 못마땅하다는 빛이었다.

"와?"

비화는 억지로라도 여유를 가지기 위해 이번에는 몸을 약간 뒤로 뺐다.

"그 여자 생긴 거 쪼꼼만 더 상세하거로 들리주이소."

옆구리가 가려운지 거기에 손을 가져가던 밤골 댁이 되뇌었다.

"상세하거로?"

강가 쪽에서 물새 울음소리가 들려왔다. 먼 옛날부터 남강 뱃사공들과 생사고락을 같이해온 텃새였다.

"예, 그냥 막연히 이뿌다, 그리 말씀 마시고예."

비화의 그 말을 들은 밤골 댁이 또 머리통을 두드리는 시늉을 했다.

"사람이 머리가 나뿌모 몸이 고생한다쿠디이, 내는 쎄빠지거로 일만 함시로 살지 않으모 안 될 팔잔갑다."

그러다가 지금은 내 신세타령이나 늘어놓을 때가 아니라는 자각이 들었는지 서둘러 말을 이어갔다.

"우찌 생깃는고 세세히 이약해볼거마."

밤골 댁은 이맛살까지 찌푸려가며 기억을 살려내려고 무진 애쓰는 모습을 보였다. 비화는 눈 하나 깜짝하지 않고 귀를 기울였다.

"그렁께네 고년 생기묵은 기……."

꼭 무슨 판소리 사설 늘어놓듯 하는 밤골 댁이었다. 물론 그녀 나름대로는 상세히 설명을 해주느라고 그럴 것이다.

"눈은 똑 구실(구슬)맹커로 똥글똥글하고, 콧대는 포리가 잘몬 앉으모 쭈루루 미끄러질 거매이로 오똑하이 서고, 뭣보담도 얼골 윤곽이 안 있나, 오이겉이 갸름한 기 시상 사내들 간 빼묵것더마는. 거다가 몸매는 버들가지맹캐 휘청휘청 날리고, 또오……."

비화가 더없이 다급한 목소리로 밤골댁 말을 끊었다.

"잠깐만예, 아주머이!"

정신없이 말을 내쏟던 밤골 댁이 놀라는 얼굴을 했다.

"와?"

"그 기억이 확실하지예?"

비화 물음에 밤골 댁은 시샘 나는지 씨부렁거리는 어조로 대답했다.

"그렇다쿤께? 하느님도 에나 알 수가 없제. 그 몬된 년을 와 그리키나 이쁘거로 맨들어 놓으싯는고……."

그러나 비화는 밤골댁 말을 끝까지 듣지도 않고 비명 지르듯 했다.

"나이는 지하고 가리방상하고예!"

밤골 댁이 한 번 더 놀라 되물었다.

"하모, 하모. 그거는 우찌 알았노?"

그렇게 묻던 밤골댁 가슴이 철렁 무너져 내렸다.

'어이구, 몸써리야!'

완전히 바뀐 비화 모습 탓이었다. 밤골 댁은 기겁을 하고 비화를 불렀다.

"주, 준서 옴마!"

"……."

"맞나, 준서 옴마가?"

그랬다. 그 순간의 비화는 여태까지 밤골 댁이 가까이서 보아오던 비화가 아니었다. 밤골 댁은 이글이글 타오르는 비화 눈빛에 쏘여 자신의 온몸이 깡그리 불타버릴 것 같은 느낌에 빠졌다.

"흐."

하지만 비화는 여전히 엄청난 충격에서 빠져나오지 못하고 있다는 게 누구 눈에도 또렷해 보일 것이었다. 밤골 댁은 질식할 듯한 공기를 견디기 힘들었다.

"해, 해나 아, 아는 여자 아이가, 으응?"

"……."

그러나 비화는 흡사 돌로 빚어 놓은 사람 같아 보였다. 파르르 경련이 이는 입술 사이로 간간이 새 나오는 신음마저 없었다면 생명이 들어 있지 않은 물체로 비칠 지경이었다.

"준서 옴마!"

급기야 밤골 댁은 한 손으로는 모자라 두 손으로 비화 몸을 마구 잡아 흔들며 크게 다그치듯 했다.

"이, 이약해봐라 안 쿠나?"

눈치가 보통을 넘는 밤골 댁은 뭔가 짚이는 게 있는 모양이었다.

"응? 으응?"

그런데도 비화는 아무런 반응이 없다. 아니다. 단지 그렇게만 비쳤을 뿐이다. 그 순간의 비화 마음을 무어라고 표현할 수 있을지.

전모가 다 드러났다. 그렇다. 운산녀와 민치목 짓이다. 임배봉 쪽 누군가가 범인일 거란 예상은 진작부터 해왔었다. 배봉이나 점박이 형제가 꾸민 음모가 아닐까 하는 쪽에다 더 높고 큰 비중을 두었던 것도 사실이었다. 하지만 운산녀나 치목이라고 해서 새삼스럽게 뭐가 달라질 일도 아니었다. 사안事案이 가벼워질 리도 없었다. 어차피 동색인 초록의 짓거리가 아닌가 말이다.

그러나…… 그들의 하수인이 그 여자라니!

비화 머릿속은 온통 저 치라골 암물 약수터로 꽉 차버렸다. 준서 몸에 난 습진을 고치기 위해 재영과 함께 물어물어 찾아갔던 곳.

거기서 만난 운산녀와 민치목 그리고 그 여자. 남편의 정부情婦. 바로 그날 치목은 그녀를 나연이라고 불렀다. 준서를 유괴하려던 여자가 나연이었다.

그렇다면? 당장 몸과 마음을 제대로 가누지 못할 엄청난 혼란이 세게 몰아닥쳤다. 그 파렴치한 행위는 남편 재영과 이 비화를 겨냥한 질투심에서 비롯된 그녀의 마수였을까? 운산녀와 치목과는 아무 상관도 없는 그녀의 단독 범행?

만약 그것이 사실이라면 모든 것은 맨 처음부터 다시 풀어나가지 않으면 안 된다. 현재 나연이라는 여자에 대해 비화 자신이 가지고 있는 정보는 아무것도 없다. 상대는 이쪽을 명경 알같이 들여다보고 있는데 이쪽에서는 깜깜 절벽이다.

'으으.'

비화는 머리가 빠개지는 듯했다. 조금 전에 밤골댁 이야기를 들을 때는 확 켜지는 밝은 불빛을 본 것 같더니만, 헤아려볼수록 함부로 뒤엉켜

버린 실타래만큼이나 복잡했다. 한마디로 바보가 돼버린 기분이다.

"인자 내는 고마 가볼라네. 더 할 이약이……."

밤골 댁은 무슨 중죄를 지은 사람처럼 한동안 비화 눈치를 보고 있더니 더는 견디기가 힘들었던지 몸을 일으켰다. 비화는 잘 가시라는 인사조차도 하지 못했다.

밤골 댁이 돌아간 후 얼마나 혼자서 한참 머리를 싸매고 자리보전을 했을까? 어느 순간 비화는 별안간 벌떡 일어나 앉았다. 이 상황에서 문제를 해결할 수 있는 열쇠를 쥔 사람은 하나밖에 없다는 판단이 섰다.

남편, 그에게 어서 이 사실을 알려야겠다. 그래야 한다.

언제나처럼 가게 입구 계산대 앞에 정물같이 앉아 있는 재영은, 비화가 다가가는 줄도 모르고 고개조차 들지 않은 채 잔뜩 어깨만 움츠린 자세로 있었다. 지금 그의 머릿속은 억호에게 덜컥 업둥이로 준 아들 생각으로만 와글와글 들끓었다. 아내가 줄곧 자기를 지켜보는 중에도 지난 기억에만 늪처럼 빠져들고 있었다.

그날 그 집 앞까지 갔던 게 너무나도 후회 막급했다. 그래도 내 자식이 근동 최고 갑부 동업직물 가문에 들어가 호의호식하고 있다는 사실에 그나마 마음이 조금은 괜찮았었다. 나야 어찌 되든 저만 잘된다면야.

그런데 알고 보니 그것도 아니었다. 어린아이를 그토록 심하게 구타하다니. 아들이 무슨 큰 잘못을 저질렀는지는 모르겠지만 솥뚜껑 같은 손으로 그 작고 약한 뺨을 어찌 그토록 죽어라 후려칠 수 있는가? 어쩌면 고막이 나가버렸을지도 모른다. 그리하여 평생 귀머거리가 되어 살아야 할지도. 아아, 그랬다면, 그랬다면.

재영은 그날 이후로 음식이 목구멍을 넘어가지 않았다. 울음소리조차 내지 못하고 금방 숨넘어갈 것같이 고통스러워하던 아들 모습이 눈앞에 삼삼했다. 밤에도 잠을 이루지 못하고 돌아누워 아내 몰래 베갯머리를 적셨다.

'애비가 자슥을 그리 되거로 맨든 사람은 내 말고는 이 시상에 없을 기다.'

자식을 업둥이로 줘버린 것을 천만 번 뉘우치며 가슴팍을 쳤지만, 결코 돌이킬 수 없는 일이었다. 다시 찾아올 수만 있다면 목숨을 걸고서라도 그러고 싶지만, 그렇게 했을 때 일어날 상황을 떠올리면 그것도 자신이 없었다. 무엇보다도 내 아들이 얼마나 힘들고 혼란스러워할 것인가. 그뿐만 아니라 아이를 선뜻 내줄 억호나 분녀도 아니었다. 아이를 돌려받지 못할 정도가 아니라 내 목숨을 그들에게 주어야 할지도 모른다.

'그뿌이모 괘안커로?'

아내 비화도 문제였다. 아니, 가장 크게 문제가 될 사람이었다. 남편이 바람을 피운 일이야 다 지나간 한때의 미친바람이었다고 넘어가 주겠지만, 자식까지 딸려 있다는 그 사실을 알면 어떻게 나오겠는가? 더군다나 철천지원수 집안의 업둥이가 돼 있지 않은가. 악귀가 저주해도 유분수지 이건 아니었다.

"송이 옴마한테 잠깐 여게 앉아 밥값 좀 받으라 쿠고, 지하고 저 강가에 나가서 이약 좀 하이시더."

비화 그 말을 듣고서야 비로소 고개를 든 재영은 통 영문을 모르겠는 표정이었다.

"그냥 여서 말하모 안 되것소? 아이모 방에 들가든지."

그런데 웬만하면 남편 뜻을 거스르는 법이 없는 비화가 이날은 대단히 고집스러운 여자처럼 굴었다.

"머리가 아파서예."

재영은 당장 걱정스러운 얼굴이 되었다.

"머리가?"

비화는 억지로 마음을 다잡는 기색이 역력했다.

"예, 그라고 넘들이 들으모 안 될 일이고 해서예."

"대체 무신 일이기에?"

재영은 의자에서 아주 힘겹게 몸을 일으켜 세우면서도 불안하고 궁금해하는 빛을 감추지 못했다. 그만큼 지금 아내 얼굴이 심상찮았다. 여간해서는 동요하지 않는 아내가 저렇게 나올 땐 예삿일이 아닌 게 분명했다.

"가리늦기 연애할라쿠는 기가?"

다른 종업원들과 주방에서 함께 일을 하고 있다가 멋모르고 불려 나온 송이 엄마는, 말을 붙이기도 뭐할 정도로 똑같이 심각한 낯빛들을 하고 가게를 나서는 그들 부부 뒷모습을 멀거니 바라보며 또 한 번 혼자 중얼거렸다.

"준서가 봐놨으모 머라쿠것노?"

상촌나루터는 언제나 그렇듯 숱한 인파와 소달구지, 말이 끄는 수레, 가마 등으로 붐볐다. 모든 게 남강에 서식하는 활어처럼 팔딱팔딱 살아 숨 쉬는 뜨거운 삶의 현장이었다. 수면 위를 날아다니고 있는 물새들 종류도 다양했다.

꼽추 달보 영감 일터인 나루턱 쪽에서는 쉴 새 없이 나룻배를 타고내리는 사람들로 북새통을 이루었다. 조선의 물품이란 물품은 죄다 이곳에서 거래되지 싶었다. 한양 사람들도 입을 다물지 못할 것이다.

남강 위를 날고 있는 왜가리며 물 위에 떠 있는 야생오리 무리도 어쩐지 분주해 보였다. 간간이 물속으로부터 힘차게 솟구쳐 오르는 어른 팔뚝만 한 잉어가 햇살을 받아 은빛으로 반짝였다.

침묵으로 일관한 채 한참 동안 걸어가다가 이윽고 두 사람이 멈춰 선 곳은, 언젠가 얼이와 효원이 나란히 올라앉아 풋풋한 감정을 꽃피우던 그 흰 바위 근처였다. 막 달려온 물살이 바위 밑동에 부딪혀 뽀얀 물보라를 일으키기도 했다. 강물에 제 모습을 비춰보고 있던 갈색 물풀이 손짓하듯 하늘거렸다.

비화는 대체 무슨 말부터 어떻게 끄집어내야 할지 모르는 사람처럼 보였다. 갈수록 재영 마음이 불안하고 추를 매단 듯이 무거웠다. 무슨 언동이었든 일찍이 남편을 이렇게 애태운 적이 없는 아내였다.

비화는 바위에 앉자고 할 법도 하건만 그저 강가에 돌같이 움직이지 않고 서서 무심하게 흘러가는 강물만 바라보았다. 가다 너무나도 숨이 가쁜지 깊은 한숨을 몰아쉬기도 했다. 그 소리에 재영 가슴이 고스란히 녹아내리는 성싶었다.

"여보."

마침내 참지 못한 재영이 조심조심 입을 열었다.

"무신 일이기에 얼릉 말을 안 하요?"

그 말에 비로소 비화가 천천히 고개를 돌려 재영을 바라보았다. 눈길이 참 깊었다. 그런 아내가 재영에게는 감히 범접할 수 없는 여인으로 다가왔다.

그러나 그뿐, 비화는 여전히 묵묵부답이다. 재영의 입이 또 먼저 열렸다.

"지지리도 몬난 내가 또 당신한테 뭔 큰 죄를 지잇는가 모리것소."

물새 소리도 끊어지고 강물도 숨을 죽이는 분위기였다.

"우떤 이약이라도 좋소. 내가 듣고 저 강에 팍 뛰들 소리라도 상관없소."

비화는 잠자코 고개를 가로저었다. 뒷머리에 단정히 꽂은 비녀가 금방이라도 빠질 듯 위태로워 보였다. 너무나 견디기 어려운 현실 앞에 고통스러워하는 사람의 모습이 거기 있었다.

재영은 다시는 더 독촉하지 못했다. 그리고 벗어던질 수 없는 절망처럼 깨달았다. 지금 그 자리에서 더 힘든 사람은 자신이 아니라 아내라는 것이다.

그러고도 얼마나 더 많은 시간이 강을 따라 흘러갔는지 모르겠다. 이윽고 비화는 아주 어렵사리 마음을 다잡은 듯했다. 그녀가 처음 꺼낸 말이었다.

"인자부텀 지가 무신 소리를 해도, 절대 놀래시거나 심들어하시모 안 됩니더."

재영은 수초같이 흔들리는 목소리로 반문했다.

"무신 소리를 해도?"

비화는 들릴락 말락 하는 소리로 말했다.

"예."

왜가리 한 마리가 흰 바위에 와서 앉으려다가 도로 날아가자 그놈을 뒤따르던 다른 한 마리도 덩달아 날갯짓을 했다.

재영 심장이 불규칙하게 뛰었다. 막연한 예감이 현실로서 그 위험한 실체를 드러낼 모양이었다. 재영은 입에 시퍼런 칼을 무는 심정으로 말했다.

"알것소. 그라이 말해보시오."

비화 시선이 다시 바람에 일렁거리는 남강 위로 옮겨졌다. 잠시 후 그녀의 까칠한 입술 사이로 흔들리는 파문 같은 소리가 흘러나왔다.

"우리 준서를 유괴할라캔 그 여자 말입니더."

"그, 그 이약은 와 또, 또 각중애?"

그 사건을 떠올리자 재영은 당장 눈앞에서 강물이 뒤집히는 느낌이었다. 정말이지 두 번 다시는 기억하기 싫은 사건이었다.

"더 들어보이소."

비화는 억지로 마음을 추스르려고 하지만 목소리는 갈수록 떨려 나왔다.

"그 여자, 그 여자 말입니더."

급기야 재영 귀에 세상에서 가장 무서운 선고가 떨어져 내렸다.

"눈고 알았십니더."

재영은 단말마처럼 외쳤다.

"머시요?"

"……."

"시, 시방 머라 캤소?"

재영은 금방 발을 헛디뎌 강에 빠질 사람 같았다.

"알았다 말입니더."

잠시 침묵을 지키다가 어차피 다 말해야겠다고 결심을 내린 비화는 확인시켜주듯 또렷한 목소리로 얘기했다.

"아까 밤골댁 아주머이가 와갖고 말해주시서 알기 됐십니더."

"그, 그렇는 기요?"

재영 말이 그랬다. 순간, 비화는 그 와중에도 이상한 느낌을 받았다. 남편 반응이 묘했다. 당연히 그 여자가 누구냐는 말부터 물어올 줄 알았다. 어떤 년이냐며 지금 선걸음에 달려가서 죽여 버리자고 할 것으로 믿었다.

그런데 아니었다. 그는 그 여자의 정체보다도 아내가 그런 사실을 알았다는 것에 더 큰 충격을 받은 사람 같았다. 거기에 온통 마음이 쏠리는 듯했다. 그런 남편 얼굴이 참으로 낯설었다.

비화는 잠시 가만히 있었다. 그럴 수밖에 없었다. 뜨거운 드센 물살이 제멋대로 소용돌이치던 머릿속이 갑자기 하얗게 비어버렸다. 허탈감이랄까, 하여튼 또렷이 알 수 없는 어떤 무엇인가에 의해 온몸에서 기운이 깡그리 빠져나가는 것이다. 졸지에 세상에서 더할 일이 없어진 사람이 돼버린 막막한 기분이었다.

그때였다. 재영 입에서 한층 엉뚱한 소리가 흘러나온 것이다.

"인자 앞으로 우짤 끼요?"

"예에?"

비화는 또다시 난생처음 대하는 사람처럼 재영을 멀거니 바라보았다.

"우, 우찌하다이예?"

"……."

모래톱을 물살이 휩쓸고 있었다.

"그, 그보담도 그 여자가 눈고 아, 알고 싶지 않심니꺼?"

비화가 계속 물어도 재영은 여전히 입을 꾹 다물고 있었다. 무슨 말도 더는 하고 싶지 않다는 무언의 표시, 아니 시위와도 같았다. 그 모습이 낯설다 못 해 섬뜩하기까지 했다. 대체 사람의 마음이란 어떻게 생긴 것일까?

"여보?"

비화는 도저히 믿을 수 없다는 표정으로 간신히 물었다. 세상이 알고 재영이 아는 비화는 이미 그곳에 있지 못했다.

"해, 해나 당신은 아, 알고 계싯던 기 아, 아이라예?"

그 말을 하면서도 비화는 자신이 정신 나간 여자라고 생각했다. 막말로 미친년이 따로 없다. 이게 말이라고 하는가?

한데, 말도 안 되는 일이 벌어졌다. 비화는 아뜩한 꿈결 너머에서처럼 보았다. 남편이 천천히, 아주 천천히 고개를 끄덕이는 것이다.

"여, 여보?"

비화는 그대로 픽 쓰러질 것 같은 몸을 가까스로 지탱했다. 그리고 신음하듯 남편만을 또 불렀다.

"준서 아부지?"

일순, '여보' 라는 말에는 그다지 반응이 없어 보이던 재영이 '준서 아부지' 라는 말을 듣자 번쩍 정신이 드는 모양이었다. 그는 다시 태어난 사람 같았다. 아니다. 세상 빛을 볼 날이 얼마 남지 않은 사람처럼 비쳤다.

"내 말하것소."

마침내 그는 소름이 끼칠 정도의 똑똑한 어조로 혼절 직전에까지 다다른 비화를 일깨워주듯 했다.

"맞소. 내는 알고 있었던 기요."

그 소리는 막힌 데 하나 없는 그곳에서도 더 퍼져 나가지 못한 채 비좁은 공간 속에서 뱅글뱅글 돌고 있는 느낌을 자아내었다.

"아아."

비화는 끝내 뼈 없는 사람처럼 흐늘거리며 모래밭에 무너지듯 그대로 주저앉고 말았다. 남강 물살이 한꺼번에 그녀 몸속으로 밀려들어 와서 그대로 숨통을 틀어막아 버리는 것 같았다.

'이랄 수가? 내 남핀은 알고 있었다이?'

대체 이게 무슨! 끊어졌던 물새 소리가 사람을 비웃듯이 들려오고 있었다.

'눈에 넣어도 안 아풀 우리 자슥을 유괴할라캔 여자를 알고 있었다이?'

그때 재영의 손이 비화 어깨 위에 얹혔다. 손이 더 떨리는지 어깨가 더 떨리는지 알 수 없었다. 잠시 그런 자세로 있던 재영은 이윽고 비화 눈을 들여다보며 평소 말수 드문 그답지 않게 장황하게 늘어놓기 시작했다.

"그날 치라골 암물 약수터에서, 운산녀하고 민치목이, 그 사람들과 같이 있는 허나연 그 여자를 본 순간, 내는 깨닫고 만 기요. 그 여자가 범인이라꼬."

"……."

"내를 용서해 달라쿠는 말도 안 하것소. 몬 하것소. 그러나 우짜것소. 내가 그런 사실을 알았지만도, 도대체 머를 우찌해야 할 낀고 하나도 알 수 없었던 기요."

저 강은 왜 흘러가는지, 저 모래는 왜 반짝이고 있는지, 저 물새는 왜 울고 있는지, 저 수초는 왜 일렁거리는지……. 왜? 왜? 왜? 비화는 그런 생각을 했다. 왜 이런 상황을 맞아 이런 생각을 하고 있는지.

"당신 겉으모, 당신 겉으모 우짜것소? 함 말해주소. 그라모 내 당신 시키는 대로 다 할 낀께."

재영은 끝내 오열을 터뜨렸다. 비화 어깨에 올렸던 손도 거두어졌다. 맥없이 밑으로 떨궈졌다.

비화는 남편의 애끊는 울음소리를 들으며 망연자실 앉아 있었다. 그녀 마음속에서 이런 소리가 아우성쳤다.

'이거는 아이다! 핸실이 아이다!'

머리카락이 뭉텅뭉텅 빠져나가는 기분이었다. 누가 그녀의 머리에서 비녀를 빼어 뒤통수에다 그 끝을 콱 틀어박는 느낌이었다.

'우째 이런 일이 일어날 수 있노 말이다!'

하늘과 땅이 억만 년 세월을 지켜왔던 그 자리를 바꾸고 있다. 바라보이는 세상 모든 것들이 그야말로 엉망진창이다. 강물이 새 몸속을 날고 있다. 수초가 물고기 몸속에서 헤엄치고 있다.

'아, 그보담도 남핀이라쿠는 사람이 지 아내한테 우찌 이러키 감쪽겉이 행동할 수 있노 말이다! 넘이라 쿠더라도 이리는 몬 할 끼다.'

한순간 비화는 벌떡 일어났다. 어디서 그런 힘이 생겼는지 모르겠다. 어떤 보이지 않는 손이 그녀를 일으켜 세운 것 같았다.

'아이다, 아이다. 이거는 아인 기라!'

강이 솟구치는 것 같은 그 서슬에 재영이 그만 뒤로 주춤 물러섰다. 급기야 비화는 바락바락 악을 써대기 시작했다.

"그리하모 안 됩니더!"

강가 나무도 뿌리째 뽑아버릴 기세였다.

"글하모 안 되지예!"

재영의 얼굴에 식은땀이 송골송골 맺혔다.

"준서 옴마."

비화에게서 피 울음이 쏟아졌다.

"사람이 우떻게 이랄 수 있십니꺼, 우떻게? 그런 사실을 알고 있음서도 시방꺼지 말 한마디도 안 하고 말입니더!"

재영은 모든 게 속수무책인 사람으로 보였다.

"여보. 내, 내는……."

그는 눈에 모래알이 들어간 사람처럼 눈을 제대로 뜨지 못하는 모습이었다.

"말 한마디, 말 한마디."

비화는 정신을 놓쳐버렸다. 아니, 지금까지 마음속에 꼭 가둬두었던 산 같고 바다 같은 한과 울분이 한꺼번에 터져 나오고 있었다.

"말씀해보이소, 예? 와 암 말도 몬 합니꺼?"

입이 있어도 말을 하지 못하는 물고기가 땅 위에 있었다.

"하기사 입이 열 개라도 말 몬 하지예. 우찌 말할 낀데예?"

비화도 재영도 익사 직전의 사람들로 보였다.

"당신은, 당신이라쿠는 사람은……."

말을 제대로 잇지 못하고 숨을 헐떡거리는 비화에게서 분명히 전해지고 있었다, 헤어짐도 불사하겠다는 섬뜩한 저의가 엿보였다.

"우리 준서가 유괴돼갖고 없어져삐도, 지한테 비밀로 했을 사람이라예!"

"아이요, 아이요!"

재영은 두 손을 있는 대로 내저으며 부인했다. 필사적이었다.

"아이요, 그거는 아이요."

비화가 악다구니를 썼다.

"나연이라쿠는 그 여자가 그리 좋아예?"

한순간 재영 몸이 뜨겁고 예리한 인두 끝에 찔린 것처럼 움찔했다.

"함 물어보이시더."

비화는 덤벼들듯 했다.

"그리 좋으모 둘이서 죽을 때꺼정 같이 살지, 머하로 지한테 돌아왔어예?"

언제부터인가 흰 바위는 돌아앉은 것 같았다.

"예? 예?"

"……."

강 건너편 산등성이 위에 구부정한 자세로 서 있는 노송은 어쩐지 꼽추 달보 영감을 닮았다. 그래선지 그들 부부를 내려다보며 민망스러워하는 모습이었다.

"머하로 지한테 돌아왔냐꼬예?"

비화의 다그침에 재영은 다른 소리는 하지 못하고 아내만 불렀다.

"여보, 여보."

그때 왜가리 한 쌍이 흰 바위 위로 훌쩍 날아와 앉았다. 그 순간따라 유독 기다란 다리가 징그러울 정도로 길어 보였다. 정수리며 목, 가슴은 하얀데, 뒤통수에는 두 개의 청홍색 긴 털이 박혀 있었다.

'웩!'

'웨~액!'

그것들은 괴상망측한 소리를 함부로 질러대기 시작했다. 언제 들어봐도 기분 좋게는 들리지 않는 울음소리였다. 그것들은 마치 비화에게 누가 더 악을 잘 쓰나 어디 내기해보자는 것 같았다.

"흐."

먼저 지친 쪽은 새보다도 사람이었다. 비화는 목이 쉴 대로 쉬어 더는 소리 지르지 못하는 채로 눈에서 눈물만 주룩주룩 흘렸다.

이런 게 세상 남녀의 사랑이고 정이라면 차라리 저 남강 물고기 밥이나 되라고 던져버리고 싶었다. 남편이 전혀 이해되지 않는 것도 아니었다. 비화 자신이 남편 같은 입장이 됐을 때 어떻게 했을까 상상만으로도 막막했다.

그러나 그럼에도 불구하고 무작정 남편이 싫어졌다. 나연을 겨냥한 질투나 준서에 대한 연민에서는 아니었다. 그냥 모든 게 귀찮고 미워질 따름이었다. 설혹 부모가 나타났대도 그 순간에는 증오하고 폄훼할 성싶었다. 그때 바람이 불어왔고 비화는 그마저도 싫었다. 그녀는 속으로 외쳤다.

'바람으로도 나를 건드리지 마라!'

저쪽 먼 산에 구름같이 끼는 뽀얀 기운은 바람꽃이었다.

'푸드덕!'

흰 바위에 앉아 있던 왜가리들이 그 커다란 날개를 쫙 펴고 날아오르더니 물고기 사냥을 시작했다. 잔인한 놈들의 단단한 부리는 무척 날쌔고도 정확했다. 두 놈 모두 곧 물고기 한 마리씩을 주둥이에 꿰었다.

비화는 전율했다. 왜가리 부리에 걸려 있는 물고기, 그건 그녀 자신의 모습이었다.

멀리 하류로부터 강을 거슬러 올라오는 나룻배에서 뱃사공이 이쪽에 대고 무어라 소리를 치며 손을 흔드는 게 어렴풋이 보였다. 어쩌면 환영이 아닐까 했다.

꼽추 달보 영감이다. 얼핏 흰 보자기를 둘러쓴 듯 하얗게 센 그의 머리 위로도 그새 더 늘어난 왜가리들이 이리저리 어지럽게 날고 있다. 오늘따라 그렇게 귀에 거슬리는 울음소리를 허공 속으로 자꾸만 날려 보내는지 알 수 없었다.

비화는 재영을 혼자 내버려 둔 채 서둘러 그 자리를 벗어나기 시작했다.

매듭 풀기

상촌나루터에서 몇 손가락 안에 들 만큼 좋은 위치의 나루터집이다.

"쌔이 오시이소. 배젓기 심드시지예?"

계산대에 멍히 앉아 있던 재영이 의자에서 일어나 인사를 했지만, 너무 기운이 없어 보였다. 말 그대로 사흘 동안 피죽 한 그릇 먹지 못한 몰골이었다.

"자네 오데 아푸나?"

꼽추 영감은 걱정과 함께 가벼운 질책하듯 했다.

"젊은 사람이 우째서 그리 원기가 없어 뵈노? 벌써부텀 그래갖고 난주 내매이로 늙으모 우짤라꼬."

재영은 제풀에 놀라고 말았다.

"아, 아입니더, 영감님."

언청이 할멈도 염려스럽다는 빛이었다.

"아인 기 아이거마는."

재영 얼굴을 들여다보기도 했다.

"눈에 헛것이 어른거리는 내가 봐도 그리 안 비이는가베."

재영은 더는 말을 하지 못했다. 허나연이 저지른 준서 유괴 미수 사건 때문에 그들 부부 관계가 엉망이라는 것을 알 리 없는 노인들이었다. 이혼까지 가지 않은 것만으로도 큰 다행이었다.

"내 오늘은 얼이 어머이 만내로 왔는 기라."

그러는 꼽추 영감 표정이 여느 때와는 무척 달랐다. 마당 가에 서 있는 대추나무에 날아와 앉은 참새들이 짹짹거리는 소리도 왠지 좀 다르게 들렸다.

'큰이모님을?'

재영은 영문도 모르면서 가슴이 철렁했다. 정말 갈수록 왜 이리 더 소심해지는지 심한 자괴감이 들었다. 천성 탓으로 돌리기엔 삶이 너무 팍팍했다.

"주방에 있나, 오데 있노?"

꼽추 영감이 눈을 가늘게 뜨고 가게 안을 둘러보며 다시 말했다.

"아, 달보 영감님이 지 보로 오싯다꼬예?"

보통 때는 술을 입에 잘 대지 않아도 정월 보름날 아침이면 꼭 마시는 '귀밝이술'이 효험을 나타낸 걸까? 귀도 밝은 우정 댁이었다. 그녀가 손에 묻은 물기를 앞치마로 대충 털어내며 주방 문밖으로 얼굴을 쑥 내밀더니 말했다.

"할무이도 같이 오싯네예?"

언청이 할멈이 우정 댁을 향해 손짓했다.

"이 사람아, 그리 내다보고만 섰지 말고 퍼뜩 이리 함 나와 봐라."

그러고 나서 꼽추 영감을 보면서 말했다.

"우리 영감이 자네한테 좋은 소식 전하로 안 왔나."

"예? 그래예?"

그 소리에 우정 댁은 말할 것도 없고 비화와 원아도 덩달아 주방에서 얼른 달려 나왔다. 하지만 기대에 찬 우정댁 얼굴을 바라보는 비화 안색이 금세 어두워졌다. 우정 댁이 갈구하는 것을 떠올리면 언제나 가슴부터 막혀오는 비화였다.

"여게보담은 방에 들가갖고 말씀들 나누시는 기 좋을 꺼 겉십니더. 가게 일은 주방 아주머이들한테 잠깐 맽기고예."

비화는 마당가 평상 손님들 외에도 연이어 출입문으로 들어오는 손님들을 의식하며 약간 낮은 소리로 권유했다. 꼽추 영감이 우정댁에게 전하려는 소식은 들어보나 마나 뻔했다. 모두 우정 댁이 거처하는 방으로 들어갔다.

"아까 전라도, 충청도 말씨 쓰는 사람들을 배에 태왔는데, 그들이 넘들 모리거로 해쌌는 소리를 들었는 기라."

꼽추 영감은 그때의 흥분이 되살아나는지 목소리가 심히 떨렸다. 자신이 이루려고 하는 꿈을 목전에 두고 있는 청년 같았다.

"머라쿠던데예, 영감님?"

우정 댁이 곧바로 달려들듯이 하면서 잇따라 물었다. 지켜보는 사람이 숨이 막힐 것 같은 언동이었다.

"그 사람들, 농민군 하는 사람들 맞지예?"

"성님."

원아가 고운 손으로 우정댁 등을 쓰다듬듯 두드리며 말했다.

"진정하이소."

그런데도 우정 댁은 한 번 더 말했다.

"농민군!"

원아는 우정댁 등에 가져갔던 손으로 그녀의 입을 틀어막을 것같이 했다.

"목소리가 크다 안 쿱니꺼?"

꼽추 영감은 잔뜩 경계하는 눈빛으로 굳게 닫힌 방문을 살피고 나서 퍽 조심스럽게 입을 열었다.

"직접 농민군 하는 사람들인지 아인지는 잘 모리것거마."

우정댁 손때가 묻어 있는 장롱에 눈을 주었다.

"우쨌든 그 사람들 쑥떡거리쌌는 이약들이 말이제."

흥분을 가라앉히기 위해 잠시 쉬었다가 이번에는 화장대를 한번 보고 나서 말했다.

"시방 전라도하고 충청도 저짝 지방에서 아조 심상찮은 공기가 나돌고 있다쿠는 기라."

혹이 달린 등을 약간 숙이면서 목소리를 더욱 낮추었다.

"농민들이 우 들고 일난다쿠는 소문이……."

그 말이 끝나기도 전에 여러 사람 입에서 동시에 경악하는 말이 나왔다.

"아, 농민들이!"

"쉿!"

꼽추 영감이 급히 입에 손을 대며 주의를 주었다.

"무신 일을 당할라꼬 이리쌌노?"

저마다 움찔하며 숨을 죽였다. 이제는 아주 귀에 익은 손님들 드나드는 소리가 지금은 마치 다른 세상에서 나는 소리 같았다.

"이런 때일수록 조심 우에 또 조심 안 하모 큰 낭패를 당하기 십상이라."

꼽추 영감 말 한마디 한마디는 나루터집 식구들 가슴에 서늘한 바람을 일으키기에 모자람이 없었다.

"그 사람들이 또 했다쿠는 소리도 들리주소."

잠시 후 언청이 할멈이 질식할 것 같은 침묵을 깼다.

"하모, 그 이약도 해줘야제."

꼽추 영감은 몇 번인지 모르게 또다시 숨을 몰아쉬었다.

"또 이리쌌더마. 여게 이 고장이 바로 농민군이 몇 해 전에 관아를 막 때리부시고 성꺼지 함락한 그곳 아이냐꼬."

얼핏 자신이 저 임술년에 농민군 활동을 했던 사람으로 보였다.

"그 사람들이 그런 거도 알고 있었어예?"

원아가 놀라 물었다. 그 물음 속에는 다른 큰 기대감도 담겨 있을 것이다.

"하모."

꼽추 영감이 고개를 끄덕이자 혹도 덩달아 끄덕거려지는 것 같았다.

"그람서 또 한다쿠는 소리가 이랬거마."

아무리 음성을 낮추려고 해도 자꾸 높아지는 모양이었다.

"요분에는 요짝 지방만 아이고 저짝 지방도 한꺼분에 들고일어날 낀께, 절대로 패배하는 일은 없을 끼라데."

언청이 할멈도 주름진 고개를 세로로 젓고 있었다.

"모도 자신이 철철 넘치는 거 겉다 안 캤소?"

언청이 할멈의 말에 꼽추 영감은 자세를 고쳐 앉으면서 말했다.

"하모, 그렇더마는."

"인자사, 인자는……."

우정댁 입에서 지난날 천주학 하던 전창무와 우 씨에게서 들은 기도말 같은 소리가 흘러나왔다.

"아, 얼이 아부지요, 기다린 보람이 있는 거 겉심니더. 그러이 쪼꼼만 더 참으소. 억울한 당신 한을 풀어줄 날이 올 낀께요. 흐흑."

그 소리에 감염된 것처럼 원아 입술 사이로도 비슷한 말이 새 나왔다.

"화주 씨, 화주 씨. 혼이라도 듣고 계시지예? 요분에는 갱상도하고 전라도, 충청도, 이리 세 도에서 같이 일난다 안 캅니꺼. 억울하거로 죽어 간 우리 화주 씨 겉은 사람들 복수해줄라꼬 말이지예. 흐흑."

깊은 생각에 잠긴 얼굴로 묵묵히 듣고 있던 비화가 무겁게 입을 뗐다.

"이거는 좋은 소식이 틀림없기는 하지만서도, 그리 퍼뜩 농민군이 들고일어나지는 몬 할 깁니더."

"엉?"

언청이 할멈이 눈에 이물질이라도 들어간 듯 끔벅끔벅하며 물었다.

"와? 우째서 퍼뜩 몬 들고일어나는고?"

모두의 눈길이 한꺼번에 비화에게 쏠렸다. 비화가 걱정스러운 어조로 대답했다.

"이런 소문이 하매 나라에도 모도 안 들갔것십니꺼."

누군가가 말했다.

"그렇것제."

비화가 말했다.

"맞아예. 그러이 감시가 이만저만 아일 끼라예."

또 누군가가 말했다.

"그것도 그렇것제."

비화 목소리는 갈수록 아래로 처졌다.

"특히나 유춘계 그분이 앞장서서 이끌었던 우리 농민군들 땜에 아조 시껍을 묵은 갱험이 안 있십니꺼."

그 말은 화장대 거울에 부딪혀 방바닥으로 낙엽처럼 떨어지는 듯했다. 그만큼 힘이 들어가 있지 못하다는 증거였다.

"나라에서도 상구 단단한 태세를 갖출 것이다, 그 말이지예."

"……."

또다시 강심江心과도 같은 깊은 침묵이 이어졌다. 그들 같은 백성들에게 조정朝廷은 영원히 감당해낼 수 없는 철옹성과 다름이 없었다.

"준서 옴마 그 말이 딱 맞을 끼라."

잠시 후 꼽추 영감이 짧은 목을 연거푸 끄덕이며 말했다.

"그 사람들이 그런 식으로 쑥떡거리기는 해싸도, 지들도 상세한 거는 잘 모리것는 눈치더마는."

날만 새면 어김없이 들려오는 남강 물새 소리가 그 순간에는 거짓말처럼 딱 멎어 있었다. 하찮은 그 미물들도 강가에 사는 사람들과 무엇인가 통하는 것이 있는 성싶었다.

"소문, 소문이 그렇더라 쿰시로……."

화장대 거울 속에 비치는 꼽추 영감의 혹은 실제보다 더 커 보였다.

"자꾸 소문이라쿠는 말을 들먹거리던 거 본께 말이제."

소문을 믿고 또 소문에 속으면서 살아온 민초들이었다.

"그랄 거 겉으모 잘 안 될 수도 있는 거 아이라예."

우정 댁과 원아는 일시에 기운이 싹 빠지는 모습이었다. 그것을 본 언청이 할멈이 꼽추 영감을 나무랐다.

"내 볼 적에는 영감이 더 자신 없어 하는 거 겉소."

꼽추 영감이 볼멘소리를 냈다.

"내가 와?"

언청이 할멈은 나루터집 식구들을 훔쳐보았다.

"아까 번에 낼로 맨 첨 만내갖고 이약할 때는, 오늘 내일 당장 큰일이 터질 거매이로 해쌌더마는."

꼽추 영감이 더듬거렸다.

"그, 그거는……."

비화가 언청이 할멈에게 말했다.

"찬물도 급히 마시모 체한다 캤십니더. 운젠가 한 분은 꼭 일어날 끼라예."

모두의 눈이 빛났다. 우정 댁과 원아는 한목소리로 말했다.

"한 분은 꼭 일어난다."

비화는 스스로에게 다짐받듯 말했다.

"이 나라 농민들이 오데 보통 사람들입니꺼?"

그러자 우정댁과 원아 입에서 선약이라도 한 것처럼 '언가'가 가만가만 흘러나오기 시작했다.

'이 걸이 저 걸이 갓 걸이 진주 망건 또 망건. 짝발이 휘양건 도르매 줌치 장독칸. 머구밭에 덕서리…….'

하지만 두 여자는 끝까지 노래를 부르지 못했다. 소리 죽여 가며 오열했다. 그 모습들은 차마 눈뜨고 바라보지 못할 정도로 가련하고 절망적이었다.

"허, 이 상구 모지라는 사람들아!"

언청이 할멈이 낯을 붉혔다.

"내가 시방꺼지 그리 안 봤더이? 부릴라모 마즈막꺼지 다 부리든지, 안 그랄라모 애시당초 부리지나 말든지."

"흑흑."

어깨까지 들썩거려가며 한층 큰 소리로 우는 그들을 꾸짖었다.

"노래 부리다가 청승시리 울기는 와 울고 야단이고?"

몹시 침통한 표정을 짓고 있는 비화에게 눈길을 보내면서 그런 말을 하는 품이, 나하고 합세하여 그 두 사람을 달래 보잔 뜻 같았다.

"오데 사람 죽어갖고 생이(상여) 나가는 노래 부리고 있는 기가?"

하지만 그러던 언청이 할멈도 코를 '팽' 풀더니만 거칠고 주름진 손가락으로 눈에서 눈물을 쿡쿡 찍어냈다.

"할망구는 또 그기 머하는 짓이고?"

그러면서 꼽추 영감은 갑자기 등짝에 난 혹이 가려운지 두 팔을 뒤로 돌려 긁는 시늉을 했지만 여의치 않아 보였다.

비화 가슴이 콱 메었다. 막힌 아궁이 같았다.

'아, 우리는 와 모도 이런 모습들이고?'

약자들이 모순되고 부조리한 세상에 보내는 마당극 한 막幕을 보는 느낌이었다. 그것은 화가 나고 슬프면서도 무서운 한마당이었다.

"에잉! 늙어간께 팔도 자꾸 짧아지는갑다."

꼽추 영감이 짜증을 냈다.

"그냥 콱 짤라 강에 내삐리모 좋것다."

언청이 할멈이 수세미 같은 손을 들어 꼽추 영감 등짝으로 가져가며 물었다.

"내가 긁어주까요, 영감?"

"고마 놔 놔삐라!"

꼽추 영감이 고함을 쳤다.

"고마 놔 놔삐라쿠모 되제, 소리는 와 질러쌌소?"

언청이 할멈은 억울한 표정을 지었다.

"귀는 내보담도 영감이 더 멀어갖고."

꼽추 영감도 내가 좀 심했다 싶었는지 다른 말을 했다.

"이눔의 덩더리, 지 간지러버모 지 쉽지 머."

꼽추 영감은 등 긁기를 그만두었다. 비화 눈에는 포기하는 것으로 보였다. 그렇지만 그의 목소리는 아까보다 기운찼다.

"내도 깜짝 놀랜 기, 우찌 전라도, 충청도 사람들이 여러 해 전에 우리 고장에서 일어났던 그 농민군 사건을 그리키나 소상히 알고 있는고 하는 것이제."

그러자 우정 댁이 그 소리 나오기를 기다렸다는 듯 곧장 이렇게 말했다.

"그기 모도 우리 얼이 아부지 덕분이지예."

그들 부부만이 알고 있는 어떤 사연이라도 감춰져 있는지 장롱을 한참이나 가만히 응시하고 있더니 또 말했다.

"그 사람이 없었다모 누가 우찌 그랬을 낀데예?"

무척 억울하고 마음에 들지 않는다는 기색이었다.

"인정할 거는 인정해야지예"

비화는 아련한 그리움과 더불어 사뭇 자랑스러운 빛을 띠는 우정 댁을 향해 살며시 웃어 보였다. 그런 후에 원아에게 얼굴을 돌리며 권했다.

"작은이모도 한 말씀 하시야지예."

그 말을 듣기라도 한 걸까? 강 쪽에서 나도 한마디 해야겠다는 듯 물새 소리가 유난히 크게 들려왔다. 하지만 사람들이 앉아 있는 집 안은 여전히 괴괴하기만 했다.

"내가 무신 말을……."

그러는 원아 얼굴에 아프고 슬픈 빛이 떠올랐다. 비화는 하지 말았어야 할 소리를 했다고 후회했다. 큰이모보다 작은이모 한이 더 크고 깊을지도 모르겠다는 자각이 뇌리를 후려쳤다.

'큰이모는 그래도 얼이가 있어서 쪼매 더 안 낫으까?'

그때 꼽추 영감 말이 들렸다.

"내는 그 사람들 이약을 몰래 훔치들음시로, 얼이 아부지하고 원아 연인의 죽음은 절대 헛된 기 아이라쿠는 확신이 서더마는."

"맞심니더, 영감님."

비화가 감회에 젖은 얼굴로 그 말을 이어받았다.

"모도 겉으로 드러내놓고 말은 몬 해도, 그날의 자랑시런 농민군들을 다 기억하고 있을 끼라예. 그라고 암만 세월이 흘리가도 그랄 끼고예."

언청이 할멈이 코를 훌쩍였다.

"우리 영감하고 내가 이 시상에 없더라도 말이제."

비화 눈앞에 유춘계 얼굴이 나타나 보였다. 의암에 새겨진 글자를 이야기하며 여자도 책 읽을 세상을 들려주던 그였다. 이제는 유명幽明을 달리해버린 그를 아버지 호한과 아버지 벗 언직이 마동 야산에 시신을 묻어 주었다고 했다.

"그라고 운젠가는 심없는 민초들의 인간다븐 삶을 위해 목심을 바치신 그분들의 훌륭한 이름을 되찾기 되는 날도 반다시 올 끼라 봅니더."

비화가 농민군 명예 회복을 이야기하자 꼽추 영감이 좌중을 둘러보며 말했다.

"시방 준서 옴마가 한 이약 잘 기억해 놔라꼬."

언젠가 아버지에게서 들은, '역사의 기록'을 떠올리는 비화 목소리가 차츰 열기를 띠었다. 음성뿐만 아니라 얼굴도 자못 상기되었다.

"그리 되모 시방 시상 사람들이 말하는 거매이로 농민반란이 아이고, 농민항쟁이나 농민운동이라꼬 부리게 되것지예."

그러자 저마다 입속으로 되뇌었다.

"농민항쟁."

"농민운동."

정말 그런 날이 올까? 임술민란이니 농민반란이니 하는 따위 말들을 상촌나루터 강물에 깡그리 떠내려 보내버릴 수 있을까?

비화는 스스로에게 물었다. 비록 그렇게 선포하듯 했지만, 솔직히 자신이 없었다. 농민군 유족이라는 영원히 벗어던질 수 없는 강한 올무에 걸려, 정든 고향과 친지들 곁에 머물지 못하고 바로 지금, 이 순간에도 낯선 땅을 헤매고 다니는 이들이 얼마나 많은가.

"더 기겁할 일도 있는 기라."

꼽추 영감의 말은 모두의 가슴을 홍수가 진 남강의 물결보다도 더 크게 뒤흔들어놓기에 충분했다.

"유춘계 양반이 지은 그 노래, 방금 막 우정 댁하고 원아 색시가 둘이 함께 부린 바로 그 노래를 안 있나."

아직도 믿어지지 않는다는 투로 말했다.

"그 사람들도 알고 있다 아이가?"

그러자 하나같이 깜짝 놀란 얼굴을 했다.

"아, 에나로예?"

"우찌 그 노래를?"

꼽추 영감은 감격에 겨운 목소리로 얘기했다.

"쪼꼬만 소리로 부리는데, 내사 몬 들은 척해뻬릿제."

늙은 눈에 이슬 같은 물기가 맺혔다.

"내도 따라 부리고 싶은 거를 개우시 안 참았디가."

"함 두고 보시소."

비화가 비장한 얼굴로 또 꼽추 영감 말을 받았다.

"앞으로 모든 농민군들은 반다시 그 노래를 부림서 행진할 깁니더."

원아가 사뭇 떨리는 목소리로 말했다.

"아, 그 장면을 상상만 해봐도……."

우정 댁이 그 말을 낚아챘다.

"상상이 아이고 실제로 그리 될 끼라 안 쿠나?"

언청이 할멈이 무리에서 떨어져 나와 혼자 배회하는 철새처럼 무척이나 애잔한 목소리로 끼어들었다.

"우리가 죽기 전에 그리하는 거를 볼 수 있으까?"

그 말이 끝나기 무섭게 꼽추 영감이 버럭 화를 냈다.

"무신 소리고?"

어깨를 움츠리는 언청이 할멈을 쏘아보기도 했다.

"에핀네가 방정맞거로."

손님방과 살림방을 구분 짓는 것은 집안 살림에 쓰는 세간이 아니라 또 다른 그 무엇일 거라고 혼자 짚어보는 비화 심정이, 아무것도 덮거나 가리지 못한 노천露天에 나앉은 사람만큼이나 막막하고 을씨년스러웠다.

"할무이예."

원아가 언청이 할멈에게 말했다.

"달보 영감님 말씀이 맞아예. 꼭 보실 수 있을 기라예."

우정 댁도 소원 빌 듯했다.

"그리 될 수 있거로 해야지예."

꼽추 영감이 팔을 크게 휘둘렀다. 그러자 이제는 가려운 등을 충분히 긁을 수 있을 만큼 길어 보이는 팔이었다. 게다가 노 젓기로 다져진 그의 팔뚝은 아직도 젊은이 못지않게 탄탄하고 건강해 보였다.

"내도 마, 요분에는 같이 싸울 끼다."

모두 놀란 눈으로 그를 바라보는 가운데 언청이 할멈 목소리가 나왔다.

"영감이 노망들었소?"

꼽추 영감이 눈을 꼬부장하게 해서 말했다.

"영감이 노망들었다, 와?"

그러고 나서 그는 스스로 다짐하듯 이렇게 덧붙였다.

"먼젓분에 그리 몬 한 기 팽생 한이 되고 부끄럽다. 꼭 농사꾼만 참여해라쿠는 벱 없다."

우정 댁이 울먹이며 물었다.

"농사꾼 아인 사람들도 말이지예?"

꼽추 영감이 자신감 넘치는 소리로 대답했다.

"하모요. 이 나라 백성이모 다 그리할 자객이 있제, 자객이."

그러다가 곧바로 정정했다.

"아이라. 이거는 마, 자객이 아이고 으무 아인가베, 으무."

자격과 의무. 비화는 속으로 되뇌었다.

'이 나라 백성이모 다…….'

꼽추 영감 입에서는 갈수록 좌중을 더욱 놀라게 하는 소리가 나왔다.

"내 아들 원채한테도 그래라 쿨 끼다."

그 말을 듣는 순간 모두의 눈이 너나없이 언청이 할멈에게로 쏠렸다. 어떤 반응을 보일지 궁금했다. 아니, 그건 궁금해서라기보다 걱정스러워서였다. 자칫 노부부가 남이 장사하는 집에 와서 대판 싸울 수도 있는 일이었다.

그런데 언청이 할멈 얼굴에는 성을 낸다거나 걱정스러워하는 기색이 없었다. 비록 몸들은 그렇더라도 심성은 대단한 노부부가 아닐 수 없었다.

'이들 부부 사이에는 하매 그런 이약이 오가고 있었는갑다.'

가슴이 찡해지면서 눈시울이 붉어오는 비화였다.

"내는 자신한다 고마!"

그러는 꼽추 영감은 비장한 어조였다.

"미국 눔들하고 싸왔던 적이 있은께 잘 싸울 끼거마는."

적개심을 품은 빛으로 말했다.

"포로로도 있어 봤고."

포로, 그것은 듣기만 해도 벌써 고통스럽고 답답한 느낌에 빠져들게 하는 말이 아닐 수 없었다. 비화 마음이 감격을 넘어 숙연해졌다.

'그런 아들을 또 사지死地에 보내것다꼬 하다이.'

꼽추 영감은 민중을 이끄는 선동가처럼 보였다. 아니, 혁명가 같았다. 유춘계의 혼이 잠시 그의 몸속에 들어가 있는 듯했다.

"수탈당하는 백성이모 니내없이 모돌띠리 들고일나야 하는 기다."

원아가 손등으로 눈물을 닦아내며 꼽추 영감에게 말했다.

"달보 영감님은 장 노를 저어섰기 땜에 폴심(팔힘)이 젊은 사람들보담도 상구 더 세실 기라예."

꼽추 영감이 머쓱해하는 얼굴로 말했다.

"내한테 너모 높은 값을 매기지 마라꼬."

원아가 얼른 말했다.

"아이라예. 혼자서 관군 눔들 서너이는 대적하시고도 남을 깁니더."

우정 댁이 붉게 젖은 눈빛으로 입을 열었다.

"우리 얼이가 달보 영감님 곁에서 보살피드림서 싸울 낀께 아모 걱정마시소."

비화에게 고개를 돌리며 물었다.

"준서 옴마, 그리 생각 안 하나?"

비화는 살며시 웃으며 고개를 끄덕여주었다.

"와 그리 생각 안 해예? 얼이가 잘할 깁니더."

"하모, 잘해야제."

"잘 안 하모 안 되는 기라."

비화 머릿속에 또다시 대사지에서 만났던 유춘계 모습이 되살아났다. 그와 함께 있던 다른 농민들도 떠올랐다. 그 당시에는 전혀 몰랐지만, 얼이 아버지 천필구와 원아 연인 한화주도 그들 가운데 섞여 있었다.

비화는 불가능한 일인 줄 잘 알면서도 그들 얼굴을 기억해내려고 해보았다. 그러자 아주 기묘한 현상이 벌어지기 시작했다. 놀랍게도 그들 얼굴이 하나같이 얼이 얼굴로 바뀌고 있었다.

그로부터 몇 날이 지났다.

효원이 나루터집을 혼자 찾아왔다. 그 효원을 보는 순간, 비화는 옥진의 신상에 무슨 일인가가 일어났음을 직감적으로 알았다. 비화는 남강 가장자리에 뿌리를 내리고 있는 물풀처럼 흔들리는 목소리로 물었다.

"우찌 같이 안 오고?"

그런데 효원의 말은 첫마디부터가 비화를 바짝 긴장시켰다.

"해랑 언니가 여게도 안 왔어예?"

언제나 숱한 손님들이 계속 드나들며 내는 소음 속에서도 천성적으로 목청이 카랑카랑한 효원의 말은 생생하게 비화의 귀에 전달되었다.

"안 왔는데……."

말끝을 흐리는 비화 안색이 창백했다.

"안 왔어예?"

"하모."

효원은 답답해서 미치겠다는 표정이었다.

"그라모 또 혼자서 오데로 갔으꼬?"

"호, 혼자."

비화는 자신도 모르게 울먹이는 목소리가 되었다.

"우리 옥지이한테 무신 일이 있는 기제?"

마당가 평상 손님들이 가게 입구 계산대 앞쪽에 서 있는 아름다운 용모와 화려한 의상의 효원을 계속해서 힐끔거렸다. 재영은 잠시 짬을 내어 준서를 데리고 근처 강가에 바람 쐬러 나가고 없었다.

"우리 효원이 왔네? 왔으모 퍼뜩 방으로 안 들가고 와 밖에 그리 서 있노?"

누구든 그냥 두지 않겠다는 단호함을 나타냈다.

"누가 감히 우리 효원이를 괄시하더나? 누고? 말만 해라."

언제 효원을 발견했는지 우정 댁이 주방에서 뛰어나와 반갑게 효원을 맞이했다. 효원 얼굴에도 남강 수초가 드리우는 그늘 같은 수심이 사라지고 기뻐하는 빛이 역력했다. 효원은 고개를 숙이며 말했다.

"아주머이, 그동안 잘 계싯어예?"

"말만?"

우정 댁이 잔뜩 토라진 얼굴을 했다.

"내사 몬 있었다."

효원은 그러잖아도 왕방울만 한 눈을 한층 크게 떴다.

"예?"

우정 댁은 시무룩한 표정으로 말했다.

"잘 오지도 안 함시로."

효원은 제 발끝에 눈을 준 채 말했다.

"죄송해예."

비화는 서당에 간 얼이를 잠깐 떠올렸다가 말했다.

"안 그래도 효원이 꼭 한분 만내고 싶었는데 잘 왔네."

양해를 구한다는 듯 우정 댁을 한 번 보고 나서 다시 말했다.

"내가 물어보고 싶은 기 하나둘이 아이라서……."

그러자 효원도 우정 댁에게 잡힌 손을 가만히 빼내며 말했다.

"지도 똑 마찬가지라예. 비화 언니한테 이약하모 얼킨 실 매디(매듭)가 풀릴 거 겉기도 해서예."

옥진은 언제나 비화더러 '언가'라는 호칭을 쓰는 데 반해 효원은 '언니'라고 부르는 그 한 가지만으로도, 비화는 자신을 향한 옥진과 효원의 정의 깊이를 헤아릴 수 있었지만, 지금은 효원도 옥진 못지않게 살갑게 느껴지는 게 사실이었다.

그들이 잠시 그런 모습들로 서 있을 때 강가에 나갔던 재영이 준서와 함께 돌아왔다. 그때 한 무리의 손님들이 우르르 몰려드는 바람에, 우정댁은 서둘러 그들을 맞이했고 비화는 효원을 자기 방으로 데리고 갔다. 손님방이 꽉 찼을 때는 임시로 손님을 받는 방이기도 했다. 그래서 될 수 있는 한 살림살이를 적게 들여놓았다.

그들 몸이 똑같이 떨렸다. 둘이 나란히 마주 앉자 비화는 하도 묻고 싶은 게 많아 되레 얼른 입을 떼지 못했다. 그러자 효원이 먼저 단호하게 말했다.

"시방꺼지 있었던 일을 하나도 안 빼고 모돌띠리 말씀 드리께예."

"고맙거마는."

비화가 느끼기에 효원은 평소의 성정性情답지 않게 말머리가 길었다. 그만큼 지금 상황이 예사롭지 않다는 증거가 아닐까 싶어 더욱 가슴이 바글바글 타올랐다. 효원은 한 번 더 변죽을 울렸다.

"이거는 해랑 언니 개인적인 문제 겉애갖고 누한테도 이약 안 할라캤는데예."

"……."

문풍지 사이로 새어드는 바람 끝에는 남강이 뿜어내는 물때 냄새가 섞여 있었다. 거기에는 물새가 내는 소리도 담겨 있는 성싶었다.

"이대로 가다가는 무신 불상사가 생길랑가 몰라서예."

이어지는 효원의 말에 비화 심장이 한층 심하게 요동쳤다.

"그 정도로 시방 우리 진이가 심각한가베?"

"예."

효원 답변이 짧았다.

"우짜노?"

비화 눈에 바람벽이 기우뚱하는 듯했다.

"그기 안 있어예."

효원은 자기 손가락을 한참 들여다보면서 또 뜸을 들였다. 희고 가느다란 손가락은 남자 같은 효원의 성격과는 매우 딴판으로 보였다. 지금까지 비화가 지켜본 효원 같은 여자는, 일단 남자를 사귀게 되면 위험할 정도로 깊이 빠져드는 면이 있었다.

그런 자각 한편으로, 비화는 효원 또한 옥진을 남달리 생각한다는 사실을 다시 한번 실감했다. 효원이 다시 말했다.

"특히 다린 사람도 아이고 해랑 언니가 시상에서 젤 믿고 좋아하는 비화 언닌께 다 말해도 될 거 겉어예."

"하모, 되고말고."

비화는 아까 마당에서 우정 댁이 그랬던 것처럼 효원 손을 덥석 잡으며 말했다.

"고맙거마는."

효원의 귀밑머리가 예뻤다.

"아이라예."

목소리도 새처럼 고왔다.

"시상에 우리 옥지이만치 불쌍한 사람도 없을 기다."

비화 얼굴에 견디기 힘들어하는 빛이 서렸다.

"흑."

효원이 울먹울먹했다.

"우짜다가 그 이뿌고 착한 사람이……."

비화 음성에도 물기가 배였다.

"만약 우리 옥지이한테 우떤 안 좋은 일이라도 생기모, 내는 몬 산다 아인가베."

자꾸만 눈물이 솟으려고 해서 고개를 뒤로 젖혀 눈은 천장을 향하기도 했다.

"지하고 내하고 사이는 넘다리다."

"예, 알아예."

가는 목을 더 움츠리는 효원에게 주문했다.

"그라이 내가 묻는 말에 있는 그대로 답해주모 좋것네."

그러자 효원도 맞잡은 손에 힘을 주며 말했다.

"해랑 언니한테 도움이 될 일이모, 하나도 안 기시고 그대로 이약하 것어예."

마당가 대추나무 가지를 흔들면서 지나는 바람 소리와 유사한 느낌을 주는 효원의 음성이었다.

"내가 젤 궁금한 거부텀 물어보것네."

비화는 자기 손에 비하면 꼬막같이 작은 효원의 손을 놓고 자세를 똑바로 잡으며 매우 조심스레, 그러나 또렷한 어조로 말했다.

"옥지이가 무신 돈으로 그런 일을 해낼 수 있었는고 하는 기제."

효원이 흠칫 놀라는 표정을 지었다. 비화는 희망이 보였다.

'그러키 찾아도 몬 찾던 열쇠가 여 있다.'

효원은 알고 있는 것이 틀림없었다.

"내가 옥지이 행핀이 상구 에렵다는 소리를 우찌 듣고, 돈 쪼매 주선해갖고 둘이 만내서 전해줄라 캤는데 끝꺼지 안 받는 기라."

"그런 일이 있었어예?"

효원은 해랑이 충분히 그럴 사람이라는 생각이 들어 한참이나 고개를 끄덕거렸다. 그러고는 해랑 대신 사죄하거나 위로하듯 했다.

"비화 언니 심정이 술찮이 상하싯것어예."

"후우."

비화는 숨을 몰아쉬고 나서 말을 이었다.

"그거꺼지는 옥지이 자존심에 괘안은데 말이제."

비화는 단도직입적으로 나갔다. 상대가 망설이거나 주저하는 경우에는 이렇게 하는 것이 효과가 있다는 것을 알고 있다.

"하판도 목사가 지한테 준 거라쿰서 패물을 한거석 내비이는데, 암만캐도 그거는 거짓말 아인가베."

"하 목사가 준 거는 거짓말……."

비화 그 말을 되새겨보던 효원이 탐색하는 눈빛으로 물었다.

"와 그리 생각하시는데예?"

문득, 매캐한 물때 냄새가 물씬 나는 것 같았다. 효원의 몸에서 느껴지는 체취와는 전혀 동떨어진 기운이었다.

"그거는 더 생각해볼 필요도 없다고 봐."

비화는 효원의 크고 시원스럽게 생긴 눈을 들여다보며 말을 계속했다.

"내보담도 효원이가 몇 배나 더 잘 알고 있다고 보제."

얼핏 눈에 들어온 방문 턱이 그 순간따라 아주 높아 보이는 비화였다. 평소에는 있는지 없는지 아무 느낌도 없이 넘나드는 방문 턱이었다.

"하 목사가 돈이라쿠모 사죽을 몬 쓰는 탐관오리라쿠는 거는 온 고을 백성이 모도 아는 사실 아인가베."

"……."

비화는 효원의 침묵이 어쩐지 너무 어색하게 받아들여졌다.

"안 그런가베?"

문풍지가 생명체인 양 파르르 떨렸다.

"예, 그……."

효원이 말끝을 흐렸다. 비화가 보기에, 효원은 이번에도 고개를 끄덕여 보이려고 하다가 무슨 다른 생각이 있어 그만두는 눈치였다.

"그래 묻는 긴데……."

비화는 힘겹게 입을 열었다.

"해나 안 있는가베, 우리 옥지이한테 그 비싼 패물이 우째갖고 생깃는고 아는가 싶어갖고."

항상 새처럼 조잘거리는 성품이 무색할 정도로 이번에도 말이 없는 효원의 가녀린 어깨가 크게 떨리는 것을 비화는 놓치지 않았다.

"암만캐도 그 패물이 멤에 걸리서 이리쌌는 기라."

한 차례 더 확인시켜주었다.

"그 패물이 문제 겉애서 말이제."

이번에는 효원이 비화의 눈을 똑바로 응시했다. 시종 눈부셔하는 사람처럼 하고 있던 효원이었다. 비화는 달라지기 시작하는 효원의 시선을 외면하며 혼잣말같이 했다.

"자꾸 방정맞거로 불길한 예감이 안 드는가베?"

그때 방문을 흔드는 것은 까마귀 울음소리였다.

'까~악, 까~악.'

그 울음소리와 그 방과의 거리를 가늠해볼 때, 놈은 마당 가 대추나무 가지거나 밤골집 지붕이거나 그 둘 중 하나에 앉아 있을 것이다.

"느낌이 안 좋아도 너모 안 좋거든."

비화 말은 까마귀 울음소리에 묻혀버린 듯 약간 흐릿하게 들렸다. 효원이 비화에게 대뜸 물었다.

"우찌예?"

"……."

이번에는 비화가 선뜻 대답이 없자 효원은 심한 무섬증을 못 이기는 아이처럼 몸을 떨며 한 번 더 물어왔다.

"우찌 안 좋은데예?"

효원도 이제 비화와 마찬가지로 서로 눈길이 마주치는 것을, 애써 피하는 눈치였다. 그것은 상대방에게 좀 더 솔직하게 나올 것을 기대한다는 동작일 수도 있었다.

"내가 효원이 앞에서 말이제."

비화는 자신이 느끼고 있는 그대로를 솔직하게 털어놓기 시작했다. 서로 신뢰하는 사이지만 이쪽에서 먼저 빗장을 풀지 않으면 저쪽 또한 더욱더 깊이 은신하려 드는 게 인지상정일 것이다.

"이런 소리 꺼내기는 쪼매 머하지만도 하것네."

두 사람이 그 방에 들어온 지 시간이 꽤 많이 지났다. 비화는 어쩔 도리 없이 계속해서 말끄트머리를 흐렸다. 사안事案이 그렇게 몰아가고 있는 것이다.

"아모래도 부정 탄 나쁜 물건 겉애서 이라는 기라."

그런 말을 하면서 스스로 소름이 돋는 비화였다.

"그래예?"

비화의 그 말에 효원은 결심을 굳혔는지 비장한 얼굴이 되었다. 말투 역시 얼굴 못지않게 결의에 차 있었다.

"그 패물에 대해 지가 알고 있는 거는 싹 다 알리드리께예."

이번에는 비화 어깨가 흔들렸다. 마음은 더 흔들렸다.

"그기예."

"그래."

"그기 안 있어예."

"무신 말이든 괘안은께 함 이약해보라꼬."

효원은 참으로 어렵사리 입을 떼고 있었다.

"실은, 실은예."

시끄럽던 까마귀도 숨을 죽이는지 조용했다. 여기는 산새들이 아니라 물새들의 서식처에 더 가까웠다. 한데도 텃세를 부리지 않는 모양이었다.

"우떤 남자가 질로 보고…… 해랑 언니한테…… 전해 달라 캔……

패물이라예."

비화는 효원이 남자로 변하는 것을 보는 사람처럼 경악했다.

"우, 우떤 남자가?"

그 소리는 방을 울리고 문틈을 통해서 바깥으로 빠져나갔다. 조용하던 까마귀가 좀 더 큰소리로 울부짖기 시작했다. 아무래도 그놈은 지금 그곳에서 벌어지고 있는 일을 소상하게 알고 있는 영물임이 분명했다.

"남자."

저 깊은 속에서 끓어오르는 것 같은 비화의 말이었다.

"예, 남자."

효원의 대답은 방바닥을 기어가고 있는 개미에게도 들리지 않을 정도로 너무나 미약했다.

"그 남자가 누, 눈데?"

방금 자기가 들었던 말의 현실감을 깨친 비화 입에서 금세 숨넘어가는 듯한 소리가 크게 튀어나왔다.

"언니."

효원이 예상했던 것보다도 훨씬 놀라고 충격을 받은 모습의 비화였다.

"눈데?"

눈앞에 있으면 당장 복장이라도 확 휘어잡을 것처럼 하다가 어느 순간에 갑자기 기운이 쭉 빠지는 목소리가 되었다.

"그 남자가……."

그 모습이 하도 간곡해 보여 효원은 중죄를 지은 사람같이 고개를 가슴에 처박고 말았다. 그러고는 변명처럼 말했다.

"지도 생판 모리는 남자라예."

같은 말을 되뇌는 비화였다.

"생판 모리는 남자?"

효원은 자신도 답답하다는 빛을 떨치지 못했다.

"예, 객사 앞에서 만내갖고 패물만 건네주고 금방 가삔 기라예."

그 당시의 정황을 있는 그대로 전해주면서 효원 또한 그 일이 그녀 자신이 겪었던 일이 아닌 것 같고 둔기로 얻어맞은 듯 머리가 띵했다.

"패물만 주고 가삣어?"

"예."

"그기 무신 소리고?"

비화는 도저히 풀 수 없는 힘든 수수께끼를 받은 사람 같았다. 하지만 또 반드시 그 답을 알아내지 않으면 안 될 것 같은 모습이었다.

"그라고 말입니더."

효원은 이런 혼미한 상태에서 끝나서는 안 되겠다는 조바심이 일었다. 그래서 될 수 있는 한 상세히 들려줄 작정을 했다. 그렇게 하면 온 고을에 영특하기로 소문이 난 비화니까 기필코 무슨 방안이나 대책 등을 강구 해낼지도 모른다는 기대감이 솟은 것이다.

"암만캐도 지가 볼 적에는예."

꽃잎을 갖다 붙인 듯한 입술을 꾹 깨물었다가 말을 계속했다.

"그 남자는 딴 사람 심부름을 한 거 겉어예."

"머?"

난데없는 그 소리에 비화는 귀를 의심하면서도 확인했다.

"딴 사람 심부름?"

효원은 확신한다는 투였다.

"예, 언니."

비화는 세상에서 가장 무서운 소리를 들은 사람처럼 부르르 몸을 떨었다.

"그 뒤에 다린 사람이 있다이?"

"있어예."

"모리는 사람 뒤에 또 모리는 사람……."

"그래예."

비화도 그렇게 보였지만 자신 또한 더없이 오싹한 기분에 사로잡히는 효원이었다. 어쨌든 그러던 비화는 더한층 크게 요동치는 목소리로 조금 전 효원이 했던 그대로 물었다.

"우째서 그리 생각하는데?"

그 말을 들은 효원은 역시 세상 사람들 평판이 그릇된 것이 아니었구나 싶었다. 크나큰 충격을 받았지만, 비화는 얼마 있지 않아 안정을 되찾고 있는 모습이었다.

"행색을 본께 말입니더."

기억을 더듬는 효원더러 비화는 너무 조급해하지 말고 여유를 가졌으면 했다.

"천천히 잘 생각해보는 기 좋것거마."

"예, 그리하께예."

효원 눈앞에 그 남자의 모습이 보다 또렷하게 되살아났다.

"넘의 집 종살이를 하는 신분인갑데예."

일순, 비화 입에서 반사적으로 튀어나오는 말이 있었다.

"종?"

그러는 비화 두 눈에 번갯불 같은 빛이 번득였다. 목소리는 벼락을 맞은 것처럼 흔들렸다.

"그, 그런께 그 남자를 종으로 부리는 누, 누가 시키서?"

이번에도 효원은 제 느낌을 그대로 전해주었다.

"눈지는 몰라도 엄청난 부자가 아이모 그리 몬 할 기라고 봐예."

비화 입에서 메아리처럼 같은 말이 나왔다.

"엄청난 부자?"

지붕 위에서 참새들이 '짹짹' 거리는 소리가 났다. 가게 마당 가에 서 있는 나뭇가지에 곧잘 날아드는 새들이었다.

"예, 지 추측이 맞을 기라예."

효원의 어깨가 자신도 모르게 움츠러들었다.

"엄청난 부자, 엄청난 부자."

그 말을 곱씹는 비화 얼굴 가득히 경악과 당혹감이 엇갈렸다. 그래, 사실이 그럴 것이다. 그날 옥진이 한 말처럼 적어도 고을 목사가 아니면 세상이 알아줄 만한 거부巨富일 것이다.

그런데 거기까지 짚어나가던 비화는 고개가 빠지라 흔들어댔다. 그러면서 정신 나간 여자 모양으로 이렇게 중얼중얼했다.

"아이다, 아이다. 내가 시방 무신 생각하고 있노?"

그때 잠시 멎었던 까마귀 울음소리가 다시 들리자 참새들이 놀라 달아나버렸는지 '짹짹' 하는 소리가 사라졌다. 그런 가운데 비화의 말이 공간을 떠돌았다.

"그거는 아인 기라. 텍도 없다."

두 손으로 머리칼을 쥐어뜯을 것같이 했다.

"내가 미칫다. 우찌 그런 말도 안 되는 생각을?"

조금만 더하면 산발한 광녀가 따로 없었다.

"아!"

그러고 있는 비화 모습에 깜짝 놀란 효원이 급히 손을 뻗어 비화 어깨를 잡고 세게 흔들어대기 시작했다.

"언니, 언니! 와 그래예?"

그래도 비화는 동작을 멈추지 않았다.

"내가, 내가……."

효원은 이제 황당함을 넘어 섬뜩함까지 느끼기 시작했다.

"즈, 증신 채리예."

하지만 비화는 더 정신을 놓아버린 듯했다.

"아이라, 아이라."

"머가 아이라는 기라예?"

그 고함소리는 천장까지 솟구쳤다가 방 벽을 때렸다가 방바닥에 내동댕이쳐지는 듯했다. 그러자 비화가 갑자기 효원을 노려보듯 하며 물었다. 그건 효원의 처지에서 볼 때 실로 뜬금없는 질문이 아닐 수 없었다.

"효원이 생각에 안 있나, 근동서 젤 부자, 그리하모 누가 젤 먼첨 떠오리노?"

"아, 그거는 금방이지예."

효원은 깊이 궁리해보지도 않고 곧바로 대답했다.

"동업직물이지예. 동업직물 쥔만큼 돈이 쌔삔 사람이 또 오데 있으까예? 그란데 그거는 와예?"

그러나 이미 비화 얼굴은 사색에 가까웠다. 그걸 지켜보는 효원 안색도 새파랗게 질려갔다.

"내가 효원이한테 말이제."

"말씀하시예."

비화가 빚쟁이 독촉하듯 했다.

"한 개만 더 물어보까?"

"예."

효원 눈에는 비화가 범죄 사건을 수사하는 관헌 같아 보였다. 아니, 이승에 살았을 때의 죄악을 문초하는 염라대왕의 모습이 저럴 것이다.

"종을 시키서 효원이를 통해 안 있는가베."

"……."

효원은 무슨 말로도 끼어들 여지가 없음을 절감하고 있었다.

땅은 움직이고 꽃잎들은 멀어지고

까마귀 기세에 눌려 잠시 주춤하는 것 같던 참새들이 또다시 큰소리로 재잘거리기 시작했다. 오히려 까마귀를 쫓아버리기로 작당한 듯했다.

"옥지이한테 패물 갖다조라꼬 한 부자 말인데……."

비화는 앞가슴이 들썩거릴 만큼 연거푸 세찬 숨을 몰아쉬었다.

"언니."

효원은 그 경황 중에도 분명히 느낄 수 있었다. 지금 비화는 효원 자신과는 비교가 될 수 없을 만큼 힘겨워하고 있다는 것이다.

"동업직물 사람 아인 다린 부자라모 누것노?"

이어지는 비화의 물음에 그러잖아도 둥근 효원의 눈이 더욱 휘둥그레졌다. 효원은 고개를 갸우뚱하며 되물었다.

"다린 부자예?"

"하모."

그렇게 단언하듯 하는 비화 얼굴은 어떤 크나큰 기대감, 아니 조마조마함으로 인해 무척 흔들려 보였다. 얼핏 수면에 비쳐 일렁거리는 얼굴을 연상케 했다.

"동업직물 말고 다린 부자를 이약하는 기라."

거의 필사적으로 들리는 비화 말이었다.

"그, 글씨예."

효원은 자신 없다는 듯 더듬거렸다.

"그거는 퍼, 퍼뜩 안 떠오리는데예?"

사실 교방에 소속되어 틀에 박힌 날을 보내는 관기의 세계가 좁기는 했고, 특히 효원은 이제 겨우 새끼 기생에서 벗어난 처지이긴 했다. 하지만 마당발로 살아가는 사람이라고 해도 얼른 생각해내지 못할 것이다.

"한 분만 더 묻자."

비화가 마지막 쐐기 박듯 했다.

"동업직물 말고는 생각 안 난다, 그거제?"

"시방 당장은 그래예."

그렇지만 효원은 이내 말을 바꿨다.

"아이라예, 언니."

비화가 이번에도 신문조로 물었다. 벌써 여러 번 되풀이 되는 대화 양상이었다.

"아이모?"

효원은 고집스러운 모습을 보였다.

"백날을 생각해도 똑겉을 기라예."

언제부터인가 비화 눈에는 핏발이 곤두섰다. 서로 의좋게 지내고 있는 효원이 봐도 그럴진대 만약 사이가 나쁜 누군가가 본다면 소름이 끼칠 것이다.

"효원이가 말했듯기 엄청난 부자가 아이모 그런 짓 몬 하겄제?"

마지막으로 재확인하는 비화 물음에 효원이 답했다.

"엄청난 부자라도 그리키 많은 패물을 넘한테 주지는 안 할 기라예."

그러는 효원의 눈에 비친 비화의 몸에는 그 흔해빠진 싸구려 귀고리나 팔찌 같은 치장용 하나도 붙어 있지 않았다.

'오죽 일하는 거 말고는 하나도 다린 데 눈 안 돌리는 여자라꼬 하더이, 그 소문이 딱 맞는갑다.'

거기까지 생각이 미치니 가슴이 서늘해지는 효원은 한 번 더 말했다.

"안 하는 기 아이고 몬 할 기라예."

충혈된 비화 눈동자에서 초점마저 흐려지기 시작했다. 어떤 짐작이 엄연한 사실로 자리 잡을 때 사람은 도리어 더 멍해지기도 한다. 효원이 각인시켜주듯이 이렇게 덧붙였다.

"우리 교방 언니들 중에도, 그리 비싼 패물을 가진 사람은 하나도 없어예."

그때 그 집은 그냥 살림집이 아니라 가겟집이라는 사실을 알려주기라도 하려는지 또 한 무리의 손님들이 내는 소리가 왁자지껄했다.

비화는 관아 말단 관리 부인의 도움을 받아 교방 근처 요릿집에서 옥진과 만났던 기억을 차근차근 더듬어보았다. 그것은 굉장히 오래전 일 같기도 하고 바로 엊그제 일 같기도 했다.

확실하다. 옥진은 전에 없이 과장된 모습을 보였다. 되새겨볼수록 무언가를 숨기기 위한 작위적인 언행이었다. 그건 단순히 거짓으로 패물을 준 이가 하 목사임을 알리기 위한 짓거리만은 아니었다.

'그렇다모?'

그 방 뒷벽 바깥쪽에서 고양이 울음소리가 났다. 아마도 밤골집에서 키우고 있는 '나비'일 것이다.

'그 배후에는 시방 내가 상상하고 있는 인물이?'

비화는 어떤 보이지 않는 손아귀에 의해 목이 졸리는 것처럼 숨이 턱 막혔다. 방이 빙글 돌면서 천장과 방바닥이 자리바꿈을 시작했다.

'드륵, 드르륵.'

나비란 놈이 발톱으로 바람벽을 긁어대는 것 같은 소리가 들리기도 했다.

'야옹, 야~옹.'

자기 의도대로 되지 않으니 화가 난 모양인지 나비 소리가 좀 더 높아졌고, 홀연 일식日蝕이라도 되는 것일까, 온 세상이 캄캄해졌다. 모든 게 한순간에 사라져버린 듯했다.

"……."

그때부터 비화는 더 물을 게 없어졌다. 실로 단순해져 버린 현실이었다.

그렇다. 효원은 비화만큼 모른다. 그리고 무엇보다 이건 옥진 본인에게서 직접 확인할 사안이다. 중간다리를 거쳐서는 될 일이 아니다.

"내 꼭 하나 부탁할 끼 있거마는."

비화 말이 얼마나 간절하게 들렸던지 효원은 숨가빠하는 모습이었다.

"말씀해보이소."

비화는 시선을 방바닥에 둔 채 입을 열었다.

"돌아가모 옥지이한테, 진이한테 말이제."

손님들 말소리와 웃음소리가 아주 먼 다른 세상에서처럼 들려오고 있었다. 날만 새면 맞이하는 그들이 내는 소리가 왜 그렇게 들린단 말인가?

"우짜모 되는데예?"

그렇게 물어오는 효원마저도 낯설어 보이는 비화였다. 비화는 눈을 크게 떠 사물을 좀 더 자세히 보려고 애를 썼다.

"특별한 다린 일이 없으모 안 있나."

그러다가 금방 변하는 모양새였다.

"아이, 아이제."

그야말로 모든 게 뒤죽박죽, 그 자체였다.

"예?"

효원은 크게 헷갈리는 빛이었다.

"특별한 일이 있다 캐도 안 있나."

비화는 고개를 들었다가 다시 숙이며 말했다.

"낼 저녁참에 우리가 지난분에 만냈던 그 장소에 꼭 나와 달라꼬, 진이한테 그리 전해주모 좋것네."

효원은 뭔가 상황이 심각하다는 것을 깨닫고 고개를 끄덕였다.

"그리만 전하모 오덴고 압니꺼?"

그건 비밀단체 요원들이 주고받는 암호와도 비슷한 대화였다.

"알 기거마는. 바로……."

그러다가 비화는 누가 틀어막듯 얼른 입을 다물었다. 교방 근처 요릿집이란 사실을 알면 호기심이 남다른 효원은 옥진을 따라나서려고 할지 모른다. 효원뿐만 아니라 다른 기녀들도 알아서는 안 된다.

'내가 입조심 안 하고 머하노?'

비화는 스스로를 크게 나무랐다. 이번 이 일은 옥진과 비화 자신만이 알아야 한다. 만약 세상에 알려지면 옥진의 인생은 그것으로 끝날지도 모른다. 더군다나 자신이 상상한 그 인물이라면?

'아이다, 아이다.'

비화는 또다시 고개를 흔들었다.

'그랄 리는 없다. 옥진이 우찌 그런?'

효원이 혼자 상념에 빠져드는 비화에게 말했다.

"그라모 지는 고마 가보께예."

"아, 그랄래?"

문득 잠에서 깨어난 표정의 비화였다.

"찾기 전에 들가봐야지예."

그러면서 자리에서 일어서는 효원 손을 비화는 다시 꼭 쥐었다.

"옥지이가 낼로 만내로 나올랑가 안 나올랑가는 순전히 효원이한테 다 달리 있다 아이가."

효원이 잠자코 고개를 끄덕이고 나서 말했다.

"무신 일이 있어도 꼭 비화 언니하고 만내거로 해보것어예."

비화는 잡은 손에 더한층 힘을 주었다.

"진짜로 부탁하거마는."

효원은 기도하는 목소리였다.

"두 분이 만내갖고 잘됐으모 좋것어예."

비화는 배웅하기 위해 부리나케 신발을 발끝에 꿰고 가게 문간 밖에까지 효원을 따라 나갔다. 효원이 장사도 바쁜데 그만 들어가시라고 극구 사양했지만, 비화는 옥진이 있는 교방까지 같이 가고픈 심정이었다.

"그라모 지는 갑니더."

"잘 살피서 가소."

그런데 그들 둘 사이에는 정말 끊지 못할 무슨 인연이 있는 걸까? 공교롭게도 바로 그때 얼이가 서당에서 집으로 막 돌아온 것이다.

"어?"

"아!"

굉장한 놀람과 반가움이 반반씩 섞인 소리가 두 사람 입에서 동시에 터져 나왔다. 서로가 얼굴부터 홍당무처럼 새빨개졌다. 특히 얼이는 엄청난 충격에 휩싸이고 말았다.

오늘 서당에서 무슨 일이 있었던가? 이상하게 이날은 여느 때보다도 효원 생각이 더더욱 간절했다. 글자 한 자 한 자가 죄다 효원의 모습이 되어 그의 눈동자를 찔러오는 바람에 눈조차 제대로 뜰 수가 없었다.

생생하던 사람이 이래서 미치는가 싶을 지경이었다. 아니다. 미쳐버렸으면 더 좋겠다 싶었다. 미치광이 머릿속에는 아무것도 들어 있지 못하고 효원이란 여자도 자리 잡을 수가 없을 테니까.

"얼이 네 이누움!"

급기야 훈장 권학의 불호령이 얼이 머리 위에 죽비처럼 떨어져 내렸다.

"책 보다가 무슨 잡생각하고 있는 것이야, 으잉?"

"헉!"

얼이는 소스라쳐 번쩍 눈을 떴다. 아름다운 효원의 자태를 그려보느라 그만 자신도 모르게 눈을 감고 있었던 것이다.

"천하에 못난 것 같으니라고!"

"으."

서책이 들썩거릴 만큼 높은 권학의 고함에 얼이는 간담이 떨어지는 것 같았다. 그는 울부짖듯 했다.

"스, 스승 님."

권학의 노기는 그의 앞에 놓인 서안을 부수고 하늘을 찌를 만했다.

"사람 보는 내 눈이 틀렸어!"

"……."

다른 학동들도 저마다 몸을 움찔했고, 글방 안에는 말 그대로 살얼음판을 딛는 것 같은 아슬아슬한 공기가 감돌기 시작했다. 먹으로 그린 대나무를 유달리 좋아하는 권학. 지금 그의 음성은 그 대나무조차 쩍 갈라버릴 만큼 날카로웠다.

그건 실로 이상한 노릇이 아닐 수 없었다. 문대나 남열, 철국 같은 다른 학동들 잘못은 대강 눈감아주곤 하는 권학이, 유독 얼이에게만은 어떠한 작은 실수나 태만도 절대로 용납지 않았다.

'스승님, 죄송합니더.'

얼이는 통곡하고 싶었다. 석고대죄를 해도 부족할 것이다.

'지는 몬난 정도가 아이고, 사람이 아입니더.'

얼이도 스승의 그런 면 뒤편에 감춰져 있는 깊은 뜻을 어느 정도 읽고는 있었다. 권학의 꾸짖음 끝에서 이런 소리를 들었다.

– 얼이 니눔은 반다시 아부지 웬수를 갚아야 할 눔 아이가. 그란데 그러키 썩어빠진 증신 갖고 머할 끼고?

그때 문득 효원의 음성이 해맑은 새소리처럼 들렸고, 얼이 마음이 글방에서 집으로 돌아왔다.

"오늘 서당에서 무신 일이 있었어예, 되련님?"

얼이는 소스라치며 말했다.

"아, 아입니더."

아까 집채 뒤곁에 있던 나비란 놈이 그새 가게 문간 밖 가까운 곳에 다시 나타나서 사람들을 물끄러미 바라보고 있었다.

"그란데예?"

효원은 여전히 근심에 싸인 낯빛을 풀지 못했다. 효원의 시선을 외면하며 얼이가 아무 걱정도 하지 말라는 듯 자신 있게 말했다.

"아모 일도 없었십니더. 에납니더."

얼이 마음에 효원이 세상일을 꿰뚫어 보는 무녀처럼 느껴졌다. 서로가 마음에 두고 있으면 이렇게 되는가 싶기도 했다.

'비화 누야가!'

그런데 효원보다 비화 눈빛이 얼이 고개를 더 못 들게 했다. 비화 누이는 보통 여자가 아니라는 것을 얼이는 잘 알고 있다.

'저 망할 눔의 괭이 새끼가?'

얼이는 괜히 애꿎은 나비를 향해 공격의 화살을 날렸다. 평소 얼이를 제 주인들인 한돌재나 밤골 댁보다도 더 잘 따르는 나비였고, 그래서 얼이 또한 만나기만 하면 반드시 먹을 것을 던져주곤 했다. 하지만 솔직히 지금 그 같은 상황 속에서 나비 따윈 더 이상 얼이 관심 안에 머물지 못했다.

'해필이모 비화 누야가 보고 있는 데서…….'

맞았다. 어쩌면 비화 누이는 지금 얼이 자신의 마음 저 안을 속속들이 들여다보고 있을 것이다. 해랑이라는 기녀처럼 매몰차게 나오지는 않겠지만 염려스러운 마음이 있을 수도 있다. 얼이 가슴 속은 대한 가뭄 마른 논바닥처럼 바싹바싹 타들어 갔다.

"글공부가 잘 안 되는 것가?"

"예?"

"와? 심이 마이 드는 기가?"

"그, 그런 거는 아입니더."

비화가 가만히 물어오는 그 말에도 얼이는 제대로 입을 열지 못했다.

"되련님."

그렇게 자기를 부르면서 수심에 가득 차오르는 효원의 얼굴이 얼이 눈에 두 개 세 개로 겹쳐 보였다.

'끼룩, 끼루룩.'

강가 쪽에서 물새 울음소리가 들려오고 있었다. 그 소리가 얼이 귀에는 꼭 이별한 이를 잊지 못하고 찾아 부르는 소리로 전해졌다.

'내가 죽으모 저런 새가 될랑가?'

효원을 바로 앞에 두고 보면서도 그런 안타깝고 슬프고 어이없는 망상에서 헤어 나오지 못하고 있는 얼이였다.

"인자 고마 얼릉 가봐야 안 하나? 해나 찾는데 없다가 내중에 무신 소리 들을랑가 안 모리나."

비화가 효원에게 던지는 그 말이 그렇게 야속하게 들릴 수가 없는 얼이였다.

"아, 예. 쌔이 가봐야 합니더."

그렇게 말하면서도 효원은 선뜻 발을 떼놓지 못하고 있었다. 그런데 밤골집 나비란 놈은 정말로 나비처럼 날개라도 달려 있는지 한순간에 어디론가 훌쩍 그 모습을 감춰버렸다. 쥐를 잡는 일보다도 사람 꽁무니를 쫄쫄 따라다니는 걸 더 좋아하는 게 아닐까 싶을 정도였다.

'흐, 우짜다가?'

얼이는 목 놓아 통곡하고 싶었다. 효원같이 착하고 예쁜 여자가 왜 관기가 되어야 했을까? 효원이 기녀라는 사실이 새삼스럽게 가슴을 후려쳤다. 교방에 얽매여 있는 신세로 아무 자유가 없는 불쌍한 여자.

'그냥 여염집 처녀라모 올매나 좋것노.'

그러나 아무 상관없다고 우기듯 생각했다. 기녀면 어떻고 무녀면 어떻고 또 다른 신분의 여자면 어떠리. 효원은 그냥 효원이면 되는 것이다.

'씨이, 함 두고 봐라.'

마음속으로 불특정 다수를 겨냥한 욕설까지 불사하며 다짐했다.

'내는 농민군 하던 천필구 아들이다. 참으로 자랑시런 농민군 천필구. 난주 때가 오모 농민군도 할라쿠는 이 얼인데 겁이 날 기 머 있노.'

얼이는 무슨 일이 있어도 효원을 놓치지 않을 것이다. 설혹 그곳이 지옥 끝이라 할지라도 기꺼이 따라나설 테다. 누가 제아무리 말려도 죽자꾸나하고. 아니, 죽기는 왜 죽어? 효원이하고 둘이서 천년 만 년 살아갈 것인데.

그런데 지금 당장 현실은 그렇지 못했다. 얼마 있지 않아 얼이는 멀어져 가고 있는 효원의 뒷모습만을 무연히 지켜보는 신세가 되고 말았다.

'잘 가이소. 하지만도 운젠가는 효원을 그리 보내지 않고 이 얼이 곁에 영원히 머물 수 있거로 할 날이 올 기요. 우리 서로 괴롭고 심이 들더라도 반다시 그날이 올 거를 믿고 절대로 실망하지 말고 살아가입시더.'

얼이는 효원의 모습이 보이지 않을 때까지 가게 문간 앞에 서서 효원에게 마음의 편지를 써서 보내고 있었다. 게다가 장래의 두 사람을 상상해보기까지 했다.

'웩, 웨~액.'

남강에서 무언가에 의해 잔뜩 목이 졸린 채로 섧게 울어대고 있는 것은 왜가리였다. 아니다. 그것은 바로 얼이 자신의 분신이었다. 어쩌면 효원이 물새로 바뀌어 울음을 터뜨리고 있는지도 모른다.

– 왜 가오? 어디로 가오?

문득, 나루턱 쪽에서 노를 젓는 뱃사공 하나가 아주 청승맞은 목소리로 불러대는 노랫가락이 강바람에 섞여 은은히 들려오고 있었다. 참 구성지게도 노래를 잘하는 꼽추 달보 영감에게서 배웠는지도 알 수 없다.

그날 밤이었다.

샛노란 유자 같은 달이 구름장 속에서 저 혼자 숨바꼭질을 하고 있었다. 달이 구름 뒤에 숨는지, 구름이 달을 숨겨주는지, 인간들은 알 수가 없다. 그것은 조물주의 영역에 속하는 것이기에 인간들이 알아서는 안 되는 금기 사항일 수도 있다. 차라리 모르면 더 좋을 것을 알고 싶어 하는 바람에 횡액을 맞이하게 된다는 것이다.

"……."

효원은 해랑의 눈치만 살폈다. 틈을 보아 비화가 부탁한 말을 전해야 했다. 하지만 보이지 않는 어떤 기운이 말리거나 방해라도 하는지 이상하게 좀처럼 그럴 기회가 와주지 않았다. 어쩌면 자꾸 주저하고 망설이다가 그런 건지도 모른다. 그게 맞을 것이다.

"아요(어이), 효원아."

"예?"

"내 좀 봐라."

"예."

해랑이 먼저 물어왔다. 그런 경우는 결코, 흔하지 않았는데 그 때문인지 그 방 안에 있는 사물들도 귀를 기울이는 모양새였다.

"효원이 니 안 겉다."

"……."

언제나 참새처럼 조잘거리는 효원이 입을 굳게 다문 채 듣고만 있었다. 사람은 제 저고리가 아닐 때 그 자신뿐만 아니라 다른 사람까지 힘들고 부담스럽게 만든다.

"시방 내한테 하고 싶은 말이 머꼬?"

"……."

효원은 속을 들킨 게 부끄러웠지만, 차라리 잘됐다 싶었다. 지금까지 없던 용기가 좀 생겼다. 묘한 가역반응이었다. 효원은 당돌해 보일 정도로 목을 빳빳이 치켜들었다.

"효원이답거로 말할게예."

해랑은 그런 효원을 보더니 고개를 약간 비스듬히 했다.

"말해라."

효원은 생사를 가르는 결전에 나선 군사처럼 단단히 방어태세를 갖추었다.

"오늘 낮에 짬이 나서 상촌나루터에 갔다 왔어예."

그런데 해랑은 아무 관심 없다는 얼굴이었다.

"그랬나?"

무미건조하고 짤막한 대꾸로만 그쳤다.

'그랬나? 아, 상촌나루터에 갔다 왔다쿠는데 개우시 하는 소리가, 그랬나?'

비화는 그토록 신경을 써주는데 해랑은 그렇게 시큰둥한 반응을 보이는 것에 잔뜩 화가 치미는 효원이었다.

"우찌할 낀고는 언니가 정하이소, 내사 말만 전해줄 낀께."

그렇게 말머리를 푼 다음 그저 지나가는 투로 얘기했다.

"낼 저녁참에 지난분에 언니 둘이 만냈던 그 장소에 좀 나오라 쿠던데예."

못 들었을 리가 없다고 생각하면서도 다짐받았다.

"들었지예?"

"……."

꽃다운 관기들이 머무는 교방은 약간 진한 화장 냄새가 공기 속에 섞여 흐르고 있었다.

"몬 들었어예?"

완전 일방통행 식이다.

"들었거나 몬 들었거나, 내 할 일은 다 했은께 그리 아이소."

어디서 벙어리 하나를 데려다 놓은 격이었다.

"내중에 가갖고 딴 소리 내한테 하지 마이소?"

"……."

"마이소? 마이소?"

끝없이 시비 걸듯 하는 효원도 그렇거니와 끝없이 침묵하는 해랑 또한 독하기 이를 데 없는 여자들이었다. 해랑은 시종일관 돌부처 같았다. 효원은 일부러 해랑 얼굴을 제대로 바라보지 않았기에 그 표정을 읽을 수 없었다. 어쨌든 그러고 나서 휭하니 밖으로 나와 버렸다.

그 밤에 해랑이 잠을 설쳤는지 누가 떠메 가도 모를 정도로 잘 잤는지 효원은 알 수가 없었다. 다음날도 교방 관기를 부르는 행사가 없었다.

교방가무에 대단히 관심과 애착이 높았던 정석현 목사가 있을 당시는, 하루가 멀다 하고 동원되던 관기들이었다. 그땐 하도 몸들이 피곤하고 많이 지쳐 제발 하루 이틀쯤 푹 쉬기를 바랐는데, 요즘은 행사가 뜸하니까 도리어 무료하고 마음은 더 고되었다. 그것은 일종의 무위도식이라고 자신들을 폄훼하기에 이르렀다.

도대체 하판도 목사는 날마다 어디 가서 무슨 짓을 하고 있는가 하고 모두 비난 섞인 의문을 터뜨리기 일쑤였다. 하지만 관기들로서는 그만큼 시간이 좀 더 많고 자유가 주어지니 좋아하는 기녀도 없지는 않았다.

해가 뉘엿뉘엿 서산머리를 넘어가고 있는 저녁 무렵이다. 효원은 뜨락 나무 뒤에서 몰래 지켜보았다. 해랑이 다른 사람들 눈을 피해가며 살짝 교방에서 빠져나가는 것이다.

'해랑 언니 덩더리가 와 저리 비이노?'

그녀 등이 속이 텅 빈 허수아비 그것 같았다. 왠지 그녀의 뒷모습이 너무 안쓰러워 효원은 눈물이 찔끔 솟아났다. 누구도 따라갈 수 없는 그녀의 아름다움이 그 순간에는 오히려 슬펐다.

'미인박맹이라 글 쿠지만도, 지발 해랑 언니만은 안 그랬으모 좋것다'

효원은 마음으로 빌고 또 빌었다. 비는데 참아내기 어려울 만큼 너무너무 서러웠다. 누가 막 때리는 것처럼 서러웠다.

비화는 지난번과 마찬가지로 이번에도 먼저 와 있었다.

누구 입에서도 인사말이 나오지 않았다. 하다 못 해 희미한 미소마저도 비치지 못했다. 방안 가득 냉기가 감돌았다. 두 사람은 서로 얼굴을 외면한 채 돌사람인 양 그대로 앉아 밤을 새울 것처럼 보였다.

그날따라 먼젓번과는 달리 손님이 없어 그런지 요릿집은 괴괴한 공기에 휩싸였다. 문득 해랑이 얕은 기침을 했다. 어쩐지 듣는 사람 가슴팍을 졸이게 만드는 기침이었다. 다리가 저려와 자세를 조금 고쳐 앉는지 치마 서걱거리는 소리가 그 뒤를 이었다. 극히 순간적이지만 비화는 '바스락' 마른 나뭇잎 소리가 나는 진무 스님을 떠올렸다.

'이리하고 있는 우리 두 사람을 보시모 스님은 머라 하시꼬?'

비화의 등 뒤 벽과 해랑의 등 뒤 벽도 팽팽하게 맞선 자세로 서로를 매섭게 노려보고 있는 것 같았다.

'운맹?'

그렇다면 세게 밀어버리고 싶었다. 바람으로도 건드리지 말라는 나인데 운명이라고 해서 당할쏘냐?

'아이모, 악귀의 장난?'

비화는 코웃음을 치고 싶었다.

'죽은 구신이 젤 겁내는 기, 산 사람이라 안 쿠더나.'

아무튼 그게 자기 암시인 듯 마침내 비화 눈이 해랑을 똑바로 향했고, 곧이어 긴 침묵을 여는 말이 나왔다.

"전번에도 바뿌다꼬 그랬제?"

"……."

"하기사 사람이 너모 짬이 넘치거로 있으모 씰데없는 공상이나 해쌈시로 앉아 있는다꼬 하더라마는."

시종 비화 혼자서만 이야기했다. 누가 보면 말에 걸신이 걸렸다고 하겠다.

"내하고 오래 같이 있어 달라꼬는 하지 않것다."

못처럼 고정된 해랑의 눈은 비화를 보고 있지 않았다. 아니, 그 어떤 것도 바라보고 있지 않은 것 같았다.

"대신에……."

비화는 잠시 말을 끊었다가 다시 말했다.

"한 가지만은 솔직하거로 답해주모 고맙것다."

그 소리에 해랑이 처음으로 비화를 바라보았다. 그 시선이 다른 방향으로 돌려지기 전에 단단히 붙들어 매야겠다고 작정하고 눈길을 마주 받으며 비화가 말했다.

"그날 바로 이 방에서 니가 내한테 비이준 그 패물, 그거 말이다."

비화는 숨이 가빠와 크게 몰아쉬고 나서 퍼붓듯 단숨에 내뱉었다.

"억호가 준 거 맞제?"

그 말을 입 밖으로 내는 그 순간부터 비화는 철저히 이성을 놓쳐버렸다. 아니다. 그녀 자신마저도 잃어버렸다.

바로 눈앞에 있는 해랑이 보이지 않았다. 그곳은 사람이 많이 드나드는 요릿집이란 것도 망각한 채 방문이 크게 덜컹거릴 정도로 다시 소리쳤다.

"억호가 준 거 안 맞나?"

그 소리를 하는데 비화 두 눈에서는 벌써 눈물이 쏟아지기 시작했다. 그것을 지켜보는 해랑의 얼굴이 마치 면이 고르지 못한 거울에 비친 것처럼 일그러지는 성싶었다. 기묘한 웃음을 띠는 것도 같았다.

"흐."

비화는 심장이 터지는 듯했다. 두 손바닥으로 가슴이 닳도록 함부로 문질러댔다. 그 통에 그녀의 저고리 앞섶은 엉망진창이 돼버렸다. 그녀 입에서는 신음보다 더 듣기 거북하고 힘든 소리가 새 나왔다.

"으으."

그러나 해랑은 말이 없다. 입을 꼭 봉해버린 듯했다. 금방이라도 숨넘어갈 것처럼 하는 비화를 물끄러미 바라만 보았다. 무관심을 넘어 잔인하기까지 한 여자가 거기 있었다.

꼭두각시 인형 같았다. 줄에 매달린 채 무대 뒤에서 누군가 조종하는 대로 움직일 수밖에 없는 꼭두각시놀음에 등장하는 인형이었다.

"억호!"

"……."

"억호! 억호!"

얼마나 시간이 지나갔을까? 어쩌면 굉장히 긴 시간이었던 것 같기도 하고, 또 지극히 짧은 순간이었던 것 같기도 했다. 어쩌면 시간이란 그 자체가 아무런 의미가 없는 자리였는지도 모르겠다.

그 꼭두각시 인형의 입이 무슨 예리한 칼날에 찢겨 벌어지듯 해랑의 입술이 열렸다. 그런데 비화 물음에 대한 답변이 아니라 얘기가 한참 엉뚱했다.

"언가야, 니 기억나나?"

오히려 기억상실증 환자같이 하는 비화에게 환기시켰다.

"와 옛날 우리 동리에 살던 희자 말이다."

비화가 희자의 모습을 떠올리기도 전에 대뜸 말했다.

"그 희자 옴마가 대 잡는 무당이었다 아이가."

"……."

멍해진 비화 귀에 해랑의 말이 덜 익은 낙과落果처럼 떨어져 내렸다.

"내 말 알아묵것제?"

이상한 웃음기를 흘리고 나서 하는 말이 또 곱지 못했다.

"언가는 똑똑한 여자라서 금방 알 끼거마는."

대를 잡은 무당 입에서 나오는 휘파람 같은 소리가 흘러나왔다.

"언가 니가 희자 옴마 겉은 무당이 다 됐다 아인가베."

"아!"

비화는 몹시 어지러워 손바닥으로 이마를 짚으며 물었다.

“시방 무신 소리 하는 기고?”

“무신 소리?”

해랑 입귀가 보기 흉하게 말려 올라갔다. 사람 얼굴에 늑대나 여우의 입이 붙어 있는 것 같았다.

“몰라서 묻는 기가?”

비화는 정신을 차리려고 안간힘을 다했다.

“내 말은 말이다.”

해랑은 듣기 싫다는 기색을 노골적으로 드러내었다.

“무당이 돼갖고…….”

“무당?”

비화의 그 소리가 방을 윙윙 울렸다.

“하모, 인자는 무당도 모리것는가베?”

그 자리가 하도 지루해서 하품이 나올 것 같은 표정을 지으며 해랑이 빈정거렸다.

“무당 겉은 소리 고마해라.”

비화 목소리가 더없이 쌀쌀해졌다. 엄동설한이 따로 없었다.

“대답하기 싫을 거 겉으모 안 하모 되지, 사람을 자꾸 이상한 데로 끌고 갈라쿠지 마라, 비겁하거로.”

“비겁?”

해랑의 반문이 어쩐지 어설펐다.

“하모, 인자는 비겁도 모리것는가베?”

비화도 점점 해랑을 닮아가고 있었다.

“비겁 겉은 소리 고마해라.”

역시 비화 말을 그대로 흉내 내는 해랑 음성은 더 차가웠다.

"비겁한 사람은 언가 니다."

심장에 비수를 꽂히는 기분이 그러할까? 비화는 눈에 힘을 넣고 쏘아붙였다.

"머라꼬?"

해랑은 더할 나위 없이 능글맞은 어투로 나왔다.

"머가?"

비화는 마지막으로 단속하듯 했다.

"니 에나 시방?"

해랑이 비화 말을 자르고 나왔다.

"사람을 와 더 비참하거로 맹글라쿠노?"

순간, 비화 안색이 귀신 소리를 들은 사람처럼 새파랗게 질려갔다.

"그, 그라모?"

해랑은 그런 비화를 힐끗 보며 혼잣말을 했다.

"그라모고 저라모고."

비화는 억만 분의 일 정도의 기대감마저 허물어지는 모습을 보였다.

"그 패물은 즈, 증말로 그?"

해랑 눈알이 시뻘게졌다. 음성도 붉었다.

"인자 됐제?"

비화 입에서 단말마 같은 소리가 터져 나왔다.

"오, 옥진아!"

해랑이 얼음 조각을 내던지듯 차갑게 내뱉었다.

"이걸로 시방꺼정 살아옴서 내가 언가 니한테 빚진 거 다 갚았다 생각한다."

"옥진아!"

비화가 이름을 불렀지만 시큰둥하게 대응하는 해랑이었다.

"싹 다 갚았는 기라. 눈꼽만치도 안 냉기고 말이제."

"우리가……."

비화 말끝을 해랑이 또 싹둑 잘랐다.

"무신 소린고 하모, 서로 주고받을 것도 없는 사람들이 더 이상 만낼 이유도 없다, 그건 기라."

비화는 딱할 정도로 미련이 남아 있는 여자처럼 변해 있었다.

"마, 만낼 이유가 없다꼬?"

해랑은 손아랫사람을 타이르는 어조였다.

"그기 언가나 내를 위해서도……."

그러나 해랑의 말이 미처 끝나기도 전이었다. 비화가 와락 자리를 박차고 일어서며 소리쳤다.

"아이다! 아이다!"

요릿집 창과 방문이 한꺼번에 덜컹거리는 듯했다.

"이거는 아이다!"

비화는 셈도 모르고 무작정 생떼를 쓰는 아이같이 두 발을 동동 굴렀다.

"이거는 아인 기라, 이거는."

"……."

하지만 해랑은 그대로 자리에 눌러앉은 채 고개만 들고 비화를 올려다보며 섬뜩할 만치 담담한 얼굴로 물었다.

"니 미칫다! 또 그런 소리 하고 싶은 기가?"

"머라꼬?"

비틀거리는 비화의 몸을 더 걸고넘어지듯 하는 해랑이었다.

"할라모 해라."

입귀를 기묘하게 말아 올리며 이런 소리도 했다.

"내사 듣기 좋더라."

"……."

"듣기 좋은 꽃노래도 한두 분이다, 글 쌌지만도 내는 안 그렇거마."

한밤중에 두엄더미에 엎어진 사람처럼 한참 동안 무어라 더 구시렁거리더니 어느 순간에 정말 광녀가 돼버린 것처럼 했다.

"니 미칫다! 니 미칫다!"

네 활개를 치면서 요상한 소리를 내기도 했다.

"오호호호."

섬뜩했다. 무서웠다. 어이가 없다는 것은 나중 문제였다.

"아."

비화는 장맛비에 토담 허물어지듯 털썩 방바닥에 도로 주저앉고 말았다. 그러고는 네발 달린 짐승처럼 엉금엉금 기어가 해랑 무릎에 얼굴을 푹 파묻으며 피를 토하듯 울부짖기 시작했다.

"진아아!"

지금 그 자리에서 당장 죽는 한이 있더라도 반드시 뭔지는 알고 죽어야겠다는 모습이었다.

"도대체 이유나 알자!"

그러나 침묵으로 시위하는 듯한 해랑이었다.

"니 와 내한테 이리쌌는 기고?"

요릿집 마당에서 사람들이 웅성거리는 소리가 아주 크게 났다. 어쩌면 주인집 사람들과 손님들 사이에 무슨 시비가 붙은 게 아닐까 싶었다.

"내가 니한테 머를 올매나 잘몬했는데, 뭔 죄를 지잇는데, 니가 내를 이리 대하는 기고, 응?"

그러자 해랑은 비봉산 자락에 박혀 있는 바윗돌같이 꼼짝도 하지 않고 말했다.

"그거 아는 기 소원이가?"

자신의 일이 아니라 남의 일인 양, 마치 대단한 선심이라도 쓰는 사람처럼 했다.

"그라모 내 이약할 꺼마."

아마도 요릿집 여종업원인 성싶은 젊은 여자의 찢어지는 외침이 공기를 흔들었다. 얼핏 천을 찢어발기는 것 같은 고함이었다.

"내는 안 있나, 언가야."

밖에서 들려오는 여자의 날 선 고성 탓인지 해랑의 목소리는 감질날 정도로 낮고 차분하게 다가왔다. 그런데 음색은 그렇다 치더라도 해랑은 아무런 스스럼없이 이렇게 말했다.

"언가 니하고 같이 있으모 그리 비참해질 수가 없는 기라."

비화는 귀를 의심했다. 제정신을 믿을 수 없었다.

"머라꼬?"

해랑은 그 순간을 위해서 오랫동안 혼자 연습해온 것처럼 전혀 더듬거리지 않고 이런 말을 단숨에 쏟아냈다.

"니 얼골 대하모 아푼 내 과거가 다 살아난다 고마."

비화는 철저히 백치로 보였다. 악녀처럼 잔뜩 찡그린 해랑의 얼굴에서 이미 예전의 옥진은 찾아볼 수가 없었다. 해랑의 목소리에 옥진의 목소리는 조금도 남아 있지 못했다.

"언가 니가 내한테 잘해줄라꼬 하모 할수록 더 그렇다 아이가."

이번에 마당에서 들리는 소리는 잔뜩 화가 돋친 곰이 으르렁거리는 것 같은 중년 사내의 음성이었다.

"내사 싫은 거를 우짜겄노?"

비화는 통곡하듯 했다.

"그, 그기 지, 진짜가?"

요릿집 마당에 서 있는 석류나무에서 참새들이 지저귀는 소리가 났다.

"으응, 옥진아!"

비화가 사정하듯 불렀지만 해랑은 더없이 같잖다는 투로 이랬다.

"옥지이가 요 오데 있노?"

앞가슴을 쑥 내밀면서 하는 말이 상대방 복장 터지는 소리였다.

"해랑이는 요 있지만도."

그래도 비화는 막무가내로 말했다.

"옥진아, 에나 그렇나?"

해랑은 결코 번복할 수 없는 선고를 내리듯 했다.

"내 몸에서 고마 떨어져라!"

제 무릎에 파묻은 비화 얼굴을 거칠게 떼 냈다.

"악!"

비화 입에서 비명이 터져 나왔다. 매몰찬 해랑의 손은 차갑기가 파충류 같았다. 그러고는 쌩 바람이 일어날 정도로 벌떡 일어서더니 조금도 망설이지 않고 곧장 방문을 거칠게 와락 열어젖히고 나가면서 무섭게 선언했다.

"도로 억호 그 사람하고 같이 있는 기, 언가 니하고 있는 거보담 훨씬 멤이 팬하다. 몇 배나 더 괘안타."

마지막으로 하는 말이었다.

"내는 억호 그 사람이 좋아졌다."

약자들의 초상肖像

비봉산 자락 서편 아래 가매못 안쪽에는 몇 채 안 되는 초가들이 옹기종기 모여 앉아 머리를 맞대고 있다. 멀찍이 서서 얼핏 바라보기에도 더없이 평화로워 보이는 동네다. 그 고을 주산主山이 근처에 있어 그런지 대기도 대단히 맑고 푸르게 느껴진다.

꺽돌과 설단 부부가 그곳에 신접살이를 차린 지도 꽤 되었다. 비화가 거기에 있는 자신의 전답을 거저 주다시피 하여 농사를 짓고 살도록 해준 것이다. 장삿길로 나가려는 걸 막은 셈이다.

땅은 사람의 슬픔과 한을 묻어주는 신비스러운 힘이 있는 걸까? 주인 억호에게 아들을 강제로 입양당한 설단은 한동안 눈물로 보냈지만, 지금은 어느 정도 안정을 찾아가고 있었다. 하지만 그 또한 자신의 의사에 따른 것이라기보다 몇 개월 전에 겪었던 사건이 더 크게 작용했다.

단 한 치 앞조차 내다볼 수 없는 게 인간사이던가? 설단이 배봉네 종살이를 할 때 아들이 보고 싶어 집 앞에 나타난 재영을 억호와 분녀에게 일러바쳐 혼쫄이 나게 했던 적이 있었다. 그런데 이제는 그녀 자신이 아들이 그리워 옛 주인집 솟을대문이 있는 곳까지 가고 말았다. 그뿐만 아니라 예전에 그녀가 저질렀던 죄의 대가를 고스란히 받아야 할 줄이야.
설단은 미처 알지 못했지만, 악이 받칠 대로 받친 분녀가 억호 꼬리를 잡기 위해서 집을 나간 날, 언네는 동업과 재업 둘만 집 앞에 내놓고 그녀는 솟을대문 안쪽에 숨어서 엿보고 있었다. 재업의 팔을 꼬집다가 그만 억호에게 현장을 들켜 매를 맞았던 동업은, 그 일로 말미암아 반성을 하기는 고사하고 더욱 재업을 향한 미움의 감정이 짙어졌다.
동업은 언네가 보이지 않는 것을 알고는 계획했던 바를 즉시 실천에 옮겼다. 그것도 이번에는 지난번처럼 단순히 꼬집기만 한 것이 아니라 발로 냅다 걷어찬 것이다. 자박자박 걸어 다니는 재업의 울음소리는 전보다 훨씬 크고 높았다.
설단이 그곳에 간 것은 하필이면 동업이 때리자 재업이 막 울음을 터뜨리기 시작한 바로 그때였다. 설단이 불쑥 모습을 드러내자 동업은 깜짝 놀랐다. 과거 여러 해 동안 자신을 모시고 돌봐준 설단을 몰라볼 동업이 아니었다. 재업이 그녀의 아들이라는 사실은 알 리가 없었다.
그런데 설단은 자기 자식이 동업에게 맞아 우는 것도 가슴이 찢어지는 듯 아팠지만, 제 입에서 나오는 소리에 오히려 더 큰 서러움과 분노를 느껴야만 했다. 그런 기막힌 상황 속에서 그녀는 고작 이렇게 말했다.
"되련님! 이기 무신 짓이라예?"
하나 있는 내 애처롭고 불쌍한 자식이 아무 죄도 없이 맞아 우는데, 대체 되련님은 무슨 말라비틀어진 되련님이란 말인가? 종년으로 살아오면서 자신도 모르게 몸에 배여 버린 아랫것 근성이 설단을 한없이 슬프게 했다.
내 아들을 괴롭히고 있는 저놈 다리몽둥이를 당장 콱 부러뜨려도 직성이 안 풀릴 판국에 기껏 한다는 소리가 '되련님! 이기 무신 짓이라예?'였다.

게다가 동업이 놈이 하는 짓이었다. 놈은 예전에 배봉이나 억호, 분녀가 평상시 설단 자신을 대하던 것과 똑같이 하는 것이다.

"내가 우찌하든지 종년이 무신 상관이고?"

심지어 매로 다스리기라도 할 것 같은 기세였다.

"오데서 건방지거로?"

예전 쥔의 그 으름장에 종년 출신 설단의 몸이 비틀했다. 그러잖아도 왜소한 체구인데 그 순간에는 더욱 나약해 보였다.

업둥이로 들어온 주제에도 불구하고 확실히 동업은 근동 최고 갑부 동업직물 가문 장손으로서의 위엄과 세도를 고스란히 이어받고 있었다. 비록 피나 살을 물려받지 않았음에도 주변 환경이나 여건이 그렇게 만들 수 있는 모양이었다.

설단은 어린 동업이 점점 두려워지기 시작했다. 상전과 하인의 신분은 영원히 벗어날 수 없는 굴레일까? 죽어서도 어쩔 수 없는 일이라면 억울해서 죽지도 못할 것이다.

그러나 그때까지도 설단은 전혀 눈치채지 못했다. 빠끔히 열린 솟을대문 안쪽에 도둑고양이처럼 몸을 감춘 언네가, 번득이는 눈으로 바깥을 내다보고 있었다.

'저기 누고?'

언네는 세상에 이렇게 신나는 구경거리가 또 있는가 싶었다.

'우째 요런 일이?'

재업의 친모 설단이 나타나 그 장면을 목격하다니. 설단이 어떻게 나올지에 대한 엄청난 호기심과 기대감은 상상만으로도 언네를 환장하게 이끌었다. 그것은 고양이 목에 방울을 달 수 있는 쥐를 학수고대하는 것과도 유사한 심정이었다.

그런데? 이상한 일도 다 있다. 어떻게 저런…….

언네는 지켜볼수록 실망감에 사로잡히며 전율했다. 사태는 자기 예상과는 철저히 다른 방향으로 비껴가는 것이다. 설단이 오히려 잘못을 저지른 대역죄인 같고, 동업은 추궁하고 문책하는 관리 같았다.

"내 동상 내 손으로 내가 때리는데, 건방지거로 종년 니가 오데서 끼드는 기고? 종년이 죽고 싶은가베?"

앙증맞은 두 손을 양 허리춤에 척 갖다 붙이기까지 하는 동업이었다. 그리고 그 모습은 우습다기보다도 자못 위압적으로 비쳤다. 그들이 각자 입고 있는 비단옷과 베옷, 그것이 사람을 차별하는 위력을 보여주는 것이다.

"흐."

설단은 억장이 막혔다. 앞가슴이 함부로 들썩거렸다. 제 성깔대로 하지 못해 곧 심장이 터져버릴 듯했다.

'하이고!'

언네 눈에도 설단이 그렇게 나약하고 못나 보일 수가 없었다.

'조년, 조년이?'

나 같으면 삼수갑산 가는 한이 있더라도 저리는 안 한다 싶었다.

"어엉, 어엉."

재업은 청승맞기 그지없는 울음을 그치지 않았다. 울기를 멈추면 동업이 또 때릴 것으로 생각하는 것일까. 영악스럽다고 해야 할지 가련하다고 해야 할지 도시 종잡기도 힘든 형국이었다.

'쯧쯧.'

언네는 속으로 혀를 찼다. 어쩌면 재업의 몸에는 종년 어미의 피가 그대로 흐르고 있는 탓인지도 모른다.

"엉엉, 엉엉."

재업의 그 처량한 울음소리는 언네 가슴마저 저릿하게 만들었다. 마음

한쪽 귀퉁이가 삭아 무너져 내리는 느낌이었다. 내가 이러할진대 하물며 어미 설단이 심사는 어떠하리 싶어 언네 마음도 조금은 언짢아졌다.

'종년으로 태어나모 우짤 수가 없는 모냥인 기라. 설단이가 쥐새끼 겉은 동업이 앞에서 저리 옴짝 몬 하는 거 본께.'

당장 침이라도 '퉤퉤' 뱉고 싶은 심정이었다.

'에나 더럽고 애니꼽은 기 신분인갑다. 양반, 상눔, 누가 맹글어논 기고? 내 그거를 알기마 하모 그냥 안 둔다.'

언네는 대문 밖으로 달려나가 자신이라도 동업을 마구 꾸짖고 싶은 충동을 꾹꾹 참았다. 그리고 그게 얼마나 잘한 짓이었는가를 일깨워주는 사태가 곧 벌어졌다.

"이기 누고? 설단이 년 아이가?"

비단이 쭉 찢어지는 것 같은 그 소리의 임자는, 맙소사! 분녀다. 분녀는 화풀이할 대상을 찾아 기고만장해진 여자를 떠올리게 했다.

"니년이 요기가 오데라꼬 감히 나타나?"

언네는 그 경황 중에도 다시 한번 오늘 일들이 참으로 공교롭게 벌어지고 있구나 싶었다. 누군가 억지로 끼워 맞춰도 이렇게까지 절묘하게 맞아떨어지지는 못할 것이다. 그래서 아마 사람들은 신이 있느니 하늘이 내려다보느니 하는 모양이었다.

'아, 시방 내가 머하고 있노?'

도낏자루 썩는 신선놀음을 구경하고 있는 것이 아니라는 자각이 일었다.

'내가 이래서는 안 되제.'

언네는 부리나케 대문 밖으로 뛰어나갔다. 그러고는 출타했다가 귀가한 주인을 보고 반갑다고 꼬리 흔드는 강아지처럼 했다.

"마님!"

그런데 언네로서는 굉장히 다행인 것이, 설단에게 정신이 팔린 분녀는, 그때 언네가 집 안에 있지 않고 설단이나 아이들과 함께 있었던 것으로 착각을 한 것 같다는 사실이었다.

"언네 요년아!"

이제나 그제나 고 말버릇 한번 더럽기는, 구더기 들끓는 죽은 쥐가 처박혀 있는 시궁창이었다. 입에 달고 있는 소리가 그저 년, 년이다.

"니년은 또 머하는 것고, 으잉?"

"……."

언네는 무슨 말부터 해야 할지 퍼뜩 떠오르지 않아 듣기만 했다.

"멕이주고 입히주고 했더이."

공짜로 그렇게 해준 것도 아니면서 공치사를 막 늘어놓는 분녀는, 언네가 설단을 상대로 얼른 무슨 조치를 취하지 않은 것을 매섭게 질책하는 투였다.

"조런 년을 와 후딱 안 쫓아삐고 있는 기고?"

그새 재업은 울음을 그쳤다. 멀뚱멀뚱 서 있는 동업은 그 집 아이가 아니고 꼭 그 광경을 구경하는 동네 다른 집 아이 같았다. 어쨌거나 배봉가의 두 손자가 연출해내고 있는 꼬락서니는 목불인견이 아닐 수 없었다.

"그, 그기 아이고예."

언네는 목구멍 안으로 기어드는 목소리를 내어 고했다.

"아, 안 그래도 시, 시방 막 그, 그리할라 캤심니더, 마님."

담장 안 정원수들이 집 밖에 서 있는 주인집 사람들을 내다보면서 속닥거리고 있는 것 같았다.

"펄펄 끓는 물에 팍 삶아 쥑일 년!"

그렇게 언네에게 차마 입에 담지도 못할 욕설을 퍼부은 분녀의 살쾡이 같은 눈이 또다시 설단에게로 옮겨가 꽂혔다.

"우리가 한 살림 채리거로 해줬으모, 그냥 죽은 듯기 팍 엎드리서 살고 있지 감히 여게 와?"

대저택 담장이 와르르 내려앉을 것 같았다.

"시상 더 안 살고 싶은 기가?"

목석이라도 오싹할 정도로 살기 돋친 목소리였다. 그 시퍼런 서슬에 질려버렸는지 솟을대문 위에 날아와 앉으려고 하던 비둘기 두 마리가 급히 하늘로 치솟았다.

"마, 마님."

설단의 안색은 보리 싹보다 더 새파랗게 질려가고 있었다. 억호 일로 말미암아 독기가 오를 대로 올라 있는 분녀 적수는 도저히 못 될 것이다.

'저년이 끝꺼지야?'

그런 분녀와 설단을 지켜보면서 언네는 부아가 확 치밀었다. 길길이 날뛰고 싶을 정도였다. 그녀는 속으로 씨부렁거렸다.

'설단이 조 빙신 겉은 년. 저리키나 슬슬 길 년이 요게 오기는 머하로 왔노? 안 오모 아까븐 신발이나 안 닳제.'

목牧 관아가 있는 북쪽으로 한 번 고개를 돌리기도 했다.

'내 겉으모 당장 관아에 붙잡히 가서 주리를 틀리는 한이 있다 캐도 한분 딱 엉거 붙어 싸와보것다.'

아직도 얼굴에 번들거리는 눈물 자국이 남아 있는 재업을 외면했다.

'생떼겉은 지 자슥 그냥 뺏아간 것들이 머가 무서버서 저런 꼬라지고.'

언네가 그런 생각을 굴리고 있는데 설단은 되레 비칠비칠 뒤로 물러서기 시작했다. 도대체 배알도 창자도 없는 여자 같아 보였다.

바로 종년 모습이었다.

그런데 세상에는 천륜이란 게 있다더니, 어미 자식이라는 보이지 않는 끈이 맺어져 있는 까닭일까? 언네 보기에, 낯선 설단을 물끄러미 쳐다보는 재업 눈빛이 슬펐다. 여러 해에 걸쳐 설단으로부터 극진한 보살핌을 받아온 동업이 설단을 몰인정하게 째려보는 것과는 현저히 달랐다.

이윽고 여전히 '종년'에서 벗어나지 못한 설단은, 재업에게 무슨 말 한마디 건네지 못한 채 그대로 돌아섰다. 그 어깨가 너무나 좁고 가냘프게 보여 언네 가슴이 뭉클했다.

'설단이 조년이 내하고 가찹거로 지낸 사이도 아인데 내 멤이 와 이라지?'

언네는 괜스레 눈물이 떨어지려고 하여 목을 뒤로 젖혔다.

'역시 같은 종년 신세라서 그랄 끼거마.'

그러자 분녀는 물론이고 동업을 향한 증오심이 한층 크게 솟구치는 언네였다. 가진 자, 누리는 자의 오만과 비인간성에 치가 떨렸다.

"흥! 돼도 안 하는 년이, 요가 오데라꼬?"

분녀는 짧은 주둥이를 쭉 내밀어 설단의 등에 이런 소리를 꽂았다.

"앞으로 한 분만 더 와 봐라. 황소 겉은 아랫것들 시키갖고 저 선학산 공동묘지 있는 데 생매장을 해삐릴 낀께네."

그렇게 큰소리로 지껄이면서, 쓰러질 듯 가까스로 걸음을 옮겨 멀어지고 있는 설단의 뒷모습을 집어삼킬 것처럼 노려보는 분녀가, 언네 눈에는 인간 같지 않았다. 언네는 설단에게 마음의 손을 흔들었다.

'잘 가라이, 설단아.'

이런 속말도 섞어 보냈다.

'우짜든지 잘살아야 하는 기라. 그기 바로 복수하는 거 아이것나? 니 자슥 재업이는 더 걱정 안 해도 된다. 내가 잘 돌봐줄 꺼마.'

그 사건이 있었던 뒤 설단은 억지로라도 마음을 다잡고 있었는데 꺽돌은 그게 아니었다. 그것도 단순히 아닐 정도가 아니라 오히려 시간이 흐를수록 그 도가 점점 더 심해졌다.

발단은, 아이였다.

어찌 된 셈인지는 모르겠지만 그들 부부 사이에 아이가 생기지 않았다. 바깥에서 술에 만취해서 가까스로 집을 찾아 돌아온 꺽돌은, 목을 빼고 꺼이꺼이 울면서 하는 소리가 늘 이러했다.

"내가 고자 아이가. 내가 아 몬 놓는 빙신인 기라."

그 소리가, 파들파들 떨리는 가슴을 움켜쥐고 있는 설단 귀에는 이런 뜻으로 새겨졌다.

'니는 아를 논 여자 아이가. 그라이 니는 몸이 아모 이상 없는 기다.'

그러고는 정해진 수순처럼 끝내 억호와 분녀에게 빼앗긴 아들 생각으로 이어지기 일쑤였다. 그러면 평소 서로가 말도 크게 하지 않는 부부는 금방이라도 갈라서버릴 사람들같이 대판 싸움을 벌였다가도, 모두 제풀에 기진맥진해지면 와락 부둥켜안고 이런 소리와 함께 방바닥에 홍수가 날 정도로 눈물을 펑펑 내쏟곤 했다.

"내 콱 죽어삘 끼다!"

"지가 먼첨 죽을 끼라예!"

그런데 일은 그 정도 선에서 끝나는 게 아니었다. 꺽돌은 공공연히 억호를 욕하고 다녔다. 아내가 억호 아이를 낳았다는 사실로 비춰볼 때 그것은 제 얼굴에 침 뱉는 행위였다. 하지만 꺽돌은 설단과 자기가 잠자리는 가능하나 임신이 되지 않는 생식불능 현상을 보이는 것이 모두 억호 탓인 양 저주하고 미워했다. 그동안 쌓이고 쌓인 것들이 그런 양상으로 한꺼번에 폭발하는 건지도 모른다.

어쩌면 억측만은 아니었다. 잠자리에서 설단은 꺽돌을 받아들이려 하지 않을 때도 있었다. 꺽돌을 세상 그 어떤 사람보다 소중하게 여기는데도 그랬다. 그것은 설단이 아직도 억호와의 악몽에서 완전히 빠져나오지 못하고 있다는 아픈 증거였다. 그럴 경우에 결국 꺽돌은 돌아누울 수밖에 없었다. 그러고는 나는 이쪽, 너는 저쪽, 그렇게 다른 쪽을 보며 타인이 되곤 했다.

꺽돌이 억호를 상대로 그런 짓을 한다는 사실 앞에 설단은 안절부절 못했다. 혹시 이런 소문이 억호 귀에 들어가면, 비봉산이 무너지고 남강이 막히면 막혔지 가만히 있을 위인이 아니었다.

'부처님, 저희는 그냥 이대로도 괘안은께 지발 다린 일만 없거로 해주이소.'

둘 사이에 자식이 없어도 상관없으니 다른 불상사가 일어나지 않고 그저 금실 좋게 살 수 있기만을 바랐다. 비화가 거저 주다시피 한 전답만 일구면 한평생 입에 풀칠하는 데는 별문제가 없었다. 하늘이 건강한 몸을 주신 것만으로도 감사하는 마음으로 살아가리라 했다.

"이거저거 너모 복잡하거로 생각해쌌지 마소."

"예, 마님."

"내가 하는 이약 고깝거로 받아들이지 말고."

"안 그리 받아들입니더. 무신 말씀인지 알것십니더."

비화는 설단이 하는 태도를 보고 동업에 대해 어느 정도 간파한 눈치였다. 설단이 직접 업둥이란 말은 들려주지 않았지만 적어도 동업이 억호와 분녀의 친자식이 아니라는 것은 알아차리게끔 해주었다.

'땅 마이 갖고 있는 부자들이 다 비화 마님만 겉애으모.'

비화는 정이 넘치는 훌륭한 지주였다. 설단은 비화 덕분으로 얻은 과분하리만치 좋은 운수를 느껴워하면서도 어쩐지 불안했다. 아무리 방정맞은 생각이라고 접으려고 해도 남의 행운을 잠시 빌려 쓰고 있다는 기분에서 헤어나기가 쉽지 않았다.

그러한 어느 날이다.

설단의 그 막연한 예감이 적중하고 말았다. 마치 과녁에 정확하게 날아가 꽂힌 화살과도 같았다.

그날 설단은 토지 문서상의 주인은 비화지만 실제로는 자기들 소유와 진배없는 논에서 꺽돌과 함께 일을 하고 있었다. 그러다가 설단이 잠깐 집으로 가서 새참을 가져와 보니 꺽돌이 보이지 않았다.

'어? 오데 가뻰 기고?'

일하다 소변이 마려우면 얼른 가서 해결하곤 하는 근처 큰 왕벚나무 밑을 한참 살펴봤으나 꺽돌의 그림자도 발견할 수 없었다. 이번에는 산 쪽을 올려다보면서 생각했다.

'이 훤한 대낮에 산짐승이 여게꺼지 내리와갖고 사람을 물고 갔을 리도 안 없나. 그라고 아모리 사나븐 산짐승이라 캐도 당할 그이가 아인기라.'

참으로 귀신이 통곡할 노릇이었다. 하늘로 솟았는가 땅으로 꺼졌는가?

'그 사람 성질에 지 아내를 놀릴라꼬 장난질을 칠 사람도 아이고.'

그렇다면 꺽돌은 어디로 갔을까? 설단이 눈알이 벌겋게 되어 찾고 있는 바로 그 시각, 꺽돌은 비봉산 등성마루 위에 서 있는 두 그루 고목 사이 공터에 있었다. 구름 그림자가 드리워졌다가 걷혔다가 하는 빈터였다.

그런데 꺽돌은 혼자가 아니었다. 어떤 젊고 건장한 사내와 마주 서서 서로가 죽일 듯이 사납고 매섭게 노려보는 중이었다. 그 강렬한 눈빛에 수목들이 깡그리 활활 타버릴 듯했다. 산새도 멀찌감치 피신했는지 사위가 조용했다.

꺽돌의 상대는 놀랍게도 억호 심복 양득이었다. 억호가 효원을 통해 해랑에게 패물을 전하도록 시켰던 심복이었다.

지금 거기 분위기는 살벌하기 이를 데 없었다. 바람도 숨을 죽이고 지켜보는지 괴괴하기 그지없었다. 바위나 나무이파리에서 반짝이는 햇볕도 파르르 경련을 일으키고 있는 것 같았다.

"내 몬 참는다아!"

양득이 무서운 일갈을 터뜨렸다. 포효하는 호랑이를 방불케 했다.

"시건방진 눔! 감히 우리 억호 서방님을 욕하고 댕기다이. 니눔이 그라고도 목심이 붙어 있을 줄 알았더나?"

"흥!"

그렇게 코웃음 치는 꺽돌 입가에 한 겨울 남강의 얼음장보다도 차갑게 느껴지는 웃음기가 떠올랐다. 나무나 바윗돌마저도 얼어붙게 만들어 버릴 듯한 냉혈인간 하나가 거기 있었다. 그가 던지는 말 한마디 한마디가 그 숫자만큼의 얼음 조각을 연상케 했다.

"내 운젠가는 억호 그눔 맹(명)을 받은 개가 반다시 올 줄 알았다."

주변의 공기도 멈칫, 뒷걸음질을 치는 것 같았다.

"지 주인한테 잘 비일 끼라꼬 꼬랑대이 살살 치는 개쌔끼가 말이제."

순간, 양득의 집채만 한 몸뚱이에서 엄청난 살기가 확 뿜어져 나왔다. 그 기운은 사람은 물론이고 모든 것들을 단숨에 제압할 만했다. 그는 눈알을 있는 대로 부라렸다.

"머? 개, 개쌔끼?"

하지만 꺽돌은 조금도 동요되는 빛을 보이지 않았다. 그리고 더없이 가소롭다는 듯 여전히 냉소를 거두지 않고 짧게 되받았다.

"하모."

그 소리는 작은 낙엽 하나가 떨어지면서 내는 것보다도 더 미세한 울림을 남기고 이내 스러졌다. 그에 반해 양득은 온 산을 쩌렁쩌렁 울리는 메아리처럼 말했다.

"하아모오?"

"……."

이번에는 한 귀로 듣고 한 귀로 흘리듯 아무런 대꾸도 하지 않고 짓궂게 웃으며 고개를 끄덕이는 꺽돌이었다.

"이, 이눔잇!"

양득이 분을 이기지 못해 온몸을 덜덜 떨어댔다. 워낙 거구인지라 지축이 제멋대로 흔들릴 지경이었다.

"와 내 말이 오데 한군데라도 틀릿나?"

꺽돌은 부채질을 했다.

"개 정도만 되모 괘안커로? 개만도 몬한 기 문제지."

"개만도!"

화가 머리끝까지 치민 양득은 맹수처럼 으르렁거렸다. 그러고는 비장의 무기를 뽑아드는 목소리로 말했다.

"안 되것다."

하지만 갈수록 겁을 먹기는 고사하고 골을 먹이는 꺽돌이었다. 그것 하나만 봐도 이제껏 그가 얼마나 억호에게 큰 앙심을 품고 있었는가를 알만했다.

"안 되모 되거로 해야제."

그때 골짜기를 향해 몸을 내리꽂는 멧새는 창槍을 떠올리게 했다. 그처럼 지금은 모든 게 무기로 둔갑되어 보이는 것이다.

"안 되모 되거로 하는 거, 그거는 내가 좋아하는 소리라는 거 아는가베."

양득은 전신에 기운을 실었다.

“억호 서방님은 안 뒤질 만큼 손만 쪼꼼 봐주고 오라 글 쿠싯는데, 니놈 심통을 그냥 콱 끊어삐야것다.”

그러자 꺽돌도 서서히 대결 자세로 바꾸더니 솥뚜껑 같은 두 주먹을 더욱 힘껏 쥐면서 경고장을 날렸다.

“내 할 소리 사둔이 해준다.”

양득은 공격할 태세를 갖추었다.

“사둔?”

관졸들이 들고 다니는 삼지창 같은 손가락으로 상대방 눈알을 후벼 팔 것처럼 했다.

“눈깔 빠지것다, 사둔.”

꺽돌이 두 눈에 힘을 넣고 집어삼킬 듯이 쏘아보며 천천히 말했다.

“니 발목때기로 이 산을 걸어 내리갈 생각 마라.”

양득 얼굴 가득 보기만 해도 섬찟하고 잔혹한 빛이 떠올랐다.

“누 발목때기가 성할 낀고 보자.”

산바람이 두 사람 사이에 금을 긋듯이 하며 지나갔다.

‘씨~잉.’

더 이상 말이 필요 없었다.

“오이라!”

“간다아!”

두 장정은 이내 엉겨 붙어 하나가 되었다. 물과 불이 합쳐지는 양상이었다.

“뿌드득!”

뼈마디 부딪는 소리가 났다.

“퍽!”

이쪽 가슴팍과 저쪽 이마에서 거의 동시에 무언가가 둔탁하게 깨지는 소리가 곧장 뒤를 이었다.

"에잇!"

"얍!"

주먹과 발이 정신없이 오가다가 한 몸이 되어 공터를 굴렁쇠같이 구르다간 커다란 고목 둥치가 부러질 정도로 사정없이 부딪쳤다.

'깍깍, 깍깍.'

그때 거기 분위기로 보아서는 까마귀 울음소리가 더 어울릴 것 같은데도 수백 년 된 그 느티나무 가지에서는 까치가 소리 내고 있었다.

'깍깍, 깍깍.'

까치는 두 마리였다. 고목 한 그루에 한 마리씩이었다. 얼핏 양쪽에서 더 세게 싸우라고 응원하는 것도 같고, 그게 무슨 짓들이냐고 싸움을 말리는 것 같기도 했다.

"허~억!"

"으."

"아~악!"

"컥."

시뻘건 핏물이 튀고 흡사 짐승이 내는 것 같은 거친 숨소리가 퍼지고 기합 넣는 소리와 외마디 비명이 오갔다. 온 산이 뿌리가 뽑힐 만큼 왕왕 울렸다.

'깍깍, 깍깍.'

까치들은 쉬지도 않고 똑같은 소리를 내었고 혈투는 그 끝을 몰랐다. 그야말로 막상막하, 용호상박이었다.

"받아랏!"

"와라!"

"항복해라."

"웃기지 마라."

얼마나 죽기 살기로 싸웠는지 모른다. 급기야 두 사람은 약속이나 한 것처럼 한꺼번에 썩은 짚 동같이 픽 쓰러졌다. 그러고는 꺽돌은 오른쪽 고목, 양득은 왼쪽 고목에 등짝을 갖다 붙인 채 저마다 가쁘게 숨을 몰아쉬었다.

"푸푸."

"후후."

그들 눈에서 상대를 죽일 듯 노려보던 섬뜩한 살기는 사라지고 등성이에는 아주 고요한 평화가 찾아왔다. 아니, 소란 뒤의 침묵은 차라리 괴기스럽기까지 했다. 그새 까치소리도 뚝 멎어 있었다.

꺽돌은 말없이 저 멀리 남향의 성곽 쪽을 바라보았다. 유서 깊은 이 고을과 운명을 같이하고 있는 고성古城이었다.

양득 시선도 거의 엇비슷한 곳을 향했다. 고을은 전에 없이 평온해 보였다. 그곳은 사랑도 미움도, 높은 자도 낮은 자도 없는 듯했다.

'아내가 내를 찾아 난리가 났을 끼다.'

이윽고 약간 기운이 돌아오자 꺽돌 뇌리에 맨 먼저 찾아온 생각이었다. 산바람이 살랑 불어왔고, 나뭇잎 엇갈리는 소리가 묘한 감상을 자아내었다.

'저눔은 무신 궁리하고 있으까?'

양득은 지금 무엇을 떠올리고 있는지 알 수 없었다. 크나큰 허탈감에 빠져버린 사람처럼 보였다. 그러자 그에 대한 증오심과 적대감이 바람에 날린 구름인 양 사라지고 마음은 거짓말같이 선량해졌다.

'다아 씰데없는 짓 아이가.'

다시는 되살리고 싶지 않은 과거가 산바람에 묻혀 돌아왔다. 땅거죽을 억세게 거머쥐고 있는 고목의 뿌리가 떨쳐버릴 수 없는 운명의 손처럼 보였다.

'내가 예전에 배봉이 집구석 종살이할 때도, 양득이 저놈하고 개인적으로 웬수 진 일도 없었는데 이기 무신 꼴이고?'

양득 얼굴에도 어떤 악의가 느껴지지 않았다. 백치같이 무표정해 보였다. 어느 순간 두 사람 눈빛이 허공에서 맞부딪쳤다.

꺽돌은 슬그머니 황소 목 같은 고개를 돌렸다. 양득도 흡사 딴전을 부리는 것처럼 외면했다. 꺽돌 마음이 더 싱숭생숭해졌다.

어쩌면 양득도 속으로 후회하고 있을지 모르겠다. 종놈 신세를 한탄하고 있진 않을는지. 결국, 놈도 불쌍한 인생이다. 의미도, 가치도 없는 삶이다. 개나 돼지가 살아가는 것과 뭐 다를 게 있을 것인가 말이다.

'우리가 눌로 위해서 살고 있는 기고?'

꺽돌은 그 자리에는 전혀 어울리지 않게 점점 야릇한 감정에 빠져들었다. 물론 지금까지 살아오면서 때때로 그와 유사한 감정을 느껴오기는 했지만, 그 순간처럼 심한 감정의 기복을 맞기는 처음이었다.

'그런 것도 모리고 있는 우리는 대체 누고?'

꺽돌은 누구이고 양득은 또 누구인가? 아니, 세상 사람들은 모두 누구인가?

'신의 노리개라모 신은 에나 몬됐다.'

묏자리나 집터나 도읍 터의 기운이 매였다는 주산主山. 비봉산 자락의 서편 가매못이 있는 곳으로부터 낙조가 붉게 물들어가고 있었다. 그것은 이날따라 보는 사람을 미치게 할 정도로 빛깔이 대단히 선명하고도 처연하여 흡사 인간 세상의 풍광이 아닌 성싶었다.

'시방 누가 가매에 활활 불을 때고 있는 기까?'

꺽돌은 그런 엉뚱한 생각도 들었다. 공연히 눈시울이 젖는다. 쉽다.

이렇게 서러울 수가 있을까?

"캑캑."

문득 양득이 밭은기침을 시작했다. 그 모습을 본 꺽돌은 더한층 견디기 힘들었다. 태양의 마지막이 저토록 가슴 아리게 비칠 때가 또 있었던가? 양득의 기침 소리는 꺽돌의 폐부를 찌르고 마음마저 가차 없이 절단낼 것처럼 느껴졌다.

'설단이가 한참 낼로 찾고 있을 끼거마.'

꺽돌은 속으로 또 중얼거렸다. 어쩌면 지금쯤 우리 집에서 아내 설단이 매운 연기 때문에 기침까지 해가면서 아궁이에 군불을 지피고 있을지도 모르겠다는 생각이 들었다.

온몸 성한 곳 한군데 없이 상처투성이가 돼버린 이 지치고 고단한 육신을 편안히 눕힐 방을 따뜻하게 데워주기 위해서…….

그 생각 끝을 물고 꺽돌은 쓰리도록 기억해냈다. 저 새끼 양득은 아직도 장가들지 않은 혼자 몸이란 것을. 나 못지않게 크게 다친 몸뚱어리에 약 하나 발라줄 아내는 물론 가족 하나 없는 혈혈단신이라는 사실을…….

"야!"

꺽돌은 자신도 모르게 있는 힘을 다 짜내어 양득을 불렀다.

"이 개야!"

그러자 양득도 엄마 젖 먹던 기운으로 되받아쳤다.

"와? 이 시건방진 눔아!"

꺽돌이 웃으며 말했다.

"개가 머를 한거석 처묵어서 그런 기가, 아즉 그런 소리 할 기운이 남아 있는 거 본께네."

양득도 웃으며 말했다.

"시라쿠는 식초는 안 시고 식초 마개부텀 신다쿠디이, 니놈은 식초 처묵고 그리키 심이 센 것가?"

이번에는 둘이 동시에 웃어 제쳤다.

땀이 배고 함부로 헝클어진 두 사람 머리카락 속으로 바람이 파고든다. 집요한 자연의 손길이다.

'푸드덕!'

잠시 들리지 않던 산새 날갯짓 소리가 다시 들린다. 어쩌면 가매못 열기를 견디지 못하고 가버렸던 봉황이 돌아오는 소리인지도 모른다.

"올매나 다친 기고?"

"……."

고목 둥치에 나 있는 크고 시커먼 구멍을 통해 무엇인가가 이쪽을 지켜보고 있는 것 같았다.

"니 발로 산을 걸어 내리갈 수는 있것나?"

"……."

혹시 청설모나 토끼가 잘못 건드린 걸까? 저만큼 비탈진 곳으로부터 돌멩이 굴러 내리는 소리가 들려왔다. 그게 아니면 지난해 홍수 때 흙이 막 무너져 내리면서 큰 바윗덩이나 덩굴풀 같은 데 간신히 걸려 있다가 이제 떨어져 내리는 돌멩이인지도 모르겠다.

"심들 거 겉으모 내가 좀 부축해주까?"

꺽돌이 무어라 말해도 계속 듣기만 하는 양득 입언저리에 엷은 미소가 노을처럼 번져 났다. 일그러진 웃음이었다. 그는 아무 말 없이 고개를 가로저었다.

설단은 작은 툇마루 끝에 걸터앉아 있었다.

하염없이 싸리문 바깥을 내다보고 있는 주먹만 한 그녀 얼굴 가득 근심과 시름이 서렸다. 엄청난 불안과 초조에 쫓기는 한 마리 나약해 빠진 짐승을 연상시켰다. 생각할수록 억장이 무너지는 노릇이 아닐 수 없었다.

'대체 오데로 갔노?'

꺽돌이 거기 가지 끝에 올라가 앉아 있기라도 하듯이, 토담 옆에 기우뚱 서 있는 늙은 감나무를 향해 속말을 던졌다.

'아모 대답도 없네.'

그러던 설단이 기다림에 지친 나머지 다시 남편을 찾으러 나갈 작정을 하고서 막 몸을 일으켜 세웠을 그때였다.

"으으."

깊은 신음을 흘리며 금세 폭 꼬꾸라지려는 몸을 하고 마당으로 들어서는 사람은 틀림없는 꺽돌이었다.

"아, 여, 여보!"

설단은 그대로 숨넘어갈 듯 기겁을 하며 허겁지겁 그에게로 달려갔다. 신발 한 짝이 벗긴 줄도 모른 채였다. 그녀는 금방이라도 울음이 터지려는 얼굴로 물었다.

"우, 우찌 된 일이라예?"

붉은 염색물을 먹인 것 같은 꺽돌이 옷이 설단의 눈에 들어왔다. 설단이 비명과 함께 이런 소리를 내질렀다.

"이, 이거는 피, 피 아이라예?"

꺽돌의 입은 열리지 않았고, 설단은 상처투성이인 꺽돌 얼굴에 손을 갖다 댔다.

"오, 오데서 이, 이리키나 다칫어예, 예에?"

"……."

설단은 집터 귀신의 귀가 시끄러울 정도로 발을 동동 굴렀다.

"뭔 소리라도 하, 함 해보이소, 지발예!"

그러나 시종 아무런 말이 없는 꺽돌 어깨 위에는 짙은 어둠만 침묵처럼 켜켜이 내려앉아 있었다. 밤 귀신을 방불케 했다.

"우짜노? 우짜노?"

참새같이 자그마한 체구로 큰 곰 같은 남편을 가까스로 부축하여 방바닥에 눕힌 설단은, 부엌으로 달려 들어가 물수건을 가져와 우선 급한 대로 꺽돌 얼굴에 온통 묻어 있는 핏자국부터 닦아내기 시작했다. 그렇지만 이미 말라붙은 피도 있어 쉬 지워지지 않는다.

"하이고! 하이고!"

설단 입에서는 통곡 같은 소리만 나왔다. 꺽돌은 죽은 사람처럼 가만히 누워 있다. 그는 몸보다도 마음이 더 지친 상태였다.

"이리 몸을 쪼꼼만 더 돌리보이소."

꺽돌에게 무슨 말을 듣기를 포기한 설단은 혼자 말하고 혼자 움직이기에 여념이 없었다.

"폴을 빼야지예, 폴을예."

무쇠 같은 신체라는 말은 꺽돌을 두고 생긴 게 아닐까 싶을 정도로 강한 그의 팔이지만 지금 그 순간에는 솜털보다도 더 약해 보였다.

"고개도 몬 움직이것어예?"

"……."

"그라모 요는예?"

잡귀 씐 사람같이 저 혼자 조잘거리며 이윽고 어렵사리 피 묻은 옷까지 갈아입힌 설단은, 꺽돌 머리맡에 병아리처럼 오도카니 쪼그리고 앉아서 나직한 목소리로 물었다.

"억호 그 인간 짓이지예?"

꺽돌의 침묵은 그때 그 방 바람벽에 붙어서 기어가고 있는 개미의 발

소리도 들릴 만큼 깊었다.

"맞지예?"

설단은 벽 쪽에 놓여 있는 사기그릇 속의 자리끼가 출렁거릴 정도로 목청을 돋우어 또 물었다.

"맞다 아입니꺼, 예?"

꺽돌은 여전히 아무 말이 없다. 비봉산 고목 가지에 그의 말들을 모조리 걸어놓고 산을 내려온 것일까? 설단은 코를 훌쩍였다.

"그래도 이리 무사히 돌아오싯은께 천만다행이라예. 안 그랬으모……."

설단은 몸을 일으키며 말했다.

"잠깐만 혼자 누우 계시소."

"……."

설단은, 혹시 이 사람, 저러다가 벙어리가 돼버리는 것은 아니겠지, 하는 방정맞은 생각까지 들었다.

"알겄지예?"

바람벽에 붙어 있던 개미는 그새 문지방을 넘고 있었다.

"금방 가서 으원을 불러오께예."

그러자 그때까지 통나무처럼 꿈쩍도 하지 않고 누워 있던 꺽돌이 처음으로 고개를 약간 내젓는 게 희미한 호롱불 아래 비쳤다.

그것을 본 설단 가슴이 칼로 도려내듯 아팠다. 남편이 그 순간처럼 나약해 보이긴 처음이었다. 오늘날까지 그토록 힘이 들어도 꿋꿋함만은 잃지 않은 그였다. 비록 증오와 설움이 그를 지탱해온 버팀목이었다고 할지라도.

잠시 방안 가득 절집을 떠올리게 하는 고요함이 밀려왔다. 층 마루 밑에 뱃가죽을 깔고 있던 삽사리란 놈이 괜히 '컹' 하고 소리 내어 한 번

짖었다. 그러자 그에 호응이라도 하듯이 외양간에서도 '음~매' 하는 천룡의 울음소리가 들렸다.

달이 뜨고 있는가? 오늘이 보름달일까, 조각달일까?

정말이지 시간이 바로 가는지 거꾸로 가는지도 모를 정도로 온종일 일만을 하며 일부러 몸뚱어리를 혹사해왔다. 그것만이 원통 절통하게 빼앗겨버린 아들 생각을 벗어던질 수 있는 유일한 길이며, 구차한 목숨을 부지할 수 있는 단 하나의 처방책이었다.

고즈넉한 가매못의 밤은 삽사리와 천룡이 가끔 번갈아 가면서 내는 소리를 좇아서 점차 깊어갔다. 못 속의 동물이나 식물도 모두가 잠을 자고 있을 듯하다. 바람만 잔잔한 물결을 이루고 있을지. 아니, 바람도 눈을 붙이고 있을 것이다.

'도로 삽사리나 천룡이 겉은 짐승으로 태어났더라모 더 좋았을 거를.'

설단은 생각의 만리장성만 쌓았다.

'요 담 시상에는 바람이 돼갖고 천지사방 내 멤대로 돌아댕길 끼다.'

꺽돌은 누워만 있다. 잠이 든 것 같지는 않다. 하기야 저런 몸에 그 무슨 수로 잠이 올까? 한숨도 잘 수 없을지도 모르겠다.

'아, 무시라.'

시간이 흐를수록 현실이 더 또렷하게 다가오면서 설단의 두려움은 높게 쌓이고 있었다. 막연히 느껴오던 예감이 막상 코앞에 닥치자 그것은 훨씬 크고 강한 무게로 덮쳐왔다. 우리가 살아갈 수 있을까?

억호가 누구인가? 근동에서 모르는 이가 없는 천하 개망나니가 아닌가? 그런 무소불위의 세도를 휘두르는 그를 막 대놓고 손가락질하고 다녔으니 이번 보복은 충분히 예견하고도 남을 일이었다.

'암만 그렇다꼬 생사람을 이리키나 골뱅 들이놀 수가 있는 기가? 지옥이 없다쿠모 모리지만 있다쿠모 바로 끌리갈 기다.'

꺽돌이 양득과 비봉산 정상에 서 있는 두 그루 고목 아래에서 혈투를 벌이다가 왔다는 사실을 알 리 없는 설단은, 꺽돌이 억호에게 붙들려가 음침한 헛간 같은 곳에서 억호 명령을 받은 나쁜 패거리들에게 일방적으로 당하고 왔을 거라고 지레 짐작했다.

'오데 먼데로 도망쳐갖고 사는 기 우떨꼬? 아모도 우리 두 사람을 알아볼 사람이 없는 곳에서 말이다.'

그런 궁리도 해보았다. 하지만 꺽돌 성미에 절대 그럴 사람이 아님을 설단은 안다. 그게 설단을 한층 더 큰 두려움으로 이끌었다. 그는 몸이 조금 나아지면 반드시 복수하려 들지도 모른다. 아니, 그럴 것이다. 그것이야말로 계란으로 바위 깨기다. 꺽돌도 그것을 잘 알 것이다. 그렇지만 반드시 실행에 옮길 사람이 그였다.

'꿈은 안 잃어뻘라 캤는데.'

설단은 비록 강제였지만 아들을 양자로 들여보내고 나서 나름대로 위안과 희망을 품었다. 어쨌든 간에 고을 최고 갑부 손주가 돼 있지 않은가. 아무 힘없고 돈 없는 친모 밑에서 고생하느니 그런 대갓집에서 자라는 게 아들로서는 잘된 일이라고 주문 걸듯 스스로에게 일러가며 살아왔다. 그건 한때 동업에 대해 품었던 재영의 심정과 거의 비슷한 성질의 것이었다.

'씨~잉.'

비봉산 바람이 가매못 부근으로 불어오는 소리가 문풍지의 떨림을 통해 전해지고 있었다. 어쩌면 자기가 낮 동안에 목격한 장면을 설단에게 알려주기 위해 방문을 두드리고 있는 것인지도 모르겠다.

꺽돌이 저렇게도 무참히 당하고 온 것을 지켜본 설단 마음은 가매못에서 자라는 물풀과도 같이 한량없이 흔들렸으며, 급기야 이런 위험천만한 유혹에 혼자 어둠의 늪에 잠겨 화들짝 놀라지 않을 수 없었다.

'내 아들을 그 집에서 넘들 모리거로 데꼬 나와서, 남핀하고 셋이서 멀리로 달아나 살고 시푸다.'

그즈음 새덕리 마을에는 지나가는 사람들 눈길을 잡아끄는 대저택이 지어지기 시작했다. 드디어 비화의 숙원이 이뤄진 것이다.

박재영이 허나연과 눈이 맞아 애정 도피 행각을 벌일 당시에 비화가 눈물로 독수공방하던 초라한 집은 허물고 그 자리에 세우기로 했다. 그 집 주변 땅을 전부 사들였기 때문에 신축되는 집터는 수백 평이나 되었다.

"내 한 가지 쪼매 궁금한 기 있어갖고 물어보는데, 그라모 우리는 인자부텀 저 집에서 소작료나 받음서 살아가거로 되는 기요?"

재영의 조심스러운 물음에 비화가 곧바로 대답했다.

"당신은 그리하고 싶으모 그리하이소."

"그라모 당신은?"

잠시 침묵이 흘렀다가 다시 대화가 이어졌다.

"지는 저 집하고 여 나루터집하고 번갈아 오감시로 생활할 생각입니더."

재영은 걱정 서린 낯빛으로 말했다.

"신갱 쓸 일도 늘어나고, 심도 마이 들 낀데."

그것은 벌써 각오하고 있다는 듯 비화가 말했다.

"예, 시방보담도 상구 더 바빠지겄지만예."

재영은 잠시 생각에 잠기는 기색이더니 이렇게 말했다.

"당신이 그라모, 내도 그랄라요."

재영은 고향 마을에 그런 어마어마한 저택을 짓는 일이 더없이 자랑스러우면서도 한편으로 심히 부끄러웠다. 남들이야 부부는 일심동체이니 돈도 남편 것 아내 것 따질 것 없다고 보겠지만, 탁 깨놓고 말하자면 전 재산은 아내가 번 것이고 보니 그럴 수밖에 없었다.

'넘들은 잘 모리것지만도 내는 안다.'

재영은 자린고비는 저리로 가라 할 정도로 검소함이 몸에 밴 아내가, 지나치리만치 사치스럽다 여겨질 만큼 새집을 거창하게 지으려는 저의를 누구보다 명확하게 꿰뚫고 있었다.

임배봉 저택, 그것을 겨냥한 것이다.

아직은 뱁새가 황새 따라가려는 짓이라고 할지 모른다. 비화로선 다른 데서 적잖은 출혈을 보는 일이 있더라도 내 집만큼은 절대로 원수 집에 뒤처지고 싶지 않다는 강단을 품었을 것이다. 거기에다 새로 짓는 집 바로 옆에는 저 비봉산 정상의 느티나무 버금갈 정도의 아름드리 느티나무가 웅장한 자태를 뽐내고 있어 대저택의 위용을 도울 만했다.

"집이 우찌 돼가는고 한분 보고 오께예."

"아, 한 분만 갖고 되나, 적어도 다섯 분 열 분은 되야제."

이건 우정댁이었다.

"해나 요분 비에 쓸려간 거는 없는가 해서예."

비화 그 말은 원아가 받았다.

"해나 눈에 쓸려간 거는 없는가 잘 봐야제."

비화는 장사를 하는 틈틈이 공사 현장을 둘러봐야 하고, 곳곳에 소작으로 준 많은 전답도 돌아봐야 하는 등, 그야말로 눈코 뜰 새가 없었다.

그런데 비화는 한 번도 가마를 부르지 않았다. 자신보다 훨씬 못한 소지주들도 마름이나 소작인들에게 힘을 과시할 요량으로 떡하니 가마를 타고 행차하는데 비화는 결코, 그러지 않았다. 그 덕분에 사람들 입은 심심치 않았다.

"와 그라는 기제?"

“내가 아나?”

“그라모?”

“가매나 알랑가?”

“우떤 가매?”

“…….”

“가매못 가매?”

“어이쿠, 니 그랑께 요날 요때꺼정 가매 한분 몬 타고 살았디제.”

“글쿠는 니는?”

“아, 내사 머.”

“가매 다리 뿔라지것다. 인자 고마하자.”

“고마 안 하모 우짤 낀데?”

“하여튼 요놈의 대갈통에 쥐가 나거로 생각해봐도 성과 없다.”

모두가 궁금했지만, 답을 내지 못했다. 여하튼 그 까닭을 모르는 사람들 사이에서는 별의별 소리가 나돌고 있었다. 그 고을 최고의 화제 인물이 아직도 한참 젊은 여자라는 사실부터가 사람들에게는 크나큰 화젯거리로 자리 잡을 만했을 것이다.

기억 그리고 덫

비화가 하루는 가매못 안쪽 전답을 부쳐 먹고 있는 꺽돌과 설단을 찾았다. 그때쯤 꺽돌은 억호가 보낸 양득과의 고목 아래 혈투에서 입었던 전신의 상처도 거의 아물어져 가고 있었다.

“쌔이 오시이소, 마님. 이기 올매 만입니꺼?”

“벨일은 없고 잘 지내시지예?”

반가움과 예의를 갖춘 그들 부부 인사였다.

“내사 머 그렇고, 우때예? 할 만한지 모리겄네, 두 사람은?”

비화는 담장 하나를 사이에 두고 사는 이웃처럼 정겹게 말을 건넸다.

“아입니더, 마님. 할 만한지가 머십니꺼? 마님 덕분에 저희 두 사람에나 잘 지내고 있십니더.”

부부는 연방 머리를 조아리며 감사의 뜻을 표했다.

“이전부텀 농사는 농세農稅라 할 만치 심이 드는 일 아이겄소.”

“그래도 땅은 사람을 안 기시서 좋아예.”

“농자천하지대본이라는 말이 벌로 생긴 거는 아일 기라고 보거마는.”

“우쨌든 시절이 좋아야 수확도 알찰 긴데 말입니더.”

그런데 농사일에 관해서 얼마간 말을 주고받다가 문득 꺽돌이 물었다.

"마님은 와 가매를 안 타고 심들거로 걸어댕기십니꺼?"

그러자 비화는 바람 불지 않는 날의 가매못 물결만큼이나 잔잔한 웃음을 보이면서 이렇게 대답했다.

"내사 그리하모 팬하것지요."

마루 밑에서 삽사리가 소리를 내자 외양간의 천룡도 덩달아 소리를 내었다.

"그란데예?"

부부가 똑같이 궁금하다는 얼굴로 비화를 바라보았다. 잠시 후 비화 입에서 나오는 말이었다.

"하지만도 내 땜에 적어도 가매꾼 두 사람은 고생을 해야 될 깁니더."

동물들이 내는 소리에 잠깐 귀를 기울이고 있던 비화가 다시 말했다.

"내 한 몸 좋을라꼬 넘을 심들거로 하모, 그거도 죄악에 들것지예."

꺽돌은 묵묵히 고개를 끄덕였고, 설단은 치맛자락 끝을 잡아당겨 발을 덮었다.

"그라고 아즉 두 다리가 이리 성하지 않은가베."

그러던 비화는 갑자기 화제를 다른 데로 돌렸다.

"가매못 말인데, 아까 이리로 옴시로 본께네 물괴기 잡는 사람들이 술찮이 되던데 장마당 저런 기요?"

두 손으로 무릎을 끌어당겨 안고 있던 설단이 대답했다.

"그래예, 마님."

고갯짓으로 꺽돌을 가리켰다.

"저 사람 보고 물괴기 몇 마리 잡아 마님께 올리라 하까예?"

가매못 근처에서 아이들이 내지르는 함성이 들려오기 시작했다. 그리고 호응이라도 하는지 동리 뒤편 산등성이로부터 멧새 소리가 났다.

"당장 그리하것심니더."

꺽돌이 즉시 몸을 일으키려고 했다.

"말만 들어도 고맙거마는. 괘안소."

그러고 나서 비화는 한동안 상념에 잠기는 빛이었다. 꺽돌과 설단은 영문을 몰라 서로 얼굴을 바라보았다.

'마님께서 와 각중애 저라시예?'

'글씨, 모리것거마. 뭔 일이 있으신 거 겉기도 하고.'

부부가 눈빛으로 그런 조심스러운 대화를 나누고 있는 중에도 비화 얼굴은 갈수록 더 딱딱하고 심각해지고 있었다.

'아, 저눔은?'

비화는 그곳까지 오는 도중에 보았다. 맹쫄이 가매못 가에서 낚시질을 하고 있는 것이다. 그는 낚시에 정신이 팔려 비화를 알아보지 못했다. 맹쫄이 물고기 잡는 일에 빠져 있다는 건 다행이었다. 언젠가 상촌 나루터에서 얼이를 남강에 빠뜨려 죽이려 한 놈이다.

'까악, 까악.'

동네 초입에 파수꾼처럼 서 있는 플라타너스 가지 위에 올라앉은 까마귀가, 그다지 유쾌하지 못한 울음소리를 내고 있었다.

"에이, 기분 나뿌거로. 재수 옴 붙것다."

그런 소리와 함께 짚고 있던 지팡이를 휘두르며 까마귀를 쫓아 보내려는 노파도 보였다. 나루터집에 온 손님들이 농담인 듯 진담인 듯 나누던 이야기가 생각났다. 사람은 나이가 들어갈수록 까마귀를 싫어하게 된다고 했다. 왜 그러는지 그 까닭에 대해서는 알 것도 같고 모를 것도 같다는 흐리멍덩한 소리도 했었지.

'까마구 소리를 들은께 고것들이 생각나거마.'

비화 뇌리에 운산녀와 민치목이 떠올랐다. 아들 준서를 유괴하려고 했던 허나연 얼굴도 함께 나타나 보였다. 울음소리는 쩡쩡한데 잎사귀에 가려 잘 보이지 않는 까마귀의 목 위에 그들 얼굴이 달려 있을 것 같았다.

'시방 내가 여서 한가롭거로 앉아 있을 때가 아이다.'

비화는 별안간 마음이 더없이 조급해졌다. 또 원하든 원하지 않든 영적인 무엇이 발동하려는 것일까? 그것은 때로 비화 자신마저도 무섭게 만들었다.

"인자 고만 가볼라요."

비화가 일어서려고 했다.

"쪼꼼만 더 계시다가 안 가시고예."

부부는 몹시 서운한 기색이었다. 하지만 사람 눈에 보이지 않는 어떤 강한 기운에 이끌리듯 비화가 말했다.

"담에 또 봅시더."

비화는 서둘러 그 집에서 나왔다. 복슬복슬한 털이 보기 좋은 삽사리란 놈이 동네 어귀까지 따라왔다가 아쉬운 듯 '컹' 하고 한 번 소리를 내고는 몸을 돌려 아주 빠른 속도로 제집 쪽으로 씽 달려갔다.

'내 멤이 우째서 자꾸 이리 흔들리노?'

비화의 발은 연신 허방을 디디고 있었다.

그것은 그릇된 예감이 아니었다.

이윽고 보이지 않는 무엇인가에 쫓기듯 급히 나루터집으로 돌아온 비화에게 좋지 못한 소식이 기다리고 있었다.

"안골 백 부자 알제, 준서 옴마?"

비화는 심장부터 쿵 내려앉았다.

"와예?"

머릿속에서 까마귀 수천 마리가 한꺼번에 울어대는 소리가 났다.

"방금 막 그의 큰아들이 사람을 보내왔는데 말이다."

저 임술년에 명을 거둔 지아비가 떠오르는 듯한 얼굴로 우정 댁이 알려주었다.

"백 부자가 고마 간밤에 운맹해뻿다 안 쿠나."

비화는 귀를 의심했다.

"아, 그분이예?"

나루터집 전체가 난파선같이 기우뚱하다가 한순간에 까마득한 벼랑 아래로 곤두박질을 치고 있었다.

"이래서 사람은 살아도 살았다 몬 쿠는 기라."

그 흉보凶報를 전하는 우정 댁도 염 부인 생각이 나는지 안색이 무겁고 어두웠다.

'마님!'

비화 머릿속에도 백 부자보다 비어사 대웅전 뒤쪽 고목 가지에 명주 끈으로 목을 매달고 죽은 염 부인이 먼저 떠올랐다. 학지암으로 통하는 어두운 숲속 길에서 배봉에게 농락을 당하던 그녀 모습도 떨칠 수 없는 악몽처럼 되살아났다.

'콱 죽어삐야 할 눔은 안 죽고, 죽지 말아야 할 사람이 먼첨 죽는 이거는, 또 무신 시상 이치고? 잘몬돼도 한참 잘몬됐다.'

천벌을 천 번 받아 죽어야 마땅할 배봉은, 저렇게 두 눈깔 시퍼렇게 살아서 비단 방석에 올라앉아 기름진 음식을 꾸역꾸역 삼켜가면서 온갖 낙을 누리는데, 이제는 백 부자마저 염 부인을 따라가 버리다니.

"바깥에 들리쌌던 소문이, 백 부자가 자기 부인이 그리 가삐고 나서부텀 물 한 모곰 목에 몬 넘기고 지낸다쿠디이, 그 바람에 저리 돼삔 모냥이거마."

우정 댁이 건성으로 '팽' 코를 풀며 계속 말했다.

"하기사 그런 기 진짜 부부 아이까이."

잔뜩 시무룩한 표정을 지으며 하는 소리가 서글펐다.

"그에 비하모, 내하고 얼이 아부지하고는 진짜 부부가 아인갑다."

"……."

옆에 붙어 있는 밤골집에서 술 취한 사내들이 떠들어대는 소리가 이날따라 유난히 사람 신경을 빡빡 긁어대고 있었다.

"후~우."

방구들이 내리 앉아라 한숨을 쉬던 우정 댁은, 고개를 뒤로 젖혀 하늘이 있는 천장을 올려다보며 자조와 비탄이 섞인 소리로 말했다.

"그 사람 먼첨 보낸 지가 운젠데, 내는 아즉꺼정 안 죽고 있는 거 보모 말인 기라."

비화는 목이 메었다.

"그런 말씀 안 하시기로 해놓고……."

그러자 그때까지 침통한 낯빛으로 줄곧 듣고만 있던 원아도 안타깝다는 얼굴로 입을 열었다.

"인자 우리 고을에서 멤씨 좋은 큰 부잣집 하나가 사라져뻣다."

우정 댁이 앉아 있을 기운도 없는지 방 벽에 등을 댔다.

"내사 모리것다. 아모것도 생각 안 할란다."

어쨌든 비화는 다시 출타할 채비를 했다.

"문상 댕기오것십니더."

원아가 고개를 숙였다가 다시 들었다.

"우짜것노?"

간혹 철따라 남강을 찾아드는 철새가 다시 갈 길을 떠나지 못한 채 강가 모래밭에 시체로 널브러져 있는 것을 발견하고 눈물짓던 때의 목소리였다.

"목심 가진 것들은 다 한 분은 죽으이, 사람이라꼬 해서 그거를 피해 갈 수 있것나."

술이라도 한잔 마시고 싶다는 빛이었다.

"그런께 너모 상심 안 했으모 좋것거마."

비화는 힘이 하나도 없는 목소리로 말했다.

"예, 작은이모."

그 이후로는 무얼 어떻게 했는지 통 모르겠다. 다리로 걸었는지, 눈은 뜨고 앞을 봤는지, 강인지 땅인지…….

이윽고 성내 안골에 있는 백 부잣집 저택이 저만큼 보이자 비화는 머리가 흔들거릴 만큼 만감이 엇갈렸다.

'그날이 바로 어지거지(엊그제) 겉은데, 하매 세월이 이리도 마이 흘리갔다이.'

남편이 집 나가고 생과부 혼자서 찢어지게 가난에 쪼들릴 때, 그 집에 찾아가면 염 부인은 아직 생생한 옷도 일감으로 주었다. 어디 그뿐인가? 바느질 품삯도 덤을 얹어 듬뿍듬뿍 안겨주던 생명의 은인이었다.

'에나 사람도 짜다라 왔다.'

성벽 너머로 성 밖을 건너다보면서 생각했다.

'우리 고을에서 안 온 사람이 없는 거 겉다 아이가.'

수많은 문상객이 생전의 백 부자 인간됨을 입증해주는 듯했다. 백 부자 영전靈前에 조문을 하면서 비화는 속으로 얘기했다.

'인자는 부인께서 자살하신 이유를 아시기 되것지예.'

잔잔하고 그윽한 향불 냄새가 온 집 안에 흐르고 있었다. 그것은 이승과 저승을 연결한 끈처럼 느껴지고 있었다.

'부디 염 부인께서 한을 푸시고 팬키 눈을 감으시거로 위로해주이소.'

넓은 마당 여러 자리에 쳐놓은 흰빛과 잿빛 장막들이 있는 곳으로 나오니 뜻밖에도 진무 스님이 먼저 와 있었다.

"스님!"

와락 눈물부터 터뜨리는 비화를 외면하며 진무 스님이 침울한 목소리로 말했다.

"네가 올 줄 알고 내 기다리고 있었느니."

남쪽 성가퀴 밑을 흐르고 있는 남강에서 불어온 바람이 장막을 펄럭거리게 했다. 그러자 그것은 살아 있는 생명체처럼 비쳤다. 염 부인과 백 부자가 죽었다는 사실이 한층 현실로 와 닿는 탓에 더 그런 기분이 드는지도 모르겠다.

"상심이 크겠구나."

진무 스님은 살이 없는 가늘고 긴 목을 빼어 커다란 저택의 몸채를 올려다보았다.

"한참 어려울 때 도움을 많이 받은 집이라니까 말이다."

비화는 말이 나오지 않고 돌덩이가 들어앉은 것처럼 가슴만 막혔다.

"스님."

드디어 냄새를 맡고 몰려들기 시작하고 있는 걸까? 비봉산이 고을을 내려다보고 있는 북쪽 하늘에 한 무리의 까마귀들이 모습을 드러내고 있었다. 길조吉鳥라고 하는 까치는 초대받지 못할 자리인가?

"오늘 날씨가 좋아 다행이구먼."

그 말만을 하고 진무 스님은 일부러 염 부인 이야기를 피해가려는 눈치가 역력해 보였다. 하지만 비화는 조문하면서 가까스로 참았던 눈물을 또다시 왈칵 내쏟고 말았다.

'그 품은 한이 올매나 크고 깊었기에, 진무 스님 꿈에꺼정 나타나갖고 내를 불러 달라꼬 하시던 염 부인이라 안 캤나.'

피가 철철 흘러내리는 턱과 입으로 말했다던가.

– 비화, 비화를 불러주이소.

들어오는 조문객은 많은데 나가는 조문객은 거의 보이지 않았다. 어쩌면 그들 모두가 유족들과 함께 밤샘을 치려는 게 아닐까 싶을 정도였다.

'우짜는 기 좋으까? 내가 끝꺼지 염 부인 자살 동기를 비밀로 하는 기 잘하는 짓이 맞으까?'

바람기가 좀 더 거세지고 있는지 장막의 펄럭임이 잦아졌다. 나부끼는 강도도 높아졌다. 평상시 같으면 좀처럼 품어보지 못할 갖가지 망상이 비화를 사로잡았다.

혼은 어디든 마음대로 다닐 수가 있다니, 어쩌면 육신을 빠져나간 백부자 영혼이 저 장막에 붙어 있는 건 아닐까? 그게 아니면 염 부인 혼백일지도 몰라. 넋으로라도 남편을 빨리 만나보기 위해 벌써 달려온 것일지도.

그런 비현실적인 사념에 부대끼는 비화 심정이 저 망망대해 앞에 홀로 서 있는 듯 그저 막막하기만 했다. 속에서 또 이런 소리도 생겨났다.

'온 시상 천지에 알리서 배봉이 저눔을 매장시키삐는 기 안 옳으까?'

비화는 머리가 도끼로 쪼개듯 빠개질 것만 같았다. 도대체 무엇이 더 올바른 판단인지 도저히 짚어낼 수 없었다. 머리 위 하늘 저 높은 곳에서는 옻칠이라도 한 것처럼 온몸이 시커먼 까마귀 무리가 시신에게 접근할 기회라도 엿보는지 계속해서 빙빙 돌고 있었다.

'내 혼자서만 궁리할 끼 아이고 진무 스님께 모돌띠리 알리드리모 머를 우째야 할 낀고 방향이 안 잽히것나.'

비화는 속으로 그러다가 또 금방 생각을 바꾸었다.

'하지만도 우찌 그 이약을 하노. 내사 에나 몬 하것다.'

진무 스님은 확실히 예리했다. 이런 말을 한 것이다.

"내 절대 하지 않으려고 했건만, 결국에는 또 이렇게 이야기하게 되는구나."

문상객들은 숙연한 가운데서도 간간이 시끌벅적한 소리를 내었다. 그 소음들은 마당 가 정원수의 가지나 잎사귀에 걸려 한참 동안 머물다가 가까스로 집 밖으로 빠져나가는 것같이 느껴졌다.

"염 부인 죽음에 관해 비화 넌 분명 뭔가를 알고 있다."

진무 스님 입에서 그런 말이 떨어졌을 때 비화 눈앞에서 장막을 받친 나무 기둥들이 '쿵' 쓰러지고 있었다.

"그러니, 비화야."

이제 진무 스님은 어떻게 들으면 애원하는 어조에 가까웠다.

"아직도 말해줄 수 없겠느냐?"

"……."

비화는 입을 열지 못했다. 까칠한 두 뺨을 타고 진한 눈물만 줄줄 흘러내렸다.

"아이고, 아이고."

누군가 유별나게 큰소리로 통곡을 하고 있었다. 한데 정녕 알 수 없는 현상이었다. 상갓집을 왕왕 울리는 그 높은 통곡 소리가 아주 낮은 소리로 터뜨리는 또 다른 누군가의 오열보다 오히려 슬픈 감정이 덜 전해지는 것이다.

"내가 지금까지 살아온 경험에 비춰볼 때 말이니라."

진무 스님의 얇고 붉은 입술 사이로 비화 가슴이 서늘해질 소리가 나왔다.

"사람에게는 누구든 예감이란 게 있어."

저놈의 까마귀들. 시신 냄새를 맡은 그 영물들이 급기야 마당 가에 선 나무 위로 우우 날아들고 있었다. 개중에는 징그러울 만큼 몸집이 큰 놈도 섞여 있었다. 행여 매나 독수리가 아닐까 하고 착각될 지경이었다.

"혹시, 혹시 말이다."

진무 스님은 한참을 망설이다가 물었다.

"염 부인 죽음이 임배봉과 무슨 연관이 있는 건 아니겠지?"

일순, 비화는 그곳이 상갓집임에도 불구하고 자신도 모르게 목소리가 가파르게 높아지고 말았다.

"무, 무신 말씀이심니꺼, 스님?"

장막을 떠받치고 있던 나무 기둥 하나가 그만 쓰러지는 바람에 그 장막 안에 들어가 있던 문상객들 사이에 약간의 소요가 일었지만, 장정들 몇이 한꺼번에 달려들어 익숙한 솜씨로 다시 바로 세워놓았다.

"허허허."

진무 스님이 몹시 허탈한 웃음소리를 냈다. 그건 차라리 울음에 가까웠다. 그는 오히려 염 부인과 배봉의 연관을 강하게 부정하고 싶은 사람처럼 고집스러움이 묻어나는 어조로 머리까지 흔들면서 말했다.

"아니다, 아니야."

까마귀들은 초상집을 내려다볼 뿐 아직은 울음소리를 내지 않고 있었다. 그뿐만 아니라 꼼짝도 하지 않는 것이 정물靜物을 방불케 했다. 하지만 그게 되레 좀 더 기분 나쁘고 불길한 기운을 흩뿌리고 있었다.

"나도 부처님 곁으로 갈 때가 됐나 보구나."

진무 스님은 가부좌를 튼 자세로 계속 말했다.

"이런 노망 든 소리가 나오다니 말이다."

비화는 문득 고양이 울음소리를 들은 듯했다. 설마 밤골집에서 기르고 있는 그 '나비'는 아닐 테지. 비화는 그런 착각까지 들 정도로 정신이 심란한 상태였다.

"허허허."

진무 스님은 실없는 사람처럼 또 그런 웃음을 웃었고, 비화는 흡사 말 많이 하다가 죽은 귀신이 쓰인 사람같이 비쳤다. 그러던 중 홀연 웃음을 뚝 그친 진무 스님이 문상객들에게 눈길을 보내면서 말했다.

"비화 네가 하도 배봉을 향한 원한과 복수심을 못 버리고 있으니 별별 생각이 다 드는 게야."

비화는 입을 열었지만 말더듬이인 것처럼 이럴 뿐이었다.

"그, 그……."

진무 스님에게서 불제자다운 면모는 없었다. 비화는 더할 나위 없이 아픈 심사로 생각했다.

'역시 그도 인간이기 때문이까?'

그 스스로도 이런 말을 했다.

"내 불심佛心이 그만큼 얕다는 증거겠지."

저 까마귀들은 모두 소리를 내지 못하는 까마귀들일까? 실로 기묘하기 그지없는 일이다. 아무 말도 하지 못한 채 스스로 목숨을 끊어야만 했던 염 부인의 집이라 저 미물들조차도 똑같이 입을 열지 못하고 있는 걸까? 그 경황 중에도 비화가 얼핏 떠올린 의문이었다.

"정말 부끄러운 일이다."

결국, 무슨 소리든 할 수 있는 사람은 진무 스님 혼자뿐이라는 것으로 귀결되는가? 아니, 진무 스님이 모시는 부처님 한 분만이 그럴 자격을 갖추고 있다는 것인가?

"지금 내가 입고 있는 이 승복이 이런 빛깔인 것은……."

바로 그때였다. 비화는 온몸에 소름이 오싹 끼쳤다. 흰 장막을 흔드는 바람의 손길 속에 분명히 염 부인 목소리가 섞여 들렸던 것이다.

'내 보고 자기 억울한 죽음을 진무 스님께 말해 달라쿠는 소리였으까?'

비화는 제 몸에 두 개의 다른 귀가 달려 있는 듯했다.

'아이모? 진무 스님이 무신 말을 해도 절대로 비밀로 해야 된다쿠는 소리였으까?'

비화는 좀 더 상세히 듣기 위해 잔뜩 두 귀를 곤두세웠다. 그렇지만 더 이상 아무 소리도 없었다. 문상객들이 내는 소리만 상갓집을 흔들었다.

"그만 일어나 갈까?"

그 말에 비화가 빤히 쳐다보자 진무 스님이 물었다.

"더 있다 갈려나?"

진무 스님은 약간 피곤해 보였다. 그동안 더 야윈 탓인지 잿빛 승복이 다소 헐렁해 보여 비화를 한층 비감에 젖게 했다.

"스님이 가시모 지도 고마 가볼랍니더."

비화는 솔직하게 털어놓았다.

"여 온께 염 부인 생각이 더 나서예."

진무 스님은 죽비로 내리치듯 했다.

"이제는 잊어도 된다."

비화는 부처님께 기원하는 심정으로 말했다.

"그기 쉽지가……."

진무 스님이 다른 때와는 달리 비화 말을 가로챘다.

"지금쯤 염 부인께서는 지아비와 만나 그간의 회포를 실컷 풀고 계실 게다."

진무 스님은 화가 난 듯한 소리로 말했다.

"가자."

두 사람은 시간이 지날수록 시끌벅적한 게 상갓집보다도 잔칫집 같은 분위기를 더 많이 풍기는 백 부잣집을 나섰다. 아마 술이 사람들을 그렇게 만들었을 것이지만, 그 소리들 속에는 살아 있는 자들의 애환이 더 많이 배여 있는 것 같았다.

얼마간 서로 크게 다툰 사람들처럼 말없이 걷다가 안골 어귀쯤에 이르렀을 때였다. 진무 스님이 먼저 입을 열었다.

"이런 데 오면 그저 모든 게 허망하고 부질없다는 생각이 더 사람을 괴롭히려 드니 나는 영락없는 돌팔이 땡추가 아니냐? 허허, 참."

비화는 얼토당토않은 말이라고 고개를 있는 대로 내저었다.

"스님?"

길은 약간 내리막이었고, 길 양쪽으로 죽 늘어선 작은 초가들 사이에 큰 기와집이 드문드문 자리를 차지하고 있었다.

"그렇지를 않으냐."

그는 장삼을 한번 추스르고 나서 다시 말했다.

"극락왕생 원왕생을 뇌어야 할 중의 입에서 기껏해야 아무짝에도 쓸모없는 이따위 소리나 흘러나오니 말이다."

"……."

비화는 또 눈물이 나오려고 하여 고개를 뒤로 젖혔다. 그러자 거기서 보면 동쪽에 있는 뒤벼리와 그 벼랑이 떠받치고 있는 선학산이 한 폭의 동양화를 연상케 했다.

"차라리 아까 그 까마귀들처럼 침묵이나 지키면서 살아야지."

진무 스님 그 말을 듣고 비화는 새삼 깨달았다.

'부처님은 장 중생들 곁에 계신다쿠디이, 그 미물들이 바로 부처님이었구마!'

하늘은 대체로 푸른빛인데 간간이 떠 있는 희고 작은 조각구름들은 수시로 형상이 바뀌었다. 아니, 없다가 갑자기 있는가 했더니 있다간 금방 없어졌다.

"앞으로는 속세로의 걸음을 끊어야 하지 않을까, 부쩍 그런 마음이 많이 들어."

비화는 눈앞에서 당장이라도 진무 스님이 연기나 안개처럼 사라져버릴 것만 같아 그를 붙잡으려 하듯이 손을 내밀었다.

"스님."

조금 전 상가에서 보았던 그 까마귀 무리일까? 그 까마귀들은 아닐 거라는 생각이 들었다. 저만큼 서 있는 아주 키 큰 단풍나무 가지에 까마귀들이 앉아 울어대고 있었다.

"세상 사람들 속에 뒤섞이다 보니 불심이 더 엷어지는가?"

그는 조각구름들이 엇갈리듯 흘러가는 것을 올려다보며 한탄했다.

"속세의 번뇌에 흐려지지 않는 마음이 된다는 게 어찌 이리도 어려울꼬?"

북장대 부근에 서 있는 커다란 느티나무가 왼쪽으로 고개를 돌린 비화의 눈에 들어왔다. 임진왜란 당시 일본군을 상대로 전투를 벌일 때 전사한 수성장守城將 대신 조선군을 통솔한 장군이 몸을 기대고 싸웠다는 그 나무였다.

"허허허."

그때 또다시 들려오는 그 소리. 백 부잣집에서 처음 시작되었던 그 허허로운 웃음이 지금까지도 이어지고 있는 진무 스님이었다.

'하기사 안 그러시것나.'

비화는 다른 것을 다 떠나 인간적으로 진무 스님을 십분 이해할 수 있었다. 자신이 주지로 있는 절집에서 여인이 목을 맸다는 사실은 어떤 화두처럼 끝없이 그를 괴롭히고 있을 것이다.

"지 생각은 다립니더, 스님."

진무 스님 눈이 그렇게 말하는 비화를 향했다.

"스님 겉으신 분이 저희 속인들을 멀리하시모 우째예."

비화는 지금 진무 스님과 내가 걸어가고 있는 이 내리막길이 어디까지 이어질 것인가 하는 생각이 들었다.

"우리 이 인간 시상은 올매나 더 행핀없이 혼탁해지것십니꺼."

그러자 시선을 다른 곳으로 돌리며 그가 말했다.

"불가에 귀의한 몸도 정신이 맑지 못하긴 매한가진 걸."

그러고는 또다시 허허로운 웃음소리를 냈다.

'씨~잉.'

바람은 안골 쪽을 향하여 계속 불어왔다. 간혹 어떤 바람은 진무 스님 승복 자락과 비화 치맛자락 끝에 머물고 싶어 하는 것 같았다.

'바람도 지칠 때가 있으까?'

비화는 바람에게 물어보고 싶었다.

"내가 비록 손가락질을 받는 땡중이라 할지라도 부처님 전 향불 냄새는 그래도 몸에 좀 배여 있으니……."

내가 오늘날까지 살아오면서 하루도 빠짐없이 맡아왔던 저 강의 냄새는 어떤 냄새였을까? 그런 생각과 함께 남강이 성벽을 감돌아 흐르고 있는 오른쪽으로 고개를 돌리고 있는 비화의 귓전에 진무 스님 말이 와 닿았다.

"내가 하는 말을 조금이라도 들어보려무나. 설혹 시간 낭비가 된다고 하더라도 말이다."

저렇게 자신 없어 하는 모습을 보이는 진무 스님은 처음이었다.

"스님께서 자꾸 그리 말씀하시모, 지는 우짜라꼬예."

비화 목소리는 탁하게 갈라져 나왔고, 진무 스님 음성은 산사의 처마 끝에 매달린 풍경소리를 닮았다.

"제발 악업을 쌓으려 하지 말거라."

비화는 자신도 모르게 걸음을 멈췄다.

"스님?"

까마귀들도 그들 대화를 듣고 싶은지 부리를 다물었다. 까마귀 소리가 흉한 것은 울대가 발달 되지 못한 탓이라고 하던가? 왜가리도 그렇다고 들었다.

"얼마 전에 우연히 길에서 배봉이 그 사람을 보았다."

"예?"

비화는 지금 걸어가고 있는 그 길에서 배봉과 맞닥뜨려진 것처럼 충격적인 반응을 보였다. 다른 사람도 아닌 진무 스님 입에서 느닷없이 튀어나온 배봉이란 이름은 비화를 크나큰 혼란으로 몰아가기에 모자람이 없었다.

"몰라보게 늙었더구나."

비화는 더 경악했다. 진무 스님의 그 말속에는 틀림없이 그녀로서는 도저히 용납할 수 없는, 그러니까 동정심과 안타까움이 서려 있었다.

"전신을 친친 휘감은 비단이 그렇게 추해 보일 수가 없었느니라."

추해 보이는 비단. 그래, 충분히 그럴 수 있지. 배봉 같은 인간 말종의 몸뚱어리에 휘감겨져 있는 것이라면, 비단 아니라 임금이 입는 어의御衣라도 마찬가지일 거다.

"뱀이나 매미 허물과도 같았다."

내리막길 왼쪽으로 바라보이는 오래된 벚나무 둥치에 죽죽 간 주름이 비화 눈길을 끌었다. 진무 스님 말씀은 하나도 틀린 게 아니라는 수긍을 했다. 그런데 이어지는 소리는 아니었다.

"인간은 누구나 가련한 존재로서 운명 앞에 서 있을 뿐인 것을."

비화 얼굴이 겉불 쬔 사람처럼 붉어지고 말았다.

"스님께서 가련하다꼬 보시는 배봉이하고 그의 식솔들한테 억울하거로 당한 사람이 하나둘이 아입니더."

"당한 사람이라."

그렇게 되뇔 뿐 이번에는 진무 스님이 침묵했다.

“그거는 우짜고예?”

그렇게 따지듯 말해 놓고 비화는 서둘러 입을 다물고 말았다. 조금 전 상가에서 염 부인과 배봉을 연관시키던 진무 스님 말이 떠올라서였다.

“진정 그게 어려우면 말이다.”

진무 스님은 숨을 몰아쉬고 나서 말을 계속했다.

“그자들을 위해서가 아니라…….”

어느 틈엔가 내리막길은 다 끝나고 이제 길은 수평으로 뻗어 있었다. 하지만 언제 갑자기 오르막길로 바뀔는지 모른다. 길이 완전히 끊어지지 않은 것만으로도 다행이라고 여겨야 할 것이, 현재 비화가 처해 있는 현실이라 해도 무방할 것이다.

“그자들을 위해서가 아니라…….”

한 번 더 되풀이되는 말끝을 물고 이번에는 목탁 소리 닮은 소리가 나왔다.

“너 자신과 네가 사랑하고 정을 주는 이들을 위해서 하는 말이라고 받아들여라.”

문득, 억호가 좋아졌다던 옥진 얼굴이 비화 눈앞에 기습처럼 떠올랐다. 진무 스님 목에 걸린 염주가 옥진이 내보이던 목걸이같이 보였다.

‘그래, 우짜모 똑겉은 건지도 모린다.’

하늘과 땅이 한 빛으로 보이더니만 모든 사물이 겨우 그 형체만 구별될 정도로 흐릿하게 비쳤다.

‘은인과 웬수도 똑겉고, 행복과 불행도 똑겉고, 사는 거하고 죽는 거도 똑겉고.’

홀연 비화는 엄청난 혼동에 휩싸였다. 스스로 돌아봐도 참으로 무서운 노릇이었다. 그냥 어이가 없다는 그 정도의 선에서 그칠 일이 아니었다. 그녀를 둘러싸고 있는 모든 것들이 일제히 반란을 일으키는 소리가 들렸다.

'내가 각중애 와 이라노?'

하늘이 땅이고, 땅이 하늘이다. 죽은 염 부인이 살아 있는 비화 자신이고, 산 자신이 죽은 염 부인이다. 진무 스님이 비화고, 비화가 진무 스님이다. 아, 그리고 임배봉이 김비화이고, 김비화가 임배봉이다…….

그때, 다시 들려온 진무 스님 음성이 분열 직전에까지 다다른 비화의 정신을 제대로 돌려놓았다.

"네게는 그것이 있지를 않으냐."

"예?"

비화는 진무 스님 입만 멍하니 바라보았다.

"땅 말이다."

"땅."

땅은 약간 굽어지는 길 위에 방관자처럼 드러누워 있었다. 그것은 강으로 직결되는 게 아닐까 싶을 정도로 남쪽을 향해 고개를 돌리고 있는 지형이었다.

"지주의 길을 잊었느냐?"

법문을 펴듯 하는 진무 스님이었다.

"지주의 길."

그의 말을 그대로 되뇌면서 비화는 어쩐지 오톨도톨 소름이 돋았다. 마치 헤살을 놓아 못 하게 하려는 마귀의 입김이 피부에 와 닿는 느낌이었다.

"나는 그렇게 들었느니."

비화의 다리가 약간 비틀거렸고, 진무 스님 음성이 이어졌다.

"세상 전답을 모두 사서 농사지을 제 땅이 없는 이들에게 나눠 주겠

노라고."

그는 장삼에 싸인 가는 목을 돌려 대문이 약간 열려 있는 집을 바라보았다. 마당에 붉은 배롱나무가 자라고 있었다.

"네가 네 입으로 직접 그렇게 말하지는 않았지만, 난 지금껏 그렇게 믿어왔다."

남강 건너편 무성한 푸른 대숲 위로 흰빛과 잿빛 물새들이 날아다니고 있는 광경이 몽환적으로 보였다.

"앞으로도 그렇게 믿을 것이다."

진무 스님 목소리는 지금 그가 하는 말의 내용과도 일치할 만치 강한 신뢰감을 심어주고 있었다.

"시방 말씀하시는 그기 스님 뜻인 줄 알고 있심니더만……."

비화 음성이 미세한 빗방울이 듣는 작은 잎사귀처럼 가늘게 떨렸다. 진무 스님은 길고 메마른 손가락으로 조각구름이 사라진 하늘을 가리켰다. 그 모습이 비화 눈에는 선구자를 방불케 했다.

"저 하늘과 견주어 말할 수 있는 것은 땅뿐이니라."

비화는 처음 말을 배우는 아이처럼 또 따라 했다.

"땅."

하늘을 가리키던 손가락이 땅을 향했다.

"그런데 하늘은 우리 인간들 손에서 벗어나 있지."

옹기종기 모여 있는 성내 민가의 머리 위로 높고 넓게 펼쳐진 하늘은, 인간 세상을 내려다보고 있으면서도 왠지 모르게 더 위쪽으로 몸을 빼고 있는 것처럼 보였다.

"하지만 잘 보아라."

진무 스님은 두어 번 발을 구르듯이 하며 말했다.

"땅은 우리 발아래 있느니."

비화는 땅이 비스듬히 기울어지는 느낌에 빠졌다. 진무 스님은 대꼬챙이 같은 몸을 한층 꼿꼿하게 세우고 물었다.

"무슨 의민지 알겠느냐?"

비화는 솔직히 대답했다.

"모리것십니더, 스님."

그러자 이번에는 하늘과 땅을 동시에 가리키는 손가락이었다.

"사람은 땅을 통해 조물주가 하늘에서 할 수 있는 일을 할 수 있을 것이다."

바람이 그의 잿빛 바짓가랑이를 흔들고 지나갔다.

"스님 법문이 너모나 에렵십니더."

비화는 큰 어지러움에 시달렸다. 언제 나타났는지 솔개 한 마리가 하늘가에서 빙빙 돌고 있기 때문만은 아니었다.

"절간에서 행사를 마친 중생들에게 스님들이 이렇게 말하는 걸 들었을 게야."

진무 스님 음성이 솜이불처럼 포근하게 다가왔다.

"성불成佛들 하시오."

이번에도 비화는 따라 했다.

"성불."

"가자."

진무 스님은 다시 걸음을 옮겨놓기 시작했다. 비화도 얼른 뒤를 따랐다. 그의 뒷모습은 변함없이 꼿꼿하였다. 어쩌면 그는 전생에 대꼬챙이였을지도 모르겠다. 유춘계 아저씨를 비롯한 농민군들 손에 들려 있던 죽창…….

아마 공동 우물터에 가서 물을 긷고 오는지 아낙네 서너 명이 물동이를 머리에 이고 서로 무어라고 조잘거리며 맞은편에서 걸어오고 있었다.

"에나 안됐다, 그자?"

"누가?"

"하이고오, 저 능글맞은 거 좀 봐라. 저런 에핀네 데불고 사는 동숙이 아바이가 너모너모 용하다 고마."

"흥, 내 겉은 여잔께 방구석에 떡 앉히놓고 밥 멕여주제, 다린 여자 겉으모 텍도 없다, 텍도 없어."

그 여자들이 큰소리로 주고받는 이야기들이 바람결에 묻어 이쪽으로 날아왔다.

"요 행핀없는 여자들아, 요새 겉은 때 암만 넘 집안일이라 캐도 그리 히히덕거리모 안 되는 기라."

"하모, 그거는 맞다. 인자 백 부잣집은 우찌 되는 기고?"

"그런께 말이다, 그 맹망(명망) 높은 가문이."

"인생사 일장춘몽이라 그리쌌더이, 그 말이 딱 맞다 아인가베."

여자들은 이야기에 빠져 머리에 인 물동이가 무거운 줄도 모르는 듯 걷는 둥 마는 둥 하고 있었다. 그래서 얼핏 제자리걸음을 하는 것으로 보일 지경이었다. 그러다가 이런 소리가 나왔다.

"그래도 그 집 자슥들이 모도 훌륭한께, 부모가 없다꼬 그냥 망하기사 하까이?"

"안 틀리는 소리다. 아들들이 싹 다 뛰어나다 아이가."

"오데 그뿌이까? 손자들도 하나겉이 잘 키와놓다 쿠더마는."

"내 듣기로는 안 있나, 아즉 한참 에리지만도 손녀가 하나 있는데, 그 딸아가 또 그리키 똘똘할 수가 없다 쿠데?"

"그 이약들 들으이, 넘의 일이지만도 쪼꼼은 멤이 괘안커마는."

"살아생전에 큰 덕을 베풀어준 사람들인께 더 그렇것제."

그런데 알 수 없는 현상이었다. 남들이 하는 이야기인지라 그대로 흘려버릴 수가 있음에도 불구하고, 그네들 대화는 비화의 가슴을 온전히 차지하는 것이다.

더더욱 기이하고 야릇한 노릇은, 백 부잣집 식솔들 중에서도 유독 그 똘똘하다는 손녀 이야기가 비화를 사로잡는 것이다.

'우리 준서하고 나이가 가리방상 안 하까? 우짜모 한두 살 더 밑일 거 겉거마.'

그 또한 무척 묘한 심리였다. 그 여자아이는 준서보다는 나이가 많지 않을 거라는, 거의 맹목적인 믿음에 사로잡히는 비화였다.

'우리나라 여자들은 심이 센 기 맞는갑다. 물이 한거석 든 물동이를 이고서도 모도 저리 끄떡없는 거를 본께네.'

아주 느린 걸음으로 걷던 여인들은 잠시 후에 비화와 진무 스님 바로 앞에까지 당도했고, 그와 동시에 비화 가슴이 그만 철렁 내려앉을 소리가 흘러나왔다.

"그래도 안된 거는 안된 거 아이가. 특히 염 부인이 죽은 일을 떠올리모 말이다."

"와 안 그러까이? 그란데 염 부인은 우짜다가 그리 됐다 쿠던고?"

"아, 그거를 알모 용상에 앉거로? 그거는 구신도 모린다 안 쿠더나?"

"진짜 와 그리 됐으꼬? 그 귀한 신분의 부인이, 시상에, 자살을 하다이?"

"그거도 절집에 가갖고 그랬담서?"

"내가 잘은 모리것지만도, 그거는 아마 넘들 모릴 무신 한이 깊어갖고 부처님한테 가서 하소연할라꼬 그랬을 거 매이다."

"니 그런 소리 별로 해쌌지 마라. 시방이 훤한 대낮이지만도 무섭다고마. 한 맺힌 구신이 확 나올 거 겉은 기라."

비화는 차마 진무 스님 얼굴을 쳐다볼 용기가 없었다. 그의 얼굴도 비화 자신과 마찬가지로 흙빛일 것이다. 온갖 상념들이 아귀같이 덤벼들어 몸을 지탱하기도 힘들 것이다.

그런데 진무 스님은 역시 대단했다. 그는 고승의 면모를 잃지 않았다. 그는 아무 소리도 듣지 않은 사람처럼 여느 때보다 더 심상한 어투로 입을 열었던 것이다.

"세상이 결코 단순한 건 아니라고 본다."

진무 스님은, 승복 차림새를 연방 곁눈질하는 여자들 옆을 스쳐 걸으면서 얘기했다.

"하지만 당분간만이라도 땅에만 신경을 썼으면 좋겠다."

그때까지도 아낙들 이야기에서 빠져나오지 못한 비화의 발이 자꾸만 땅을 헛디디고 있었다.

"본디 영겁이란 것도 수많은 찰나가 모여 이루는 법이지."

아낙들 발걸음 소리는 금방 멀어지지 않고 있었다. 아마도 비화와 진무 스님 등 뒤에 멈춰 서서 이쪽에 시선을 보내고 있는 모양이었다. 어쩌면 그들 중에 비화나 진무 스님을 알고 있는 사람이 있어 일행들에게 소리 죽여 귀띔을 해주고 있는지도 모를 일이었다.

"그렇게 살면 네 가슴속에 뱀처럼 똬리를 틀고 있는 분노와 저주의 마귀도 물러가게 될 것이다."

진무 스님의 말은 곧바로 사라지지 않고 허공에 잠시 머물다가 천천히 흩어지는 것처럼 보였다. 몸의 균형을 간신히 잡으며 비화가 말했다.

"그리만 될 수 있다모 올매나 좋것십니꺼, 스님."

진무 스님이 잠깐 섰다가 다시 천천히 걸음을 떼놓았다.

"아我와 물物을 향한 집착의 끈만 끊으면 되는 것을."

"예?"

"나무아미타불 관세음보살."

비화는 오싹한 느낌이 들었다.

'아와 물을 향한 집착의 끈만…….'

억호를 향한 분노와 저주가 물러간 것으로 보이는 옥진이었다. 그럼 옥진은 성불한 걸까?

그렇다면 억호는? 정말 진무 스님 주문처럼 다른 것 모두 잊고 오로지 땅에만 신경 쓸 수 있다면 얼마나 좋을까? 하지만 과연 그것이 나에게 가능한 일일까? 비화는 그에 대한 부정의 답인 양 완강하게 고개를 내저었다.

'아이다. 내사 몬 잊는다. 죽어도 안 없어지고 기억날 기다.'

배봉과 그의 사주를 받은 아버지 친구 소긍복이 몰래 꾸민 간계에 속아 넘어가 하나뿐인 인생을 망쳐버린 불쌍한 아버지 얼굴이 허공 가득히 크게 나타나 보였다. 대사지에서 점박이 형제에게 몹쓸 짓을 당하고 관기의 길로 들어선 후에 그토록 고통스러워하던 옥진 얼굴도 그 옆에 있었다.

학지암 가는 어두운 숲속에서 배봉에게 농락당하면서 돈을 갖다 바치는 등 온갖 수모와 치욕을 겪다가 끝내는 비어사 대웅전 뒤뜰 고목 가지에 명주 끈으로 목을 매달고 죽어간 염 부인. 유춘계 아저씨가 이끌던 농민군이 무너지자 복수의 화신으로 변한 배봉 일가의 밀고로 관군에게 체포되어 성문 밖 공터에서 망나니들 칼을 맞고 형장의 이슬로 사라져간 아무 죄 없는 농민들. 상촌나루터 남강에 빠져 목숨을 잃을 뻔했던 얼이. 그리고 운산녀와 민치목의 배후 조종에 따른 허나연에 의해 자칫 유괴당해 어떻게 되었을지도 모를 하나밖에 없는 아들 준서…….

"스님!"

비화는 그만 진무 스님을 향해 큰소리를 내고 말았다.

"성불의 목적이 머십니꺼?"

진무 스님은 눈을 가느다랗게 뜨며 반문했다.

"성불의 목적?"

비화는 내키지 않는 상전의 지시에 따라야 하는 종처럼 말했다.

"예."

솔개는 아직도 여전히 하늘에 있으며 솔개 그림자에 놀란 뭇 새들이 숨을 죽이고 있는 듯했다.

"방금 성불의 목적에 대해 물은 거냐?"

진무 스님의 말끝이 가늘게 떨려 나왔다.

"그렇심니더."

비화의 그 말이 떨어지기를 기다리고 있었다는 듯이 까마귀 한 마리가 소리를 내었다.

"그으래?"

진무 스님이 멈칫 걸음을 멈추었다. 그러고는 몹시 놀란 눈빛으로 비화를 한참 동안 바라보더니 조용히 말했다.

"불도를 수행하여 모든 번뇌에서 해탈할 수만 있다면……."

그러나 비화는 막돼먹은 여자같이 감히 진무 스님 말허리를 잘랐다.

"이 시상 누군가가 한을 품고 죽었다모, 그 한부텀 풀어주는 기 먼접니꺼, 아이모 모든 번뇌에서 벗어나는 해탈이 먼접니꺼?"

진무 스님 음성이 비바람 세차게 몰아치는 궂은날 강물에 띄워놓은 상촌나루터 나룻배처럼 흔들렸다.

"지금 누구를 얘기하는 게냐?"

비화는 생트집을 잡는 사람처럼 굴었다. 물 긷는 아낙들이 멀리까지 가고 없다는 게 참 다행이다 싶을 판이었다.

"눈고 그기 중요한 기 아이고예."

그들이 가고 있는 길은 약간 가파른 지형을 이루고 있었다.

"누라도 말입니더, 스님."

잠시 말문이 막히는 듯 진무 스님이 '바스락' 하고 나뭇잎 소리가 날 것같이 메마른 손바닥을 들어 자기 이마를 짚으며 말했다.

"어지럽구나. 혼란스러워."

노안 탓에 사물이 흐려 보이는 것처럼 눈까지 깜박거렸다.

"지금 내 앞에 서 있는 게 정녕 비화 맞더냐?"

하지만 비화 입에서는 갈수록 막 나가는 소리가 나왔다.

"비화일 수도 있고, 진무 스님일 수도 있심니더."

"뭐라고?"

진무 스님 입이 쩍 벌어졌다.

"또예……."

대체 사람이 할 수 있는 말의 한계가 어디까지인지 시험해보기라도 하려는 말이 비화 입을 통해 잇따라 나왔다.

"비화도 진무 스님도 아일 수도 있심니더."

언제인지 모르게 솔개가 사라진 허공을 한번 올려다보고 나서 진무 스님이 말했다.

"허, 이제는 나하고 선문답이라도 하자는 것이더냐?"

"……."

비화는 그제야 '내가 망발을 하고 있구나' 하고 퍼뜩 깨달은 얼굴이 되었다. 내 말을 들은 진무 스님에게 '망발풀이'라도 해야 하는가 싶었다.

"이건 지극히 평범한 진리에 속하는 이야기다."

진무 스님이 막 떠나온 안골 너머를 돌아보며 말했다.

"세월이 더 많이 지나면 저 안골이라는 곳도 사라지거나, 아니면 또 다른 이름으로 불리게 될 것인즉, 더 무슨 말이 필요할까."

이제 아낙들 모습은 어디에도 보이지 않았다. 각자 흩어져 자기 집으로 들어갔거나 골목 어딘가에서 물동이를 내려놓고 잠시 쉬고 있는지 알 수는 없었다. 어느 정도 냉정을 되찾은 비화가 말했다.

"모든 기 부질없다는 말씀이신 줄은 알것심니더마는……."

그때 진무 스님 입에서 놀라운 소리가 나왔다.

"내가 농민군들 원혼을 거두어 불당에 안치해놓고 극락왕생을 기도해온 지도 어언 여러 해가 지났건만……."

비화 목소리가 근처에 서 있는 오래된 은행나무 키 높이만큼이나 높아졌다.

"예에? 노, 농민군들 원혼을예?"

금시초문이었다. 진무 스님이 유춘계 아저씨가 이끌던 임술년 농민군들 극락왕생을 위해 기도를 해오고 있었다니.

"지는 하나도 몰랐심니더."

감격을 넘어 소름이 끼치는 비화였다. 남들 모르게 숨어서 베푸는 선행善行은 늘 그런 감정으로 다가오는 비화였다.

"그리하심서도 우찌 여태꺼지 말씀 한마디 안 하실 수 있심니꺼."

비화는 약간 서운함이 묻어나는 목소리로 말했다. 진무 스님이 안골 저쪽을 향했던 깊은 눈길을 돌리며 물었다.

"내가 새삼스럽게 그 일을 네게 말하는 이유를 알겠느냐?"

비화는 굉음을 듣고 귀가 먹먹해진 사람 같아 보였다.

"그, 그."

솔개가 사라진 하늘 위로 구름을 실어오는 바람기가 전해져오고 있었다. 염 부인과 백 부자의 영혼이 바람이 되어 상봉하고 있는 걸까, 문득 그런 생각을 해보는 비화의 눈시울이 젖고 있었다.

"만약 그들에게 농사지어 먹고살 땅만 있었다면, 과다한 농지세 부과로 인하여 억울하게 수탈당하지만 않았던들……."

진무 스님 눈가도 붉어졌다.

"어찌 그렇게 숱한 원혼들이 생겨났겠느냐?"

비화는 목이 메었다.

"스님, 진무 스님."

조그만 돌멩이 몇 개가 길옆에 나뒹굴고 있었다. 어쩌면 아이들이 가지고 놀다가 그냥 버리고 간 것인지도 모른다.

"나는 오로지 가난한 소작인의 고혈을 빨아먹지 않는 비화 너 같은 지주들에게 한 가닥 희망을 걸어왔건만, 넌, 너는……."

진무 스님은 말끝을 잇지 못했다. 놀랍게도 그의 늙은 뺨 위로 투명한 눈물방울이 줄줄 흘러내리고 있었다.

"참으로 두렵구나, 참으로 두려워."

비화는 머릿속이 하얗게 비어버리는 듯했다. 파슬파슬 허물어지는 백짓장 같았다. 진무 스님은 치를 떨다가 말했다.

"그 많은 원혼들이 자신들을 죽인 자들에게 복수하려 할 것이다."

비화는 부르르 몸서리를 쳤다. 솔개에게 잡아먹힌 다른 새들이 찢기고 피 묻은 날개를 파닥거리는 소리가 공중에서 내려오는 듯했다.

"저승으로 가지 못한 채 아직도 캄캄한 천 길 땅 밑을 헤매고 다닐 것을 생각하면 너무나 무섭구나."

비화 머릿속에 꼽추 달보 영감이 전해주었던 그 소식이 자리를 잡았다. 전라도와 충청도 지방에서 새로운 농민운동이 일어날 공기가 떠돈다는 것이다.

그렇다. 죽은 자들이 아니라 산 자들이 죽은 자들 복수를 계획하고 있는 게 바로 작금의 현실이었다. 굳이 진무 스님 그 말이 아니더라도 그날의 이 고을 농민군 사건은 엄청난 회오리바람을 새롭게 휘몰아오고 있다. 아아, 또 얼마나 하고많은 무고한 이들이 희생될는지.

'그들 한 사람 한 사람을 생각하모 가슴이 멕힌다.'

한돌재와 밤골 댁에게서 들었던 판석과 또술, 태용 등의 얼굴이 차례차례 나타나 보였다. 그리고 마지막으로 그려지는 게 얼이 얼굴이었다.

'내가 와 이라노?'

비화는 머리를 흔들었다. 꿀렁꿀렁 소리가 났다. 잠시 후에 자신도 모르게 이렇게 말했다.

"스님 말씀대로 당분간은 땅에만 멤을 쏟것십니더."

"그래."

진무 스님이 눈물 그렁그렁한 얼굴로 웃으며 말했다.

"지주의 길도 소작인들 살아가는 것만큼이나 험하고 힘들 것이야."

비화가 입을 열기도 전에 덧붙였다.

"어쩌면 더."

첨언하기를 잊지 않는 진무 스님이었다.

"그가 양심 똑바른 지주라면 말이다."

어느새 그들은 상갓집으로부터 꽤 멀어져 있었다. 끊임없이 환청처럼 비화 귀에 들러붙던 곡소리와 탄식 소리가 시나브로 사라졌다.

"오늘따라 세상은 참 묘한 곳이란 기분이 더 드는구먼. 그 깊이와 너비를 알 수 없으니 나아가려고 해도 그렇고 물러서자니 그 또한 그러하도다."

진무 스님은 난생처음 대하는 풍경인 듯 사방을 둘러보면서 얘기하고 있었다. 비화는 풍경소리와 목탁 소리를 번갈아 가며 듣고 있는 기분이었다.

"참되고 바르게 살아가려고 할수록 더 고통의 바다가 되니 말이다."

"……."

"한데, 마음이 더더욱 허하고 아픈 것은, 이제 이런 소리가 진부해졌다는 사실을 인정해야만 하는 우리 현실인 게야."

어려운 남자

조언직이 나루터집을 찾았다.

허나연이 준서를 유괴하려고 했던 날 이후로는 이번이 처음이었다. 비화는 그 사건이 떠올라 몸서리를 치면서도 여느 때처럼 아버지 호한의 죽마고우인 그를 극진히 맞았다. 저 소긍복과는 여러 모로 다른 사람이기도 했다.

'누고?'

그런데 이번에는 그는 혼자가 아니었다. 삼십 대 중반 가까이 되어 보이는 웬 낯선 남자 하나를 데리고 왔다. 비화는 첫눈에도 그 남자가 예술을 하는 사람이 아닐까 여겨졌다. 언제부터인가 비화에게는 사람을 알아보는 각별한 안목이 생겼다. 장사를 하면서 여러 부류의 무수한 사람들을 접하는 것도 그 한 원인이 될 수 있을 것이다.

'보기 드문 사람 매이다.'

남자는 한마디로 세속에 물들지 아니하고 선량해 보였다. 숱이 많은 부스스한 머리칼과 키가 크고 약간 메마른 몸매로 수수한 차림새였다. 하지만 이마에까지 드리워진 머리카락 사이로 보이는 두 눈빛만은 무척이나 형형하였다. 그런 눈으로 보는 인간 세상은 좀 더 정확하고 새로울 성싶었다.

"요 옆에 있는 밤골집에 가서 둘이 한잔 나누고 오는 길이제. 그 집 매운탕 맛은 점점 더 좋아지더마는."

건성으로 가게 안을 둘러보며 언직이 계속 말했다.

"속 푸는 데는 여 나루터집 콩나물국밥 덮을 만한 기 오데 있는가베?"

물새 소리가 들려오는 강 저쪽으로 고개를 돌렸다. 시선을 둘 곳이 마땅치 않아 보이는 사람 같았다.

"저게 남강 물속 용궁 안에도 없을 끼거마는."

그러더니만 스스로도 머쓱한 모양이었다.

"하하."

그러고 보니 두 사람이 똑같이 얼굴이 불콰했다. 하지만 그다지 크게 취한 것 같지는 않았다.

'아자씨가 와 저라시제?'

비화 눈에 비친 언직은 일부러 술을 많이 마신 척하는 듯했다. 아마 뭔가 선뜻 입 밖으로 내기 곤란하거나 어려운 이야기가 있는 게 아닐까 싶었다.

'설마 친구 여식한테 돈이나 쪼매 꿔달라쿠는 부탁하실라꼬 온 거는 아일 끼고 머 땜에 저라실꼬?'

비화는 내색은 하지 않았지만 적잖게 궁금했다.

'꼭 술김에 꺼낸 말매이로 하실라 안 쿠나.'

그런데 이상한 건 그뿐이 아니었다. 또 있었다. 함께 온 그 남자와 마당 가 평상에 마주 앉은 그의 눈길이 자꾸만 주방 쪽으로 당겨지는 것이다. 마치 누군가 거기서 밖으로 나오기를 기다리는 사람처럼 보였다. 더군다나 언직보다 동행한 남자가 한층 더 좌불안석인 것 같았다.

'얄궂어라. 와들 저랄꼬?'

비화는 고개를 갸웃거렸다. 그들이 찾아온 것은 속 풀이가 아니라 그보다 심각하고 중요한 목적이 있는 것이 틀림없었다. 그러자 궁금증을 넘어 긴장감까지 느껴지는 비화였다. 제발 안 좋은 일은 아니어야 할 텐데.

"음식 내오것십니더."

어쨌든 잠시 그들이 앉은 평상 옆에 서서 기다려도 언직은 아무 이야기가 없기에 비화는 그렇게 말하고 주방으로 향했다.

"준서 옴마."

비화가 안으로 들어서자 우정 댁이 기다리고 있었다는 듯 일손을 멈추고 볼멘소리로 물었다.

"아부지 친구분이 또 왔제?"

비화는 다른 손님들과 차별을 주지 않는 것처럼 심상한 목소리로 말했다.

"예, 요분에는 다린 분도 데불고 오싯네예."

그곳 벽 중턱에 드린 선반을 물끄러미 쳐다보며 우정 댁이 하는 말에 가시가 돋쳐 있었다.

"오데 우리 가게 살강 밑에서 숟가락 얻을 일이 있나."

원아는 설거지하기 바쁜 탓에 정신이 없고, 송이 엄마와 다른 주방 아주머니들도 여러 방이며 마당 평상에 꽉꽉 들어찬 손님들 음식을 만들거나 나르느라, 그 두 사람 대화에 귀를 기울일 여유나 관심이 없어 보였다.

"머할라꼬 또 왔노?"

"……."

말없이 자기를 응시하는 비화의 시선을 외면하다가 맞받았다.

"작년에 왔던 각설이도 아이고."

그러고 나서 우정 댁이 또 한다는 소리가 듣기 좀 그랬다.

"하나도 안 반갑거로."

"예?"

비화는 눈을 크게 뜨고 우정댁을 빤히 바라보았다. 우정 댁은 낮술이라도 들이켠 사람처럼 벌건 얼굴이었다.

"아, 그날 모도 저 사람이 늘어놓는 이약 듣는다꼬 우쨌노?"

도마 위에 얹힌 식칼을 힐끗 보면서 치를 떨었다.

"대칼로 착착 쳐줘이도 속 안 시원할 고 나뿐 년이 우리 준서를 훔치가는 거도 안 몰랐디가. 시방도 그 생각만 하모 내 삼수갑산 간다 쿠더라도 그냥 몬 있것다."

비화는 그대로 듣고 있다가는 우정댁 입에서 무슨 험담이 더 나올지 모르겠다 싶어 이렇게 말했다.

"벨로 안 좋은 일은 인자 고마 생각하이시더."

마당 쪽을 향해 고갯짓하며 언직을 옹호했다.

"저분도 그런 불상사가 일어날 줄 알았으모 그리하싯것심니꺼?"

우정 댁이 버럭 고함을 질렀다.

"시끄럽다 고마!"

그 소리에 원아를 비롯한 주방 아주머니들이 놀란 눈빛으로 이쪽을 바라보고 무슨 말인가를 하려다 말고 잠자코 그네들 하던 일을 계속했다. 그렇게 자주는 아니지만, 간혹 우정 댁은 지금과 같은 거의 발작에 가까운 언행을 할 때가 있었다. 그러면 모두 우정댁 뒷전에서 이런 말을 하곤 했다.

– 그늠의 한이 운제나 좀 사라질랑고?

– 그냥 모리는 척 해삐라. 저리라도 해야 살 수가 안 있것나.

– 얼이 아부지 혼이 찰싹 붙어갖고 저리쌌는 것인 줄은 알것지만도 쫌 그렇다.

– 인자 그런 이약은 지발 고마해라 안 쿠더나? 내사 마 무서버서 요 집에 일하로도 몬 나오것는 기라.

– 그래도 콩나물매이로 쑥쑥 잘 크는 얼이가 있으이 다행이제.

– 무시라. 저 얼이가 커갈수록 지 아부지하고 그리 가리방상하담서?

– 또 그 소리? 가리방상 안 하모 우짤 낀데?

– 쉬! 우정 댁이 들어놨으모 오늘밤 상촌나루터 사람들은 모도 한숨도 몬 잘 끼다.

– 알것다. 고마하자.

그 우정 댁이 사뭇 설교조로 나오고 있는 것이다.

"장마당 착하거로만 사는 기 오데 잘하는 짓인 줄 아는가베?"

그래도 미소만 짓는 비화를 본 우정 댁은 자칫 빈정거리는 투로 말했다.

"우리 집에 천사하고 보살이 났거마, 천사하고 보살이 났어."

그 정도로는 미흡한지 꼬부랑한 눈으로 마당가를 째려보면서 씨근거렸다.

"그날 조 인간이 그리 안 했으모 아모 일도 없었을 거 아이가."

비화는 부뚜막 위에 털썩 주저앉아버리고 싶을 만큼 몸에서 기운이 쫙 빠져나가는 느낌이었다.

"후우. 참말로 밤골 댁이 은인이다, 은인."

우정 댁은 캄캄한 밤에 길을 가다가 잘못하여 쇠똥이나 개똥이라도 밟은 사람처럼 연방 구시렁거렸다.

"쇠똥에 미끄러져서 개똥에 코 박을 일 아이었나."

무슨 새일까? 마당 가 대추나무 위에서 찌르레기 비슷한 소리로 울어대기 시작하는 새가 있었다. 계절 따라 온갖 철새들이 날아드는 남강이지만 그 새소리는 아직 한 번도 들어본 기억이 없었다.

"시방 와서 생각해도 내사 억울해서 몬 살것다."

분노 덩어리로 뭉쳐진 것 같은 사람이 우정 댁이었다. 무엇이든 한번 걸렸다 하면 끝까지 물고 늘어지려는 근성이 생겨버렸다. 벌써 그만해야 하는데 영 아니었다.

"오데 분 좀 풀 데가 없는 기가?"

비화는 그녀를 향해 억지로 조그맣게 웃어 보이며 동의를 구하듯 했다.

"도로 고맙다 아입니꺼."

우정 댁은 귀를 못 믿는 눈치였다.

"머라꼬?"

아궁이 속의 재가 날릴 만큼 거센 시비조로 나왔다.

"고맙다꼬?"

비화는 정색을 한 얼굴로 천천히 말했다.

"지는 그리 생각합니더, 큰이모."

대나무 살강 위에 무너지지 않도록 차곡차곡 쌓아 놓은 그릇들이 눈에 들어왔다.

"그 일 있고 나서 더 조심하거로 됐은께네예."

우정 댁은 입을 씰룩거렸다.

"흥! 꿈보담도 해몽이 좋다더이."

주방과 가까운 손님들 방에서 호탕하게 웃는 웃음소리가 들려왔다. 우정 댁은 그 소리마저도 귀에 거슬리는 모양이었다. 아무래도 무슨 일을 일으킬 사람 같았다.

"조카 니는 입에서 그런 말이 나오나?"

비화는 어떻든 만사 긍정적인 쪽으로 보려는 평소의 지론을 내세웠다.

"꿈이 나뿌모 해몽이라도 좋아야지예."

이번에는 마당 평상에 앉은 손님들 이야기 소리가 주방 문에 와 부딪혔다 스러졌다.

"흥! 삼각산三角山 바람이 오르락내리락!"

강바람이 좀 더 거세지는지 지붕이 흔들리는 소리가 났다.

"그런 일을 저질러 놓고도 우찌 염치없이 또 여게 벌로 드나드노?"

우정 댁은 한참 열을 내는 게 좀처럼 화가 가라앉지 않는 모양이었다. 울고 싶은데 누가 때린 격이라고나 할까.

'간장 된장도 너모 오래 묵히모 안 좋다 캤다.'

비화는 한숨이 나왔다. 우정댁 가슴에 꼭꼭 맺혀 있는 것을 하루라도 빨리 풀어야 한다. 그러지 않으면 정말 무슨 일이 벌어질지 모른다. 하지만 그게 어디 생각만큼 쉬운 일이겠는가. 어쩌면 타인의 힘으로 해결하기에는 불가능할 것이다. 그것은 우정 댁의 전부, 곧 그녀의 운명 내지는 삶 그 자체이니까. 그런데도 그냥 두고 볼 수는 없는 노릇이라고 스스로에게 다짐하며 비화가 말했다.

"그라시지 말고 이 해장국이나 갖다 주이소."

그런데 아예 들은 척도 하지 않는 우정 댁이었다.

"지는 따로 좀 할 일이……."

비화 말허리를 우정 댁이 싹둑 잘랐다. 간혹 무를 자르면서 뜻대로 되지 않으면 식칼을 나무라기도 하는 그녀였다.

"내사 싫다 안 쿠나?"

잠깐 주방에서 나갔다가 다시 들어온 송이 엄마가 그러고 있는 자기를 쏘아보듯이 하자 우정 댁이 말했다.

"시방꺼정 쌔빠지거로 핸 사람 말을 우찌 알아듣고 그라는고 모리것다."

비화는 배시시 웃었다.

"참, 우찌 알아듣기는예?"

송이 엄마가 우정 댁 모르게 비화에게 혀를 쏙 내보였다가 도로 집어넣었다.

"정 갖다 줄라모 조카 니나 갖다 조라."

우정 댁은 고용주雇用主에게 시위라도 하는 품팔이꾼처럼 굴었다.

"내는 천금 아이라 만금이 나온다 캐도 안 할란다."

"알것십니더."

비화가 별수 없이 상을 들고 나가려는데 원아가 받아들며 말했다.

"내가 하께. 최고로 높은 주인은 떠억 윗자리에 앉아갖고 종업원들 부리야제, 지가 직접 배달하모 몬 쓴다."

우정 댁이 애먼 원아에게 공격의 화살을 돌렸다.

"조카가 가마이 앉아갖고 부리묵는 거 한 분도 안 봤다."

아직도 배우자 없는 홀몸인 것을 탓할 좋은 기회를 딱 잡았다는 목소리였다.

"상구 다 늙어빠진 처녀가 머시 아쉬버서 알랑방구 뀌고 있노?"

원아는 입가에만 웃음을 머금었다.

"성님두."

부질없는 말씨름에 지친 지도 오래였다. 서로 상처만 덧내는 짓이라는 걸 모두가 알고 있었다. 우정 댁은 웃는 얼굴에 침을 뱉듯 했다.

"성님이고 샌님이고."

원아는 그 자리를 피하고 싶어 하는 눈치였다.

"사람은 늙어지고 시집은 젊어진다더이."

우정 댁은 거침이 없다.

"와 내만 늙는 줄 아나? 니도 늙는다."

"……."

"오데 처녀는 안 늙는다쿠는 벱 있는가베?"

문득, 주방 바닥 흙냄새가 물씬 코를 찔렀다.

"날이 가모 갈수록 성님 시집살이가 심해져서 내사 몬 살것소."

그렇게 말한 다음 원아가 하얀 이를 드러내고 씩 웃으면서 상을 들고 피신하듯 주방을 나갔다.

"머? 내 시집살이?"

우정 댁은 턱없는 소리 다 들었다는 얼굴로 원아 등에다 대고 혓바닥을 날름했다. 그 모습이 어린아이같이 천진난만해 보였다. 비화는 내심 생각했다.

'저리 속에 안 끼는 사람도 없을 기다.'

그런데 다음 순간이었다. 주방 문을 흔들며 날아드는 언직의 목소리가 홀연 비화를 바짝 긴장시켰다.

"아, 원아 색시! 오늘 원아 색시 볼라꼬 온 사람이 안 있소. 하하하."

비화는 송곳 같은 것으로 찌르는 듯 이상하게 예민해지는 자신을 의아하게 여기며 반쯤 열린 주방 문을 통해 그쪽을 내다보았다.

"……."

약간 묘한 장면 하나가 벌어지고 있었다. 그들 앞에 상을 내려놓고 돌아서려는 원아에게 언직이 손을 들어 거기 평상 위를 가리키며, 자꾸 여기 한번 앉아 보라고 성화를 부리는 게 또렷이 보였다. 그건 결코 점잖은 모습이 아니었다.

'에나 알 수 없거마. 아모리 술을 드싯다 캐도, 여게 오시갖고 여자를 희롱할라 쿨 분은 아이다 아이가.'

우정 댁도 발돋움하여 비화 너머로 아무래도 별로 달갑잖은 그 광경을 보고는 성난 멧돼지처럼 씩씩거리기 시작했다.

"저 양반 좀 보라칸께?"

당장 그곳으로 달려갈 태세였다.

"밉다 밉다 쿠모 꼬깔을 모로 뒤집어쓰고 이래도 밉소 쿤다더이, 인자는 원아 동상을 데불고 놀라꼬 하네?"

짚어보면 볼수록 크게 무시당했다는 빛이 역력했다.

"우리 나루터집이 오데 색주가인 줄 아는가베?"

비화는 심상한 얼굴을 지어 말했다.

"이유가 안 있으까예."

하지만 말에 힘이 들어 있지는 못했다.

"이유? 눈깔 빠지것다."

비화 그 말이 무책임하게 받아들여지는 우정 댁은 정말 눈알이 빠질 정도로 그곳을 째려보았다. 얼이 눈에 정기가 살아 있는 것은 어머니 눈을 닮아서일 것이다.

원아는 앉으려 하지 않고 언직은 계속해서 앉으라고 독촉하는 어색한 실랑이가 이어졌다. 다른 자리에 앉은 손님들도 모두 그쪽을 바라보았다. 이만큼에서 봐도 원아 낯빛이 여간 붉은 게 아니었다.

"저, 저, 늙도 젊도 안 한 인간이 시방 지 증신이 아인갑다."

우정 댁은 주방 바닥이 쿵쿵 울릴 정도로 팔짝팔짝 뛰기까지 했다.

"조카, 머하고 있노, 으잉?"

세상에서 가장 못된 현장을 보고 있는 사람 같았다.

"시방 내 말 안 들리는 기가? 쌔이 나가서 안 뜯어말리고."

"……."

"후우, 저 인간을 우째삐꼬오!"

비화는 너무 황당했다. 다른 것을 떠나 상대는 아버지와 절친한 친구

분이 아닌가. 그런 사람에게 뭘 어떻게 해야 할지 그저 막막했다.

그런데 그 난감하기 그지없는 경황 중에도 비화 마음 한쪽 끝을 붙드는 게 있었다. 바로 언직과 함께 온 남자가 해 보이는 행동이 그것이었다. 그는 지금 눈앞에서 벌어지고 있는 일은 도무지 보이지 않는 듯 꺾인 수수깡처럼 고개를 푹 꺾은 채 앉아 있었다.

'에나 알 수 없는 사람인 기라.'

꼭 수수께끼에 등장하는 인물 같았다.

'아모리 천성이 말이 없는 사람이라 쿠더라도 일이 저 정도로 벌어지모, 무신 말을 하든 행동을 하든 해야 되는 거 아이가.'

비화는 그가 언직을 만류해주기를 바랐던 것이다. 그렇지만 그럴 가능성은 아주 희박해 보였다.

'안 되겄다.'

결국 비화는 주방에서 나와 그 평상 쪽으로 갔다. 눈을 감고도 그려 보일 수 있는 그 평상이 타인 소유의 평상처럼 느껴지는 순간이었다.

비화가 다가오는 것을 지켜본 언직의 얼굴 가득 낭패감이 번져 났다. 그는 아주 심한 말더듬이같이 더듬거렸다.

"이, 이기 아, 아인데?"

원아 못지않게 당혹스러운 빛이었다.

"내, 내 뜻은 따, 딴 긴데……."

비화는 언직이 아니라 원아를 향해 입을 열었다.

"작은이모, 괘안아예?"

찌르레기 소리를 내던 새는 그새 날아가 버리고 이제 대추나무는 벙어리 거인같이 우두커니 서 있었다.

"머가 좀 잘몬된 거 겉어예."

평상이 조화롭게 놓인 가게 마당 가장자리 아담한 꽃밭에서 풀벌레가 울었다.

'스르, 스르륵.'

원아는 여전히 장승처럼 서서 금방이라도 와락 울음보를 터뜨릴 것 같은 표정을 짓고 있었다.

"내, 내 이약부텀 하, 함 들어봐라꼬."

언직이 비화에게 몹시 다급한 목소리로 애원하듯 말했다.

"시, 실은 원아 색시한테 저 사람을 소, 소개시키 주, 줄라캤던 기라."

제발 내 진심을 알아 달라는 목소리였다.

"원아 색시가 아, 아즉도 호, 혼자 몸 겉애서 마, 말이제."

그 밖의 말은 얼른 떠오르지 않아 굉장히 답답하고 안타깝다는 낯빛이었다. 비화 눈길이 저쪽 상머리에 앉은 남자에게로 쏠렸다. 그러자 남자는 한층 깊이 고개를 숙이는데 얼굴은 물론 목덜미까지 붉었다.

'우짜모 사람도…….'

너무나도 큰 죄를 지은 사람처럼 하는 남자를 보자 비화 가슴팍이 찌르르 했다. 그는 어쩌면 언직의 강요에 못 이겨 억지로 따라온 것 같았다. 무엇보다도 그토록 당황하는 품이 그것을 잘 입증해주었다. 일이 그렇다면…….

그러나 비화가 그런 생각을 더 길게 할 겨를이 없었다. 언직의 그 말이 떨어지기 무섭게 그만 원아가 알 수 없는 무슨 소리인가를 내더니 자기 방 쪽으로 곧장 내달렸다. 울음소리를 낸 것 같기도 하고 고함을 지른 것 같기도 했다.

"아!"

"저, 저?"

모두 더없이 놀라 지켜보는 가운데 그녀는 자기 방으로 들어가 버렸다. 남자가 비틀거리면서 상머리에서 몸을 일으켰다. 평상 위에 서 있으니 더욱더 커 보이는 키였다. 비화는 처음으로 그의 음성을 들었다.

"가, 가이시더. 이, 이거는 사람 도리가 아입니더."

매우 굵직한 저음이었다. 비록 몇 마디 되지 않았지만, 비화는 남자의 말에서 강한 신뢰감을 느꼈다. 사람 도리. 비화는 스스로도 얼른 이해가 되지 않을 만큼 그에게 쏠리는 마음이었다.

'첨 보는 사람이지만도 우짠지 호감이 안 가나.'

마당 가 나무들도 그를 보기 위해 이쪽으로 고개를 기우뚱하는 것처럼 비쳤다.

'저런 사람 겉으모 작은이모한테 한분 사귀 봐라꼬 권할 만하다 아이가.'

한화주에게는 정말 미안하지만 이런 희망도 가져 보았다.

'우리 원아 이모가 한화주 그분에 대한 안타까븐 집착과 뱅적인 환상에서 벗어날 기회가 왔는지도 모리것다.'

비화가 그런 생각을 하는 사이에 남자는 벌써 평상 밑에 놓인 신발을 찾아 신고는 혼자 가게 입구 쪽을 향하고 있었다. 술 취한 사람 같지는 않지만, 누구 눈에도 비틀걸음이었다. 그 걸음은 양반의 건방진 '갈 지之' 자 걸음과는 달랐다.

그런데 그 남자의 구부정한 등짝 위로 무수한 낙엽이 흩날리는 듯한 환각이 비화를 아연실색케 만들었다.

"어? 어? 이, 이 사람!"

몹시 당황한 언직도 허둥지둥 신발을 꿰차기 시작했다. 그 모습 또한 만취한 것 같아 보였지만 그게 아닐 것이다.

"아자씨!"

비화가 눈은 남자 쪽을 보며 입으로는 언직에게 급히 말했다.

"저분 좀 붙잡아 주이소."

"머라꼬?"

어리둥절한 표정을 짓는 언직더러 이번에도 빠른 속도로 말했다.

"지가 드릴 말씀이 있어서예."

"그, 그래?"

"예."

"무신 이약인데?"

그러면서도 언직은 부리나케 남자 뒤를 따라갔다. 마당의 눈들이 일제히 그들 두 사람에게로 쏠리고 있었다.

"이, 이보게!"

"아이라 안 캅니꺼?"

언직과 남자는 문간에 서서 그만 가자느니 조금만 있어 보라느니 가볍지 않은 실랑이를 벌였다. 그들 가까이 다가간 비화가 말했다.

"이리 보내드리모 지들이 더 사람 도리가 아이지예."

한 번 더 각인시키듯 했다.

"사람 도리 말입니더."

오랜만에 모르는 이를 두고 사람다운 대화를 나눈다는 기꺼움을 맛보았다.

"멀리서 여꺼지 찾아오신 분들 아입니꺼?"

남자의 발가락이 짚신 속에서 꼬무락거리는 느낌을 받았다.

"하모, 하모."

비화 말에 용기를 얻었는지 언직이 남자 팔을 붙들고 늘어졌다. 그리고 공통분모가 되는 말을 찾은 것처럼 했다.

"저리쌌는데 고마 가삐는 거도, 인간 도리가 아인 기라."

남자가 언직 손을 뿌리치며 말했다.

"지발 이거 놓으시소."

그래도 언직은 사내 팔을 풀어주지 않고 사정했다.

"그라고 당사자 말 한마디도 몬 들어봤다 아인가베?"

당사자, 원아를 이르는 말일 것이다. 비화는 그들을 강가로 데리고 나갈까 방에 들일까 망설이다가 방으로 결정했다.

"시방 우리 방이 비어 있십니더. 그리로 뫼시것십니더."

"아, 방."

언직이 잘됐다는 표정을 지었다.

"내, 내는 갑니더."

그러나 남자는 다시 완강하게 거부하는 몸짓을 했고, 언직이 나도 이대로 물러설 수 없다며 강제로 남자의 팔을 잡아끌었다.

"이 사람아, 내 채맨도 쪼매 헤아리조라꼬."

바람도 그를 집 안에 붙들어두고 싶은지 밖에서 문 안으로 불고 있었다.

"이리갖고 헤어져삐모 내사 증말이지 앞으로 자네나 내 친구 따님한테나 얼골 몬 대한다 고마."

"그리해주이소."

비화도 여린 심성의 남자가 부담 갖지 않도록 예전부터 알고 지내던 이에게 하듯 정겨운 목소리로 권했다.

"시간이 마이 걸리지는 안 할 깁니더. 그라이 쪼꼼만 짬을 내주이소."

언직은 거의 필사적이었다.

"시간도 짜다라 안 걸린다 안 쿠나. 자, 자, 방에 들가자꼬, 어서."

"……."

남자는 자기보다 나이 더 많은 사람 말을 끝까지 거역하기 힘들었는지 이제 나가려 하지는 않고 우두망찰하니 서 있었다.

"아자씨, 쌔이 저짝 방으로 뫼시주이소. 저희 방 아시지예?"

그러고 나서 비화는 남자가 더 무어라 말하기 전에 서둘러 몸을 돌려 주방 안으로 들어가 버렸다.

"이 사람아."

언직이 남자 등을 밀었다. 바람의 손도 그렇게 하는지 남자 옷자락이 펄럭거렸다.

"금방 온다꼬 왔는데, 해나 늦은 거는 아인지 모리겄심니더."

잠시 후에 비화는 그런 말을 하면서 그 방으로 들어갔다. 주인도 없는 방에 객들만 있어 그런지 두 사람 모두 입을 꾹 다문 채 약간 서먹서먹한 기색이었다.

"장삿집이라서 아모래도 방이 좀 불팬하실 거 겉은데 이해해주시소."

그러면서 비화가 그들과 마주 앉자 오랫동안 밀려온 숙제를 해결하려는 사람처럼 언직이 곧바로 남자를 소개했다.

"그림 그리는 화공 아인가베. 이름은 안석록이고."

비화는 자신도 모르게 감흥이 일었다.

"그림 그리는 화공이시라꼬예?"

언직이 비화 귀에 단단히 매달아주듯 했다.

"하모, 안 화공."

비화는 홀연 큰 충격에 휩싸이고 말았다. 그 소리를 듣는 순간 뇌리를 번개같이 스치는 게 있었다. 원아 연인 한화주가 환쟁이를 꿈꾸었다던 이야기였다.

'이거는 그냥 예사 인연이 아인 기라.'

그 남자를 처음 본 순간부터 지금까지 마음에 와닿는 야릇한 느낌들의 실체가 손끝에 잡히는 기분이었다.

'우짠지 원아 이모하고 짝을 지이주고 싶은 멤이 그러키 들더마는.'

비화 가슴이 여간 뛰노는 게 아니었다. 심지어 한화주가 환생하여 여기 다시 나타난 게 아닌가 싶었다. 화공이란 말을 들어 그런지 몰라도 그는 보면 볼수록 예술가다운 풍모가 엿보이는 남자였다.

"대단한 분이시네예. 그림은 아모나 그릴 수 있는 기 아이다 아입니꺼."

비화 그 말에 남자 낯빛이 또 확 붉어졌다. 꼭 붉은 물감이 얼굴에 튄 것 같다는 생각을 비화는 했다.

'남새시럽거마. 넘들이 내 멤속을 들이다보모 웃것다.'

벌써부터 모든 게 그림과 연관되어 받아들여지고 있는 것이다.

"그렇제?"

"예."

언직이 자문자답하듯 했다.

"예술가 아인가베, 예술가!"

"예."

호기를 잡았다는 인상의 언직이었다.

"깨끗한 이슬만 묵고 사는 신령한 새매이로 고갤한 기 예술가라 생각한다."

비화도 장단을 맞추었다.

"맞아예, 맞십니더."

언직은 추임새에 신바람이 붙은 고수처럼 했다.

"내가 더 대단한 거 하나 더 이약해주까?"

비화가 기다리고 있은 사람같이 얼른 말했다.

"함 말씀해주이소."

남자는 너무나도 쑥스러워 즉시 방에서 나갈 사람 같아 보였다. 비화는 갈수록 호기심이 일었다. 호감이란 말이 더 적절할 것이다.

"저 사람은 안 있나."

약간 다혈질인 언직은 스스로의 감정에 도취된 모습을 보였다.

"누가 아모리 돈을 한거석 준다 캐도 다린 거는 절대로 안 그리제."

그는 효과를 높일 양으로 일부러 그쯤에서 말을 끊었다. 그러면 무엇을 그리지? 하고 궁금증을 품는 비화 귀에 들리는 말이 이랬다.

"우리 고을 풍갱만 딱 고집하는 화공인 기라."

"우리 고을 풍갱만예?"

비화가 더욱 신기하다는 표정을 짓자, 언직은 안석록이란 그 화공에 대해서 자랑할 수 있는 기회를 얻어 한층 신이 났다.

"한 분은 마, 이런 일꺼정 있었거마는."

비화는 이번에도 평소의 차분하게 기다릴 줄 아는 그녀답지 않게 또 물었다.

"우떤 일예?"

"우떤 권문세도가가 지 애첩 초상화를 그리주모 돈은 달라쿠는 대로 주것다꼬 달라붙은 적이 있었제."

비화는 놀란 얼굴로 두 사람을 번갈아 바라보았다.

"달라쿠는 대로 돈을예?"

언직은 고집불통 늙은이 같았다.

"그렇다쿤께네?"

이번에는 퍼뜩 응대가 없는 비화의 표정을 훑어보았다.

"몬 믿것는가베?"

언직은 큰기침 소리를 내고 나서 말을 이어갔다.

"함 생각을 해봐라꼬. 그냥 보통 환재이들 겉으모 한쪽 바지 두 다리 끼고 씽 달리가서 안 그릿것나."

비화는 다시 제 역할을 되찾은 사람처럼 했다.

"와 안 그래예? 지라도 그라지예."

언직은 턱짓으로 남자를 가리켰다.

"그란데도 저 사람은 끝까지 거절한 기라. 흐음."

비화는 감탄했다.

"예에."

안석록은 정말이지 말수가 드물었다. 어지간히 말 없는 사람일지라도 낯간지러우니 그런 소리는 하지 말라는 얘기 정도는 나와야 마땅할 터인데 그조차도 없었다. 비화는 그가 화폭에 옮겨놓은 고을 풍경이 한층 더 알고 싶어졌다.

"우리 고을 우떤 거를 그리시는데예?"

석록은 여전히 말이 없고 언직이 대답했다.

"마, 한정이 없거마는."

언직은 읍내장터나 상촌나루터에서 흔히 볼 수 있는 약장수를 연상시켰다.

"남강도 그리고 촉석루도 그리고 비봉산, 뒤벼리, 호국사……."

비화가 눈을 빛내며 말했다.

"그런 그림은 세월이 마이 지내가모 더 가치가 있것네예."

"와 그랄꼬?"

알 수 없어 하는 언직에게 비화가 하는 말이었다.

"그때 가서 옛날 우리 고을 모습을 볼 수 있을 낀께네예."

그러자 언직이 그것까지는 미처 생각지 못했다는 듯 더없이 흥분한 얼굴로 한층 언성이 높아졌다.

"허, 맞네? 맞다!"

고개를 뒤로 젖혀 머리 위 천장을 올려다보며 감탄했다.

"역사적이고 문화적인 가치가 에나 높을 끼거마는, 저 천장매이로."

비화는 석록에게 말했다.

“지한테 그림 하나 팔아주이소.”

벽 같은 그에게 벽에 대고 말하듯 했다.

“우리 가게에 걸어 놓고 싶어서예.”

언직이 철부지 아이같이 들뜬 얼굴로 말했다.

“그거 괘안컷거마는. 우리 안 화공 그림 선전도 술찮기 될 끼고.”

석록에게 동조를 구하는 투로 말했다.

“이집에 드나드는 손님이 에나 안 쌔뻿나.”

비화는 한화주가 화공을 꿈꾸었다는 사실이 다시 떠올라 이렇게 일러주었다.

“사실은예, 우리 원아 이모가 그림을 상구 좋아하시거든예.”

순간, 석록의 눈이 반짝 빛나는 것을 비화는 보았다. 비록 숙맥이긴 해도 강단이 있는 사람이란 확신이 바로 다가왔다.

‘역시나 내가 맨 첨에 보고 느낀 대로 보통 사람은 아이다.’

하긴 예술을 한다는 게 어디 쉬운 일인가? 피를 말리고 뼈를 깎아낸 결실이 바로 예술품 아니겠는가? 관리라든지 장사치, 농사꾼과는 또 다른 노력과 재능이 반드시 뒤따라야 할 것이다.

“그런가?”

어쨌든 비화의 그 말을 들은 언직은 손뼉이라도 칠 것처럼 기뻐했다.

“허, 이거야말로 천…….”

그러다가 자신도 경솔함을 알았는지 퍼뜩 입을 다물며 얕은 기침을 했다.

“흠.”

그러나 비화는 그의 다음 말을 알 수 있었다. ‘천생연분’이란 그 말을 하고 싶었을 것이다. 정말이지 그랬으면 참 좋겠다. 천생연분에 보리 개떡이라고, 그들 두 사람은 비록 보리 개떡을 먹을망정 의좋게 살아갈 수 있으려니 여겨졌다.

"이 일은 준서 옴마 하기 달린 거 겉다."

언직은 내친걸음에 끝을 보잔 듯 비화에게 바싹 다가앉았다.

"원아 색시가 그림을 좋아한다쿤께, 내 둔한 짐작에도 반은 다 된 일이다 시푸다."

자화자찬에 가까운 말도 했다.

"그라고 본께, 이 언직이 눈이 삔 거는 아인 기라."

비화는 아주 잘 보았다고 했다.

"아자씨 눈이 삐다니예? 절대로 아입니더."

"아인가?"

"예."

"허허."

언직은 손으로 뒤통수를 긁적였다.

"에나 밝으신 눈이라예."

입으로는 그렇게 얘기하면서 비화는 내심 석록이 지나치게 내성적이므로 누군가가 적극적으로 나서야 일이 성사되리라는 판단이 섰다. 비화 자신과 언직이 그 역할을 맡아야 할 것이다.

"아자씨가 뫼시고 오신 분인께 지는 믿심니더."

비화 말에는 믿음이 전해졌다.

"믿어?"

언직은 입이 헤벌어졌다.

"하모, 믿으라꼬, 믿어."

지금 그 자리에 없는 사람까지 들먹였다.

"준서 외할아부지하고 내하고는, 머 더 이약할 거도 없제."

비화는 그의 말이 끝나기를 기다리고 있다가 이렇게 제의했다.

"그라이 앞으로 아자씨하고 지하고 같이 노력을 해보이시더."

"아, 그리만 된다쿠면야?"

언직이 비화 손을 잡을 것같이 했다. 비화가 친구 딸이 아니고 다른 사람이었으면 덥석 잡아왔을 것이다.

"내가 뺨 석 대 안 맞고, 술 석 잔 얻어묵기 생깄다."

호언장담에다가 웃음소리도 호탕했다. 비화가 상기된 얼굴로 말했다.

"그거 말고도 더 있십니더."

언직이 멀뚱멀뚱한 얼굴을 했다.

"더? 그기 머신데?"

"거다가 콩나물국밥 세 그럭도 추가지예."

그런 말과 함께 비화는 빙그레 웃으며 석록의 눈치를 살펴보았다. 하지만 그의 얼굴에는 아무것도 그려 넣지 않은 빈 화폭처럼 어떤 표정도 나타나 있지 않았다.

어려운 남자다. 접근하기가 여간 힘들지 않을 것 같았다.

문득, 약간 들떠 있던 비화 마음이 무거워졌다. 이 일이 결코, 쉽지는 않을 거라는 예감이 저물녘의 산 그림자같이 다가왔다.

그리운 것은 위험하다

조언직과 안석록이 다녀간 그날 밤 느지막한 시각이었다.

집 뒤 변소에 다녀오던 비화는 원아 방에 아직도 불이 켜져 있는 것을 보았다. 잠시, 망설이다 방문 앞으로 다가간 비화는 문틈으로 새 나오는 나직한 얘기 소리에 적지 않게 놀랐다.

누군가가 와 있다. 잠깐 서서 귀 기울여 들어보니 그 방의 주인과 우정댁 목소리다. 하루 종일 장사한다고 무척이나 피곤할 사람들이다. 자리에 드러눕자마자 누가 떠메 가도 모를 만큼 곯아떨어질 것이다.

"내사 반대다."

"성님두. 누가 머라큽니꺼?"

"갤사반대다."

"알아들었어예."

"몬 알아들어도 그렇다 고마."

"인자 고만하이소."

비화가 방문을 두드릴까 말까 주저하고 있는 사이에 다시 소리가 들렸다. 그런데 이제는 시종 한 사람 목소리다.

"아, 팽생을 두고 최고로 중요한 일 아인가베?"

"……."

"그란데 각중애 토째비매이로 쑥 나타나갖고 그기 머꼬?"

마당을 소리 없이 가로질러가고 있는 것은 틀림없는 쥐란 놈이다. 밤골집에서 쥐를 잘 잡는 '나비' 덕분에, 그 집뿐만 아니라 바로 옆에 붙어 있는 나루터집에서도 좀체 쥐를 구경하기가 힘들었는데, 아무래도 어디 다른 곳에서 살짝 기어든 불청객이 아닐 수 없었다.

"넘 일이라꼬 그리 시퍼(싶게) 보모 안 되제."

"……."

"배추 밑에 바람 든 거맹캐, 넘들 보기에는 그런 불미한 짓을 안 할 사람 겉더이."

지금 달은 어디쯤에 걸려 있을까? 문득 궁금하여 하늘을 올려다보는 비화의 안색이 창백하기 그지없었다.

"하여튼 사람 겉 모냥만 봐서는 모린다니께."

그 뒤로도 우정 댁이 무어라고 한참 이야기를 보따리, 보따리 풀어놓은 끝에 원아가 이렇게 말했다.

"이짝이 생각이 없으모 중요한 일도 아입니더."

"생각이 없다."

원아가 한 말을 곱씹던 우정 댁은 두말하지 못하게끔 야물게 못 박아두려는 투였다.

"그라모 됐다."

비화는 일단 들어가 부딪쳐보기로 작정했다. 저대로 놔두었다간 큰이모가 이끄는 대로 작은이모 마음이 굳어져 버리겠다 싶어서였다. 모든 게 끝장난다. 그 전에 손을 써야 한다.

"똑똑."

방문을 두드리자 얼른 방문을 열고 바깥을 내다보는 두 사람 얼굴에 놀라는 빛이 일시에 번져 났다.

"뒷간에 갔다가 불이 환하거로 키져 있는 거를 보고서예."

비화는 아무 이야기도 듣지 못한 것처럼 꾸몄다. 원아는 물론이고 우정 댁도 무슨 말부터 해야 할지 모르는 사람들로 보였다.

"지가 그냥 자뻤으모……."

열린 방문을 통해 밖으로 흘러나온 호롱 불빛이 따뜻한 기운을 머금고 있으면서도 약간 몽환적인 분위기를 자아내고 있었다.

"에나 서분해예, 두 분 이모님들예."

비화는 여전히 말문이 막혀버린 것으로 보이는 두 사람을 향해 일부러 뾰로통한 표정까지 지어 보였다.

"지만 쏙 빼놓고 두 분만 정답거로 이랄 수 있는 기라예?"

그런데 차분한 원아에 비해 성미 급한 우정 댁은 대뜸 항의하는 얼굴로 목청까지 돋우어 말했다.

"우리가 좋은 일 겉으모 준서 옴마만 빼놓것나?"

호롱 불빛이 미치지 못하는 방구석처럼 어두워 보이는 우정댁 얼굴이었다. 그것을 깨달은 비화 심정도 밝지 못하긴 마찬가지였다.

"그라모예?"

그래도 비화는 마음과는 달리 계속 화난 빛을 지우지 않았다.

"나쁜 일이라모 더 그리들 하시모 안 되지예."

비화의 투정 섞인 말이었다.

"오늘 낮에 조카 아부지 친구라쿠는 그 사람이 한 행오지가 하도 괘씸해갖고 내사 잠이 안 오데?"

그러면서 우정 댁은 농사와 장사를 거친 투박한 손으로 원아를 가리켰다.

"그래갖고 이 동상한테 온 기라."

시시하고 배리게 미주알고주알 늘어놓고 있는 그녀 자신도 아주 마음에 들지 않고, 제대로 알지도 못하면서 화부터 내는 비화도 성에 차지 않는다는 목소리로 물었다.

"인자 됐나?"

비화는 대답 대신 자리를 고쳐 앉았다.

"그래도 안 됐나?"

우정 댁이 시큰둥한 표정으로 말했다.

"그라모 내도 할 수 없고."

바람벽에 비친 우정댁 그림자가 뒤로 돌아앉은 사람 윤곽과 흡사해 보였다.

"그랬어예?"

비화는 화르르 타오르는 호롱 불꽃 아래 낯이 홍당무같이 붉어 보이는 원아를 한번 보고 나서 모르는 소리 한다고 했다.

"좋은 일 할라꼬 오신 긴데, 괘씸하기는 머가 괘씸합니꺼?"

"준서 옴마, 시방?"

우정댁 눈꼬리와 말꼬리가 한꺼번에 치켜세워졌다. 외동아들을 비명에 간 남편 옆으로 보내려는 독한 어미다.

"머? 좋은 일이라꼬오?"

비화는 흐지부지 물러설 수 없다는 의지를 내비쳤다.

"하모예. 와 안 좋고예."

우정 댁이 밤길에 오물을 잘못 밟은 사람처럼 구시렁거렸다.

"시상에 좋은 일이 오데 씨가 말랐더나, 이기 좋은 일이거로."

비화는 우정댁 그 말은 못 들은 척하고 원아를 향해 입을 열었다.

"아부지 친구분이 뫼시고 온 그분이예……."

잠시 틈을 주었다가 목소리를 한 단계 높여 직사포를 쏘듯 말했다.

"그림 그리는 화공이라 안 쿱니꺼?"

비화의 시도가 그대로 맞아떨어졌다. 그녀가 짐작했던 대로 원아 몸이 움찔했다. 크든 작든, 좋은 쪽이든 나쁜 쪽이든 간에, 여하튼 어떤 충격을 받았음이 확실했다.

"머라? 시방 머라캤노?"

원아는 무슨 대꾸가 없고 우정 댁이 언성을 높였다.

"환재이라꼬?"

호롱불이 놀란 양 깜빡거렸다. 자칫 꺼져버릴 뻔했다가 다시 살아났다.

"환재이 겉으모 더 안 된다 고마!"

언직과 석록이 보쌈하려고 온 자들이기라도 한 것처럼 울분을 토했다.

"우리 원아 동상이 눈데?"

우정 댁은 한화주 생각까지는 미처 하지 못한 듯했다. 그렇지만 원아는 달랐다. 겉으로는 아무렇지 않은 체해도 내심 무척 복잡해 보였다.

"지가 볼 적에는 사람도 괜안아 비이던데예?"

거기서 비화는 우정 댁이 더 무어라 입을 떼기 전에 단도직입적으로 나갔다.

"작은이모도 운제꺼지 혼자 몸으로 있을 수는 없다 아입니꺼? 똑 아까 그 사람이 아이라 쿠더라도……."

우정 댁은 시시비비를 따지려 드는 비화 말을 마지막까지 듣지도 않고 몽니 부리듯 했다.

"누가 팽생 처녀로 늙어 죽어라 쿠나?"

비화는 짐짓 말귀 한참 못 알아듣는 여자처럼 되물었다.

"그기 아이모예?"

우정 댁은 더욱 속이 터지고 못마땅한 모양이었다.

"어이쿠! 내 복장아!"

그러고는 한숨 섞어 하는 말이 뜻은 깊었다.

"이왕지사 시방꺼정 기다릿은께 더 좋은 배필 만내야 된다, 그 소리제."

나이는 좀 들어도 처녀가 거처하는 처소답게 방은 퍽 정갈해 보였으며, 아기자기한 동시에 정리정돈이 잘 되어 있었다. 그것은 원아의 성품이 그만큼 깔끔하다는 것을 말해 보이는 증거이기도 했다.

"당연하지예, 좋은 배필 만내야 하는 거는."

비화는 원아도 상대가 화공이라는 사실에 마음이 이끌리지 않을까 희망을 품었다. 그래 원아가 은근히 자기 심정을 비출 기회를 줄 양으로 넌지시 입을 열었다.

"작은이모 일인께 작은이모 으중(의중)이 젤 중요하지예."

그러자 원아가 어렵사리 입을 열었는데 뜻밖에도 비화 기대감을 완전히 무너뜨리고 마는 소리였다.

"그 사람이 화공이라쿤께 내는 싫거마는."

비화는 마지막 꺼져가는 불꽃을 보는 기분이었다.

"작은이모?"

원아는 비화 얼굴을 외면하며 말했다.

"화주 씨 생각이 더 나서……."

그런 다음 원아는 기력이 쇠잔한 병자처럼 방바닥에 손을 짚고 자리에 드러눕더니 눈을 감아버렸다. 나 혼자 있고 싶다는 것을 노골적으로 드러내 보이는 행동이었다. 호롱불도 주인 따라 자고 싶은지 깜빡, 하는 것이 꼭 눈을 감는 것 같았다.

"조카."

우정 댁이 비화더러 그만 나가자는 눈짓을 했다. 두 사람은 서둘러 방에서 나왔다. 하늘에는 별이 은구슬처럼 빛나고 있었다. 어디선가 잠을 설치는지 밤새가 울었다.

"큰이모님."

미련이 남아 더 말을 하고 싶어 하는 비화에게 우정 댁 하는 말이 기묘했다.

"오데 오늘만 날이가?"

"그래도예."

우정 댁은 온통 검은 물감을 뿌려놓은 성싶은 어둠 속 어딘가를 응시하며 말했다.

"천천히, 천천히."

"예."

그런데 마당에서 각자의 방으로 헤어지려고 할 때였다. 우성 낵이 아까까지와는 비교가 아니게 낮은 소리로 말했다.

"우짜모 원아 동상한테 남자가 생길랑가도 모리것다."

그 사건이 있고 난 이후로 원아에게 약간의 변화가 생겼다. 갑자기 얼이를 상대로 말수가 불어나기 시작한 것이다.

"공부는 우찌 잘 되는 것가?"

"요새는 훈장님이 안 무섭나?"

"동문수학 하는 벗들, 집에 함 데꼬 와보지 그라나?"

얼이는 두 눈만 멀거니 뜨고 꼭 처음 대하는 얼굴처럼 원아를 바라보았다. 그러면 원아는 느닷없이 '호호호' 웃곤 했다. 그렇지만 그런 원아가 얼이 마음에는 왠지 참 안돼 보이고 때로는 부담스럽기까지 했다.

"서당 이약 좀 안 하시모 안 돼예?"

일부러 퉁명스레 내뱉는 얼이에게 이런 농도 했다.

"그라모 무신 이약하까? 구신 이약?"

두 눈을 부릅뜨고 혓바닥을 쑥 내밀어 무서운 표정을 짓더니 손으로 무엇을 세는 동작을 취하면서 또 물었다.

"구신이 안 좋으모 돈?"

얼이는 너무나 낯설기만 한 원아를 훔쳐보았다.

"머예에?"

하지만 이번에도 원아는 실성한 여자처럼 했다.

"호호호."

그런 원아를 한참이나 바라보고 있던 얼이는 원아 말투를 그대로 흉내 내었다.

"오늘은 강에 무신 새가 날고 있데?"

그러자 이번에는 원아가 얼이 목소리로 응했다.

"햇볕은 안 뜨겁고?"

얼이는 불에 덴 아이 같아 보였다.

"예?"

원아는 벙어리 말문 틔운 모양새였다.

"바람은 안 불고? 수초는 잘 자라고? 사람들은 올매나 댕기던고?"

얼이는 그만 한숨을 폭폭 내쉬었다.

"울 옴마보담도 더 공부해라꼬 조우는 거 겉거마예."

원아는 손으로 입까지 가리며 웃었다.

"내가? 호호호."

그러잖아도 그즈음 얼이는 서당 다니기가 몹시 힘든 판국이었다. 무어라고 딱 꼬집어 말할 수는 없지만, 스승 권학도 다른 학동들도 기운이 없어 보였다.

그날도 서당 공기가 여간 무겁지 않았다. 무슨 엄청난 바윗덩이가 사정없이 덮어 누르는 느낌이었다.

"요즘 일본이 우리 조선에 해오는 짓을 들어보니 영 마음에 걸린다."

"……."

"또 세종 임금 때처럼 쓰시마 섬을 토벌할 일이 벌어지려나."

"……."

이날따라 스승 권학의 표정이 한층 심각해 보이는 탓에 학동들은 모두 입들을 굳게 닫은 채 긴장감에 싸였다. 그곳이 그토록 불편한 자리로 여겨진 적은 없었다.

"세종 임금님이 쓰시마 섬을 토벌하싯어예?"

그런 가운데 걸때 큰 문대가 분위기를 바꿀 겸 그중 제일 높은 호기심을 보였다.

"함 들어들 봐라."

권학 말씨는 예전에 머물렀던 한양과 현재 살고 있는 경상도를 오갔다.

"세종 원년에 이종무를 시키갖고 왜구 소굴인 그 섬을 쳐서, 다시는 조선을 넘보는 일이 없것다쿠는 약속을 받아냈던 기라."

학동들은 혈기를 되찾은 모습으로 저마다 감격스러운 빛을 띠었다.

"아, 왜구 소굴을예?"

얼이 가슴이 무성한 여름 풀숲을 날아오르는 방아깨비처럼 풀쩍 뛰었다. 앞으로 다시는 백성들 재물을 탐하지 않겠다는 탐관오리들 약속을 받아내고 있는 자신의 모습을 그려보았다. 이마에 흰 수건 질끈 동여매고 손에는 죽창과 농기구를 든 생전의 아버지 천필구 모습 그대로였다. 입에서 절로 〈이 걸이 저 걸이 갓 걸이〉 노래가 흘러나오려는 걸 겨우 참았다.

"참으로 비극이 아닐 수 없는 일이야."

서당의 공부하는 분위기를 방해해서는 안 된다는 것을 미물들도 잘 아는지, 서당 근처를 날고 있는 새들이 내는 소리도 나직하게 들려오고 있었다.

"도대체 왜구와 조선 사람 사이에는 무신 악연이 맺혀 있어 저 옛날부터 앙숙으로 지내까?"

권학이 스스로에게 묻듯 했다. 고려 말부터 저들이 이 나라를 침략했다는 사실은 수차례나 들어온 학동들이었다. 스승이 들려주는 동서고금을 꿰뚫는 이야기들은 그곳 남방 고을 학동들에게는 늘 신기하기만 했다.

오래전 조선 초기에 류큐, 자와, 시암 등 이름도 아주 생소한 동남아시아 여러 나라들과 교류했다는 것도 귀를 솔깃하게 만들었다. 그들이 기호품을 중심으로 한 갖가지 종류의 토산품을 진상이나 조공 형식으로 조선에 가져왔다는 이야기와 옷이나 문방구 같은 것을 희사喜捨 받았다는 이야기며, 특히 류큐에 불경과 범종, 유교 경전, 부채 등을 전해주어 그들 문화 발전을 도왔다는 이야기 등이었다.

그런데 지금 막 새로 시작되는 권학 이야기는 대단히 진지하다는 그 정도를 넘어 더없이 무겁고 어두운 쪽으로 흘렀다.

"한양에 사는 내하고 동문수학하던 사람들 이약 들어보모, 시방 왜놈들은 과거에 프러시아나 불란스, 미국이 우리에게 했던 거보담도 몇 배나 더 무서운 마수를 뻗쳐오고 있는 거 같다. 공기가 너모 안 좋다쿠는 기라."

그러자 얼이 머릿속은 일본이 그렇게 했을 경우 유리한 것은 관군인가 농민군일까 하는 궁리로만 가득 찼다. 나라에서 일본을 신경 쓰게 되면 농민군이 더 좋을 것 같기도 하고, 아니면 농민군이 들고일어날 명분이 사라져 나쁠 것 같기도 했다.

"얼아!"

그때 스승의 톱니바퀴처럼 날카로운 말이 그의 머리를 겨냥하고 떨어지는 바람에 얼이는 크게 소스라치고 말았다.

"얼이 니 시방 왜눔들하고 싸울 생각하는 것가, 아니면?"

권학은 다른 학동들 때문에 더 말을 잇지 않았지만, 얼이 귀에는 그게 꾸짖음으로 들렸다. 왜놈들이 우리나라를 노리고 있는 위급한 정세인데 너는 그놈들과 대적할 각오는 하지 않고 우리 관군과 싸울 궁리만 하느냐? 네 아버지 복수가 이 나라를 지키는 일보다 더 중요하냐고 묻는 것 같았다.

"그눔들은 에도 막부의 쇼군將軍이 바뀔 때마다 권위를 국제적으로 인정받을라꼬, 우리 조선에 사절의 파견을 요청했다는 사실 하나만 봐도, 진정 계산적이고 무서운 족속들인 기라."

스승은 한 사람 한 사람씩 제자들 얼굴을 보면서 얘기했다.

"너희는 내 말뜻을 잘 헤아려봐야 할 것이야."

그러자 제자들은 겨울잠을 자다가 이제 막 눈을 뜨고 기지개를 켜는 동물같이 허리를 빳빳하게 곤두세우고는 목청을 있는 대로 한껏 돋우어 말했다.

"예, 스승님!"

그때 얼이 뇌리에 떠오르는 게 임배봉이라는 이름이었다. 아직 한 번도 일본인을 본 적은 없지만 어쩐지 그자와 비슷하게 생겨먹었을 것 같았다. 그러자 나루터집 식구들에게 스승이 들려주는 이 이야기를 꼭 해주어야겠다는 생각에 빨리 집으로 가고 싶었다.

남강에 있는 여러 나루터 중에서 가장 크고 번창한 상촌나루터에 있는 운산녀의 비밀 거점. 온 천지를 사방팔방 막힐 데 없이 쏘다니는 바람도 알지 못하고 남강 용왕도 모를 은밀한 장소였다.

그곳에 모여 앉아 머리를 맞대고 목재 사업 확장과 준서 유괴 모의를 하다가 밖으로 나온 운산녀와 민치목, 허나연이 수많은 인파와 소달구지, 마차, 가마 속에 섞여 걷고 있을 때였다.

"어, 저눔은!"

치목이 저만큼 앞을 노려보며 깜짝 놀라는 목소리로 말했다.

"와 그라요, 아재?"

역시 크게 흔들리는 운산녀 물음에 치목은 굵은 손가락을 들어 막 소달구지 옆을 지나 바쁘게 걸어가고 있는 한 젊은이를 가리켰다.

"얼이란 눔이오."

"얼이?"

치목 음성이 컴컴한 동굴 속에 사는 유령처럼 음산하고 낮았다.

"와 안 있소? 우리가 해칠라 캔……."

그 말을 끝까지 듣기도 전에 운산녀 얼굴 가득 당혹스러운 빛이 피어올랐다.

"아, 그런께네?"

그러던 운산녀가 퍼뜩 입을 다물었다. 무척 키가 작고 뚱뚱한 사람이 옷을 잔뜩 껴입은 채 바로 옆을 지나가고 있었다. 말 그대로 맹꽁이 결박한 것 같은 그 행인이 저만큼 멀어지자, 치목이 운산녀가 하려다가 멈췄던 말을 했다.

"하모요. 비화하고 같이 장사하는 우정 댁이라쿠는 여자 아들."

운산녀는 질겅질겅 곱씹었다.

"비화하고……."

그러는 그녀 전신이 긴장감으로 팽팽해졌다. 옛날부터 비화에게 증오심과 경계심을 동시에 품고 있는 운산녀였다.

"저눔 대갈빼이 우에 무쇠 두멍 내릴 때도 안 멀 끼요."

치목은 저놈이 죽을 날이 머지않았다고 저주하듯 내뱉었다. 아들 맹쫄까지 시켜서 강에 빠뜨려 죽이려고 했던 얼이다. 당시 손 서방이 발견하여 꼽추 달보 영감에게 급히 알리지 않았다면 남강 물고기 밥이 되었을 것이다.

'그날은 내가 운때가 안 맞아갖고 고마 실패한 기라.'

치목은 속으로 씨부렁거렸다.

'더럽거로 목심 줄이 긴 새끼거마는. 하지만도 인자 오래 몬 간다. 장마당 니한테 행운이 따라댕길 줄 알모 그거는 큰 오산이다 고마.'

바로 그때, 무슨 수상한 기운이 뒤통수에 전해진 걸까? 무엇이 그리 급한지 아주 잽싼 걸음으로 가던 얼이가 문득 뒤를 돌아보았다. 좀 떨어진 거리에서 봐도 그 눈빛이 여간 예리하지 않았다.

운산녀 일행은 하나같이 긴장하여 얼른 고개를 옆으로 꺾었다. 놈의 눈에 띄면 좋을 게 하나도 없었다. 언제부터인가 거기 상촌나루터 터줏대감으로 자리 잡은 나루터집 식솔들이다.

"덜커덩!"

그런데 그들로서는 다행인 것이, 얼이가 돌아본 것은 바로 뒤쪽에서 요란한 소리를 내며 달려오는 마차를 피하기 위해서였던지 이내 고개를 돌려 다시 제 갈 길을 재촉하고 있다는 거였다. 도대체 무슨 화급한 일이 있는지 모르겠다.

"아즉 대갈빼이 피도 안 마린 쌔끼야."

치목이 미친개처럼 으르렁거리는 소리로 말했다.

"모가지를 확 비틀어뻴라. 오데 쳐다보노?"

물론 그 소리가 얼이 귀에 들릴 리는 없겠지만 그 바람에 이쪽 세 사람은 얼이 얼굴을 보게 되었다.

"얼릉 봐도 에나 똘똘하거로 생긴 총각 아입니꺼."

나연 말끝에 운산녀도 덧붙였다.

"아즉 나이는 마이 안 뭇지만 덩치도 좋거마는."

그때까지도 얼이 뒷모습을 매서운 눈초리로 째려보고 있는 치목을 돌아보면서 말했다.

"쪼꼼 더 지내모 아재도 몬 당하것소."

"그렇것네예."

나연도 고개를 끄덕였다.

"머요?"

치목은 그만 자존심이 형편없이 구겨지는 모양이었다. 먹지도 못하는 제사에 절만 죽도록 한다고, 아무 소득도 없이 수고만 잔뜩 한 셈이었다. 그는 두 눈에 소름 끼치는 살기를 머금은 채 두 여자에게라기보다도 스스로에게 다짐하듯 했다.

"지가 그래봤자지. 그라고 그때꺼지 몬 살아 있을 끼라."

황소 같은 목을 뒤로 꺾어 하늘을 올려다보며 장담했다.

"사람 목심은 저 하늘에 달리 있는 기 아이고, 같은 사람 손에 달리 있다쿠는 거 알거로 해줘야제."

별안간 하늘에 먹장 같은 시커먼 구름장이 우우 몰려들고 있었다. 주변이 삽시간에 어두워지자 허공을 올려다보던 운산녀가 기억하기도 싫다는 듯 얼굴을 보기 흉하게 찡그리며 말했다.

"임술년에 농민군이 설치고 댕길 때 내가 그놈들을 피해갖고 아재 집에 숨어 지낼 적 일이 떠오리요."

"아, 그 일?"

그러는 치목 표정이 야릇해졌다. 치마 운운하던 기억이 되살아났다.

하지만 운산녀는 그런 일 따윈 모두 잊은 것처럼 보였다.

"그 당시 유춘계가 이끌던 농민군 가온데서 천필구라쿠는 진짜로 무지막지한 자가 있었는데, 얼이 저눔이 그자 아들이라꼬 안 하디요."

운산녀 말에 치목이 진저리를 쳤다.

"모기도 모이모 천둥소리 난다더이, 행핀없는 농군 눔들도 그리 떼를 지은께 벌로 볼 끼 아이더마는."

주위에 수없이 오가고 있는 사람들을 괜히 노려보기도 했다.

"우쨌든 그 기억이 나모 시방도 입맛이 똑 떨어지요."

운산녀도 치를 떨었다.

"내는 입맛 밥맛 모돌띠리 없어지요."

남강 쪽에서 웬 뱃사공이 구성지게 부르고 있는 노랫소리가 아스라이 들려왔다. 그들이 내는 소리는 언제나 강물 소리를 닮아 있었다.

"뱃눔이 배나 몰지, 지가 무신 놀이패라꼬?"

애먼 뱃사공을 두고 투덜거리는 치목의 눈이 살쾡이처럼 노랗게 빛을 발했다.

"그라고 나루터집에 있는 송원아라쿠는 여자, 그 노처녀 말요."

치목의 말은 마침 불어오는 강바람에 얹혀 공중으로 날아올랐다가 이내 흩어지는 것같이 느껴졌다.

"송원아?"

운산녀는 그 이름을 기억해두려는 눈치였다. 또 무슨 해코지를 하고 싶은지 알 수 없었다.

"고년하고 죽어라꼬 사랑하던 남자가 한화주라꼬, 역시 농민군 하다가 벨수 없이 처형을 당했는데……."

치목은 지게 위에 아슬아슬하리만치 많은 독을 쌓아서 지고 가는 독장수를 힐끗 보며 말을 계속했다.

"고놈의 쌔끼 손에 죽은 부자나 토호세력도 에나 아아들 장난이 아인 기라요."

그러자 임술년 당시에는 아직도 어려 두 사람만큼 그 사건을 모르고 있는 나연은, 얼이가 영웅의 아들같이 느껴지는 모양이었다.

"그리 대단한 농민군 아들이라 놔서 몸집도 저리 우람하고 믿음직해 비이는갑네예? 얼굴도 잘생깃고예."

마침 곧장 굴러 내릴 것처럼 물품을 가득 실은 소달구지 하나가 지나가는 바람에, 그것을 피해 잠시 옆으로 비켜 있다가 다시 걷기 시작했을 때, 운산녀가 나연을 보며 말했다.

"생긴 거야 나연이 각시도 절대 넘들한테 안 빠지제."

나연은 보기 민망할 정도로 몸을 배배 꼬며 아주 겸손한 체했다.

"아이라예. 지가 머예."

"아이기는 머가 아이라? 기제!"

나연은 이런 소리를 하는 자신의 속이 모두 내비친다고 여겼는지 치목을 슬쩍 보았다.

"지보담도 우리 마님이 몇 배 더 그렇지예."

"내 꼬라지는 내가 안다."

그러고 나서 운산녀는 나연의 눈을 들여다보며 말했다.

"특히나 그 눈이 에나 매혹적이지 않은가베."

그 말에 이어서 요상하다는 기분을 실은 어조로 이랬다.

"쪼매 특이한 눈 겉기도 하고 말이제."

"옴마! 지 눈이 그래예?"

나연은 속으로는 더할 나위 없이 좋으면서도 겉으로는 부끄러운 척하면서 운산녀 기분을 살살 맞추었다.

"마님도 젊은 시절에는 시상 남자들이 쫄쫄 따라댕깃을 꺼 겉은데예.”

모두 분주히 움직이느라 특별히 봐주는 사람이 없는데도, 두 손으로 번갈아 가면서 옷매무새와 머리 모양을 열심히 고치고 있는 나연이었다. 운산녀가 치목을 힐끗 보며 물었다.

“내가 그리 비이나?”

갈수록 가관이었다. 치목 눈에, 천박하기가 저울에 달면 눈금 하나 틀리지 않을 것 같은 두 여자였다.

“몇 사람은 그리 볼랑가?”

운산녀가 은근히 염원이 담긴 목소리로 말하자 나연은 열 손가락을 모두 쫙 펴 보였다.

“몇 사람이 아이고 다예, 다.”

그새 얼이는 벌써 집에 도착하고도 남았겠다. 중촌나루터와 하촌나루터 장사치들도 모조리 그곳으로 모여들고 있는 걸까? 그네들 주변에는 갈수록 사람들이 불어나고 있었다.

두 여자는 여전히 건질 것 하나 없는 이야기 일색이다. 치목의 입언저리에 조롱의 빛이 번져 났다. 서로가 잘났니 어쩌니 하는 그 짓거리들이 갈수록 신경을 빡빡 긁어놓는다. 더 중요한 일들을 바로 코앞에 두고 말이다.

그때, 운산녀가 청춘이던 시절을 떠올리며 한숨을 내쉬다가 또 갑자기 생각난 듯 입을 연 것이다.

“그란데 안 있나, 억호하고 분녀 큰아들 동업이 이약인데…….”

운산녀는 짚어볼수록 정말 불가사의하다는 표정이었다.

“내는 그 아 눈을 이래 볼 적마당 나연이 각시 눈이 딱 생각나데.”

“예?”

나연은 그게 무슨 말이냐는 듯 두 눈을 크게 뜨고 운산녀를 바라보았다. 그러자 운산녀는 더욱 신기한지 박수라도 칠 것같이 했다.

"바로바로 시방 그 눈을 말하는 기라, 그 눈을!"

그 소리가 어찌나 컸던지 지나가던 행인들이 이쪽을 바라보기도 했다.

"지 눈이 와예?"

나연은 눈을 끔벅끔벅해 보이면서 왜 남의 눈을 두고 자꾸 이상한 소리를 하느냐는 투로 물었다.

"아, 더 들어봐라 안 쿠나?"

그런데 처음에는 그냥 예사로 그 말을 툭 던졌던 운산녀는 갈수록 너무 흥미롭다는 기색이었다.

"동업이 고것도 놀래거나 하모 안 있나……."

"……."

바람은 거짓말같이 뚝 그쳤다. 바람이 불지 않는 강은 속내를 깊이 감추고 흐르는 것 같았다.

"똑 나연이 각시 눈매이로 안 하는가베."

그러자 건성으로 듣고 있던 나연도 점점 심각하고 믿기지 않는다는 어조로 물었다.

"에나로예?"

운산녀가 기분 팍 상한 소리로 쏘아붙였다.

"그라모 내가 없는 거를 지이내고 있다쿠는 기가?"

"그, 그런 뜻이 아이고예."

운산녀는 나연을 째려보기까지 했다.

"머 무울 끼 나온다꼬."

나연은 내가 공연히 물었다 싶어 얼른 말머리를 돌렸다.

"그 말씀 들은께, 동업이라쿠는 그 아를 꼭 한분 보고 싶거마예."

단순한 호기심을 넘어서 자신에게 주어진 임무이기라도 한 것처럼 했다.

"눈이 지하고 우찌 닮았는고 말입니더."

운산녀는 세상에 참말로 별 희한한 일도 다 있다는 표정으로 나연 얼굴을 요모조모 뜯어보기 시작했다.

"가마이 함 있어 봐라이."

나연은 어쩐지 오싹해짐을 느꼈다.

"예?"

운산녀 목소리가 빨랫줄에 걸린 마른 수건이 바람에 나부끼듯 했다.

"그라고 본께 눈만 닮은 기 아이고, 다린 데도 모도 그런 거 겉네?"

"마, 마님!"

운산녀가 자꾸만 이상한 소리를 하니 나연도 갈수록 가슴이 막 울렁거렸다. 이상하게 요즘 들어와서는 별것 아닌데도 그럴 때가 많았다. 대체 무슨 징후인지 모르겠다.

"코도 쪼매 그렇고, 또 입도 마찬가지거마."

하루아침에 관상쟁이가 돼버린 것 같은 운산녀였다.

"아, 갸름한 얼골 윤곽은 더 그렇네?"

운산녀는 차마 제 눈을 믿지 못하겠는 기색이었다.

"시상에는 가리방상하거로 생긴 사람들도 천지삐까리다 쿠디마는, 나연이 각시하고 동업이가 바로 그짝이다."

그때 옆에서 너무나 지루하다는 낯빛으로 듣고 있던 치목이 흥미 없다는 투로 불쑥 끼어들었다.

"비싼 밥 묵고 무담시 기운만 빼는 재미없는 그런 소리 인자 고만들 하소."

서로 얼굴을 마주 보는 두 여자를 꾸짖듯 했다.

"그리키나 할 이약들이 없소?"

치목은 가까이 지나가는 화려하고 큰 가마가 괜히 못마땅한지 시비라도 걸 것처럼 한참 노려보고 나서 다시 입을 열었다.

"에나 말도 안 되제, 말도 안 돼. 아, 나연이 각시하고 동업이하고가 우째서 닮을 끼요?"

손가락으로 제 머리통을 쿡쿡 찔렀다.

"머리가 있으모 함 생각을 해보소. 차암, 내."

몸통에 비하면 머리가 턱없이 작은 새에 빗대어, 영리하지 못한 사람을 가리켜 '새대가리'라고 하는 말이 생겨났을 거라고 추정을 하는 치목의 머리 위를, 새 한 마리가 휙 날아갔다.

"머리 없는 인간도 봤소?"

그러면서 마치 머리가 달려 있지 않은 사람을 찾기라도 하듯이 부근을 둘러보던 운산녀가 싱거운 웃음을 날렸다.

"아재 말이 맞소. 내도 요새는 증신이 천 리는 나갔다 들왔다 한다 아이요."

저쪽 나루턱에 이제 막 새 나룻배가 닿았는지 시끌벅적한 소리가 나면서 어느새 길바닥 위로 모습을 드러내는 사람도 있었다.

"안께 다행이거마는. 텍도 없는 소리 아이요? 저 각시하고 동업이가 우째요?"

치목은 무슨 까닭에선지 시종 트집 잡으려는 품새다. 운산녀는 나연에게서 눈길을 거두며 시인했다.

"그 말 듣고 가마이 생각해본께, 또 하나도 안 닮은 거 겉소."

그들 옆을 한 무리의 보부상들이 떠들썩하니 지나갔다. 그 뒤를 농군 차림새를 한 사내들이 잇고, 또 그 바로 뒤에는 머리에 전이 없이 큰 바가지같이 만든 함지박을 인 여인네들 몇이 따랐다. 모두가 바쁘게 살아가는 세상이었다. 하늘에서는 새들이 날갯짓에 여념이 없고, 땅에서는 개들도 다리를 재게 놀렸다.

한동안 그 광경을 물끄러미 바라보고 있던 운산녀가 고개를 갸웃하며 혼잣말처럼 중얼거렸다.

"우리가 무신 이약을 하다가 엉뚱한 데로 흘리뻤는가 모리것네."

치목은, 벌써 노망이 들 나이도 아니면서, 하는 눈초리로 핀잔주듯 했다.

"도독눔들하고 바까갖고 때리쥑일 농민군들 이약 안 했디요?"

운산녀는 스스로도 한심하다는 빛이었다.

"아, 그렇제. 지들을 초군이라 부림서 미친개매이로 설치쌌던 그눔들 이약했디제."

치목은 아까 얼이가 사라진 그쪽 방향으로 고개를 돌렸다.

"미친개도 눈에 띄모 그냥 콱 물어뗄 거 겉은 기세 아이던가베?"

두 사람은 잠시 농민군 이야기를 더 나누었다. 그러나 나연은 여전히 동업에 대한 호기심을 버리지 못하는 모습이었다.

"마님."

벌써 몇 차례나 불러대는 건지 알 수 없었다.

"와요?"

운산녀는 성가신 바람에 말꼬리가 높았다. 한데도 나연은 갈수록 그 도가 넘치도록 달라붙었다.

"운제 지가 함 볼 수 있거로 해주이소, 마님."

운산녀는 소득도 없는 소릴랑 하지 말라는 투였다.

"각시가 동업이는 봐서 머할라꼬?"

언제 몰려들었는지 모를 검은 구름이 약간 벗겨지고 있는 하늘에 희미하게 떠 있는 것이 낮달인지 환시인지 잘 모르겠다.

"딱 한 분만 보고 싶어예."

“허어?”

뒤로 몸을 빼는 운산녀였다.

“예? 마님.”

나연은 거의 필사적으로 매달렸다. 그 고집통이 또다시 도지는 모양이었다. 한때 재영을 그렇게도 못 살게 달달 볶아대던 버릇이었다.

“제엔장!”

치목이 투덜거리고 나서 매섭게 쏘아댔다.

“동업이 그 아 생각하지 말고 비화 고년 자슥 생각이나 하라꼬. 요분에는 우찌하모 실수 안 하고 성공할 낀고.”

“예, 알것어예.”

나연은 그만 고개를 가슴 사이로 쿡 처박았다. 밤골 댁인가 낮골 댁인가 하는 고 여편네만 아니었다면 비화 아들 준서는 지금쯤 그들 수중에 있을 것이었다. 나연은 속으로 술어미 밤골 댁에게 악담을 있는 대로 퍼부었다.

‘미븐 눔 볼라모 술장사 하라 캤디제. 천년만년 술장사해 처무라.’

마음이 삐딱해지니 몸도 덩달아 삐딱해지는지 자칫 앞으로 와락 엎어지려는 것을 가까스로 바로 잡았다. 치목 역시 아직도 억울한지 연방 구시렁구시렁했다.

“각시가 그 일만 딱 성사시킷다모, 우리 사업은 일사천리로 나갈 낀데, 억울해라.”

지나다니는 사람들 숫자가 아까보다 줄어들었는지 그들은 이제 사람들과 부딪히지 않고서도 걸어갈 수가 있었다. 물론 몸이 더 잘 드러나 보이기 쉬워서 숨기에는 좀 더 불리하게 되긴 했지만. 하긴 배봉이나 점박이 형제가 거기 나타나지만 않는다면 아무 상관도 없는 일이긴 했다.

“그거는 맞는 소리요.”

운산녀도 아쉽다는 목소리로 맞장구를 쳤다.

"할 일이 급한 우리가 씰데없는 데 멤 쓸 틈새가 없다 아인가베."

나연은 더는 입을 열지 못했다. 그들 입에서 당장 책임을 묻는 소리가 또 튀어나올 것만 같아 가슴이 조마조마했다.

그러나 세상 부모 자식 사이에는 보이지 않는 끈이 있다던가. 나연은 동업이란 그 아이 생각에만 빠진 나머지 다른 것을 생각할 수 없었다. 이상하게 빨리 만나보고 싶었다. 스스로 헤아려봐도 참으로 알 수 없는 감정의 결이었다.

'내가 이리싸모 안 된다 아이가.'

나연은 체머리 흔들 듯해가며 끊임없이 몽개몽개 피어오르는 잡념에서 벗어나려고 무진 애썼다.

'운산녀 말마따나 천만 날 넘 아를 생각해봤자 아모 소용도 없제.'

그러자 이번에는 재영과의 사이에서 낳은 아들 생각이 간절해졌다. 비록 핏덩이 때 서로 헤어졌지만, 아직도 그 얼굴 생김새가 어젠 양 눈에 선했다. 지금도 만나기만 하면 금방 알아볼 수 있을 것이다.

'고 인간이 우리 아들을 우찌한 기꼬?'

상촌나루터의 나루터집 입구 계산대에 정물처럼 앉아 있던 재영이 떠올랐다.

'비화 그 여자하고 같이 키우고 있는 거도 아이고, 또 내가 그동안 지키본께 다린 데 숨기놓고 있는 거도 아인 거 겉은데 말이다.'

곰곰 짚어볼수록 참으로 수수께끼가 아닐 수 없었다. 그 아이가 아무 흔적도 없이 어디론가 사라져버리는 연기나 구름도 아니고…….

'하기사 비화 그 여자한테 우리 아들 이약을 했것나.'

그건 스스로 무덤을 파는 짓이었다.

'하지만도 숨기놓는다쿠는 거도 한계가 있고 말이제.'

머리카락을 쥐어뜯을 것같이 했다.

'그라모 대체 오데 가 있으꼬?'

실로 묘한 현상이 아닐 수 없었다. 없으면 못 살 것 같던 사내 생각은 별로 나지 않는데 자식 생각만은 날이 갈수록 더해갔다. 부부가 서로 갈라선 후 여자가 혼자서라도 자식을 키우려고 하는 연유를 이제 알겠다.

하지만 이미 때가 늦어버렸다.

운산녀와 나연과 헤어져 오랜만에 집이라고 찾아 들어간 치목을 맞이한 것은, 아내 몽녀의 의심과 질투에 가득 찬 얼굴이었다.

"흥, 내 안 봐도 다 안다."

집구석 공기부터가 답답하다. 무조건 싫다.

"알기는 머 알아?"

턱없는 소리한다 싶은데, 좀 알기는 하는 것 같다.

"누 덕택에 내 눈이 천리안이 돼삐릿제. 또 상촌나루턴가 상눔나루턴가 하는 데서 오는 기것제?"

"머라? 상눔?"

치목이 발끈했다.

"요년이 오데 상눔하고 놀아났다쿠는 기가, 머꼬?"

그래도 몽녀는 입이 한 뼘은 튀어나와 신세타령하듯 늘어놓았다.

"대관절 거 꿀물이 발릿나, 참지름이 흘렀나? 번쩍번쩍 보석이 마구 쏟아져 나오는 모냥이제? 맨날맨날 집구석은 비우고……."

"이 망할 년잇!"

몽녀 말이 끝나기도 전에 치목 주먹이 몽녀 눈앞으로 다가왔다. 치목은 언제나처럼 솥뚜껑 같은 주먹으로 때려죽일 듯이 을러대기 시작했다. 지금까지 그렇게 하는 것만큼 큰 효과를 본 것도 없었다.

"왕비맹캐 팬안하거로 뫼시놓고 밥 멕여준께, 요년이 호강 받쳐 요강에 머 우짜는 소리나 벌로 해쌌고 자빠졌거마. 콱 우째삘꼬!"

그런데 몽녀는 한술 더 떴다. 그녀는 오히려 어서 날 때리라는 듯 제 얼굴을 치목 주먹 앞으로 바싹 들이대며 주둥이를 나불거렸다.

"왕비 아이고 시녀매이로 막 부리묵어도 내 좋은께, 지발 아내 대접이나 좀 해주모 오데 덧나는갑네?"

"요 배운 데 하나도 없는 년아!"

그가 안이한 마음으로 대처하려고 했던 것이 잘못이었다. 예상치 못한 몽녀 대응에 치목은 열이 나서 어쩔 줄 몰라 했다.

"그라모 맹색 서방이 지 에핀네한테 대고, 오늘은 요게 갔소, 내일은 조게 갈 끼요, 그리 함시롱 일일이 보고함서 댕기까?"

여느 때 같으면 지레 겁부터 집어먹고 알아서 슬슬 길 몽녀가 이날은 어쩐 셈인지 완전 독기가 올랐다. 빳빳이 치켜든 얼굴이 독사 대가리는 저리 가라였다.

"흐응!"

몽녀는 같잖다는 비웃음부터 터뜨린 후 악다구니를 써댔다.

"그리 겁 주모, 내가 또 씨익 물러날 줄 알고?"

방 벽에 바른 꽃잎 무늬 벽지가 그 순간에는 곧장 떨어져 내릴 낙엽이 간신히 붙어 있는 것처럼 비쳤다.

"안 물러나모 니년이 우짤 낀데?"

치목이 경고장을 날려도 끝장 보잔 듯이 하는 몽녀였다.

"우짜기는 머를 우째?"

"허, 허. 요년이 인자는야?"

좀체 약발이 먹혀들질 않는다. 치목이 을러댈수록 몽녀는 더 악착같이 굴었다.

"텍도 없소, 텍도 없어."

"텍?"

"하모, 텍."

"온냐!"

"간냐!"

천하없어도 남자가 말 갖고는 여자를 못 당한다. 결국, 신체적으로 우세한 남자가 믿을 수 있는 비상용 무기는 정해져 있다.

"텍쪼가리를 뽀싸삐릴라!"

몽녀는 자칫 부수어질지도 모를 그 턱을 서슴없이 앞으로 쑥 내밀었다.

"내가 오늘은 말요, 저 하늘이 두 쪼가리 나도 반다시 밝히야겄소."

"머를 밝힌다 말이고, 으잉?"

사내를 밝히겠다는 말이냐, 하고 그들 수준에 맞게 다그치려는데 그게 아니었다.

"머를요? 내는 오데 사람이 아인 줄 아요?"

"시방 눈깔에 들가 있는 그 심 몬 빼겄나?"

치목이 주문해도 몽녀 두 눈에 더욱 힘이 들어간다. 아무래도 단단히 벼르고 있었던 게 확실했다.

"요년이야? 누 앞에서 눈깔 따악 떠갖고 발광이고?"

급기야 치목 주먹이 몽녀 눈두덩을 향해 그대로 날아가 꽂힐 것처럼 아슬아슬했다. 하지만 몽녀는 밤낮없이 몽롱하던 두 눈에 한층 더 시퍼런 쌍심지를 켜고는 상대방 급소를 치듯 단숨에 일격을 날렸다.

"꼴에 늙은 년하고 젊은 년하고를, 양쪽에 주렁주렁 매달고 댕긴담서?"

'헉!'

치목은 속이 뜨거운 인두에 덴 듯 뜨끔했다.

'요년이 우찌 허나연이꺼정 알거로 됐제?'

운산녀와 어울린다는 것은 아내가 이미 다 알고 있는 사실이었다. 그렇지만 그것은 치정이 아니라 먹고살기 위한 방편이라고 둘러댔고, 몽녀 또한 운산녀가 자기보다 나이 먹은 여자였기에 크게 신경 쓰지 않았다.

그런데 몽녀 입장에서 보면 나연은 다를 것이다. 어느 정도까지 헤아리고 있는지는 잘 모르겠으나, 지금 말하고 있는 그 본새로 봐서는 나연이 젊고 예쁘다는 것쯤은 알고 있는 성싶었다.

'허, 그거는 아인데?'

치목은 억울했다. 운산녀를 들고 나온다면 그로서도 달리 어쩔 도리가 없다. 입이 열 개 아니라 백 개라도 할 말이 없다. 하지만 손목 한번 잡아보지 않은 나연과의 관계를 물고 늘어지려고 하다니.

"요, 요 망할 년아!"

치목은 흥분하여 자신도 모르게 방문이 덜컹거릴 정도로 버럭 소리를 내질렀다. 요즘은 신경이 송곳처럼 날카로워져 있는 실정이었다.

"머를 알라모 똑똑히 알고 씨부러라. 니가 씨부리는 그 젊은 년하고는 내사 손 한 분도 잡아본 적이 없다 고마."

그렇게 불쑥 내뱉어 놓고 아차! 했으나 그 빈틈을 놓칠 몽녀가 아니었다. 그녀는 길길이 날뛰기 시작했다.

"넘의 닭 잡아묵고 삼 년 만에 싹 다 털어놓는다더이, 봐라, 봐라, 종국에는 지 입으로 모돌띠리 실토하고 마네?"

"이 에핀네가 인자는 지 서방을 닭 도독늠으로 맨들어?"

그러나 치목의 그 말에는 벌써 어떠한 힘도 실려 있지 못했다.

"닭 도독늠이모 괘안커로?"

몽녀는 갈수록 동네방네 사람들 귀에 모조리 들리도록 목청을 있는 대로 돋우었다. 작심을 하고 나오는 데는 당할 장사가 없다.

"그런께네 늙은 년하고는 손도 잡고 했다쿠는 소리 아이가? 하기사 오데 손만 잡았것나."

그러면서 탕탕 내려치는 몽녀 손바닥에 방바닥이 하나도 성해 나지 못할 것 같았다.

"어이쿠우, 복장 터지네!"

몽녀가 내지르는 고함소리가 사방 벽에 갇혀 웅웅 울렸다.

"이 빙신 겉은 년 신세가 개만도 몬하다아!"

치목은 개가 허연 이빨을 드러내고 낮게 으르렁거리듯 했다.

"이 개년이야?"

세상이 고개를 돌릴 일이었다. 몽녀는 개년이고 소년이고 말년이고 상관없었다. 나중에는 친정 어미까지 들먹였다.

"옴마아! 와 낼로 낳소오? 옴마아, 옴마아!"

손으로 방바닥을 제멋대로 쳐가면서 터뜨리는 몽녀 울음소리는, 그러잖아도 잔뜩 곤두선 치목 감정에 기어이 불을 붙여놓는 격이 되고 말았다.

결국, 몽녀는 개만도 못한 신세보다는 그래도 나은지 개 맞듯이 그렇게 두들겨 맞기 시작했다. 상식이 통하지 않는 남편 앞에서 분별력 없는 짓을 한 대가였다.

사실로 보자면 치목도 마냥 편해 자빠진 건 아니었다. 나연의 비화 자식 유괴 미수는 적잖은 타격이었다. 그 사건 이후로 나루터집 식구들은 모두 조심들을 해서 좀처럼 기회가 오지 않았다. 실망한 운산녀가 어디로 튈지 늘 전전긍긍했다. 더 이상 써먹을 데가 없으면 가차 없이 '팽烹'할 여자였다. 소긍복을 통해 이미 그것을 보았다. 어느 날인가 이런 말을 들은 기억도 있다. 배신하면 소긍복보다도 더 그를 잔혹하게 처단

하겠다고 했다.

처음에는, 시상에, 동네 사람들아! 서방이란 기…… 어쩌고저쩌고 악바리를 함부로 써대며 반항하던 몽녀도, 나중엔 불가항력인지라 찍소리 못하고 축 늘어져 버렸다. 마치 숨을 죽인 배추포기 같았다.

"요년이 엄살꺼지 부리쌌네? 이 엉큼한 년, 누가 모릴 줄 알고?"

말은 그렇게 하면서도 덜컥 무서운 기분이 든 치목은 마지막으로 몽녀를 발로 한 번 더 세게 걷어차고는 휑하니 집을 나와 버렸다.

'인자는 오데로 가노?'

막상 집을 나왔지만, 마땅히 갈 만한 곳이 없었다. 꿀 발라놓은 듯한 기생집에도 갈 마음이 안 생겼다. 그래도 고게 여편네라고 온몸에 피멍이 들도록 마구 패놓고 나니 심사가 편치 못해서인가 생각하니 몹시 씁쓸하고 그냥 허허로웠다.

'한 개 있는 요 자슥새끼는 오데 처박히 있는 기고?'

이럴 때 맹쭐이 그놈과 술독에 푹 빠지면 조금은 나으련만 요새는 코빼기마저도 비치지 않는다. 자식이란 제가 아쉬울 때나 부모를 찾는 법이지, 그렇지 아니할 땐 숫제 부모를 쓰레기 취급하는 것들이다. 여하튼 보나 마나 또 개망나니 점박이 형제 고것들과 어울려서 협잡질 아니면 계집질을 하고 있겠지.

'이 치목이 신세도 에나 처량타.'

그저 발길 닿는 대로 한참 걷다 보니 또 상촌나루터다. 이러니 망할 여편네가 강짜 부릴 만도 하구나 싶었다. 한데, 그게 뜻밖의 횡재가 될 줄이야.

'헉!'

그것은 강가 흰 바위를 저만큼 남겨놓았을 때였다. 치목은 반사적으로 근처에 서 있는 큰 나무둥치 뒤로 급히 몸을 숨겼다. 숨이 가빴다.

'내가 허깨비를 보는 거는 아이것제?'

몇 시간 전에 보았던 얼이 그놈이다. 운산녀, 허나연과 함께 얘기했던, 저 흉한 임술년에 농민군 하던 천필구 새끼. 그들 부자가 죽이려고 하다가 실패한, 고래 힘줄처럼 억세게 목숨 줄도 질긴 놈이다.

그런데 혼자는 아니다. 여자도 있다. 밑동이 물살에 씻기는 큰 흰 바위 위에 나란히 앉은 여자는 이쯤에서 봐도 퍽 자태가 곱다.

'허, 눈깔만 붙은 조것들 봐라?'

그들은 깊은 이야기에 빠져 누가 옆에서 고함을 질러도 모를 것 같았다. 얼이 저 애송이를 이참에 끝장내버려야지, 궁리하던 치목 마음이 아리따운 처녀 쪽으로 더 기울었다.

그냥 예사 미인이 아니다. 아직은 여자로서 한창 피어오를 나이는 아니지만, 그 풋풋한 청순함이 보통으로 마음을 끌지 않는다.

'이기 우찌 된 일이고?'

치목 머리가 저절로 갸우뚱해졌다. 당최 현장 파악이 되질 않는 것이다.

'암만캐도 여염집 처자는 아이고, 똑 기생매이로 비이는데?'

강에서는 물새가 물고기 사냥에 열심이다. '찰싹' 하고 수면을 치는 소리가 강변의 고요를 깨뜨린다. 그 모든 것들이 몽환적으로 다가오는 치목이다.

'에나 알 수 없거마는. 대갈빼이 쇠똥이 마릴까 말까 한 눔이 하매 기생하고?'

운산녀에게서 목돈을 받아 쥐면 곧바로 이름난 기생집으로 씽 내달곤 하는 치목은 그 나름대로 기생 바닥에 밝았다. 어느 사회든 간에 체험만한 것이 또 어디에 있으랴. 바로 치목의 인생관이었다.

'벌로 몸을 굴리쌌는 사창私娼은 절대로 아이다.'

갈수록 얼이는 치목의 안중에서 벗어나고 오직 그 처녀만 온통 마음을 사로잡는다.

'그렇다꼬 관청 허가를 얻어갖고 매음 행위를 영업으로 하는 공창公娼도 아인 거 겉은데 대체 머꼬.'

짚어볼수록 오리무중에 빠져드는 느낌이다. 나중에는 이런 생각까지 들었다.

'그라모 기생이 아이까?'

막 잠수했다가 아주 잽싸게 물 위로 날아오르는 물총새 발에 은빛 물고기가 걸려 있다. 저놈만큼 물고기 사냥에 능통한 놈도 찾아보기 힘들 것이다.

'아이다. 맞다.'

치목이 몸을 숨기고 있는 편백나무에 붙어 있던 갈색 열매 하나가 툭 떨어지더니 또르르 땅 위를 굴러가고 있었다.

'기생은 기생인데, 오덴가 쪼매 품위가 있어 안 비이나.'

그러자 다음 찰나 치목 머릿속에 관기가 된 옥진이 떠올랐다. 기명이 해랑이라고 했지. 치목은 마음속으로 무릎을 탁 쳤다.

'하모, 맞다! 관기가 틀림없다 고마.'

지난날 몽녀가 예쁜 옥진이를 우리 며느리 삼고 싶다고 했을 때 인정사정없이 쥐어박았던 치목이었다. 그런데 지금 얼이라는 놈과 함께 있는 처녀를 보니 만일 맹쫄 밑에 아직 장가들지 않은 아들놈이 있으면 같은 마음일 성싶었다.

'그나저나 조것들이 시방 무신 이약들을 저리키나 해쌌고 앉았노? 만리장성이라도 쌓을라쿠나?'

치목이 편백나무 뒤에 몸을 감추고 서서 한참이나 이런저런 생각을 굴리는 중에도 그들 이야기는 멈추지 않는 강물처럼 그 끝을 몰랐다.

'내 참 더럽고 애니꼽아서.'

치목은 점점 지루해지고 지쳤지만, 이 좋은 기회를 결코 놓칠 순 없었다. 얼이란 저놈만 어떻게 해버리면 여름 날씨만큼이나 변덕이 심한 운산녀를 확실하게 붙잡아 놓게 된다. 그래야만 여생餘生이 보장될 것이다. 그가 짐작하는 대로 저 처녀가 관기 신분이 맞는다면 곧 돌아가지 않으면 안 될 것이다.

'지가 아모리 늦거로 가도, 해가 질 때꺼정은 가것제 머.'

치목의 예상이 잘도 맞아떨어지는 모양이었다. 마침내 두 사람이 흰 바위에서 몸을 일으켰다. 이별을 아쉬워하는 애틋한 심정이 이만큼 떨어져 있는 곳에도 고스란히 전해져 오는 느낌이었다. 치목은 내심 빈정거렸다.

'헤, 똑 쥐만 한 것들이 상구 분위기는 다 잡고 있거마는. 하기사 실컷 그래야제. 시방이 너거들 마즈막 이밸이 될 낀께네.'

치목은 무쇠주먹을 불끈 쥐었다. '우두둑' 하는 소리가 나도록 굵은 목을 서너 번이나 이리저리 돌려보았다. 오랜만에 온몸이 근질근질해지면서 주체하기 힘든 기운이 끝없이 솟아났다. 긴 시간 기다려온 보람이 있었다.

새파란 남녀는 아마 남들 이목을 의식한 탓인지 바래다준다든지 하지는 못하고 그 자리에서 작별하고 있었다. 흡사 강줄기가 둘로 갈라지는 것처럼.

처녀가 먼저 돌아섰다. 노랑 빛깔 치맛자락이 접었다가 펼치는 나비 날개를 방불케 했다. 얼이는 한동안 멀어져 가는 처녀 뒷모습만 우두커니 바라보고 섰다가 이슥고 긴 한숨을 내뿜고 제 갈 길을 가기 시작했다. 터덜터덜 걸음을 옮겨놓는 그의 몸은 기력이 전혀 없어 보였다. 누가 강에 살짝 밀어 넣기만 해도 그대로 빠져 헤어나지 못할 듯했다.

'이리키나 좋은 기회가 오다이.'

치목은 회심의 미소를 얼굴 가득히 지었다. 얼이는 여전히 그 처녀에 대한 미련이 남아 있는 탓인지 허깨비처럼 비칠비칠 걸어갔다. 그림자 같이 자신을 몰래 뒤쫓는 치목과의 거리가 점점 더 좁혀지고 있는데도 아무것도 모른 채였다. 가다 때로는 그 자리에 멈춰 서서 한동안 가만히 있기도 했다. 마치 치목이 가까이 다가오기를 기다려주기라도 하는 듯. 드디어 치목은 결단을 내렸다.

여기다. 아무도 보는 사람이 없는 후미진 여기서 저놈을 해치우자.

그리하여 치목은 마치 유령이 움직이듯이 소리 없이 팔을 길게 뻗어 얼이 목덜미를 확 낚아채려고 했다. 어느 무엇이든 일단 그의 억센 손아귀에 걸리면 성해 나기 힘들 것이다. 이제 얼이 목숨은 파리 목숨이었다.

한데, 바로 그 순간이었다. 별안간 강가를 뒤흔드는 비명이 터져 나온 것이다.

"아~악!"

"헉!"

경악한 건 얼이만이 아니었다. 치목도 매우 크게 놀랐다.

'아, 조것이?'

외마디를 내지른 여자, 바로 조금 전까지 얼이와 함께 있던 그 처녀가 아닌가? 그리고 치목은 들었다.

"되, 되련님하고 헤어지고 나, 난 후에, 도, 돌아보니, 저, 저 사람이 되련님 뒤를 쪼, 쫓고 있기에, 느, 느낌이 이상해서 따, 따라와 보, 본께……."

치목은 후닥닥 달아나기 시작했다.

'에나 더럽거로 목심 줄도 긴 눔이거마.'

치목은 복장을 쾅쾅 치고 발을 동동 굴릴 정도로 억울했지만 도망칠

도리밖에는 없었다. 예전 같으면 까짓 두 연놈을 한꺼번에 강 속에다 콱 처넣을 자신이 있었을 텐데, 지금은 얼이란 놈도 그냥 보통 덩치가 아니어서 아무리 한쪽이 여자라고 해도 둘을 상대하기는 버겁다는 계산에서였다. 또 얼이와 둘이 엉겨 붙어 싸우고 있을 때 처녀가 고함이라도 지르면 누군가가 바로 달려올 가능성도 완전히 배제할 수는 없었다. 어쩌면 처녀는 남강 곳곳에 배를 띄우고 있는 뱃사공들에게 알려서 떼로 몰아올지도 모른다.

'으, 분하다, 분해.'

치목은 너무나 억울해하면서도 빠르게 도주할 수밖에 없었다. 행여 살인 미수죄로 걸려 관아에 붙들려 가면 처형을 당하거나 평생을 뇌옥에서 썩어야 할 것이다.

'내 인생도 한 개 뿌이다 아이가.'

그런 와중에 치목은 등 뒤로부터 전해지는 기운을 어렴풋이 느꼈다. 그들이 울음을 터뜨리며 서로 부둥켜안고 있다는 것이다.

우동가게를 꿈꾸며

미토의 가이라쿠엔(해락원偕樂園).

연방 코를 찔러대는 진한 매화 향기에 그만 정신을 잃을 지경이었다. 줄기는 굵고 거친 검은색인데 그 흰색과 연분홍색 꽃이 뿜어내는 냄새는 어쩌면 저러한지. 세상 그 어디를 가나 만물을 창조한 조물주의 능력은 얼마나 뛰어난 것인가?

미토역에서 내려 그곳으로 오는 도중에, 쓰나코는 가이라쿠엔이 일본 3대 정원 가운데 하나라고 왕눈에게 일러주었다. 거기 이바라키현을 대표하는 명소라는 상세한 설명과 함께였다. 왕눈은 열 번을 들어도 여전히 기억할 수 없는 일본 지명에도 이제는 어느 정도 이력이 나 있었다. 그리고 그것은 진보라기보다도 되레 후퇴에 가까운 성질의 것이었다. 값을 후하게 쳐봐야 답보 상태, 그 정도였다.

그런데 그들이 막 그곳 정문으로 들어서서 얼마 지나지 않았을 때였다. 별안간 쓰나코가 신비에 싸인 무슨 예언자처럼 이런 말을 한 것이다.

"백성과 함께 즐거워하면 그 즐거움은 한층 불어나리니."

"……."

그러잖아도 일본 땅 어디를 가나 여전히 길고도 혼미한 꿈속에서 헤매는 기분에서 벗어나지 못하고 있는 왕눈은, 평소답지 않은 쓰나코의 글방 훈장과도 같은 그 말투에 정신이 더욱 멍해졌다.

"이 말은 말예요."

쓰나코는 그녀의 나이에 전혀 어울리지 않게 자못 엄숙한 표정까지 지어가면서 말해주었다.

"중국의 맹자가 한 소리예요."

매화 향기는 은은하게 다가오다가도 어느 찰나에는 물씬 풍겨오기도 했다.

"맹자."

왕눈은 순간적이지만 지금 그곳이 일본이 아니라 중국인 것 같은 착각에 빠졌다. 하기야 일본이면 어떻고 중국이면 또 어떠리 싶은 게 현재 왕눈의 있는 그대로의 심정이었다.

"재팔 씨."

왕눈의 이름을 부르고 나서 쓰나코는 어떤 기대에 찬 눈빛으로 물었다.

"맹자, 아시죠?"

지금까지 살아오면서 일반 가정집 안의 뜰만 줄곧 보아온 왕눈에게 가이라쿠엔은 그저 생소하기만 한 정원이었다.

"예."

물론 왕눈도 그 이름을 들어는 보았다. 그렇지만 중국의 성인聖人이라는 공자나 맹자에 대해 공부하지는 못했다. 사실 우리글도 겨우 깨친 그였다. 가정 형편도 어렵고 주변 동무들에 비해 부족한 면이 많은 그는, 언제나 아주 머나먼 곳으로 달아나고 싶다는 위험한 충동에 부대끼면서 살아왔다.

그리고 그 맹목적이고도 막연하기 그지없는 소망이 하늘에까지 닿았음인지, 정말 기적 같게도 일본 여자 쓰나코를 만나게 되었고, 그리하여 한양보다도 더 먼, 바다 건너 타국 일본 땅에 와서 살고 있는 것이다. 아니, 산다기보다도 그저 세월의 물살에 떠밀려서 지금 여기까지 흘러온 것이라는 표현이 좀 더 옳았다.

어찌 그렇다고 말하지 않을 도리가 있겠는가? 일본 여자가 주는 대로 입고 먹고, 일본 여자가 마련해준 집에서 지내고…….

그런데, 그것도 그렇거니와 또 한 가지 실로 불가사의한 노릇이 아닐 수 없었다. 고향에서 천만리나 벗어난 이국땅에 와 있으니 당연히 옥진에 대한 그 생각들이 희미해지고 멀어져야 마땅할 터인데 실상은 그게 아니었다. 도리어 옥진을 향한 그리움과 연정은 서로 떨어져 있는 거리에 맞먹는 것처럼 더더욱 크고 강렬해지는 것이었다.

한편, 그 이면에는 쓰나코와 왕눈 자신과의 기묘한 감정 결도 한몫을 하는 듯했다. 남녀 사이의 그 흔해 빠진 연애 감정도 아니고, 그렇다고 흉허물없는 친구 간의 감정도 아닌, 참으로 어정쩡하다고나 할까. 말로써는 제대로 나타내 보일 수 없는 그런 불가해한 감정으로 그녀를 대하고 있었다.

그러면 쓰나코 쪽은 어떠한가? 잘은 몰라도 그녀 또한 왕눈 자신과 크게 다를 바가 없어 보였다. 때로는 지나칠 정도로 감추는 것이 없었고, 또 어떤 경우에는 왕눈이 너무 민망할 정도로 전혀 여자답지가 않았다. 그렇다면 자기들 두 사람은 생명의 은인과 그에 대한 보은報恩을 잊지 않은 그 이상도 이하도 아닌 관계로 끝날지도 몰랐다.

그때 쓰나코 말이 머리가 터질 만큼 복잡한 상념에 잠겨 있는 왕눈 귀를 울렸다.

"여기 가이라쿠엔, 해락원은 말예요."

그녀는 창백해 보일 정도로 하얀 손을 들어 윤기 감도는 검은 머리칼을 쓸어 올렸다.

"방금 제가 얘기한 맹자의 그 말을 따서 이름을 붙였다고 해요."

"아, 예에."

왕눈은 일본에 와서 거의 고질병으로 굳어져 버린 듯싶은 그 망상에서 빠져나오려고 애를 쓰며 큰 눈을 들어 주위를 둘러보았다.

"저것들이 싹 다?"

쓰나코는 약간 질린다는 표시로 그러잖아도 작고 좁은 어깨를 한층 움츠렸다.

"엄청나죠?"

왕눈도 똑같은 감정이었다.

"예, 에나."

그 숫자를 헤아릴 수 없을 만큼 매화나무들이 갖가지 형태로 그들을 맞아주고 있었다. 나중에 지나칠 정도로 친절함이 느껴지는 그곳 안내인에게 들어 알게 됐지만 3천 그루도 넘는다고 했다. 한층 놀라운 일은, 수량도 그렇거니와 그 종류도 백 종種 이상이라는 것이었다.

"아, 저거도 매화나모?"

비슷한 대화를 여러 번이나 주고받았다.

"맞아요, 매화나무."

왕눈은 매화나무 속을 한참 거닐다 보니 나중에는 자신마저도 그만 매화가 돼버리는 기분이었다. 쓰나코는 걸어가면서도 또 언제나 그러하듯이 필기구로 줄곧 무언가를 적고 있었다.

"어쩌면 일본 최골 걸요?"

그러고 나서 이내 덧붙였다.

"매화나무라고 하면요."

왕눈은 또다시 어쩔 수 없이 물기 묻어나는 목소리가 되었다.

"우리 고향 산에도 있는데……."

쓰나코가 문득 글쓰기를 멈추고, 진담인지 아니면 위로인지 분간이 안 될 무척이나 애매모호한 어조로 말했다.

"저도 그곳에 가보고 싶어지네요."

바람이 매화나무 가지에 잠시 앉았다 몸을 털고 다시 일어나는 게 눈에 보이는 듯했다. 바람도 지칠 때가 있는 걸까? 왕눈은 바람에게 물어보고 싶었다.

"운젠가는……."

언젠가는 그럴 날이 올 거라는 말을 하려다가 왕눈은 아련해지는 쓰나코 눈빛을 훔쳐보았다. 왕눈은 얼른 그녀 얼굴에서 매화나무로 고개를 돌렸다.

왕눈 시야에 잡혀 드는 매화나무 중에는, 그가 지금까지 알고 있었던 매화나무와는 상당히 거리가 멀어 보이는 것들도 적지 않았다. 이국땅에서 자라고 있는 나무라는 선입견 때문인지도 몰랐다.

어쨌든 쓰나코가 그것을 보고 매화나무라고 하니 매화나무인가 싶었지, 그렇지 않았다면 다른 나무라고 착각했을 것들이 그 정원에는 아주 많았다.

"저리로 조금 더 가 봐요."

"예."

"아, 이쪽을 놓칠 뻔했네요."

"예."

몸은 물론이고 마음속까지도 깡그리 알싸한 꽃향기로 물들게 하는 거대한 매화나무 행렬 속을 얼마 동안이나 걸어갔을까? 왕눈의 왕방울만 한 눈을 다시 한번 크게 만드는 것이 나타났다. 바로 울창한 대나무 숲

길이었다.

"아!"

수령樹齡이 엄청나게 들어 보이는 대나무들이었다. 키는 한 해에 모조리 커버리고 그다음부터는 굵고 단단해지기만 한다는 묘한 나무였다.

"저도 잘은 모르겠지만 아마 2백 년은 더 되었을 거예요."

그러면서 또 그것도 종이에 적는 쓰나코의 그 추측은 사실일 것 같았다. 2백 년 이상을 살아온 대나무들이 빽빽하게 서 있는 그 숲길은, 먼 과거의 시간과 공간 속으로 연결된 느낌마저 자아내었다. 그 안으로 뛰어들면 아무것도 모르던 그 시절의 철부지 어린아이가 될 수 있을까? 문득, 왕눈 뇌리를 스치는 소망이었다.

'내 고향의 대나모도 변함이 없것제.'

그의 눈앞으로 남강 변에 우거져 있는 대밭이 그려졌다. 특히 촉석루 건너 망진산 아래 섭천 쪽에 사철 내내 자리하고 있는 푸르고 무성한 대숲들. 그 위로 점점이 날아오르던 까마귀 무리와 참새 떼들이었다.

'옥진아.'

그 순간부터 왕눈 눈에는 쓰나코가 옥진으로 비치기 시작했다. 정말 옥진과 함께 이런 그윽한 대숲 길을 나란히 걸을 수 있다면 얼마나 좋을까?

매화꽃보다 화사한 옥진의 얼굴. 대나무보다 곧다가도 나불거리듯 휘어 흔들리는 옥진의 허리. 금방이라도 어디선가 옥진의 낭랑한 음성과 해맑은 웃음소리가 들릴 것만 같다.

'증신 몬 채리것나, 재팔아.'

왕눈은 쓰나코 모르게 고개를 세차게 내저었다.

'이라다가 내가 고마 미치개이가 돼갖고, 낮이고 밤이고 여게 일본 땅을 헤헤거리고 웃음시로 헤매고 댕기것다.'

이윽고 깊고 긴 대나무 숲길을 빠져나오니 멋진 전망대가 나타났다.

"고우분테이 센에키타이 전망대예요."

쓰나코가 안내원 못지않게 친절한 목소리로 알려주었다.

"고우……."

하지만 왕눈 귓전에는 '고우'라는 그 말밖에는 남아 있는 게 없었다. 그러잖아도 그에게는 너무나 복잡하고 어려운 일본말인데 그렇게 쓸데없이 긴 이름이라니.

"우리 저리로 가볼까요."

"예."

나무계단을 하나하나 밟고 전망대 쪽으로 올라갔다. 탁 트인 시야가 훤했다. 쓰나코 얘기대로 제법 경관이 뛰어나 보였다.

"저건 있죠."

"예."

쓰나코는 이날도 여느 때처럼 그저 '예'라는 말만 되풀이할 뿐 다른 소리는 하지 않는 왕눈에게 무슨 이야기를 하려던 눈치이다가 포기한 모양이었다.

"일본에서도 귀한 것인데요."

쓰나코는 이런저런 것들에 관해서 열심히 설명해주었고, 왕눈은 고개를 끄덕여가며 들었다. 본원에는 매실나무만 있는 게 아니었다. 죽순대와 미야기 들싸리, 기리시마 철쭉 등도 다투듯 자라고 있었다. 그 생소한 이름만큼이나 왕눈 눈에는 모든 것이 낯설게 느껴졌다. 아무래도 그가 죽을 때까지 일본이란 나라에 익숙해지지 못할 것 같았다.

"저쪽 산들을 좀 보세요."

정원 복판에 자리 잡은 일본식 3층 정자 고분테이(호문정好文亭)에 올랐을 때 쓰나코가 말했다. 그곳 일본식 격자 창문 사이로 내려다보이는 정원이며 호수 역시 볼만했다. 왕눈은 쓰나코의 길고 하얀 손가락 끝이 가리키고 있는 저쪽 산들을 바라보았다.

"마루 야마산과 사쿠라 야마산이라고 해요."

왕눈 귀에는 무슨 야마산이라는 소리만 감돌았다. 그의 커다란 눈에 들어오는 산에는 주로 벚나무들이 심겨 있는 성싶었다. 그리고 그 주변의 호수며 시골 풍경과 어우러져 제법 근사한 풍광을 이루어내고 있었다.

'아아.'

왕눈 마음속에 그리운 고향의 추억 담긴 못들이 모두 되살아났다. 비봉산 서편의 가매못, 돋골의 상대못, 망진산 밑의 섭천못…….

"여기를 이렇게 아름답게 만든 사람은요."

지금 왕눈이 무슨 생각을 굴리고 있는지 알 리 없는 쓰나코는 입에 침이 마르도록 부지런히 들려주고 있었다. 그녀가 얘기한 대로, 아마도 그렇게 하는 것이 왕눈에게 하루라도 더 빨리 일본에 익숙해질 수 있게 하는 길이라고 믿고 있는지도 모른다.

"미토 제9대 번주藩主 도쿠가와 나리아키라는 사람이랍니다."

왕눈은 또 '예' 하다가 얼른 이렇게 말했다.

"이름이 전해질 만하네예."

그가 위치며 건축 도안까지 설계했다는 것이다. 왕눈도 '도쿠' 뭐라는 그자가 무척 대단한 인물이라는 생각이 들었다. 나도 나중에 돈을 많이 벌게 되면 우리 고향에 이것보다 훨씬 더 멋진 정원을 만들어야겠다는 욕심도 생겼다. 그러다 왕눈은 곧 자신의 처지를 떠올리며 자조의 쓴웃음을 지어야 했다.

'밥 사 묵고 옷 사 입을 돈 한 푼도 없는 걸베이 신세가 돼갖고 무신 헛생각이고.'

쓰나코와 꿈같은 나날들을 지내다 보니 착각을 해도 그냥 보통 착각을 하고 있지 않다는 자각이 일었다.

그러자 또다시 옆에 서서 계속 조잘거리고 있는 쓰나코라는 여자의 신분에 관해 생각이 미쳤다. 도대체 무엇을 하는 여자일까? 그리고 그녀의 부모는?

왕눈으로서는 무어라 정확하게 꼬집어 말할 수는 없지만, 분명히 특별한 일을 하는 집안임에는 의심할 여지가 없어 보였다. 여러 번 해보는 짐작이지만 밀수업에 손을 대고 있지 않을까 싶었다.

밀수. 그렇다면 한마디로 불법적인 사업을 하고 있다는 얘기였다. 들통나게 되면 교수형을 당하거나 감옥살이를 할 죄인들이다.

'그라모 해나?'

왕눈은 홀연 전신에 소름 기가 쫙 끼쳐 들면서 머리카락이 쭈뼛이 곤두섰다. 가슴이 세찬 방망이질을 해댔다.

'낼로 이용할라쿠는 기 아이까?'

조선인인 데다가 아무것도 모르는 그를 이용하여 그들 사업을 감추고 키워보려는 속셈인지도 모른다.

'그렇는지도 모린다, 그렇는지도.'

왕눈은 눈앞이 캄캄해지면서 세상이 거꾸로 뒤집히는 것 같았다. 어쩌면 바로 지금, 이 순간에도 나는 그들에게 이용당하고 있는 것인지도 모르겠다는 짙은 불안감과 초조감이 밀려들었다.

'우짜노?'

애간장이 검게 타버리는 듯했다. 술을 마시는 어른들이 안주로 삼던 새카맣게 그을린 참새구이가 눈앞에 어른거렸다. 그건 왕눈 자신이었다.

'이 일을 우짜모 좋노?'

그렇다. 밀수 단속반원들의 눈을 피해 일부러 그를 데리고 나와 둘이

서 관광을 하는 것처럼 꾸미고 있을 수도 있었다. 그날 밤 부산포 부둣가에서 그랬던 것처럼. 단속반원들 눈을 잠시 이쪽으로 쏠리게 해놓고는, 그녀의 가족들과 밀수업자 일행들은 다른 장소에서 몰래 나쁜 짓을 자행하고 있을 것이다.

'무시라.'

그렇지 않고서야 항상 이렇게 팔자 늘어지게 여행이나 돌아다니는 생활이 어떻게 가능할 것인가 말이다. 결국, 이건 여행이 아니라 바로 도피 행각이요, 발각되지 않기 위한 눈가림이었다. 나는 그것도 모르고 지금까지 이렇게 지내온 것이다.

'아, 그렇다모?'

왕눈은 흠칫, 주변을 뚫어지게 살펴보기 시작했다. 금방이라도 어느 곳에선가 허리춤에 '닛뽄도' 라는 긴 칼을 찬 일본 순사들이 달려와 즉시 오라를 채울 것만 같았다. 고향에 있을 때 관아 포졸들이 범죄자를 그렇게 하는 것을 본 적이 있었다.

– 밀수범 동업자로 체포한다!

그런 외침과 함께 감사납게 덤벼들 것이다. 어쩌면 반항을 하거나 달아나려다가 그들이 쏜 총탄에 맞아 그대로 쓰러져 죽을지도 모른다. 온몸이 피투성이가 된 채로. 아는 이 하나도 없는 산 설고 물선 이국땅에서 서서히 목숨이 끊어져 갈 것이다.

'흐.'

그때부터 왕눈은 쓰나코가 걷잡을 수 없을 만큼 무서워지기 시작했다. 정말 얼마나 교활하고 사악한 여자인가 말이다. 부산포 부둣가에서의 그 절체절명의 위기 상황 속에서도 왕눈 자신과 둘이 연인 사이인 것처럼 가장하여, 저 날고 기는 밀수 단속반원들을 감쪽같이 속였던 백여우였다. 무얼 더 생각해볼 필요도 여유도 없다. 오늘도 그녀의 신분 안

전을 위해 관광시켜준다며 그를 데리고 이리저리 다니는 것이다.

'확실타. 더 으심할 끼 없는 기라.'

왕눈이 그러한 생각을 하게 된 이면에는 나름대로 충분한 이유가 있었다. 왕눈을 밀입국시킨 후부터 쓰나코는 항상 그를 이끌고 일본 땅 곳곳을 돌아다녔다.

"언제까지나 이렇게 살 수는 없잖아요."

그녀 입으로는 왕눈이 타국인 일본의 모든 것에 조금이라도 더 빨리 익숙해질 수 있게 하려는 거라고 하지만, 갈수록 단속반원들 눈을 피해 다니고 있는 것 같다는 강한 의구심을 떨칠 수 없었다.

'오데 그뿐이가?'

왕눈이 쓰나코를 자꾸만 의심토록 하는 부분은 또 있었다. 일본을 모르는 왕눈 자신이 느끼기에도, 쓰나코가 인도하는 고장은 큰 고을이 아니라 작은 고을인 듯싶었다. 물론 역사가 오래되고 관광할 거리가 많아 보이는 곳이기는 해도. 이런 지역이라면 오히려 단속반원들 감시의 눈을 피하기에 더 안성맞춤이 아닐까 여겨졌다. 관광객으로 가장하면 누구도 쉽게 알아챌 수 없을 것이다.

'하지만도 그런 기 아이라모?'

그러자 왕눈의 상상은 홀연 극에서 극으로 치달았다. 그는 마음속으로 고개를 있는 대로 내저었다. 지금 내가 지나치게 쓰나코를 믿지 못한 채 경계하고 있다고. 그녀는 그를 생명의 은인이라고 하지 않은가. 되새겨보면 틀린 소리도 아니고. 그렇다면 이 정도의 호의나 보답은 당연할 수도 있고, 더 나아가 모든 것은 그녀의 진심에서 우러나온 것으로 보는 것이 마땅한 것이다.

게다가 설사 그녀 집안이 밀수꾼 집안이라고 해도 왕눈 자신과는 딱히 연관될 것도 없지 않나 싶었다. 우리 조선을 노리고 있다는 일본을

어지럽히거나 망하게 하는 일을 하는 사람들이라면, 되레 큰 박수를 치고 싶은 게 솔직한 그의 심정이기도 했다.

그러자 그때부터 왕눈은 보이지 않던 사물들이 제대로 눈에 들어오기 시작했다. 쓰나코가 웃으면 덩달아 웃어주기도 했고, 쓰나코가 저만큼 달려가면 얼른 함께 달려가기도 했다. 어차피 조선 땅을 밟기에는 아직 마음의 준비도 여건도 되어 있지 못한 상황이었다. 왕눈의 일본 생활은 그런 과정을 통해 시나브로 그 자리를 잡아가고 있는 것이었다.

"어때요?"

"예?"

"어땠냐고요?"

"아, 예."

"재팔 씨!"

이윽고 거기 해락원에서 빠져나왔을 때는 해가 하늘 한복판에서 약간 서편으로 발길을 옮겨가는 중이었다.

"좋았죠?"

"예."

"괜찮았죠? 시간 낭비는 아니었죠?"

"예."

"예! 예! 예!"

"예?"

"어휴."

그들 두 사람의 일방적인 대화 내용과는 상관없이 하늘빛은 매우 푸르렀고 햇살은 좋았다. 매화나무 향기도 그들과의 이별이 아쉬운지 거기까지 따라 나왔다.

"한군데 더 가볼 데가 있어요."

쓰나코는 한참을 놀아도 여전히 아쉬움이 남아 있는 아이처럼 보였다. 그리고 그럴 때의 그녀는 순진함을 넘어 바보스럽다고 여겨질 정도였다.

"또예."

왕눈이 좀 부담을 갖는 표정을 지었다.

"이왕 여기까지 왔으니 말예요."

여전히 상기된 얼굴로 쓰나코가 말했다.

"고도칸弘道館이라는 학교예요."

"고도칸."

쓰나코 말을 되뇌는 왕눈 눈앞에 이번에는 고향의 서당이 어른거렸다. 정말 꼭 다니고 싶었던 곳이었다.

"아까 저 안에서 말했던 도쿠가와 나리아키가 세운 학교라고 해요."

해락원 쪽을 돌아보면서 쓰나코가 말했다. 기모노에 감싸인 목덜미가 마냥 희었다. 넓은 소매와 폭이 넓은 허리띠를 두른 그 의상이 그녀에게는 썩 잘 어울렸다.

'내가 입고 있는 이거는 우떻노.'

왕눈의 시선이 자기 아랫도리를 향했다. 그가 일본에 와서 입고 있는 무채색의 통 넓은 그 바지는 아무래도 불편할 뿐만 아니라 대단히 어색하고 어울리지 않는 것 같았다.

"아, 그 사람이 핵조도예?"

드물게 반응을 보이는 왕눈의 말에 쓰나코가 이랬다.

"예."

그러더니 다시 말했다.

"나도 이제부터는 오직 '예' 입니다."

"예."

왕눈은 그만 머쓱해지지 않을 수 없었다.

"와 자꾸 글합니꺼?"

어쨌거나 지나치게 욕심이 넘치는 사람인지 이것저것 참으로 많이도 만들었구나 싶었다.

"아, 저기!"

"예."

"보이나요?"

"비, 비입니더."

"예! 호호호."

얼마를 걸어가자 저만큼 '홍도관 입구弘道館 入口'라는 나무 팻말 하나가 그들 눈에 들어왔다. 검은 기왓장이 얹힌 작은 출입문 저편으로 학교 건물이 서 있었다.

"저 학교는요."

어느 틈에 장난기를 거두고 정색을 한 쓰나코는, 고도칸이 에도시대 최대 규모를 뽐내는 학교라는 이야기도 곁들여 들려주었다.

왕눈으로서는 에도시대가 어느 시대를 말하는지 도무지 알 수 없었지만, 하여튼 그렇다고 했다. 대충 둘러봐도 조그만 글방과는 차이가 있어 보였다.

"무사양성학교인 이 고도칸은 말예요."

쓰나코는 어지간한 경력이 있는 안내인 못지않아 보였다. 그것은 그녀가 언제나 제 몸의 일부분처럼 달고 다니는 종이며 연필 등속의 필기도구 덕분일 것이다.

그녀는 거기 잔글씨로 빼곡히 적어 놓은 내용을 바탕으로 왕눈에게 가르쳐주었고, 또 계속 새로 적어나가기도 하는 것이었다. 그리고 종이에 무슨 글인가를 쉼 없이 채워나가는 것이 그녀의 취미가 아닐까 싶었다. 무언가에 활용하기 위한 것임은 더 말할 것도 없었다.

'가마이 있거라.'

왕눈은 그럴 땐 이런 생각이 불쑥 들기도 했다.

'해나 앞으로 할라쿠는 직업하고 무신 상관이 있는 거는 아이까?'

그곳을 나와서 일본 100대 명산에 속한다는 쓰쿠바산에도 올랐다. 왕눈은 또 꿈을 꾸고 있는 기분이었다. 그의 몸 안에 다른 혼이 들어와서 이런 경험을 하는 것을, 그의 혼이 몸 밖에서 지켜보고 있는 게 아닐까 하는 착각마저 일었다.

"어때요, 멋있죠?"

어쩌면 쓰나코는 바다보다도 산을 더 좋아하는 여자 같았다.

"일본에서는요, 서쪽에는 후지산, 동쪽에는 쓰쿠바산, 그렇게들 이야기하죠. 그만큼 이 쓰쿠바산을 대단하게 보는 거죠."

그 산은 두 봉우리로 형성된 산이었다.

"남채산, 여채산, 그렇게 불러요."

그러고 나서 쓰나코는 저 아래로 내려다보이는 평야를 손가락으로 가리켰다.

"간토 평야인데 참 웅대해 보이죠?"

"그렇네예."

왕눈이 보기에는 그 평야보다도 산 중턱에 형성된 매화 숲이 더욱더 경이로웠다. 세어볼 수는 없었지만 천 그루는 족히 넘지 싶었다.

"어?"

그런데 낯선 것은 거기서 그치지 않았다. 다음 순간이었다. 왕눈이 눈을 크게 뜨며 약간 놀란 표정을 짓자 쓰나코도 호기심 어린 눈빛이 되었다.

"무엇들 하고 있는 거죠?"

정상 근처에 있는 바위 쪽에서 다소 이상한 광경이 펼쳐지고 있었다. 그것은 '솥바위' 라고 하는 바위였는데, 등산객들이 그 바위의 벌어져 있는 틈에 대고 돌을 던지고 있었다. 만약 아이들이었다면 장난질을 하고 있겠거니 대수롭지 않게 보아 넘길 일이지만 어른들이 그러니 궁금할 수밖에 없었다.

쓰나코가 그중의 한 사람인 얼굴이 둥근 중년 여인에게 다가가 그렇게 하는 까닭을 묻자 그 여인이 곧 무어라고 대답했다. 하지만 전부 그네들 말로 행해졌기 때문에 왕눈으로서는 그야말로 '송아지 웅덩이 들여다보는' 격이었다.

'무신?'

그 중년 여인에게 고맙다며 꾸벅 고개를 숙여 인사를 하고 다시 왕눈에게 돌아온 쓰나코가 궁금한 표정을 짓고 있는 왕눈에게 말해주었다.

"저 바위틈에 돌이 들어가면 운수가 좋대요."

"……."

왕눈은 가만히 듣고만 있었지만, 마음속으로는 참 엉터리 미신을 많이도 믿는 민족이 바로 여기 일본인들이구나 했다. 돌이야 들어갈 수도 있고, 들어가지 못할 수도 있는 거지.

"우리도 한번 해볼래요?"

쓰나코가 허리를 굽히더니 발밑에서 작은 돌멩이 한 개를 집어 들었다. 그것을 본 왕눈은 그가 어릴 적에 동리 여자아이들이 큰 대추 정도 되는 다섯 개의 돌을 가지고 노는 저 공기놀이가 생각나서 눈물이 왈칵 솟으려 했다.

공구, 공개, 깔래라고도 하는 그 놀이는, 하나 집기, 둘 집기, 셋 집기, 모두 집기, 꺾기, 그런 순서로 행해졌는데, 동글동글한 돌을 구하지 못하면 기왓장을 문질러서 돌멩이를 만들기도 했다.

'시방 내 신세가 딱 그짝이다.'

그 놀이에서 공중으로 던진 돌을 받지 못하거나 땅바닥의 돌을 집으면서 옆의 돌을 잘못 건드리면 바로 상대방에게 넘겨주어야 하는데, 지금 내 신세가 그렇다고 자조하는 왕눈이었다.

"내는 안 할랍니더."

안색이 어두워지면서 그다지 흥미 없어 하는 왕눈의 반응을 본 쓰나코는 손에 들었던 돌멩이를 슬그머니 땅바닥에 내려놓아 버렸다. 그러고는 건성으로 산 아래를 내려다보며 말했다.

"아, 배가 고프네."

바람에 날리는 머리칼을 가다듬듯이 손으로 쓸면서 말했다.

"그만 내려가서 뭣 좀 먹어요."

"예."

왕눈도 배가 출출하기는 마찬가지였다. 목도 말라 술 한잔 생각이 간절해졌다. 그들은 돌 던져 넣기에 성공한 사람의 환호하는 소리와 실패한 사람의 아쉬워하는 소리를 뒤로 한 채 언덕을 내려오기 시작했다.

쓰나코는 왕눈을 스시집(초밥집)으로 안내했다.

스시는 약간 물기가 적게 지은 밥에다 설탕과 소금, 식초 등을 넣고, 그 위에다가 김과 생선, 두부를 얇게 썰어 기름에 튀긴 유부 따위를 올려 만든 일본 요리라는 것을 이제 왕눈도 알고 있었다. 또한, 그 스시 가격이 무척 비싸다는 것도 모르지 않았다. 일본에 관해 조금씩 알아갈 때면 그는 아무래도 달갑잖게 여겨지는 이런 망상에 부대끼기도 했다.

'내는 전생에 일본 사람이었으까?'

스시집은 현지인들도 즐겨 찾는 곳이지만 여행객들로 붐비는 일식집 같았다. 얼핏 그 안을 둘러보아도 여행복 차림새의 손님들이 눈에 많이 띄었다. 쓰나코는 스시의 참맛을 가장 잘 즐길 수 있게 먹는 순서를 알고 있었다.

"맛이 담백한 것에서부터 기름진 것으로 먹으면 한결 한 맛 나죠."

왕눈은 속으로 응대했다.

'우리 고향 남강에서 잡은 물괴기하고 민물고둥은 우찌 묵어도 다 맛이 있지예.'

그러나 저 '울보'라는 별명을 상기시켜 보이듯 자꾸만 눈물이 나올 것 같아 억지로 그 기억들을 지웠다.

"여기요."

쓰나코는 제일 먼저 색이 흰 생선부터 시켰고, 그다음에는 붉은색, 그리고 맨 나중에는 푸른색 생선을 주문하였는데, 그게 바로 가장 맛있게 먹는 비결이라는 것이다.

"자, 그러면……."

"예."

어떻게 보면 먹는 방식도 약간 까다로웠다. 흰 생선을 먹고 나서 붉은 생선을 먹기 전에 가리(초생강)를 먹으라고 했다.

"아, 예."

왕눈은 그저 쓰나코가 시키는 대로 했는데, 입안이 개운하다는 느낌을 받았다. 입안을 그런 상태로 만든 후에 먹으니 과연 다음에 먹는 생선의 독특한 맛이 그대로 느껴져서 좋았다.

"우리 따뜻한 녹차 두 잔 주세요."

왕눈이 맛나게 먹고 있는 모습을 한동안 물끄러미 바라보고 있던 쓰나코가 깜빡 잊고 있었다는 듯 그렇게 주문했다.

'녹차?'

왕눈은 생선회를 먹는데 녹차는 무슨? 싶었다. 그런데 속이 메스꺼울 정도로 사근사근한 종업원이 가져다준 녹차를 마셔가면서 스시를 먹으니 상당히 괜찮았다. 아마도 입안에 남아 있는 생선 냄새와 기름기를 없애주는 효과가 있어, 스시 각각의 제맛을 제대로 느낄 수 있기 때문인 것 같았다. 왕눈은 먹으면서 생각했다.

'난주 내가 크기 성공하기 되모, 돈도 쌔뼀고 권세도 상구 높은 사람들하고 이런 자리도 한거석 가지거로 될 끼라. 그러이 고급시럽거로 묵는 법도 잘 배와놔야제.'

쓰나코는 생선에다 간장도 묻혀주었는데, 그렇게 해서 먹으니 생선 비린내가 훨씬 많이 줄어든 것도 같았다. 역시 음식에 대해서만은 국적을 떠나 여자가 남자보다 더 나은 게 틀림없는 듯했다.

"이 간장 갖고……."

왕눈은 예전에 간장을 밥에 섞어 먹던 기억이 되살아나서 그렇게 하려고 했더니 쓰나코가 말렸다.

"밥 말고 생선에 묻혀야 해요."

곧이어 요리사처럼 이랬다.

"많이는 말고 아주 살짝만요."

오랜만에 나선 여행이 퍽 즐거운지 가벼운 복장의 젊은 여행객들이 다른 사람들에게는 방해가 되지 않을 정도의 낮은 소리로 무어라고 이야기를 나누고 있었다.

"우리나라에서는예."

왕눈이 밥과 간장을 버무려서 먹는 조선 음식 습관을 이야기했더니 쓰나코가 살포시 웃으며 물었다.

"그러면 밥이 너무 짜지지 않을까요?"

왕눈은 고개를 저었다. 그러고는 입맛을 다시며 말했다.

"내는 쪼꼼 짠 기 좋거마예."

그 말에 쓰나코가 큰소리로 웃었다. 뭐 웃을 소리를 한 것도 아닌데 그랬다. 하여튼 그 바람에 그곳 손님들 눈길이 일제히 이쪽을 향했다.

'무신 여자 웃음소리가? 장독 깨지것다.'

"호호, 호호호."

왕눈이 짓는 표정에는 아랑곳하지 않고 계속해서 웃음을 터뜨리는 쓰나코가 어쩐지 낯설었다. 남자들 앞에서 다소곳한 일본 여자 같지가 않았다.

'우리나라 겉으모 여자가 방충맞다꼬 짜다라 소리 들을 끼다.'

그런 생각과 함께 왕눈은 어깨를 크게 움츠렸다. 일본인들 시선은 언제 어디서나 여전히 부담스럽고 싫었다. 만약 지금 거기가 일본 땅이 아니고 조선 땅이라면 뭘 보느냐고 야단이라도 치고 싶은 심정이었다.

"또 말예요."

그러나 쓰나코는 남들의 눈총 따윈 조금도 개의치 않고 여전히 얘기를 계속했다. 어쩌면 왕눈이 일본 사람들을 지나치게 의식하고 있다는 사실을 알고 되레 더 그러는 것 같기도 했다. 십중팔구 그럴 것이다.

"밥알도 부스러져서 좋지 않을 거고요."

"예."

쓰나코는 남동생을 타이르는 누이 같았다.

"그러니 앞으로는 그러지 말아요."

왕눈은 그것에 대해서는 가타부타 입을 열지 않기로 했다. 사내대장부가 여자처럼 먹는 음식 가지고 이러니저러니 투정하면 절대로 안 된다고 호되게 나무라던 어머니 생각이 났던 것이다. 또다시 마음이 울적해진 왕눈은 바로 앞에 놓여 있는 된장국을 훌짝 마셔버렸다. 조선 된장보다는 훨씬 맛이 못한 것 같았다.

"……."

왕눈의 그 모습을 아무 말 없이 지켜보고 있는 쓰나코 얼굴에 그늘이 졌다. 될 수 있으면 나중에 천천히 먹으라고 한 된장국이었다. 어쩌면 사소한 개인적인 감정보다도 민족적인 이질감을 더 강하게 맛보았는지도 모른다.

그것은 왕눈도 마찬가지였다. 아니, 더했다. 쓰나코가 제아무리 그를 잘 대해주어도 그냥 어색하기만 했다. 무엇보다 하루 열두 번도 더 느끼는 일이지만 지금 그 자신의 모습이 스스로 돌아봐도 아니었다. 소위 '제 저고리'를 입은 것 같지가 않았다. 나 아닌 남의 인생을 훔쳐 사는 듯했다. 언감생심 어떻게 이런 호강을 누릴 수 있다는 말인가? 아니다. 호강이 아닐뿐더러 설혹 호강이라고 할지라도 싫었다. 어쩌다가 부모, 형제, 친척, 동무들 다 두고 나 혼자만 이역만리 타국 땅에 와서 이러고 있는지 답답했다.

어느 날 갑자기 다 떨어진 헌 누더기 같은 자기 본래의 삶으로 돌아오게 되고, 그러면 감당하기 힘든 혼란과 실의에 빠져들게 될지도 모른다. 마치 한 번 큰 권력이나 부富를 누렸던 자가 그 지위나 풍요로움에서 내려왔을 때 맛보게 되는 허망함 같은 것이다.

'쓰나코가 아이고 옥지이 겉으모 안 이랄 낀데.'

이루어질 수도 없는 망상이 또다시 짐승처럼 덤벼들었다. 그때부터는 스시 맛도 제대로 모르겠다. 쓰나코는 묵묵히 음식을 먹기만 했다. 조금 전까지만 해도 명랑하게 조잘대던 여자가 갑자기 새침한 모습을 보이는 변화 앞에서 왕눈은 그저 허둥거렸다. 그녀가 그곳 이국땅만큼이나 낯설고 부자연스러운 대상으로 다가오고 있었다.

사케가 스시보다 먼저 바닥을 보였다. 쓰나코가 왕눈에게 물어보지도 않고 사케를 더 시켰다. 그녀는 왕눈에게 할 말이 많은데 참는 듯했다.

그건 왕눈도 똑같았다. 당신 집안은 대체 무엇을 하는 집안이며, 또

나에게 이런 융숭한 대접을 해주는 것이 생명의 은인이라는 그 한 가지 이유 때문이냐고 캐묻고 싶었다. 그리고 무엇보다도 두 사람이 언제까지 서로 이렇게 같이 지낼 수 있을까를 알고 싶었다. 이런 흐리멍덩한 관계를 유지하면서 말이다.

그뿐만이 아니었다. 혹시나 조선에 갈 일이 없느냐, 만약 있다면 나도 돌아가게 해 달라, 그런 부탁까지 하고 싶었다. 때론 영원히 돌아가고 싶지 않은 무심한 고국이기도 하지만, 그래도 선택을 하라면 나는 갈 것이라고 단언할 것이다. 정 여의치 못하면 일본에 처음 올 때 그랬던 것처럼 밀선을 탈 각오까지 돼 있었다.

그러나 보다 진솔한 심정은 그게 아니었다. 무엇인가? 바로 자수성가였다. '울보 왕눈'이 아니라 '거상巨商 재팔'이었다. 솔직히 털어놓자면 '우동가게 주인'이었다.

조선 사람들도 그 쫄깃한 면발과 특유의 국물을 상당히 좋아할 것 같았다. 그랬다. 우동 만드는 기술을 부지런히 익혀 세상에서 제일 멋진 우동 가게를 여는 것이었다. 그것도 임배봉의 동업직물이나 비화의 나루터집 바로 옆에다 여는 것이다.

시코쿠인가 시쿠코인가 하는 지방의 가가와현이라는 곳에서 먹어본 우동. 그렇게 크지 않아 보이는 고장에 우동 가게는 어쩌면 그렇게도 많았는지.

'그래도 그리 장사가 잘되는 거를 보모 신기하거마.'

일본에 와서 고급 가이세키 요리에서부터 값싼 이자카야 음식까지 다 먹어봤지만, 왕눈이 최고로 쳐주고 싶은 것은 우동이었다. 지금 스시를 먹고 있으면서도 그 우동의 맛을 잊을 수가 없었다.

다른 것은 몰라도 우동이라면 한번 승부를 걸어볼 의욕과 자신이 생겼다. 다른 음식은 쓰나코에게 듣기 바쁘게 깡그리 잊어버리기 일쑤였지만, 우동에 대해서만은 아직도 생생하게 떠올릴 수 있었다. 아마도 이 석재팔이가 우동과는 전생에 무슨 각별한 인연이 있었지 싶었다. 그게 아니면 내세에서라도 그렇게 맺어지리라 여겨지기도 했다.

'우동의 고장' 이라고 부를 수 있는 그곳 특산품인 '사누키 우동' 은 먹는 방법이 다양했는데, 스스로 짚어 봐도 너무나 신기할 정도로 그 하나하나를 분명히 기억하는 것이다.

진한 맛국물을 조금 넣어 먹는 '붓가케 우동', 우동과 양념을 맛국물에 약간 섞어 먹는 '가케 우동', 삶은 맛국물과 함께 커다란 통에 담아 먹는 '가마아게 우동', 맛국물과 물에 씻은 삶은 우동을 같이 먹는 '자루 우동'…….

그날 들어간 우동 가게 주인에게 이런 이야기도 들었다. 물론 왕눈은 전혀 알아들을 수 없는 일본말이었기 때문에 쓰나코의 번역을 통해 알게 되었다.

"사누키 우동은 '헤이안시대'에 중국에 갔던 고보(홍법弘法)대사 구카이(공해空海)가 당나라에서 기술을 배워 처음 이 고장에 들여왔지요."

간추리자면 그런 내용이었다. 그런가 하면, 사누키 우동에 관한 가장 오래된 자료라면서, 고토히라궁의 '곤피라사이레즈' 라는 겐로쿠 시대의 그림 병풍에 대해서도 자랑스럽게 들려주었다. 하지만 왕눈으로서는 너무 생경한 내용인지라 아무 재미도 느낄 수가 없었다. 어쨌거나 그 당시 몬젠초의 풍경 속에 우동 가게 세 채의 표지판이 들어 있다는 것이다.

쓰나코는 연필로 그 이야기를 연방 공책에 받아 적기 바빴다. 그 모습을 지켜본 왕눈은 처음으로 밀수업이 아닌 다른 것을 떠올렸다.

'해나 글을 쓰는 무신 일을 하는 여자가 아이까?'

머리에는 흰 두건을 둘러쓰고 약간 뚱뚱한 배에 앞치마를 두른 '도리야' 라는 주인 사내는 신기할 만큼 우동의 역사를 줄줄이 꿰고 있었다. 전직前職이 혹시 학동들을 가르치는 훈장이 아니었을까 여겨질 정도였다.

"겐로쿠 시대는 에도와 오사카, 쿄우 등지에 처음 우동 가게가 생길 무렵이었는데, 그 당시에 고토히라에 우동 가게가 있었다는 사실은, 사누키가 우동의 번성지였다는 것을 잘 말해주는 거지요."

그런데 그의 우동에 관한 해박하고 재미있는 여러 이야기 가운데서도 가장 왕눈의 귀를 솔깃하게 잡아끈 것은 이러한 얘기였다.

"바로 요 얼마 전에 말이지요, 저 다카마쓰시 곤피라에 우리 일본 최초의 우동체험학교 '나카노(중야中野) 우동학교'가 생겼답니다. 하하."

그러면서 상세히 덧붙이기를, 1인당 수강료는 얼마이고, 또 우동 만드는 시간은 40여 분인데, 졸업기념증서가 주어지며, 특히 우동 만드는 비법장, 면을 만들 때 쓰는 면봉, 사누키 지방의 지도 등을 공짜로 주기도 한다는 것이다.

'하모, 맞다!'

왕눈은 제 속에서 터져 나오는 탄성을 들었다.

'바로 이거 아이가?'

왕눈은 받아 적고 있는 쓰나코 몰래 혼자 마음속 깊이 꼭꼭 새겼다. 언젠가는 반드시 그 우동체험학교에 가서 우동 만드는 비법을 배울 것이며, 조선으로 돌아가면 고향에서 최초로 우동 가게를 열 것이라고 다짐했다. 이제 보라지. 그것은 임배봉의 동업직물이나 비화의 나루터집과 어깨를 나란히 하게 될 것이다.

'그리 되모 옥지이도 내를 다리거로 볼 끼다.'

왕눈의 꿈은 불수록 커지는 큰 풍선과도 같이 부풀어 오르기만 했다. 그리하여 가가와현은 그의 가슴에 '제2의 고향'으로 자리를 잡아가고 있었다. 그곳은 '일본의 지중해' 라고 불러도 손색이 없을 만큼 풍광도 매우 뛰어난 고장이었다. 며느리가 미우면 며느리 발뒤꿈치도 밉고, 내 새끼가 예쁘면 뭐를 어떻게 해도 예쁘다더니, 왕눈 마음이 딱 그러했다.

무려 백 개도 넘는 크고 작은 섬들이 옹기종기 조화롭게 모여 있는 '세토내해'가 한눈에 들어오는 그곳. 사탕과 소금을 많이 만들어낸다는 곳이었다.

'내가 운제 누한테 들었더라? 사람하고 사람 사이는 떨어진 섬과 가리방상하다쿠는 이약을.'

만약 일본 땅에 정착해서 살아야 한다면 그 장소로는 따로 더 고민해볼 필요도 없이 가가와현을 택하고 싶었다. 제2의 고향 가가와현. 그리고 일본말만 열심히 배우고 익힌다면 전혀 불가능한 일도 아닐 듯싶었다.

하지만 산 설고 물선 나라, 그 큰 눈 씻고 찾아봐도 아는 피붙이라고는 하나 없는 섬나라에 뼈를 묻는다는 상상만 해도 너무너무 끔찍하여, 왕눈은 쓰나코 몰래 부르르 몸을 떨었다. 심지어 이빨이 딱딱 부딪쳐 소리를 낼 만큼 춥고 무서웠다.

그러나 그 정도는 약과라는 것을 그는 미처 몰랐다. 심 봉사만큼도 앞을 내다보지 못했다. 아니, 자꾸만 자신이 일본 땅속에 파묻힌다는 그런 무서운 상상에 시달리기 시작했다.

인생은 그 자체가 불가사의였다. 그를 알고 있는 누구도 그가 지금 일본에 가 있을 거라는 상상이나 하겠는가? 그가 죽었다고, 죽지 않았다면 어찌 이렇게도 오랫동안 집으로 돌아오지 않느냐고, 매일같이 눈물로 보내고 있을 가족들이었다. 하지만 그는 틀림없이 일본에 와 있다. 그리고 그의 일생을 완전히 뒤바꿔놓을 대사건과 맞닥뜨리게 되었던 것이다.

"앞치마를 두른 뚱뚱한 배가 좀 우습지 않았어요?"

"그래도 장사는 잘하는 거 겉던데예."

"하긴 그게 더 중요하긴 하죠. 음식 맛도 그렇고요."

그것은 두 사람이 스시집에서 나와 그런 말을 주고받으면서 큰길 쪽으로 가지 않고 작은 주택들이 밀집한 골목길을 걸어가고 있을 때 일어났다. 왕눈이 무심코 그들이 지나가고 있는 길에 면한 어느 집 지붕을 올려다보았을 때였다. 그 지붕을 가로로 지탱해주고 있던 목재인가 철판인가가 쓰나코 머리 위로 막 굴러 내리려고 하는 게 아닌가? 순간, 그의 입에서는 자신도 모르게 비명이 터져 나왔다.

"악!"

그다음에 그가 한 행동은 거의 무의식적으로 팔을 뻗어 바로 옆에서 걷고 있던 쓰나코를 아주 세차게 확 옆으로 밀어버린 일이었다. 그건 쓰나코가 놀랄 틈도 어찌해볼 겨를도 없이 번개가 내리치듯 극히 한순간에 벌어진 사태였다. 또한, 그와 동시에 왕눈 머리 위에서 들리는 둔탁한 소리였다.

'퍽!'

그러곤 모든 게 끝이었다. 사람 머리통을 요절낼 것 같은 그 소리를 마지막으로 세상은 영영 그 문을 닫아버린 듯했다.

왕눈, 그는 쓰나코의 목숨받이였다. 아니, 그건 명확한 표현이 아니었다. 그는 죽지는 않았지만 그렇다고 살아 있는 것도 아니었다. 살아 있으면서 죽었고, 죽어 있으면서 살았다. 그의 '육신'은 살았지만 '정신'은 죽어버린 것이다.

하루가 흘렀는지 열흘이 지나갔는지도 모르는 상태로 의식불명에 빠져 있던 왕눈이 다시 눈을 떴을 때 그곳은 무슨 의원이었다. 하지만 눈만 떴을 뿐이지 그는 더는 아무것도 기억해낼 수가 없는 인간으로 변해 있었다. 그 사고만 그런 것이 아니었다. 그의 모든 과거가 그의 기억 속에서 지워져 버렸다.

"……."

쓰나코 부모는 망연자실 말들을 잃었다.

"흑흑."

쓰나코는 울기만 했다. 그녀 부모가 딸에게 한 유일한 말은 이것 하나였다.

– 저 사람은 네 운명이 돼버렸다. 영원히 벗어날 수 없는 운명 말이다.

그런데 조금 더 시간이 지나간 후의 일이지만, 왕눈의 처지나 입장에서 더 큰 비극은, 기억이 되살아났다가 없어졌다가 한다는 거였다. 차라리 두 번 다시는 헤어날 수 없는 망각의 늪에 빠질 수 있었다면 오히려 본인으로서는 행복할 것이다.

그뿐만이 아니었다. 그에게 기억이라는 것은, 어제나 십 년 전이나 모두 똑같은 '과거'라는 테두리 안에서만 맴돌고 있다는 사실이었다. 그랬다. 시간관념이란 게 다 사라져버리는, 실로 희귀한 병이 왕눈을 지배하기 시작한 것이다.

미행자와 함정

억호는 알지 못했다.

조금 전 집에서 나올 때부터 줄곧 자기 뒤를 미행하고 있는 그림자가 있었다. 지금 그의 머릿속은 다른 것은 없고 오직 하나, 오늘은 새벼리에서 해랑을 만날 수 있을까 하는 그 생각으로만 꽉 차 있었다.

두 눈 빤히 뜨고 있어도 보이지 않았고, 두 귀 환히 열고 있어도 들리지 않았다. 보이는 건 해랑의 꽃다운 자태뿐이었고, 들리는 건 해랑의 낭랑한 음성뿐이었다. 그러므로 설혹 미행자가 제 앞에서 걸어가도 몰랐을 정도였다.

성 밖에 있는 그의 집에서 새벼리까지 가는 도중에, 억호는 무수한 행인들과 장사치와 가마, 소달구지, 마차 등을 지나쳤지만 전혀 기억에 남아 있지 못했다. 유서 깊은 이 고을 관문인 새벼리로 가는 길은 변화가 많았다. 때로는 굽어지기도 하고 때로는 일직선으로 펼쳐지고 또 때로는 탁 끊어질 성싶다가도 아슬아슬하게 다시 이어지기도 하였다.

'우리 인생길이라꼬 오데 다리까이.'

고을 심장부를 춤꾼의 소맷자락이나 치맛자락처럼 멋들어지게 휘감아 도는 남강을 사이에 두고 동쪽 멀리 뒤벼리와 마주하고 있는 새벼리는, 공동묘지가 있는 선학산 자락을 굳게 붙들고 서 있는 뒤벼리보다 풍광이 뛰어난 가파른 벼랑은 아니지만, 고을 안팎을 동시에 조망할 수 있는 또 다른 운치를 지닌 곳이다.

'아, 에나 보기 안 좋나.'

새벼리 수풀 위로 드리워진 짙푸른 하늘가로 눈부신 백학 한 쌍이 우아하게 날고 있는 게 그의 눈에 들어왔다. 새들은 사랑을 나누면서 아무 거리낌 없어 보이는데, 왜 인간은 세상 이런 눈치 저런 코치 봐가며 사랑해야 하는가 싶었다.

남강 변을 따라 걸어올 땐 시비 걸어오는 부랑배처럼 옷자락을 함부로 흔들어대던 바람이 새벼리 나무숲 속으로 들어서자 잠자듯이 고요해졌다. 바람도 해랑과 나의 밀회를 가슴 졸이며 기다리고 있기 때문인가 했다.

억호는 이런 쪽으로는 손톱만큼도 생각지 못했다. 그곳까지 몰래 뒤따라온 어떤 그림자에 놀란 나무들이 숨을 죽였고, 미행자 몸에서 풍기는 무시무시한 기운이 숲을 뒤덮어버렸다.

미행자는 억호가 해랑을 만났던 장소 근처까지 접근해왔다. 누군지 몰라도 간담이 여간 큰 자가 아니었다. 큰 바위 뒤에 숨어 지켜보는 그의 눈빛이 소름 끼칠 만큼 매서웠다. 한 마리 큰 곰을 연상시키는 거구였다.

아무것도 눈치채지 못하는 억호는 땅거죽을 덮고 있는 나무뿌리에 털썩 주저앉아 눈을 감았다. 깊은 한숨이 까칠한 입술 사이로 쉼 없이 흘러나왔다. 여기 오면 언제나 이렇게 복잡한 감정이었다. 한없이 기쁘면서도 한없이 힘들었다.

'시방 내가 하는 이 짓은, 그 끄트머리가 오데꺼지 갈 끼꼬?'

드넓은 광야에 혼자 버려진 아이처럼 막막하기 그지없었다.

'옥진을, 대사지에서 내가 다가간 그 옥진이 아이고, 그냥 관기 해랑이라꼬 천분 만분 내 자신한테 최면을 걸어도, 와 내 멤에 해랑은 없고 옥진만 있는 것가?'

사람 애간장이 장작더미나 솔가지같이 타버리는 것이라면 타서 없어져도 골백번은 더 넘도록 타서 없어졌을 것이다.

'옥진은 사라지고 해랑만 남아야 우리가 행복해질 수 있을 낀데.'

적어도 억호가 받아들이기에는, 옥진은 여염집 처녀 옥진이 아니라 관기 신분인 해랑으로서 그의 앞에 서 있다. 설혹 그게 옥진의 진심이 아니고 가면을 둘러쓴 것이라 할지라도 얼마나 환영할 일이며 얼마나 현명한 처사인가?

대사지에서의 악몽을 떨쳐버리지 못하는 사람들이 아니라, 하판도 목사와의 술자리에서 처음으로 만난 사람들이라고 간단히 치부해버리면 서로 오죽이나 마음 편할 것인가? 억호 스스로가 먼저 그렇게 가장해 보여야 마땅할 터인데, 도리어 옥진 쪽에서 그러해도 자기가 몸을 사리는 그런 판이니, 이건 못 올라갈 나무에서 누가 열매를 따서 밑으로 던져주어도 얼른 줍지를 않는 꼴이다.

억호는 누가 찌르기라도 한 것처럼 갑자기 번쩍 눈을 떴다. 자신을 발견한 해랑이 말없이 그대로 돌아가 버리지나 않을까 하는 조바심과 우려 때문이었다.

그는 주변을 열심히 살펴나가기 시작했다. 그 순간, 저만큼 바위 뒤에 몸을 감추고 있던 미행자가 움찔 놀라더니 잔뜩 몸을 웅크렸다. 그 바위에 균열을 내고 뿌리를 깊이 박은 소나무 가지에서 전신이 시커먼 까마귀 한 마리가 '푸드덕' 하고 불길한 날갯짓 소리를 냈다. 그것은 비극적인 마당극의 전주곡前奏曲과도 같았다.

'와 내 멤이 이리도 안 가라앉노.'

억호의 조바심은 안타깝게 지나가는 시간과 더불어 점점 커져갔다.

'오늘도 고마 허탕질이까?'

벌써 몇 차례나 그대로 돌아갔는지 모르겠다. 참 무모한 짓이었다. 자신이야 마음 내키면 동업직물에 나가고, 싫으면 안 나가면 그만인 만고강산 자유의 몸이다. 아버지 배봉의 눈치 따윈 다 떨어진 버선 짝처럼 벗어던진 지 오래다.

그러나 해랑은 다를 것이다. 그녀는 어디까지나 고을 감영監營에 소속돼 있는 관기 신분이다. 바깥출입이 지극히 제한된 몸이다. 교방 행사가 생기면 몇 날 며칠이고 거기 매달리지 않으면 안 될 것이다. 더군다나 해랑의 가무歌舞 솜씨는 특출하여 그녀가 빠지면 행사가 되지 않을 정도라는 소리도 들렸다.

'후, 우찌 그리 한 개도 안 빠지고 모도 갖찼을꼬?'

감격이 지나치자 한숨까지 나오는 억호였다. 그가 세상에 태어나 유일하게 진솔한 감정으로 대하던 어머니가 없는 캄캄한 현실에서 옥진은 밝음을 여는 샛별 떨기 같은 존재였다.

문득, 바위 뒤에 은신한 미행자가 몸을 움직이는 기척이 났다. 아마 그도 지치고 싫증이 났다는 증거이다. 어쩌면 그자는 억호보다 더 많이 조바심을 내고 있을지 모른다. 하지만 여전히 해랑 모습이 나타나기만을 기다리는 억호 귀에는 그 소리가 전혀 들리지 않았다. 바로 옆에 천둥 벼락이 떨어져도 마찬가지였다.

억호는 굵은 고개를 치켜들었다. 제멋대로 사방팔방으로 뻗어난 나뭇가지들 사이로 올려다보이는 하늘의 해가 기운 각도를 가늠해보고 시간이 어지간히 흘러갔음을 알 수 있었다. 그렇지만 그곳을 떠날 순 없었다. 언제나 그래왔듯 별이 뜨면 돌아갈 것이다. 새벼리의 별은 푸르고 구슬펐다. 어떨 땐 어두운 하늘가에서 별들이 비웃는 소리가 굴러 내리는 성싶었다. 혼자서 보는 자연은 어쩐지 사람 마음을 평상시와는 다르게 이끌었다. 자연의 일부분이 돼버린 것 같았다.

그런데 억호가 저만큼 큰 바위 뒤에서 얼핏 무슨 소리가 난 것 같아 거기로 눈을 돌리려 할 때였다. 무성한 초록 나무숲 사이로 언뜻 내비치는 자줏빛을 보았다.

'아! 인자사 와, 왔거마.'

해랑이다. 이날은 자주색 의상을 한 그녀다. 무슨 빛깔의 옷이든 어울리지 않는 게 없는 해랑이지만. 억호 가슴이 마치 장작더미 불 위에서 펄펄 끓어오르는 가마솥 뚜껑처럼 함부로 덜컹거렸다. 생각하면 할수록 정녕 꿈만 같은 일이었다. 해랑, 아니 옥진이 나를 만나기 위해 저렇게 오고 있다니.

그러나 둘 사이가 좀 더 가까워지자 억호 마음이 더할 수 없이 야릇해졌다. 아니다. 소름이 쫙 끼쳐들 정도로 섬뜩하다고나 할까? 고무를 둘러쓴 듯한 해랑의 표정 탓이었다. 그야말로 아무것도 나타나 있지 않은 무표정이었다.

'에나 알 수 없다 아이가.'

억호 스스로 곰곰 되짚어 봐도 해랑이 억호 자기를 만나는 자리일진대 그 심경이 얼마나 복잡하게 얽히고설켜 있을 것인가 싶었다. 한데도 그녀는 어떤 생각도 하고 있지 않은 사람 같았다. 슬픔도 기쁨도 울분도 반가움도 그 밖의 어떤 감정도 전혀 담겨 있지 않은 얼굴…….

그것은 해탈한 얼굴 같기도 하고, 백치 같기도 했다. 무언가 처음 시작하려는 얼굴이기도 하고, 오랫동안 끌어왔던 일을 이제는 끝맺음하려는 얼굴이기도 했다. 아니었다. 어쩌면 앞서 말한 그 모든 감정들이 한데 뒤엉켜 있는 얼굴이라고 해야 할 것이다. 세상에서 사람의 얼굴만큼 불가해한 것이 다시 있을까?

억호가 자신도 모르게 자리에서 일어서 있다는 것을 깨달았을 때 해랑은 그의 앞에 와 있었다. 둘은 서로의 그림자인 듯싶기도 하고, 거울에 비친 하나인 듯싶기도 했다. 금방 서로 끌어당길 분위기이기도 하고, 밀어버릴 분위기이기도 하고. 이루 말로 형용할 수 없는 이중적인 자세로 그들은 영원토록 움직이지 않을 석상처럼 서 있었다.

그러나 바로 그때 큰 바위 뒤쪽에서 무슨 사태가 벌어지고 있는가는 신도 몰랐을 것이다. 그는 은폐 장소로 삼고 있는 집채 같은 바윗덩이가 쩍 두 쪽으로 갈라져 자신을 집어삼킨 다음 다시 딱 붙어버리는 것보다도 심한 충격을 받은 듯했다. 꿈보다도 더 믿기 어려운 현실이 그의 혼을 빼앗아 허공으로 산산이 날려버렸다.

하지만 미행자는 대범했다. 보통이 아니었다. 곧 혼절할 것 같던 그는 이내 마음을 추스른 것으로 보였다. 그리고는 더없이 이상야릇한 회심의 미소를 지으며 현장을 지켜보기 시작했다. 먹잇감을 노리는 굶주린 야수처럼 입가에 침까지 흘리며, 매서운 악마의 눈빛으로 지켜보고 있었다.

이윽고 해랑과 억호는 부부나 형제처럼, 아니 연인같이 가까이 붙어서서 자라고 있는 두 그루 나무 밑동 하나씩에 각자의 등을 기대고 앉았다.

가문비나무였다. 오랫동안 비가 오지 않아서 날이 가문다는 의미에서 가문비인가? 그래서 비가 내리면 쑥쑥 잘도 자랄 수 있다는 나무인가?

누구도 말이 없다. 눈은 허공 어딘가에 머문다. 바람이 시나브로 일기 시작했다. 가지 끝과 나뭇잎이 미세하게 흔들린다.

그 소리는 어쩌면 바위 뒤에 숨어 있는 미행자의 뛰는 가슴에서 나는 소리보다 작은지도 모르겠다. 미행자의 예상은 철저히 빗나갔다. 응당 억호가 먼저, 그것도 하고많은 얘기를 꺼내리라 보았는데, 해랑 입이 앞서 열린 것이다.

"내를 이 자리에 오거로 한 기, 피할 수 없는 숙맹이라모……."

그 소리는 하도 낮아 뒷말은 잘 들리지 않았다. 아니다. 그보다도 억호가 끝까지 듣지도 않고 큰 소리로 말한 탓일 수도 있었다.

"숙맹이라꼬 다 피하고 싶은 거만 있는 거는 아이요. 우떤 숙맹은 맨발 벗고 달리가서 맞아들이고 싶은 거도 있소."

저 '숙명'을 놓고 나눈 짤막한 그 대화를 마지막으로 또다시 긴 침묵이 가로놓였다. 미행자가 느끼기에는 자신이 은신하고 있는 바위보다 더 무거운 침묵이었다.

그런데 잠시 후에 그 침묵을 깨고 다시 흘러나오는 이야기는 그야말로 미행자의 귀를 솔깃하게 잡아끄는 것이 아닐 수 없었다. 듣고 있으면 귀를 잘라버릴 거라고 위협을 할지라도 포기할 수 없는 이야기였다. 그리고 그때부터는 거의 한쪽에서만 일방적으로 대화를 끌어가는 식이었다.

"내가 지은 죄 값이 아모리 크다 캐도……."

억호는 가슴이 막히는지 자주 숨을 몰아쉬곤 했다. 그 모습이 미행자 눈에는 억호 아닌 다른 사람으로 비쳤다.

"내는 반다시 그것을 모도 갚을 생각인 기요."

그런데 그다음에 나오는 말이었다.

"우리 동업직물 후계자 자리를 내삐리고라도 말이오."

해랑은 고개를 깊이 숙이고 있어 어떤 표정이 되었는지 좀처럼 알아낼 수 없었다. 가냘픈 그녀 어깨 위에 억호 음성만 낙엽처럼 떨어져 내렸다.

"돈이 무신 필요가 있고, 권세가 무신 소용 있소?"

억호는 떼를 쓰는 철부지 아이 같았다.

"요새 내 심정 겉으모, 좋아하는 사람하고 단 둘이만 아모도 모리는 깊은 산골로 들가서, 농투성이매이로 땅이나 일굼서 살고 싶은 기요."

그러자 비로소 해랑이 코스모스같이 가늘고 긴 고개를 들었다. 놀랍게도 크고 새까만 두 눈 가득 눈물이 출렁거렸다. 억호 눈에는 저 대사지 못물 같아 보였다.

"옥지이, 인자 눈물은 고만……."

붉고 촉촉한 그녀 입술 사이로 이런 말이 눈물 줄기마냥 새 나왔다.

"시상 사람들은 거씬하모, 넘들 모리는 깊은 산골에 들가서 그냥 땅이나 팜서 살아가모 행복할 끼라고 이약하지예."

등을 기대고 있는 가문비나무가 쓰러질 만큼 크고 깊은 한숨을 내쉬었다.

"아이라예, 내는 그리 생각 안 해예."

억호가 얼른 물었다.

"그, 그라모?"

해랑이 천천히 말했다.

"그거는 오데꺼지나 삶의 도피지 새 설개(설계)는 몬 됩니더."

억호 낯빛이 단호했다. 음성은 더 그랬다.

"도피든 설개든 간에, 좌우지간 내사 그라고 싶소."

다시 침묵이 이어졌다.

미행자 입가에는 시간이 지날수록 의미심장한 웃음이 감돌았다. 천하를 거머쥔 듯 득의양양한 표정이었다. 커다란 바윗덩이를 뿌리째 쑥 뽑아들 만큼 기운이 철철 흘러넘쳐 보이는 기세였다.

다시 억호의 말에 해랑은 묵묵부답이었다.

"옥진, 아니 해랑이. 내는 해랑이라 부리고 싶소."

"……."

"해랑이 내 패물을 받아준 거매이로 내 사랑도 받아줄 끼라고 믿고 있는 기요."

일순, 미행자가 소스라치게 놀라는 빛을 띠었다.

'그라모 옥지이가 그 패물을 갖고?'

얼핏 입속으로 그런 소리를 중얼거린 것 같았다.

'이랄 수가?'

미행자는 경악하면서도 너무나 기뻐서 어쩔 줄 몰라 하는 기색이었다. 참으로 많은 것을 알아냈다는 사실에 가슴이 벅차올라 당장 그 자리에서 팔짝팔짝 뛰고 싶은 충동을 가까스로 억제하는 눈치가 역력했다. 미행자는 해랑 입에서 무슨 말이 나올지 잔뜩 귀를 곤두세우고 기다렸다.

"사람이 믿는다쿠는 기 머신데예?"

잠시 후 해랑은 거리낌 없이 말을 이어갔다. 계속해서 말이 없다가 한번 말문이 터지기 시작하는 그다음부터는 누가 제아무리 뜯어말려도 절대로 멈추지 않을 것 같은 고집이 전해지는 모습이었다.

"내가 관기 신분으로 고을 목사만 해도 세 사람을 모싯지예."

새벼리 숲속 공기는 머무는 듯 흐르고 있는 느낌이었다.

"시방 와서 돌아보모 그때그때 살아가기 위한 하나의 방책이고 개약(계약)이었제, 거게 무신 사랑이고 정이고 하는 거는 하나도 없었던 거 겉다는 생각이 듭니더."

억호가 해랑의 그 말을 되뇌었다.

"방책, 개약."

그러다가 미행자가 마른침을 꿀꺽 삼킬 사태가 벌어졌다. 별안간 억호가 기습처럼 와락 해랑을 껴안은 것이다. 그 모습이야말로 억호의 진짜 모습을 그대로 보여주는 것 같아 보였다.

미행자는 가쁜 숨을 죽였다. 이제 곧 자기 눈앞에서 벌어지게 될 원색의 춘화를 뇌리에 그려보는 듯했다.

여인은 사내를 밀어내지 않았다. 그렇다고 받아들일 자세도 아니었다. 생명이 들어 있지 않은 목각인형을 방불케 했다.

사내는 참아내기 힘든 모양이었다. 여인은 사내가 흔드는 대로 속절없이 흔들리고 있었다. 어쩌면 여인이 조종하는 대로 사내가 흔들리는 게 아닌가 싶기도 했다. 곧이어 일방적인 춘화가 그려지기 시작했다. 화폭은 붉었다가 파랗다가 하얘졌다 까매졌다.

미행자가 몸을 뒤틀었다. 자신이 미행자라는 사실도 망각한 듯했다. 그자 또한 바야흐로 눈앞에서 그려지는 춘화 속 인물 같았다.

얼마나 시간이 지났을까? 사내가 몸을 떨었다. 그 떨림은 오래 가지 않았다. 사내 몸이 바위보다 경직돼 보였다. 사내 입에서 아까 했던 소리가 또 나왔다.

"동업직물도 내사 다 싫소. 해랑과 단 둘이 깊은 산골로 들가 땅이나 일굼서 사는 기 내 팽생소원이오."

"……."

"만약 그 소원을 몬 이루모, 내한테는 시상을 살아가야 할 그 우떤 으미도 가치도 없는 기요."

남녀는 아까 자신들이 했던 모습 그대로 나무 밑동에 등을 기댔다. 모든 게 호수마냥 잔잔하게 가라앉아 있었다. 그런데 억호 말이 격랑이 되어 미행자를 바짝 긴장시켰다.

"상촌나루터서 콩나물국밥집 하는 비화 안 있소."

그 말에 미행자는 신경이 날카로워지는 동시에 기분이 상했다.

'각중애 고년은 와?'

"해랑하고는 친자매맹캐 그리 잘 지내는……."

거기서 일단 말을 끊었던 억호는, 다음 말은 단숨에 내쏟았다.

"고백하는데, 내사 개인적으로는 비화를 안 미버하요."

그다음 말은 더 믿기 어려웠다.

"솔직히 울 아부지가 너모 심하다꼬 보요."

"……."

해랑이 눈을 크게 뜨고 억호 얼굴을 멀거니 바라보았다. 몹시 충격을 받은 듯했다. 그건 미행자도 마찬가지였다.

'머, 머라꼬?'

아무리 정황에 따라 달라질 수 있다고 할지라도 그가 저런 소리를 하다니. 자기 아버지가 철천지원수로 여기는 김호한의 여식 비화를 개인적으로는 뭐 어떻게 한다고? 거기에다가 우리 아버지가 너무 심하다고 봐? 저런 말이 제 아버지 귀에 들어가면 그는 그날로 당장 끝장이다.

미행자는 하마터면 환호성을 지를 뻔했다. 이제부터 억호 운명은 이런 사실을 알고 있는 자신의 손에 달려 있다. 미행자는 마음만 먹으면 배봉에게 고자질할 게 하도 넘쳐서 정신이 없을 형국이었다.

해랑과의 정사, 해랑 어머니 동실댁 폐병을 고치고 새로운 저택을 짓는 데 든 돈의 출처, 동업직물도 포기하고 단둘만 깊은 산골로 도망가 살자는 제안, 그뿐만 아니라 비화보다도 아버지가 더 잘못이 크다는 얘기, 등등.

그런데 다음 순간이었다. 해랑 입에서 나오는 소리가 미행자를 더없이 허둥거리게 했다. 어떻게 해랑이 비화에게 그런 감정을 품고 있었다는 것인가?

"이 해랑이 하고 비화 그 여자하고 한입에 같이 올리지 마이소."

해랑이 지금까지 했던 말 중에 가장 또록또록한 어조였다. 홀연 다른 여자로 변한 해랑이었다.

"한입에 같이 올리지 마라."

해랑이 했던 말을 되뇌던 억호가 멍한 표정을 지으며 물었다.

"그거는 무신 소리요?"

해랑이 잘 드는 칼로 무 자르듯 했다.

"그 여자하고 내하고는 아모 상관도 없은께네예."

"……."

미행자도 그랬지만 억호 또한 여간 놀라는 눈치가 아니었다. 그는 도저히 믿을 수 없다는 목소리로 말했다.

"아모 상관도 없다? 아모 상관도?"

더는 무슨 말이 필요 없다는 표시처럼 입을 굳게 다물고 있는 해랑에게, 아니 그 자신에게 일깨워주듯 했다.

"해랑과 비화는 친자매보담도 더……."

해랑은 들을 필요도, 논할 이유도 없다는 투로 말했다.

"다 지내간 이약이지예."

숲을 뒤흔들며 바람이 그들 곁을 지나갔다. 억호는 그 말을 받아들일 수 없다는 빛으로 한 번 더 물었다.

"그기 무신 뜻이오?"

해랑의 입언저리에 기묘하고 야릇한 빛이 감돌았다. 몸 전체에 귀기마저 서렸다. 음성은 겨울날 남강의 얼음장보다도 더 차가웠다.

"시방은 아입니더."

억호는 마차나 소에게 떠받힌 형용이었다.

"시방은 아이라."

해랑은 낙엽 위에 낙엽이 덮이듯 되풀이했다.

"넘(남)은 넘이지예."

새벼리 저 아래로 흘러가는 남강에서 물새 우는 소리가 그 순간 따라 너무나 귀에 설게 들렸다.

"넘은 넘."

억호는 경악한 얼굴로 다시 물었다.

"대체 운제부텀 그랬소?"

알고 싶은 게 하나둘이 아니었다.

"와 각중애 그라는?"

해랑이 엄동설한 차가운 서릿발 같은 어조로 억호 말을 또다시 싹둑 잘랐다.

"옥지이가 해랑이 된 그때부텀요."

"오, 옥지이가 해, 해랑이 된 그때부텀?"

억호 얼굴이 세상에 둘도 없을 바보천치 같아 보였다. 미행자도 어안이 벙벙했다. 머릿속이 텅 비어버리는 느낌이었다.

옥진이가 해랑이 된 그때부터…… 그렇다면 관기가 된 그때부터?

억호는 갑자기 말문이 철저히 닫혀버린 듯하고, 그와 상대적으로 해랑이 봇물 터지듯 말을 내쏟기 시작했다.

"시상 우떤 누라도 비화 그 여자하고 내하고 사이가 우떻고 저떻고 들먹거리모, 내는 그 사람하고는 웬수요."

"……."

"김호한이 집하고 동업직물하고 철천지웬수든 쇠천지웬수든, 이 해랑이 몸에 난 털끝 하나 건디릴 일이 아인께 그리 아이소."

해랑의 입에서는 거기 새벼리와 저 동쪽에 있는 뒤벼리가 자리바꿈을 하는 것 같은 엄청난 소리가 이어졌다.

"그라고 와 아부지를 욕하지예? 내가 여태꺼지 비화 그 여자하고 친자매맹캐 지낸 사이라 놔서, 그 소리 들으모 좋아할 거 겉어서예?"

그 고을로 들어서는 길목이 한꺼번에 막혀버리는 것을 보는 것보다도 더 충격적인 이야기가 나왔다.

"내가 비화 그 여자한테 알아묵거로 똑똑히 이약했지예."

"……."

"내는 니하고 같이 있으모 괴롭고, 또, 또……."

해랑은 마지막 선고인 양 단언했다. 아니, 다시없을 원색의 고백처럼 들렸다.

"억호 그 사람을 좋아한다꼬예."

"헉!"

억호는 엄청난 기운에 의해 숨통이 틀어막힌 사람 꼬락서니였다. 그리고 그때부터 또다시 말하는 자와 듣는 자가 뒤바뀌었다.

"내, 내, 내를 조, 조, 좋아 하, 하, 한다꼬?"

남강 물이 흘러넘쳐 새벼리를 덮쳐오는 것을 지켜보고 있는 사람처럼 비쳤다.

"비, 비화한테 그, 그런 마, 말을 해, 했다쿠는 기요?"

더는 물을 기력마저 소진해버린 모습이었다.

"해, 해랑이 비, 비화한테 억, 억호를!"

그제야 해랑은 크게 후회하는 빛을 보였다. 아무리 격한 감정에 휩싸였다고는 하지만 그런 사실까지 털어놓다니. 그렇게 하여 얻을 게 무어란 말인가?

그렇지만 진정 해랑을 곤혹스럽게 한 건 그 실토가 아니었다. 비화에게 그 말을 내뱉은 그날 밤 해랑은 그야말로 하얗게 뜬눈으로 밤을 밝혔다. 어떻게 내 입에서 그런 소리가 나올 수 있었다는 것인가, 자조하고 탄식했다.

지금, 이 순간에도 해랑은 도무지 알지 못한다. 억호와 해랑 자신 사이를 그런 말로 맺을 수 있을 것인지.

그러나 억호는 너무나도 감격하여 도대체 어찌할 바를 모르는 기색이었다. 해랑이 내게 그런 감정을 갖고 있다니. 더욱이 비화에게 그 말을 했다니. 다른 사람에게 그 말을 했다고 해도 가슴 터질 일인데 하물며 비화에게라니!

"해, 해랑……."

억호는 정말이지 힘겹게 해랑을 불렀다. 하지만 억호가 해랑에게 더 무어라 말할 겨를이 없었다. 해랑이 느닷없이 벌떡 일어나 더없이 빠른 걸음으로 내닫기 시작한 것이다. 덫에 걸렸다가 풀려난 한 마리 야생동물을 방불케 했다.

억호도 엉겁결에 일어나 허둥지둥 그녀 뒤를 쫓아갔다. 그리고 얼마 지나지 않아 두 사람 모습은 나무숲에 가려져 보이지 않았다. 새벼리가 그들을 집어삼켜 버린 것 같았다.

미행자가 바위 뒤에서 나왔다. 그는 두 사람이 막 사라져 간 곳을 한참 동안 물끄러미 바라보고 서 있었다. 나무 그늘 사이로 그의 얼굴이 얼핏 내비쳤다.

도대체 그 미행자는 누구일까 바람도 알고 싶은지 나무 그림자를 옆으로 밀치듯이 불어왔다. 그러자 그의 얼굴이 보다 또렷하게 드러났다.

놀랍게도 그는…… 만호였다.

만호는 새벼리가 쩌렁쩌렁 울릴 정도로 큰소리 내어 웃기 제치기 시작했다.

"하하핫! 으하하핫!"

이제 승부는 모두 다 끝이 났다. 형 억호의 약점을 알아낸 이상 모든 것은 이 만호 뜻대로 될 것이다. 해랑이 이 만호에게 이런 기막힌 인생 역전의 계기를 선물하게 될 줄이야. 정말 고맙다, 해랑아. 이 은혜는 잊지 않겠다, 해랑아.

"히히히, 이히히히."

'동업직물'이란 상호가 '은실직물'로 바뀌는 것도 시간문제였다. 내가 후계자 자리를 꿰차게 되면 그다음은 딸 은실에게 물려줄 것이다. 동업과 재업은 완전 빈털터리가 되어 길거리에 솥 걸고 나앉게 되겠지.

그렇지만 단번에 터뜨리진 않을 것이다. 자칫하면 이쪽에서 휘말릴 위험성도 있다. 마치 누에가 뽕잎을 야금야금 먹어 들어가듯이 그렇게 모든 걸 조금씩 아주 조금씩 귀신도 모르게 집어삼킬 것이다.

– 백성 3부 9권으로 계속

백성 8

초판 1쇄 인쇄일 • 2023년 10월 25일
초판 1쇄 발행일 • 2023년 10월 30일

지은이 • 김동민
펴낸이 • 임성규
펴낸곳 • 문이당

등록 • 1988. 11. 5. 제 1-832호
주소 • 서울시 성북구 동소문로 65-2 삼송빌딩 5층
전화 • 928-8741~3(영) 927-4990~2(편)
팩스 • 925-5406

전자우편 munidang88@naver.com

ISBN 978-89-7456-560-2 03810

값은 뒤표지에 표시되어 있습니다.